L'UN
SANS L'AUTRE

Du même auteur

Aux Éditions Fayard :

Histoire de la guerre froide, t. 1 : *De la Révolution d'octobre à la guerre de Corée*, t. 2 : *De la guerre de Corée à la crise des alliances*, 1965 et 1966 ; réimpression aux Éditions du Seuil, « Points Histoire ».

La Guerre civile froide, 1969.

Le Dernier Quart du siècle, 1976.

La France au bois dormant, 1978

Un seul lit pour deux rêves : Histoire de la détente, 1981 ; réimpression aux Éditions du Seuil, « Points Histoire ».

Chez d'autres éditeurs :

L'Alliance atlantique à l'heure du dégel, Calmann-Lévy, 1960.

Sortir de l'hexagonie, en collaboration avec Pierre Li, Stock, 1984.

André FONTAINE

L'UN SANS L'AUTRE

Fayard

Sommaire

DEUXIÈME PARTIE

Cinq cents morts d'un côté...

TROISIÈME PARTIE

Soleil couchant, soleil levant

INTRODUCTION

« Nous sommes en train de vous faire quelque chose de terrible. Nous sommes en train de vous priver d'ennemi. » Ainsi s'exprimait, le 23 mai 1988, dans les colonnes de *Time Magazine*, Georgi Arbatov, directeur de l'Institut soviétique des affaires nord-américaines et conseiller très écouté, à l'époque, de Mikhaïl Gorbatchev. Il ne croyait pas si bien dire. A une nuance près tout de même : les destinataires de ce message n'ont pas lieu aujourd'hui de juger la situation si « terrible » pour eux...

Non seulement en effet l'URSS est peu à peu passée au cours des dernières années de la position d'ennemie des États-Unis à celle de partenaire puis d'obligée, non seulement elle les a aidés à neutraliser, en la personne de Saddam Hussein, un autre « ennemi », celui-là particulièrement déterminé, mais elle a, tout bonnement, abjuré le communisme et rétrocédé, à celles de ses républiques qui voulaient bien pour le moment demeurer dans son sein, une grande partie des prérogatives du pouvoir central. En entreprenant de la ramener des années en arrière, les apprentis putschistes du Kremlin n'auront fait que précipiter le dénouement dont ils avaient si peur.

***

La portée de l'événement est immense. Avec lui s'est écroulé tout le système bipolaire qui a tenu lieu, depuis 1945, d'ordre international. Pour la première fois dans l'histoire, une seule puissance, les États-Unis, détient l'hégémonie mondiale.

Dieu sait que, depuis le premier en date, Alexandre de Macédoine, il n'a pas manqué de grands capitaines pour rêver de l'exercer. Les Habsbourg avaient pris pour devise, au temps de leur splendeur, les cinq voyelles AEIOU : *Austriae est imperare orbi universo*, il appartient à l'Autriche de gouverner la terre entière. « Si je pouvais, disait de son côté, il y a un siècle, le grand chantre de l'impérialisme britannique, Cecil Rhodes, j'annexerais les planètes[1]. »

Jamais cependant jusqu'à présent ce rêve n'avait été si près d'être réalisé. Lorsqu'en 1835, Alexis de Tocqueville rentra d'Amérique avec la conviction que la Providence nourrissait pour elle un « dessein secret », il ne pouvait s'agir à ses yeux que de « tenir un jour dans ses mains les destinées de la moitié du monde », l'autre moitié devant tomber dans celles de la Russie[2].

D'autres auteurs du siècle dernier avaient fait des prédictions semblables, sans pour autant s'aviser une seconde — à part Michelet, pour qui elle l'était déjà* — que ladite Russie serait un jour communiste : plus que l'idéologie, ce

* « La vie russe », écrit Michelet en 1851, soit dix ans avant l'abolition du servage par Alexandre II, « c'est le communisme. Forme unique, exclusive de cette société à peu près sans exception. (...) Ils ont horreur de la propriété. (...) Ils craignent les mauvaises chances, le travail, la responsabilité. Propriétaire, on se ruine, communiste, on ne peut se ruiner, n'ayant rien à vrai dire. Le communisme russe n'est nullement une institution, c'est une condition naturelle qui tient à la race, au climat, à la nature » (*Légendes démocratiques du Nord*, chap. v). Cette réflexion était évidemment inspirée par l'existence dans les communes rurales de l'ancienne Russie d'une forme de propriété collective municipale, le *Mir*.

sont évidemment ses formidables dimensions qui la vouaient à devenir une « superpuissance ». Mieux vaudrait ne pas l'oublier aujourd'hui : ce n'est pas parce qu'elle a perdu la partie, du fait d'un système aberrant, qu'elle ne renaîtra pas un jour de ses cendres. Elle en a tous les moyens matériels et humains. L'exemple de l'Allemagne et du Japon, depuis 1945, est là pour montrer à quoi peut arriver un peuple quand l'anime la volonté de se relever.

Bien rares étaient les contemporains de Tocqueville qui se hasardaient à aller plus loin, à annoncer, comme Thiers, que « ces deux grands mondes se heurteraient quelque jour[3] » et, *a fortiori*, à désigner un vainqueur probable. Aussi s'était-on habitué au fil des décennies à l'idée que « l'équilibre de la terreur » nucléaire empêchant la guerre froide de se transformer en guerre tout court, le partage de l'Allemagne, de l'Europe, de la planète, se prolongerait indéfiniment. A défaut d'une paix impossible, on mettait tous ses espoirs dans une « détente » qui n'en était que le fragile ersatz, voué par définition à céder la place, en cas de choc un peu brusque, à un renouveau de « tension ».

***

Un partage de toute façon, a-t-il jamais été définitif ? Reflétant un rapport de forces, il est nécessairement remis en cause dès que ce rapport est modifié. Que Lénine l'ait dit avec sa brutalité coutumière[4] n'enlève rien à cette constatation et tout conflit a une fin qui laisse généralement un vainqueur et un vaincu.

La guerre dite « froide » a fait d'autant moins exception à cette règle qu'elle mettait aux prises deux conceptions incompatibles des rapports entre les nations et même, au delà, du bonheur sur cette terre. Et que ses racines profondes plongeaient dans le monde du début de ce siècle, marqué par l'apogée des empires. Car ils étaient une douzaine, à l'époque, on l'a trop oublié, à se partager l'essentiel des terres émergées. Des empereurs régnaient à Berlin, à Vienne, à Saint-Pétersbourg, à Constantinople, à Téhéran, à Pékin, à Tokyo, à Addis-Abeba. La reine Victoria était impératrice des Indes, et de bien davantage. On leur avait appris à tous, depuis des générations, qu'étendre leurs domaines était la plus légitime des ambitions : pour mieux dire, un devoir d'État.

L'hymne *Rule Britannia* invitait Albion à régner sur les flots. La France n'avait renversé le dernier de ses empereurs que pour élargir à grandes foulées son empire colonial. Quant aux États-Unis, le robuste appétit des présidents McKinley, Theodore Roosevelt — celui du *big stick*, du gros bâton — et William Taft faisait oublier qu'ils ne s'étaient joints que tardivement à la table du banquet.

C'est contre ce monde que s'est dressé Lénine, contre cet « impérialisme » par lui défini comme « le stade suprême du capitalisme » à l'heure « de la possession monopolisée des territoires du globe entièrement partagés[5] ». Aucune espèce de compromis n'était concevable avec un tel système. Ce sera « eux ou nous », répétait-il. Seul le recours à la violence permettrait à la classe ouvrière de s'émanciper et d'accomplir la mission de rédempteur de l'humanité à elle assignée par Karl Marx.

***

Il est tout de même arrivé que cette certitude d'acier laisse percer quelque faille. Fasciné par la science, dont il attendait, comme tant de penseurs de l'époque, la réponse à tous les problèmes de la vie en société, Lénine rencontra en 1918 H.G. Wells, auquel on doit bien des livres à succès sur ce que l'on n'appelait pas encore la « science-fiction ».

L'auteur de *La Guerre des mondes* lui ayant dit que « le développement de la technique humaine pourrait un jour changer la situation mondiale » et même « ôter son sens à la conception marxiste », le père du bolchevisme répondit : « Vous avez raison (...), toutes les conceptions humaines sont fondées sur la présomption que le potentiel technique, tout en se développant, ne dépassera jamais la limite terrestre. Si nous arrivons à établir les communications interplanétaires, il faudra réviser toutes nos conceptions (...) ; le potentiel technique, devenu illimité, imposerait la fin de la violence comme moyen et comme méthode de progrès. »

Commentaire de Maurice Toesca, qui citait ces lignes prophétiques dans une vieille chronique du *Figaro* : « Ce fut une allégresse d'insecte libéré que je ressentis à la relecture des paroles de Wells et de Lénine. Il s'agissait bien de la Russie, en effet, qui s'est toujours crue cernée, prisonnière de l'Occident et des glaces océanes. D'où cette vision du philosophe qu'il n'y aurait d'évasion possible, de libération, que par le ciel. La Science, la Technique, c'était le doigt dressé vers les astres qui permettait l'ascension, puis l'envol[6]. »

Le léniniste Mao devait tout ignorer de cet aspect de la pensée de son maître puisque la première irruption dans l'espace d'un objet terrestre, le Spoutnik soviétique, en 1957, eut au contraire pour effet de le persuader de la victoire imminente du socialisme. Le « vent d'Est l'ayant emporté » sur celui de l'Ouest, il n'y avait plus de ménagements à prendre avec les États-Unis. Ce qui devait le brouiller avec un Khrouchtchev moins enclin, malgré son égal enthousiasme, à prendre trop de risques.

*
* *

Il était difficile de se tromper davantage. S'il est un vent dominant aujourd'hui, c'est bien celui qui vient de cet Ouest dont est si fort imprégnée la mythologie américaine. L'humiliation du Vietnam et de l'Iran est oubliée, et avec elle le discours spenglérien, un moment si répandu, sur l'inévitable « déclin de l'Occident[7] ». Interrogé, lors de son départ de la Maison-Blanche, sur ce qui avait constitué à ses yeux le principal succès de sa présidence, Ronald Reagan a pu répondre en toute modestie : « On me dit que j'ai gagné la guerre froide[8]. »

La réunification de l'Allemagne au sein de l'Otan, la dissolution du pacte de Varsovie et du Comecon, le retrait progressif des troupes soviétiques d'Europe de l'Est, et pour finir la révolution — ou la contre-révolution — dont l'URSS elle-même a été le théâtre sont venus au fil des mois lui donner de plus en plus raison. Il se trouve qu'à ce Zorro qui avait appris son rôle à Hollywood en a succédé un autre, que sa réputation de *wimp*, de mauviette, n'a pas empêché de faire tomber la foudre sur le potentat arabe qui s'était permis de le défier, et d'aller jusqu'à Moscou se poser en héraut d'un nouvel ordre mondial.

Une telle prétention pourrait paraître arrogante, si elle ne s'exprimait pas avec une croissante retenue. Si elle ne se fondait pas d'abord sur l'absence, face à la plus grande puissance de tous les temps, d'un contrepoids crédible. Si elle ne marquait pas l'aboutissement de la croyance de tout un peuple, héritier de générations de pionniers venus des quatre coins de la terre, dans sa « destinée manifeste ». L'un de ses pères fondateurs, Thomas Paine, ne lui a-t-il pas enseigné que « la mission du nouveau monde est de régénérer l'ancien[9] » ? Comme l'écrit l'un des siens, le journaliste T.D. Allman : « Aujourd'hui encore l'Amérique a d'elle-même une vision qui est celle d'un législateur bienveillant apportant l'ordre, le bien et la liberté à un monde où règnent le chaos, le mal et l'esclavage[10]. »

Qui ne rêverait d'un monde où, pour reprendre les paroles de George Bush, « le règne de la loi, et non plus la loi de la jungle, gouverne la conduite des nations[11] » ? Faut-il pour autant se résigner à voir un seul pays, fût-il désormais la seule « superpuissance », décider du sort de tous ? Pourquoi les autres parviennent-ils si mal à se faire entendre ? A voir toutes les injustices, toutes les violences que laisse subsister l'actuelle *pax americana*, n'y a-t-il pas lieu de craindre que l'ordre annoncé ne débouche en fin de compte sur une nouvelle version de ce « désordre établi » dont parlait Emmanuel Mounier[12] ? A défaut de prétendre répondre à toutes ces questions, ce livre s'efforce au moins d'en montrer l'arrière-plan et les imbrications.

On ne s'étonnera pas que l'Histoire y tienne une large place : au moment même où certains présomptueux en annonçaient la fin, elle a pris une revanche éclatante sur tous ceux qui prétendaient ignorer ses leçons. Ce n'est pas pour autant un livre d'histoire. L'auteur compte certes, si Dieu lui prête assez de vie, pousser à son terme le récit, entrepris il y a un quart de siècle, d'une guerre froide désormais terminée*. Mais le moment présent lui a paru suffisamment lourd de sens pour que, lorsque Claude Durand lui a proposé d'essayer, en quelque sorte, de le fixer, il accepte sans hésiter.

Qu'on lui permette d'ajouter, aux remerciements qu'il lui doit pour sa confiance et ses encouragements, ceux qu'appellent l'aide précieuse d'Agnès Fontaine, Françoise Cocan et Geneviève Desruelle, et celle du riche service de docu-

* Voir André Fontaine, *Histoire de la guerre froide*, 2 vol., *Un seul lit pour deux rêves, Histoire de la détente*, Fayard ; réimpressions dans la collection Points aux éditions du Seuil.

mentation du *Monde*. Mais sa reconnaissance va aussi aux très nombreux écrivains et éditeurs qui ont bien voulu au fil des ans lui adresser leurs livres. La bibliothèque très éclectique qu'il a pu, en grande partie grâce à eux constituer lui a été, dans la rédaction de cet essai, d'un inestimable secours.

NOTES

1. Cité par Hannah Arendt, *L'Impérialisme*, Fayard, 1982, p. 13.

2. Alexis de Tocqueville, *De la démocratie en Amérique*, Gosselin, 1835, I, pp. 449-450.

3. Propos de Thiers du 19 décembre 1847, paraphrasés par Sainte-Beuve dans ses *Cahiers*. Cité par Denis de Rougemont. *Vingt-huit siècles d'Europe*, Payot, 1961, p. 269.

4. Lénine, *L'Impérialisme, stade suprême du capitalisme*, Éditions sociales, 1945, p. 106. L'auteur ne formule sa thèse sur l'inévitable modification des termes du partage en fonction du rapport des forces qu'à propos du système capitaliste. Il n'avait pas prévu qu'elle serait tout aussi valable pour ce qui concerne les rapports entre les pays capitalistes et les autres.

5. *Ibid.*, p. 74.

6. Maurice Toesca, « Le bain, la pomme et la coccinelle », *Le Figaro*, 8 juillet 1980.

7. Oswald Spengler, *Le Déclin de l'Occident*, Gallimard, Bibliothèque des Idées, 1948.

8. Cité par Nigel Hawks, « The End of the Cold War », *The Observer*, 5 mars 1989.

9. Thomas Paine, *Les Droits de l'homme*, cité par J.-J. Chevallier, *Histoire de la pensée politique*, Payot, 1984, III, p. 23. Sujet britannique, Paine devait, à peine établi en Amérique du Nord, publier en 1776 un pamphlet, *Common Sense*, dont l'énorme succès eut sur la révolte des treize colonies un effet de détonateur. Il devait être plus tard député à la Convention française. Voir chapitre XIII.

10. T.D. Allman, *Un destin ambigu*, Flammarion, 1986, p. 144.

11. *Time Magazine*, 28 janvier 1991.

12. Cité par Jean-Marie Domenach, *in Emmanuel Mounier*, Seuil, coll. Écrivains de toujours, 1972, p. 50.

PREMIÈRE PARTIE

Les naufragés de la planète Marx

Après vingt ans d'attente, Isaac Abramovitch Youdine, de Kiev, vient enfin d'être autorisé à émigrer en Israël. A peine débarqué, il se présente au bureau des pleurs de Tel-Aviv. Il cherche un appartement. Sarah, la charmante hôtesse qui le reçoit, s'efforce de lui faire comprendre qu'Israël est un pays libre et que chacun, en conséquence, doit apprendre à se débrouiller. Mais Isaac n'est pas jeune. Il a toujours vécu dans un système où l'État pourvoyait, même si c'était plutôt mal que bien, aux besoins des citoyens. Il parle à peine l'hébreu, pas du tout l'anglais. En tout cas, il se déclare hors d'état de se loger.

Sarah se laisse attendrir. Elle alerte un copain qui trouve quelque chose. Mais voilà qu'Isaac revient quinze jours plus tard :

— L'appartement ne vous convient pas ?

— Si, si, mais...

— Mais quoi ?

— Mais je n'ai pas de travail...

Sarah trouve que ça commence à bien faire, mais on lui a appris la patience. Elle se relance donc dans ses explications : Israël étant un pays libre, etc.

Isaac a les larmes aux yeux.

— Madame, si vous saviez comment ça se passe en URSS...

Sarah a bon cœur. Elle se laisse derechef apitoyer. Elle lui demande son métier : il était cordonnier. Elle a des amis : on lui trouve une échoppe.

Ce qui n'empêche pas Isaac de réapparaître un beau jour au *desk* de Sarah.

— Vous encore ? Qu'est-ce qui se passe ?

— Je n'ai pas de clientèle...

Cette histoire juive ne concerne pas que les Juifs. Dirigeants ou dirigés, qu'ils aient pris le large ou soient demeurés sur place, c'est par dizaine de millions que les rescapés de la planète Marx découvrent qu'il n'est pas toujours facile de s'adapter au monde d'après le naufrage...

CHAPITRE PREMIER

Si Sparte et Rome ont péri...

Si Sparte et Rome ont péri, quel État peut espérer de durer toujours ?

J.-J. Rousseau, *Du contrat social*, III, 11.

La comparaison de leur engagement avec la foi religieuse agace suprêmement les communistes. « Ils croient qu'ils savent, écrit Alain Besançon, alors que les chrétiens savent qu'ils croient[1]. » Le marxisme-léninisme n'en est pas moins la seule doctrine politique à proposer une explication centrale de l'Histoire et ce que les théologiens appellent une eschatologie : une vision des fins dernières de l'homme.

Cette vision se veut scientifique. Ce n'est pas pour rien qu'elle a pris corps au siècle du scientisme, qui attendait le salut de la science : aux yeux de Marx, le communisme est tout simplement « l'énigme de l'Histoire résolue[2] ». Il annonce la fin de « la préhistoire de la société humaine », autrement dit de ses contradictions. Avec l'avènement du prolétariat, la révolution communiste éliminera « toute l'ancienne fange et donnera à la société de nouveaux fondements[3] ». Étant totale, elle est par définition irréversible.

Une telle prétention paraît aujourd'hui insulter au plus élémentaire bon sens. Il n'en reste presque plus rien. Parmi tant de témoignages sur la réalité soviétique à la veille du putsch des conservateurs, notons celui-ci, de Guy Sitbon : « A Moscou on ne rêve plus : on vend. Tout ce qui était vrai est devenu faux et réciproquement : l'argent était la preuve de l'exploitation, il est devenu le signe de la prospérité. L'admiration pour les étrangers était le chemin de la trahison, c'est maintenant la voix d'accès à la lucidité. Hors de l'État et du Parti, aucune action politique n'était concevable ; aujourd'hui si l'on veut vraiment faire bouger le pays il faut s'éloigner et de l'État et du Parti[4]. »

On dira qu'à Pékin le PC, comme l'a prouvé, en 1989, le massacre de la place Tiananmen, tient toujours fermement les rênes du pouvoir. Il n'en est pas moins vrai que 210 000 universitaires et étudiants chinois suivent des cours à l'étranger. Que 25 millions de Chinois d'outre-mer venant de Hongkong, de Taïwan, de Singapour, de Macao, visitent chaque année la mère patrie. Que 88 millions de sujets de Deng Xiaoping vivent dans les provinces méridionales du Fukien et du Guangdong, où les capitalistes de Taïpeh investissent à tour de bras dans des entreprises privées florissantes. Si l'heure de la libéralisation politique n'a pas encore sonné, ce n'est pas parce que les dirigeants sont retenus par leur fidélité à l'Évangile selon saint Marx, c'est parce qu'ils ont peur de perdre leurs places et de replonger le pays dans ce chaos dont il a eu si souvent l'expérience au cours de sa longue histoire.

L'Albanie ayant elle-même abjuré le dogme, les conjurés de Moscou ayant perdu la partie après avoir justifié leur action par le « danger mortel menaçant la patrie[5] » sans la moindre référence au socialisme ou aux instances du PC, il ne reste plus guère de communistes déclarés à la tête d'un État, en dehors de l'Indochine, que le doyen d'ancienneté des présidents de la planète, Kim Il Sung, le « papa-maréchal » de Corée du Nord, dont les jours, vu son âge, sont nécessairement comptés, et Fidel Castro. Le temps est loin où la fluviale éloquence de ce dernier et son opposition déterminée à l'Oncle Sam en faisaient le héros, de par le monde, de toute une génération. Le *lider maximo* a des allures de dinosaure. « Nous aurions pu être tout, mais nous ne sommes rien », a-t-il déclaré devant le sommet ibéro-américain réuni au Mexique, en juillet 1991, en prévision du cinquième centenaire de la découverte de l'Amérique. Mais Fidel n'a rien renié de la foi de sa jeunesse. « Qu'on ne vienne pas nous raconter des histoires avec le capitalisme, l'économie de marché et d'autres folies de ce type », s'est-il écrié à son retour, ajoutant que ceux qui se prononçaient dans ce sens relevaient d'un traitement psychiatrique[6].

***

Ce formidable reflux ne saurait faire oublier que « le spectre du communisme », pour reprendre la première phrase du *Manifeste* de Marx et Engels, a bel et bien « dominé l'Europe[7] » et le tiers monde pendant des décennies. Des dizaines de millions d'hommes et de femmes ont cru sa victoire, non seulement nécessaire d'un point de vue moral, mais inéluctable. Il leur paraissait tout naturel, pour hâter son avènement, de tuer et de se faire tuer.

Peu importe, dès lors, que la dictature du prolétariat ait été en réalité, suivant la formule consacrée, une « dictature *sur* le prolétariat », un despotisme bureaucratique ne retenant du communisme que l'interdiction de la propriété privée des moyens de production et d'échange. Ceux qui servaient le système — même si cela signifiait de plus en plus qu'ils s'en servaient — écartaient comme sacrilège le moindre soupçon de contestation.

Pour comprendre ce qui fait facilement maintenant figure d'aberration collective, il faut se rendre compte de la fascination exercée, à l'époque où Marx atteignait l'âge adulte, par l'enseignement de Hegel. Celui-ci n'ambitionnait rien de moins que de réconcilier la Raison et l'Histoire, l'avènement définitif de l'une devant entériner la fin de l'autre. Éclairant une démarche intellectuelle parfois fumeuse par des formules coulées dans l'airain, il a eu bien des émules. Marx, même s'il a consacré beaucoup d'énergie à réfuter un certain nombre de ses thèses, a été l'un des plus illustres d'entre eux. Il a voulu aller plus loin encore en fixant à la philosophie, qui jusqu'alors s'était donné pour tâche d'« interpréter le monde de diverses manières », la mission de « le transformer[8] ».

Quel philosophe n'a, depuis, emprunté à Hegel, quand ce ne serait que le principe ternaire tant vanté : thèse, antithèse, synthèse ? Lequel n'a pas été tenté de broder sur la page fameuse de la *Phénoménologie de l'esprit* écrite au soir de la victoire de Napoléon sur la Prusse à Iéna : « J'ai vu l'Empereur sur son cheval », et sur les considérations définitives qu'il avait tirées de ce bref aperçu sur « l'Esprit du monde » ? Le dernier en date de ses disciples, le politologue nippo-américain Francis Fukuyama, alors adjoint au chef du bureau de planification politique du département d'État à Washington, aura fait sensation en annonçant en 1989 la fin imminente de l'Histoire, sans se douter que la crise du Golfe allait presque aussitôt lui apporter le plus cruel des démentis[9].

Pendant des siècles, l'Histoire avait semblé n'avoir d'autre sens — dans la double acception de ce mot : signification et direction — que celui qu'il plaisait à Dieu de lui donner.

Comment, une fois posée en principe la mort de Dieu, l'Homme ne se serait-il pas mis en peine de découvrir lui-même ce sens ?

Les communistes ne doutaient pas d'y être, grâce à Marx, parvenus : ils savaient de source sûre, puisque scientifique, que la victoire de leur cause était inscrite dans les astres et qu'elle conduirait à l'émancipation définitive de l'humanité, à la fin de « l'exploitation de l'homme par l'homme ». Il leur revenait, en tant qu'« avant-garde du prolétariat », d'être les artisans de cet avènement. A cette conviction exaltante s'ajoutait le sentiment si fort d'appartenir, non seulement au camp de ceux qui sont sûrs de l'emporter, puisqu'ils ont saisi la réalité de ressorts cachés au commun des mortels, mais à une famille immense, planétaire, de combattants, de camarades, de frères. Sans le savoir, ils retrouvaient l'Espérance des premiers chrétiens, comme eux persécutés, comme eux solidaires, comme eux vivant dans l'attente du Paradis. A cette différence près tout de même que le leur se trouvait sur cette terre et qu'il n'était pas question, pour l'atteindre, de tendre la joue gauche.

Un tel état d'esprit aide à comprendre pourquoi il a été longtemps aussi difficile aux militants du Parti de le quitter que, durant des siècles, aux prêtres de défroquer. On ne leur demandait, au demeurant, guère leur avis. L'Église de Rome avait eu son Inquisition : Staline allait avoir la sienne, dont la toile s'étirait très au-delà de ses frontières. L'identification au modèle soviétique était telle que la sinistre ambiance des grands procès de Moscou ou de Prague baignait jusqu'aux procédures d'exclusion employées par les PC de la diaspora.

Que le système soviétique ait réussi ainsi à étendre, au sein du monde libre, sans la protection du rideau de fer derrière lequel il vivait en vase clos, les pratiques du totalitarisme le plus obscurantiste en dit long sur la fascination qu'il était capable d'exercer. D'où l'idée si répandue, jusque chez les esprits les plus rebelles à toute forme de totalitarisme, que celui-ci avait atteint, en URSS, son point de perfection. On avait peine à imaginer comment, à défaut d'une guerre mondiale dont l'armement nucléaire suffisait à rendre l'idée insupportable, ce système pourrait un jour disparaître. Entre lui et des démocraties à la faiblesse de constitution congénitale, la partie paraissait par trop inégale. Aussi bien ne manquait-il pas d'anticommunistes déterminés pour croire sa victoire, à terme, difficilement évitable.

Bien des amateurs de *Realpolitik* étaient hantés par le précédent de l'austère Sparte, continentale, despotique et militarisée à outrance, qui avait eu raison de l'opulente, démocratique et maritime Athènes. La description classique de celle-ci par Périclès, dans le récit de Thucydide, n'évoque-t-elle pas à s'y méprendre l'Amérique d'aujourd'hui ? « Telle est la puissance de notre cité que les biens de toute la Terre y affluent. Nous en arrivons à consommer les productions des autres peuples comme si elles étaient, autant que celles de l'Attique, notre bien propre[10]. (...) Nous ne sommes pas de ceux qui pensent que les paroles nuisent à l'action. Nous estimons plutôt qu'il est dangereux de passer aux actes avant que la discussion nous ait éclairés sur ce qu'il y a à faire[11]. »

Ainsi s'expliquent les sourires de commisération qui accueillirent en leur temps les prédictions du dissident Andreï Amalrik[12] ou d'Hélène Carrère d'Encausse[13] sur l'inévitable décadence d'un régime dont Jean-Baptiste Duroselle écrivait dès 1981 : « A moins que l'idéologie nouvelle ait chargé le système soviétique d'une "essence" particulière, la prédiction est que l'empire soviétique lui aussi périra en tant qu'empire[14]. »

***

Un homme, dans l'affaire, peut se vanter d'avoir su raison garder et, mieux, d'avoir persuadé son gouvernement de suivre son conseil. Dès 1946, alors qu'il était conseiller d'ambassade à Moscou, George Kennan avait adressé à Washington une dépêche de huit mille mots sur ce que devait être ce *containment*, cet « endiguement » qui serait, pendant plus de quarante ans, la doctrine officielle américaine. L'année suivante, devenu chef du bureau de planification politique du département d'État, il publiait dans *Foreign Affairs*, sous la bientôt transparente signature « X », l'essentiel d'un message dont la conclusion mérite d'être relue aujourd'hui : « Une politique étrangère sage et adroite (...) peut servir à convaincre les maîtres du Kremlin que leur grand dessein est futile et hors de portée et qu'en s'y accrochant ils n'ont aucune assurance de venir à bout de leurs propres difficultés ou dilemmes. (...) Qui peut dire avec assurance que la forte lumière qui brille du Kremlin sur les peuples insatisfaits du monde occidental n'est pas le puissant éclat d'une constellation déjà sur le déclin ? La possibilité demeure que la puissance soviétique porte en elle le germe de sa propre décadence[15]. »

« X » aura vécu assez vieux pour voir sa prédiction se réaliser. A en juger par les propos qu'il a confiés au *New York Times* au lendemain du coup d'État manqué de Moscou, il n'a rien perdu, à quatre-vingt-sept ans, de sa lucidité : « Les événements de cette semaine sont plus importants que la Révolution de 1917. Pour la première fois depuis des siècles, les Russes ont décidé d'influencer la manière dont ils sont gouvernés[16]. »

Ce résultat n'était pas inévitable. Il n'y a pas de fatalité dans l'Histoire, et sa logique n'apparaît qu'après coup. Kennan était d'ailleurs le premier à dire, en 1947, qu'on ne pouvait démontrer ni qu'il avait raison ni qu'il avait tort.

Que les empires soient voués à périr n'a pas empêché beaucoup d'entre eux de durer des siècles.

L'URSS aurait fort bien pu l'emporter sur les États-Unis sans pour autant être assurée de survivre indéfiniment à sa victoire. Après la perte de l'Indochine, de l'Éthiopie, de l'Iran, du Nicaragua, après le passage de l'Afrique ex-portugaise et du Yémen du Sud dans le camp soviétique, après l'invasion de l'Afghanistan, la sphère d'influence américaine paraissait, au début des années quatre-vingt, se réduire comme peau de chagrin. En 1984 encore, le conseiller pour les Affaires de sécurité de Ronald Reagan, Robert McFarlane, déclarait « obsolète » la doctrine de l'endiguement, les Soviétiques étant désormais, selon lui, « assez forts militairement et assez aventureux pour passer à saute-mouton sur les États tampons et intervenir en n'importe quel point du monde qui convienne à leur stratégie[17] ».

Dans le même temps, chaque année, se creusait un peu plus, sous le coup des deux « chocs pétroliers » de 1974 et de 1979, le *twin deficit*, le double déficit du budget et du commerce extérieur, faisant des États-Unis, au seuil d'une nouvelle période de récession, le pays le plus endetté du monde. Bientôt Paul Kennedy allait publier un livre retentissant[18] qui, malgré la grande prudence de ses prévisions, alimenterait le camp des « déclinistes », de ceux qui croient, à l'opposé des « revivalistes », le déclin américain inscrit dans les faits.

***

Le proverbe anglais n'a pas toujours raison qui veut que rien ne réussisse comme la réussite. Brejnev avait oublié les avertissements répétés de Staline contre « le vertige du succès », tout comme les récits de tant de guerres perdues, d'Alexandre de Macédoine à Napoléon et à Hitler, par suite d'un allongement excessif des lignes de communication.

Remisant le projet de « condominium » sur lequel il aurait sans doute fini, sans le scandale du Watergate, par s'entendre avec Nixon, il crut, comme avant lui Khrouchtchev, que le capitalisme entrait dans sa phase terminale et que le triomphe mondial du communisme ne se ferait plus beaucoup attendre. Il en persuada au moins une personne : Georges Marchais, venu se raccommoder avec lui, une fois rompue cette union de la gauche contre laquelle les apparatchiks du Kremlin n'avaient cessé de le mettre en garde. Le secrétaire général du PCF approuva sans barguigner l'invasion de l'Afghanistan et rentra à Paris gonflé à bloc. Du coup, l'hebdomadaire du Parti, *France nouvelle*, fut rebaptisé *Révolution*, avec en exergue la phrase : « Nous vivons l'ère des révolutions ». Pas de chance : depuis lors, il n'y a plus eu de révolution se réclamant du marxisme. Il y a eu, en revanche, bien des révolutions contre des régimes marxistes : ce qu'un bon communiste appelle une contre-révolution, puisqu'elle va selon lui contre le sens de l'Histoire.

Qui trop embrasse mal étreint. Paul Kennedy voit dans la « surexpansion impériale » *(imperial overstretch)* « une difficulté embarrassante : les intérêts et les engagements américains sont actuellement bien trop lourds pour que les États-Unis puissent les défendre tous simultanément[19] ». C'est indiscutable, mais c'est encore plus vrai pour l'URSS : avant d'apporter des avantages stratégiques palpables, l'extension sous les Tropiques de sa zone d'influence s'est d'abord traduite par une note salée. Les populations qu'on y trouvait étaient pauvres comme Job, sous-alimentées, sous-administrées et en pleine expansion démographique. Il fallait bien les aider de quelque manière. Les gouvernements rouges d'Afghanistan, d'Éthiopie, d'Angola, du Mozambique, comme les sandinistes du Nicaragua, devaient faire face de surcroît à une résistance armée de plus en plus soutenue par les Occidentaux. Le Kremlin se voyait obligé de fournir instructeurs et matériels aux armées régulières, sinon d'engager des troupes soviétiques ou cubaines, dont il lui fallait supporter les frais d'acheminement, d'armement et d'entretien. L'Afghanistan, pays de forte tradition islamique et tribale, hérissé de montagnes difficilement franchissables, était devenu son Vietnam.

Lorsqu'en 1984 McFarlane s'inquiétait de l'accroissement des possibilités d'intervention de l'URSS dans le monde, il ignorait qu'en cette même année les meilleurs spécialistes soviétiques concluaient un rapport qui leur avait été commandé par la direction du Plan en affirmant que « si l'on conservait les méthodes selon lesquelles fonctionnait son économie (...), le pays se trouverait relégué parmi les puissances économiques de second ordre et, à la fin du siècle, tomberait même peut-être au niveau des pays pauvres du tiers monde[20] ».

Avec un PNB de l'ordre du tiers de celui des États-Unis (1 878,5 milliards de dollars en 1989 contre 5 237), avec un système qui décourage l'initiative et institutionnalise en quelque sorte le gaspillage, l'URSS s'épuisait à vouloir les égaler, sinon les dépasser, dans tous les domaines de la puissance, qu'il s'agisse de la course aux armements, de l'espace ou du tiers monde.

Or le premier geste de Reagan, dès son élection en 1981, avait été d'augmenter massivement des crédits militaires déjà majorés par Carter au lendemain de l'invasion de l'Afghanistan. De 178 milliards de dollars en 1980, ils passaient à 200 en 1981, à 224 l'année suivante, pour atteindre par paliers successifs plus de 292 milliards en

1985, l'année de l'arrivée de Gorbatchev au pouvoir[21]. Dénonçant sur tous les tons l'Union soviétique, ce « foyer du mal dans le monde moderne[22] », le président, qui s'était juré de rendre à l'Amérique sa confiance en elle-même, s'engageait à fond dans ce qui apparaît aujourd'hui comme la dernière des grandes batailles de la guerre froide : celle des euromissiles.

L'enjeu mérite d'en être rappelé. A partir de 1977, le Kremlin avait commencé à déployer au rythme d'une par semaine, pour remplacer des engins vétustes, une fusée à deux étages munie d'une triple tête nucléaire, tirée par un lanceur mobile rapidement rechargeable et d'une portée de près de 5 000 kilomètres, ce qui mettait la totalité de l'Europe occidentale sous son feu.

Helmut Schmidt, alors chef du gouvernement de Bonn, dut se donner beaucoup de mal pour convaincre la Maison-Blanche du danger que constituaient ces « SS 20 ». Michel Tatu l'a parfaitement résumé : « Venant après l'accession de l'URSS à la parité stratégique* avec les États-Unis, ils ont pour effet de substituer au parapluie défensif américain, devenu moins crédible aux yeux des Européens du fait même de cette parité, un parapluie offensif projetant sur les mêmes peuples l'ombre de la nouvelle puissance soviétique[23]. »

La parade allait consister à compléter la parité stratégique par une parité européenne en neutralisant la menace des SS 20 grâce à l'installation à l'ouest du continent de fusées d'une portée comparable — Pershing II et missiles de croisière. Pour leur donner une efficacité politique maximale, ces « euromissiles » étaient exclusivement américains, aucun

* Sont dites stratégiques les armes de longue portée qui menacent le territoire d'une superpuissance à partir soit de celui de l'autre, soit d'un sous-marin ou d'un avion appartenant à celle-ci.

gouvernement européen n'ayant le moyen de s'opposer à leur emploi.

Les Soviétiques mesurèrent vite l'ampleur de l'enjeu : il suffisait d'une demi-heure à ces engins pour raser leurs principaux objectifs militaires, industriels et « démographiques » ; autrement dit, en termes moins pudiques, les villes. Ils déclenchèrent une énorme campagne de propagande en spéculant sur le pacifisme, voire le neutralisme latent, d'une bonne partie de l'opinion, notamment en RFA. C'était compter sans la détermination de Ronald Reagan, de Helmut Kohl, de Maggie Thatcher et aussi, à la fureur de Moscou, de François Mitterrand, dont l'intervention à la tribune du Bundestag, au début de 1982, a sans doute joué dans l'affaire un rôle décisif.

Battu sur le terrain des euromissiles, le Kremlin allait se trouver face à un défi plus grave encore avec l'Initiative de défense stratégique (IDS) du 23 mars 1983, plus connue sous le nom de « guerre des étoiles ». L'ancien acteur d'Hollywood devenu le maître des États-Unis avait-il nourri sa conviction du souvenir de films de science-fiction ? On l'a beaucoup prétendu ; en tout cas il était persuadé de détenir avec l'IDS un moyen d'assurer une protection à 100 % du territoire des États-Unis contre une attaque nucléaire. Un dispositif « multicouches » de stations orbitales était en effet prévu, destiné à neutraliser, grâce à de puissants rayons laser, les fusées adverses dans les minutes suivant leur lancement. Budget prévisionnel : 29 milliards de dollars en cinq ans pour les études, 100 milliards constituant le minimum nécessaire pour rendre le système opérationnel.

Edem Kodjo, qui rappelle ces chiffres, en tire cette irréfutable conclusion : « Si l'Union soviétique veut conserver la parité stratégique acquise, elle devra doubler ses dépenses militaires, les portant autour de 30 % de son PNB. Une telle éventualité ne peut être supportée par aucun État au monde, fût-il le plus planifié[24]. » De toute façon, le retard technologique de l'URSS était tel qu'il était hors de question pour elle de prétendre rattraper l'Amérique dans ce domaine. Et comment ses dirigeants ne se seraient-ils pas inquiétés des risques inhérents à un système d'armes dont le déclenchement ne doit pas résulter d'une décision humaine mais d'une impulsion électronique provoquée par le moindre échauffement suspect sur un site de fusées adverse ?

Les dirigeants en question battaient à l'époque tous les records de la sclérose gérontocratique. Le fringant Brejnev, naguère grand amateur de jupons, de boissons fortes et de grosses cylindrées, n'était plus dans les dernières années de son règne que l'ombre de lui-même. Ses éphémères successeurs, Andropov et Tchernenko, allaient donner l'image de fantômes à l'article de la mort. Malgré le poids d'un establishment militaro-industriel très conservateur, très routinier, le « pouvoir » était bien incapable de faire face à une stratégie américaine visant manifestement à mettre le boxeur dans les cordes. Incapable même de se renouveler : pour l'essentiel, la hiérarchie du Parti paraissait vouée, selon les formules de Jean Laloy et de Jorge Semprun, à la « garde d'un feu éteint[25] » ou à l'« administration tatillonne du cours des choses[26] » en un temps où, par voyageurs, journaux, radios, films, biens de consommation occidentaux ou japonais, l'odeur du fruit défendu pénétrait progressivement la terne société soviétique. Ce qui était d'abord dégel était en passe de devenir débâcle.

Sparte, cette fois, a été battue. Marx, en un sens, l'avait prévu : « Les peuples de l'Ouest, avait-il écrit en 1853, remonteront au pouvoir et retrouveront l'unité de but, tandis que le colosse russe sera ruiné par le progrès des masses et la force explosive des idées[27]. » Il ne s'était pas douté que le colosse se réclamerait de son enseignement.

Devenu le pilote d'un bateau ivre, le syndic de cette faillite, dont l'arrivée au pouvoir avait soulevé tant d'espoirs, a bien failli être emporté par le tourbillon : les révolutions ont une fâcheuse tendance, comme on sait, à manger leurs enfants. Or c'est bien à une révolution qu'il lui a fallu faire face : un nouveau 89.

NOTES

1. Alain Besançon, *Les Origines intellectuelles du léninisme*, Agora, 1987, p. 15.

2. Karl Marx, *Manuscrits de 1844*, MEGA, I, III, cité par Yves Calvez, *La Pensée de Karl Marx*, Seuil, 1956, p. 528.

3. Karl Marx, « Avant-propos de la Critique de l'économie politique », *in Œuvres*, « Économie », Gallimard, Bibliothèque de la Pléiade, t. I, 1963, p. 274.

4. Karl Marx et Friedrich Engels, *L'Idéologie allemande*, *in ibid.*, t. III, « Philosophie », p. 1123.

4. *Le Nouvel Observateur*, 15 août 1991.

5. *Le Monde*, 20 août 1991.

6. Jean-François Fogel, « Cuba, la naufragée du communisme », *Le Point*, 10 août 1991.

7. Karl Marx et Friedrich Engels, *Le Manifeste du parti communiste* ; Marx, *Œuvres, op. cit.*, t. I, p. 161.

8. Karl Marx, *Thèses sur Feuerbach*, *Œuvres, op. cit.*, t. III, p. 1033.

9. Francis Fukuyama, « The End of History », *The National Interest*, été 1989, traduction française dans *Commentaire*, n° 47.

10. Thucydide, *La Guerre du Péloponnèse*, traduction de Denis Roussel, Gallimard, 1964, p. 188.

11. *Ibid.*, p. 190.

12. Andreï Amalrik, *L'Union soviétique survivra-t-elle à 1984 ?*, Fayard, 1970.

13. Hélène Carrère d'Encausse, *L'Empire éclaté*, Flammarion, 1978.

14. Jean-Baptiste Duroselle, *Tout empire périra*, Publications de la Sorbonne, 1981, p. 348.

15. *Foreign Affairs*, juillet 1947.

16. « L'avis d'un super expert », *Le Figaro*, 26 août 1991.

17. Cité par Daniel Moynihan, « Response to Fukuyama », *The National Interest*, été 1989.

18. Paul Kennedy, *Naissance et déclin des superpuissances*, traduction française, Payot, 1989.

19. *Ibid.*, p. 571

20. Ce rapport, rédigé par l'Institut de l'économie mondiale et des relations internationales de l'Académie des sciences de l'URSS, provoqua la fureur du comité du plan, qui le lui avait commandé. Voir à ce sujet les révélations d'Alexandre Iakovlev, principal conseiller économique de Gorbatchev, qui dirigeait alors l'Institut, dans son livre d'entretiens avec Lilly Marcou, *Ce que nous voulons faire de l'Union soviétique*, Seuil, 1991, pp. 22-23. A noter que Iakovlev a démissionné de ses fonctions le 28 juillet 1991, à deux jours de l'arrivée à Moscou de George Bush, en déclarant que la majorité des dirigeants du Parti « sont prêts à accepter n'importe quel programme pourvu que leurs fauteuils et privilèges restent assurés » (*Le Monde*, 30 juillet 1991). Menacé d'être exclu du Parti, il a pris les devants en démissionnant le 17 août. Il a mis en garde la population à cette occasion contre l'imminence d'un coup d'État.

21. *Ramses*, 1985-1986, p. 22.

22. Pierre Mélandri, *Reagan*, Robert Laffont, 1988, p. 352.

23. Michel Tatu, *La Bataille des euromissiles*, Seuil, 1983, p. 17.

24. Edem Kodjo, *L'Occident : du déclin au défi*, Stock, 1988, p. 41.

25. Jean Laloy, *Le Socialisme de Lénine*, Desclée de Brouwer, 1967, p. 292.

26. Jorge Semprun, *La Deuxième Mort de Ramon Mercader*, Gallimard, 1969, p. 381.

27. Article paru le 31 décembre 1853, à la veille de la guerre de Crimée, dans le *New York Tribune*, dont Marx était alors le correspondant à Paris.

CHAPITRE II

89 *bis*

L'étoile d'Octobre qui s'efface refait voir celle de 1789 qu'elle avait cru éteindre.

François Furet, « 1789-1917 », *Le Débat*, novembre-décembre 1989.

Lorsque, le 11 mars 1985, Gorbatchev succède à Constantin Tchernenko, qui vient de mourir après douze mois de règne, passés pour l'essentiel à l'hôpital, personne, à commencer par lui, ne soupçonne l'ampleur des transformations que son avènement va faire subir à l'URSS et, avec elle, au monde entier.

Les signes sont pourtant là, visibles à l'œil nu dès la première minute, et si l'on n'y prête pas assez attention, c'est parce que trop de fois dans le passé, au paradis socialiste, les fruits n'ont pas tenu les promesses des fleurs. Mais le contraste ne pourrait être plus formidable entre le héros du jour et son prédécesseur. Celui-ci était incapable de monter seul un escalier. L'emphysème menaçait à chaque instant de l'étouffer. « Gorby », comme on va bientôt l'appeler, a cinquante-quatre ans, soit vingt ans de moins que lui. Il est le plus jeune secrétaire général à arriver au pouvoir depuis Staline. Si Reagan, à soixante-quatorze ans, ne prenait pas un tel soin de sa forme physique, au demeurant éblouissante, on dirait que la gérontocratie a retraversé l'Atlantique.

Le septième successeur de Lénine respire la santé, la bonne humeur, la confiance en soi. La carte de Corée qui tache de vin son crâne dégarni ne lui donne aucun complexe : il a pu mesurer quelques mois plus tôt, auprès d'une anticommuniste aussi déterminée que Maggie Thatcher, l'efficacité de son pouvoir de séduction. Il se vêt comme un bourgeois cossu et se montre facilement avec son épouse Raïssa, professeur de philosophie, dont la silhouette élégante et les manières policées doivent faire s'étrangler, dans les alcôves de la nomenklatura, bien des épouses ou maîtresses moins gâtées par la nature.

Ministre des Affaires étrangères depuis la nuit des temps, Andreï Gromyko avait été le premier à proposer sa désignation. C'est lui qui se charge de le présenter : « Il a un bon sourire, dit-il, mais ses dents sont d'acier[1]. » Dès le premier jour, le vétéran se met au garde-à-vous devant son poulain : quelques mois plus tôt, il n'avait pas hésité à contredire Tchernenko devant François Mitterrand en visite à Moscou.

Ce changement d'attitude est révélateur : la vieille garde s'est résignée à passer le témoin. Ses membres savent, bien sûr, qu'ils ont toutes chances d'être rapidement poussés dehors par le nouvel arrivant. Mais la situation est si grave, après les années de « stagnation » brejnéviennes et post-brejnéviennes, que le Parti et le pays ont le plus urgent besoin d'un sauveur.

Être appelé au pouvoir, dans ces conditions, tournerait la tête au plus sage. Comment Mikhaïl Gorbatchev ne sous-estimerait-il pas les difficultés qui l'attendent ? Aux atouts dont on a déjà parlé, il en ajoute bien d'autres. Son énergie : c'est elle qui, selon un membre du Politburo de l'époque, Gaider Aliev, aurait persuadé ses pairs que nul ne saurait mieux que lui faire avancer... la cause communiste[2]. Sa connaissance des problèmes agricoles, dont il avait eu longtemps la responsabilité dans la région de Stavropol, au nord du Caucase. Son éducation : il est le premier secrétaire général depuis Lénine à avoir fait des études supérieures, juridiques, faut-il préciser, ce qui explique peut-être le mal qu'il va se donner pour transformer l'URSS en « État de droit » et se faire accorder sur le papier des pouvoirs supérieurs à ceux dont disposait officiellement Staline.

Enfin sa connaissance du monde extérieur, moins théorique que celle de la plupart de ses camarades du Politburo, puisque, plusieurs semaines durant, il a pu, grâce au « milliardaire rouge » André Doumencq, se balader incognito en France ou en Italie au volant d'une voiture. Il a tiré des leçons de ce voyage : Pierre Juquin raconte que, contemplant « sur le parvis du Trocadéro la tour Eiffel, les bosquets, les autos, la mer de maisons, il paraissait rêver ». Il déclara, en tout cas, au militant du PCF qui le cornaquait : « Vous avez bien raison de ne pas vouloir faire comme nous[3]. »

Ce serait miracle, dans ces conditions, s'il ne manifestait pas quelque présomption. Les vieux mis au rancart, on va voir ce qu'on va voir. Avec la « perestroïka », définie comme une « politique qui a pour but d'activer les progrès sociaux et économiques de la vie[4] », il se fait fort de remettre l'URSS sur les rails. « On n'y parviendra, précise-t-il tout de même, que si l'on renforce, dans le peuple soviétique, le sens de la responsabilité vis-à-vis du destin du pays[5] », ce qui suppose, pour commencer, que l'on « respecte la loi » et donc, puisque l'un ne va pas sans l'autre, que le système se « démocratise[6] ». Un peu de *glasnost*, de transparence, et le tour sera joué.

Rien, malheureusement, n'est plus difficile pour un régime autoritaire et *a fortiori* totalitaire que de se « démocratiser ». La preuve en a été cent fois apportée : voir, entre autres, Louis XVI et Napoléon III. Ce n'est pas parce que l'Espagne a superbement réussi sa « transition démocratique » qu'une opération de ce genre est à la portée de tout le monde. Quand ce ne serait que parce que « tout le monde » n'est pas Juan Carlos. Et qu'au moment de la mort de Franco, il y avait déjà, touristes et travailleurs migrants aidant, beaucoup moins de Pyrénées qu'à l'époque où Louis XIV passait pour les avoir fait disparaître.

***

L'URSS n'aura pas fait exception à la règle. La tâche était d'autant plus rude, dans son cas, que celui qui avait la charge de la mener à bien était un pur produit du parti communiste. Il a beau s'être plaint de ce que le pays ait été « emmaillotté par l'idéologie jusqu'à en être pétrifié[7] », il en était lui-même imprégné. A tel point qu'en août 1991 encore, au lendemain du putsch manqué, il déclare qu'il n'est « pas une girouette, qu'il est un homme de principe, et n'abandonnera pas ses principes socialistes[8] ». Autant en emportera vite le vent...

Il admet certes « d'emblée », dès 1987, « que la perestroïka a soulevé plus de difficultés que ce à quoi[9] » il s'attendait. Mais il n'est pas question pour autant, à l'époque, de changer de route : « A l'Ouest, y compris aux États-Unis, (...) certains considèrent que la perestroïka a été rendue obligatoire par l'état désastreux de l'économie soviétique et qu'elle traduit une certaine désillusion vis-à-vis du socialisme, ainsi qu'une crise et de ses idéaux et de ses buts ultimes. Rien n'est plus loin de la vérité qu'une telle interprétation[10]. (...) Nous sentons plus que jamais que, grâce au système socialiste et à l'économie planifiée, les transformations structurelles de notre politique se font bien plus aisément que si nous nous trouvions dans un système d'entreprises privées, même si nous avons nos propres difficultés[11]. »

C'est le même homme qui reconnaîtra en juillet 1991, devant le comité central, la « banqueroute[12] » du système, et ne devra de sauver une partie de sa place, quelques jours plus tard, qu'à la détermination et à l'ascendant de Boris Eltsine. Autrement dit d'un rival qui s'était durement affronté à lui, qui l'avait accusé non seulement de ne pas arriver à se décider et de ne plus supporter la contestation, mais de ne pas avoir montré assez « de mesure dans la question des biens réservés. Il n'aurait pas dû se faire construire une maison sur les monts Lénine, une nouvelle datcha dans les environs de Moscou, en restaurer une seconde à Pitsounda, en bâtir une troisième, hypermoderne, du côté de Foros » (c'est dans cette troisième résidence, située en Crimée, que Gorbatchev a été séquestré pendant le putsch d'août 1991). « Il aime vivre agréablement, confortablement, luxueusement. » Plus grave, dans un tel système : « Son épouse n'arrange rien[13]. »

* * *

Comme tant d'autres avant lui, Gorbatchev était parti de cette constatation, à vrai dire banale, que si tout marchait si mal en URSS, si la production stagnait, si la motivation était faible, la faute en revenait d'abord à une bureaucratie dont Lénine dénonçait déjà la proverbiale « force d'inertie ». Devenue nomenklatura, elle usait et abusait de son pouvoir et de ses privilèges, sabotant toute amorce de réforme de nature à les remettre en cause. Ainsi du lierre : il étouffe et taraude le support, arbre ou mur, sur lequel il prolifère ;

mais quand le temps lui a permis de prolonger ses ravages, on court le risque, à vouloir l'arracher, de faire s'effondrer ledit support, lequel ne doit souvent de survivre qu'à la fragile armature qu'il fournit.

Qu'était pourtant la nomenklatura, sinon le Parti, dont les innombrables « apparatchiks » avaient pour fonction essentielle de surveiller les rouages de la machine administrative et technique ? Son existence remonte à l'époque où les bolcheviks, extrêmement minoritaires dans le pays, étaient bien forcés d'utiliser les services de fonctionnaires hérités du tsarisme, auxquels ils ne faisaient aucune confiance. Le simple bon sens aurait dû conduire à douter que l'on puisse durablement s'assurer de cette manière le concours de bureaucrates qui n'avaient pas attendu la révolution d'Octobre pour trouver dans la nonchalance une efficace parade aux tracasseries de l'autocratie. Gorbatchev n'en a pas moins commis l'erreur fondamentale sur laquelle un bon connaisseur américain, Martin Miala, a mis le doigt : « Il a pris la maladie pour un médecin, en ne voyant pas que le Parti constituait la cause essentielle du mal qui rongeait le système[14]. »

On imagine difficilement, il est vrai, un pape détruisant de ses mains l'Église dont les cardinaux viennent de lui confier la charge. Comme le Khrouchtchev du XXe congrès, comme le Jean XXIII de Vatican II, Gorbatchev ne songe pas à changer le système : il veut le revigorer. Et, pour ce faire, balayer les scories qui, en s'accumulant, l'ont à la fois défiguré et paralysé. Le concile avait trouvé la solution dans le retour au Christ. Lui croit l'avoir trouvée dans le retour à Lénine, auquel les slogans de perestroïka et de glasnost, comme le rappelle opportunément Hélène Carrère d'Encausse[15], ont d'ailleurs été empruntés. Haro donc sur ceux qui, de Staline à Brejnev, avaient perverti son message et laissé se développer les maux qui rongent la société soviétique.

Le procès de Staline et du stalinisme, ouvert avec fracas par Khrouchtchev en 1956, mais discrètement remis dans le tiroir par un Brejnev peu soucieux de voir le bébé socialisme disparaître avec l'eau du bain, reprend avec une vigueur inégalée. L'une après l'autre, les victimes du Géorgien sont réhabilitées et la lumière faite sur les agissements de celui dont personne ne doute plus à présent qu'il fut l'un des plus grands criminels de tous les temps. Seul Trotski, bien que présent à nouveau dans tous les livres d'histoire, et objet de débats et de conférences, se voyait encore refuser, à la veille du putsch, une pleine réparation. Comment la foi que la masse pouvait conserver dans les vertus du système n'aurait-elle pas été ébranlée par cette fureur iconoclaste ?

En ouvrant la boîte de Pandore de la liberté d'expression, la glasnost aura « corrodé comme un acide[16] », constatent Jacques Lesourne et Bernard Lecomte, une société habituée à vivre depuis soixante-dix ans sur le mensonge généralisé. D'autant plus que la période stalinienne n'est pas seule soumise au feu de l'accusation. Dès le XXVIIe congrès du Parti, en février-mars 1986, Gorbatchev lance une offensive tous azimuts contre la « stagnation », visant ainsi Brejnev, dont les nostalgiques sabotent naturellement à qui mieux mieux ses initiatives. « Il ne peut y avoir trop de vérité », va-t-il jusqu'à dire[17].

Deux mois plus tard, la catastrophe nucléaire de Tchernobyl lui fournit l'occasion de mettre à l'épreuve cette profession de foi. La première réaction de l'appareil est conforme, pour reprendre les paroles de Chevardnadzé, « à un scénario qui avait déjà fait ses preuves dans le passé. L'absence d'informations complètes et véridiques était compensée par un puissant "appui idéologique" à ce qui était improuvable, par une réaction bruyante au "tapage propagandiste orchestré en Occident"[18] ». L'ancien ministre des Affaires étrangères reconnaît que Gorbatchev avait mis par la suite « tous les points sur les i ». Mais il conclut que « Tchernobyl a été la première épreuve pour la transparence et que celle-ci en est sortie vaincue[19] ».

Tchernobyl, de même que, deux ans et demi plus tard, le tremblement de terre d'Arménie, aura joué un rôle majeur — on le verra plus loin — dans le ralliement du Kremlin à la coopération mondiale. Mais ces deux catastrophes ont aussi convaincu Gorbatchev de la nécessité d'aller beaucoup plus loin dans la voie des réformes qu'il ne l'avait envisagé jusqu'alors. En éclairant de manière aveuglante les dysfonctionnements du système, elles avaient en effet démontré, malgré le magnifique dévouement de nombre de sauveteurs, sa fondamentale, sa structurelle impuissance.

Ce n'est pas sur les bureaux que le secrétaire général pouvait compter pour reprendre les choses en main : redoutant le pire, c'est-à-dire la remise en question de leurs privilèges, et plus simplement de leurs habitudes, ils faisaient traîner les dossiers, bloquaient les décisions, décourageaient les esprits entreprenants. Du coup, le scepticisme s'emparait petit à petit de la population. La bonne mine de Gorbatchev, son parler vrai lui avaient fait espérer une amélioration rapide de ses conditions de vie : elle s'apercevait que tout allait de mal en pis. Les queues s'allongeaient devant les magasins vides, le chômage se généralisait, l'inflation galopait, le marché noir et la corruption, déjà florissants sous Brejnev, s'étendaient de plus en plus. La criminalité prenait des proportions alarmantes, à tel point que lorsque des « sondeurs » demandaient aux Soviétiques qui gouvernait réellement le pays, près d'un tiers n'hésitaient pas à répondre : la mafia.

Un tel jugement n'a rien de surprenant. Pour le colonel Gourov, chef du bureau d'études du ministère de l'Intérieur, il s'agit « d'une véritable fédération de bandes criminelles organisées, possédant des correspondants à l'étranger et des possibilités locales de blanchiment de l'argent, contrôlant, sur tout le territoire soviétique, l'ensemble de la criminalité (...), le trafic de la drogue et la prostitution[20] ». Le volume des « affaires » qu'elle traite serait de l'ordre de 100 milliards de roubles par an, soit 12 % du PNB[21]. Le cas n'est pas isolé, et d'ailleurs la mafia soviétique travaille de plus en plus avec l'américaine. Mais, comme l'écrit une spécialiste, c'est « la structure même du pouvoir en URSS qui pousse à en abuser (...), la totale imbrication du criminel, de l'économie et du politique » aboutissant à constituer « une structure hiérarchique organisée afin de parasiter le système[22] ». Aussi ne compte-t-on pas le nombre de hauts personnages qui ont fini par se retrouver en prison, voire devant un peloton d'exécution. Parmi les coupables mis hors d'état de nuire, le propre gendre de Brejnev, ex-vice-ministre de l'Intérieur, le général Chtchelokov, qui, ministre de l'Intérieur de Brejnev, s'est tiré une balle dans la tête avant même l'arrivée de Gorbatchev au pouvoir, Rachidov, premier secrétaire d'Ouzbékistan, etc.

Curieusement, cependant, on n'arrête presque jamais les « parrains », qui sont les vrais chefs de la mafia, chacun ayant à son service des centaines d'agents de renseignement et d'hommes armés. C'est qu'ils font cause commune, à tous les échelons, avec les conservateurs du Parti. Ceux-ci, en échange de pots-de-vin et d'avantages divers, s'emploient à qui mieux mieux à freiner le cours de la justice. On le voit bien lorsque, en mai 1989, deux juges chargés du dossier de la mafia ouzbek, Telman Gdlyan et Nikolaï Ivanov, en sont dessaisis et accusés d'atteintes à la légalité. Mais ce sont des battants. Ils posent leur candidature au tout nouveau Congrès des députés du peuple où ils sont élus haut la main et rendent publiques leurs accusations au cours d'un vaste meeting.

Devenu la bête noire de la nomenklatura, sans être le moins du monde soutenu par Gorbatchev, Gdlyan n'hésitera pas par la suite à dénoncer le soutien que le secrétaire général accorderait selon lui à la mafia du Parti[23].

Le comportement de « Gorby », à cette époque, étaye le jugement d'Eltsine sur son indécision. Il veut tout à la fois réduire les pouvoirs du PC, en demeurer le maître et dépendre de lui le moins possible. Il suit, pour y parvenir, une stragégie « centriste », s'appuyant tour à tour sur sa droite pour résister à sa gauche, en attendant de recourir, le moment venu, au processus inverse : il existe de meilleurs moyens de se faire des amis.

Le secrétaire général n'a pas oublié dans quelles conditions un autre réformateur, Nikita Khrouchtchev, s'est fait un beau matin débarquer par le comité central alors qu'il passait de paisibles vacances au bord de la mer Noire. Il croit se garantir contre un coup de ce genre le 14 mars 1990, en obtenant sa désignation à la tête de l'État non plus d'une émanation du Parti, mais d'une sorte de superparlement, ce Congrès des députés du peuple auquel s'est fait élire le juge Gdlyan.

Précaution bien inutile, puisqu'il sera pris au piège, lui aussi, sur la mer Noire, sans que les conjurés s'embarrassent beaucoup de considérations juridiques, sans qu'ils cherchent même à lui retirer son mandat de secrétaire général du Parti : l'un des aspects les plus révélateurs de ce putsch manqué est certainement qu'à aucun moment la junte n'a fait la moindre référence au dit Parti, preuve s'il en fallait que l'immense machine qui, des décennies durant, avait dominé l'empire de tout son poids ne comptait plus désormais que pour du beurre. D'autant plus que sa direction a attendu pour se manifester de bien voir de quel côté le vent soufflait. Trop tard : de la même façon qu'elle avait déferlé, deux ans plus tôt, en Europe de l'Est, la fureur populaire va littéralement balayer le PC.

Gorbatchev aura sans doute mesuré alors ce qui a constitué, avec le mauvais choix — par lui reconnu, c'était bien le moins — de ses collaborateurs, son erreur principale : il n'a pas osé se soumettre au verdict du suffrage universel. Le Congrès est un organisme hybride où 80 % des députés, désignés en fait par le Parti, côtoient de véritables élus dont certains littéralement plébiscités : c'est notamment le cas de Boris Eltsine. Celui-ci en tire d'autant plus d'autorité que le Parti, et Gorbatchev avec lui, ont tout fait pour neutraliser ce contestataire impavide. Après l'avoir limogé de son poste de premier secrétaire pour la ville de Moscou, ils ont tenté de l'impliquer dans divers scandales. Sa voiture étant tombée dans la Moscowa, ses adversaires ont répété qu'il était ivre, tandis qu'il les accusait d'avoir voulu l'assassiner.

Son discours direct, son appel au patriotisme russe, sa présence aux cérémonies religieuses lui valent une popularité grandissante. Il réussira à imposer à un Gorby qui n'en voulait manifestement pas l'élection au suffrage universel du président de la Russie et à enlever le scrutin à la majorité de 60 % des votants, contre 17 % seulement au candidat du Parti. Il ne lui reste plus qu'à entrer dans l'Histoire comme celui qui aura vaincu les putschistes. Leur chef, lors de sa première conférence de presse, avait les mains qui tremblaient. Lui, debout sur un char, prouvait qu'il avait vaincu la peur.

***

A peine élu au printemps 1989, le nouveau Congrès est le théâtre de débats comme on n'en a jamais connu en URSS : chaque jour, des dizaines de millions de citoyens délaissent leur travail pour contempler à la télévision des parlementaires dénonçant à cœur ouvert les mille et un vices du système. Mais l'événement le plus considérable qui s'y déroule est sans conteste l'intervention à la tribune, le 12 décembre 1989, d'Andreï Sakharov, le père de la bombe H soviétique devenu, au prix de sa liberté, et au péril de sa vie, le champion des droits de l'homme dans la patrie du socialisme. Rapatrié de son exil de Gorki en décembre 1986 par un Gorbatchev désireux de convaincre l'Occident de ses bonnes intentions, il lui demande solennellement de faire disparaître de la Constitution l'article 6, qui pose en principe le monopole du pouvoir par le Parti.

Visiblement furieux, Gorby lui coupe la parole, sans se douter que quelques jours après le grand savant mourra d'un infarctus. S'en juge-t-il responsable ? Le fait est qu'il assistera aux obsèques de Sakharov et, moins de deux mois plus tard, demandera lui-même et obtiendra la suppression du fameux article 6. Social-démocrates, réformateurs, voire monarchistes, les partis vont désormais proliférer tandis que le PC subit une hémorragie sans précédent. Quatre millions d'adhérents sur dix-neuf le quittent en quelques mois, sans que l'on soit trop sûr que les restants aient vraiment tous renouvelé leur carte et payé leur cotisation. Aux élections locales, il perd le contrôle de plusieurs grandes villes, à commencer par Moscou et Leningrad ; les habitants de l'ancienne capitale des tsars vont même demander par référendum qu'elle retrouve son vieux nom — allemand ! — de Saint-Pétersbourg. Ce sera chose faite en septembre 1991.

Non seulement le Parti voit ses recettes fondre comme beurre au soleil et doit céder une partie de ses biens immobiliers à d'autres organismes, mais Eltsine, qui l'a lui-même quitté, lui interdit toute activité dans les entreprises de la République russe. L'un après l'autre, des collaborateurs très proches de Gorbatchev se retirent à leur tour du PC : parmi eux Chevardnadzé, qui en décembre 1990 a démissionné avec éclat de son poste de ministre des Affaires étrangères en évoquant le risque d'une nouvelle dictature, et le conseiller économique Iakovlev, qui en fera autant quarante-huit heures plus tard.

C'est dans ce climat électrique que Gorbatchev soumet au comité central du Parti, en juillet 1991, un nouveau programme comportant rien de moins que la renonciation à la lutte des classes. « Notre expérience et celle d'autres peuples, déclare-t-il, ne donnent pas de bases suffisantes pour croire que le but du communisme puisse être atteint dans un avenir prévisible. » Et d'inviter le PC à devenir ce que ses militants avaient appris à haïr le plus : une formation social-démocrate qui n'hésite pas à se déclarer favorable au « développement libre de toutes les formes collectives ou privées de l'économie (...) et à la liberté de tous les cultes[24] ». La boucle est bouclée : on ne saurait tourner le dos plus nettement à l'enseignement non seulement de Lénine mais aussi de Marx, pour qui « l'histoire de la société jusqu'à nos jours, c'est l'histoire de la lutte des classes[25] ». C'en est trop pour les conservateurs, assurés, en tout état de cause, d'être écrasés aux élections générales qui se profilent à l'horizon.

Mal organisé, ne tenant aucun compte de l'état des mentalités, leur coup d'État était voué à l'échec, comme l'a écrit dès le lendemain de son déclenchement Michel Tatu, ajoutant que la seule question était de savoir quand cet échec se produirait[26]. Vingt-quatre heures plus tard, tout le monde connaissait la réponse : la conjuration s'effondrait et avec elle le Parti. En un instant, il perdait ses immeubles, ses journaux, se voyait interdire toute activité, le KGB était décapité et la population, répandue dans les rues sous une marée de drapeaux de la Russie d'autrefois, abattait l'un après l'autre les symboles du communisme. Gorbatchev se décidait — enfin — à démissionner de son poste de secrétaire général et à annoncer l'élection au suffrage universel du président de ce qui resterait de l'Union soviétique.

Le doute cette fois n'était plus permis : c'était une révolution prolongeant celle dont l'Europe centrale et orientale avait été le théâtre à partir de 1989. Son ampleur égale celle de 1789. Il s'agit en effet, dans un cas comme dans l'autre, de révolutions au sens propre, c'est-à-dire aboutissant à substituer une légitimité à une autre. En 1789, et en 1917, celle du peuple à celle d'un monarque investi par la Providence : en 1989-1991, celle du peuple, à nouveau, à celle d'un parti qui, s'étant autoproclamé « avant-garde du prolétariat », prétendait parler en son nom. Des révolutions exaltant tout à la fois, comme il y a deux siècles, l'idée de Liberté et celle de Nation, prenant ainsi une revanche éclatante sur une époque qui, au nom d'une Raison abstraite, avait prétendu les mettre au rancart.

***

Qui, à part une poignée d'indomptables à la Churchill ou à la de Gaulle, aurait osé parier, alors que l'araignée nazie avait pris dans sa toile, cinquante ans plus tôt, la quasi-totalité de l'Europe, que ce siècle et ce millénaire verraient, avant de finir, l'apothéose de la démocratie ? La liste est longue des peuples qui, depuis 1945, ont recouvré la liberté perdue, voire accédé à une démocratie qu'ils n'avaient jamais connue. L'Albanie, longtemps réputée dernier bastion du stalinisme, ayant à son tour procédé à des élections législatives où le secret du vote a été à peu près respecté, et qui ont fait une large place à l'opposition, il n'y a plus à proprement parler de dictature en Europe.

Depuis la défaite électorale, en 1988, et la chute du doyen des « caudillos », le général Stroessner, pendant trente-cinq ans maître absolu du Paraguay, on peut faire la même constatation à propos de l'Amérique du Sud. L'Amérique centrale, où le castrisme a perdu son aura, semble gagnée à son tour par la vague démocratique. Il n'est pas jusqu'à Haïti, le pays le plus pauvre de l'hémisphère occidental, qui n'ait fini par se libérer de la sanglante tyrannie des « tontons macoutes » en mettant à sa tête un prêtre progressiste.

Bien des peuples d'Asie, du Népal à la Corée du Sud en passant par le Bangladesh et Taïwan, ont nettement progressé vers la démocratie. Si l'on peut difficilement en dire autant de la plupart des États arabes du Proche-Orient, le fait est que le multipartisme acquiert petit à petit droit de cité au Maghreb et dans plusieurs pays d'Afrique noire : on a même vu les présidents sortants du Cap-Vert, puis du Bénin, manquer haut la main leur réélection sans chercher à déstabiliser leur successeur. Madagascar est en pleine effervescence. Plus spectaculaire encore est l'évolution de l'Afrique du Sud, dont il sera question au chapitre V. Gorbatchev a manqué beaucoup de choses, mais il aura au moins considérablement fait progresser son pays et le monde vers cet « État de droit » qu'il s'est très vite donné comme objectif d'établir. Pour un George Bush qui rêve de soumettre le monde entier, à l'instar des États-Unis, au règne de la loi *(The Rule of the Law)*, quel triomphe ! Aussi bien se prive-t-il de moins en moins de dire, aux uns et aux autres, y compris à Gorbatchev et à Eltsine, ce qu'ils doivent faire et ne pas faire.

Gardons-nous cependant de trop prolonger les courbes. Ce qui est vrai aujourd'hui ne le sera pas nécessairement demain. L'Histoire a connu trop de rebondissements, le moment présent est chargé de trop de désordres, de souffrances et d'injustice, la Vertu dont Montesquieu faisait la condition *sine qua non* de la démocratie est trop rare pour qu'on puisse tenir sa victoire pour assurée.

Il n'est pas de jour où la violence politique ne fasse, en plusieurs points du monde, un nombre plus ou moins élevé de victimes. Même si leurs jours sont désormais comptés, les communistes tiennent encore les rênes en Chine, en Corée du Nord, au Vietnam, au Laos, à Cuba, en Serbie, et personne ne sait qui leur succédera. Le Sentier lumineux terrorise toujours le Pérou. L'armée a repris le pouvoir en Thaïlande. Elle tient pour nul, en Birmanie, le résultat des élections qu'elle avait imprudemment autorisées. Le bruit des bottes se fait encore entendre dans plus d'un pays d'Asie. L'assassinat de Rajiv Gandhi et de plusieurs autres candidats au Parlement a mis en lumière la fragilité de la démocratie indienne. Le PC continue de gouverner l'État indien du Bengale occidental et il a effectué une poussée inattendue aux premières élections libres du Népal.

La liberté, dans l'idée qu'on s'en fait aujourd'hui, n'est plus concevable sans la soumission à la loi du marché. Le discours des actuels dirigeants de l'Est diffère de moins en moins, à ce propos, de celui de leurs homologues occidentaux. Avant de procurer à leurs concitoyens l'abondance que ceux-ci attendaient de l'avènement de la démocratie, il leur faut d'abord leur administrer un traitement de cheval à base de lutte contre l'inflation, de vérité des prix, de productivité et de privatisation, qui engendre inévitablement, pour une longue période, le chômage et la chute du pouvoir d'achat. Des années d'austérité seront nécessaires avant qu'apparaissent les premiers signes de mieux-être.

Les peuples intéressés auront-ils la patience nécessaire ? A la veille de la Seconde Guerre mondiale, c'était à qui aurait les mots les plus durs pour fustiger un libéralisme économique responsable, entre autres, de la crise de 1929. Rien ne garantit que l'on n'entendra pas à nouveau ce discours.

Après ce qui vient de se passer en URSS, il paraît exclu

que le communisme puisse renaître de ses cendres sous les formes que ce siècle a connues. Mais avant Marx il y a eu Platon, les esséniens, les Gracques de l'Empire romain et de la Révolution française, les jésuites du Paraguay... L'aspiration égalitaire qui fonde le rêve socialiste est fort antérieure à l'auteur du *Capital* et à Lénine. Et elle survivra sans doute à la faillite présente de leurs épigones. Le feu n'est pas totalement éteint sous la cendre. Il y a toujours des militants pour croire dans la justesse de leur cause. On leur objecte Staline, la Révolution culturelle, Budapest, Prague, Pol Pot, Tiananmen et les Ceausescu. Ils répondent avec les méfaits du grand capital, les crises et les guerres mondiales, le colonialisme, Hitler, Hiroshima, le Vietnam. A leurs yeux, les monstruosités commises au nom de la foi marxiste n'enlèvent rien à sa valeur. La Saint-Barthélemy et le massacre des Indiens du Mexique effacent-ils à ceux des chrétiens le Sermon sur la Montagne et saint François d'Assise ?

De toute façon, la recette totalitaire n'est pas le monopole des marxistes. Ce qu'Alain Minc appelle à juste titre « la vengeance des nations[27] » a déjà réveillé ici ou là un démon qu'on aurait voulu croire mort pour toujours. Mais elle a aussi permis l'émancipation de l'Europe de l'Est et la réunification de l'Allemagne.

Notes

1. Déclaration rappelée par Michel Richard, « Relations extérieures », *Le Point* « Spécial Gorbatchev », 22 août 1991.

2. Golos Armeni, 7 octobre 1980, cité par Richard Pipes *in* « The Soviet Union Adrift », *Foreign Affairs* - America and the World, 1990-1991, p. 71.

3. Pierre Juquin, *Fraternellement libre*, Grasset, 1987, p. 119.

4. Mikhaïl Gorbatchev, *Perestroïka*, traduction française chez Flammarion, 1987, p. 10.

5. *Ibid.*, p. 143.

6. *Ibid.*, p. 147.

7. Rapport à la 19e conférence nationale du PCUS, cité par Jacques Beynac, *La Révolution gorbatchévienne*, L'Arpenteur, Gallimard, 1988, p. 63.

8. *L'Humanité*, 23 août 1991.

9. Gorbatchev, *op. cit.*, p. 10.

10. *Ibid.*, pp. 9-10.

11. *Ibid.*, p. 47.

12. *Financial Times*, 26 juillet 1991.

13. Boris Eltsine, *Jusqu'au bout*, Calmann-Lévy, 1990, pp. 176-186.

14. Article paru initialement sous la signature Z, *in Daedalus*, hiver 1990, traduction française dans *Commentaire*, nos 51 et 52.

15. Hélène Carrère d'Encausse, *Le Grand Défi, Bolcheviks et Nations, 1917-1930*, Flammarion, 1987, p. 9.

16. Jacques Lesourne et Bernard Lecomte, *L'Après-communisme*, Robert Laffont, 1990, p. 43.

17. Edouard Chevardnadzé, *L'Avenir s'écrit Liberté*, Odile Jacob, 1991, p. 313.

18. *Ibid.*, p. 314.

19. *Ibid.*, p. 318.

20. Cité par Michel Garder, « La Guerre civile froide russo-soviétique », *Ésope*, no 476, 1991.

21. Renata Lesnik et Hélène Blanc, *L'Empire corrompu*, Robert Laffont, 1990, p. 17.

22. Virginie Coulloudon, « Le crime organisé et le pouvoir », *Géopolitique*, nº 34, 1991.

23. Interview à *France-Soir*, 20 février 1990.

24. *Le Monde*, 26 et 27 juillet 1991.

25. Karl Marx, *Œuvres*, *op. cit.*, t. I, p. 161.

26. « L'échec, mais quand ? », *Le Monde*, 21 août 1991.

27. Alain Minc, *La Vengeance des nations*, Grasset, 1991.

CHAPITRE III

Réunifications en chaîne

A une époque récente, les Russes ont menacé et voulu avancer. Mais cette époque est terminée. Ils ont beaucoup trop de choses à faire chez eux. Ils sont aux prises avec les distances, leur économie est faible, le gaspillage général, le peuple peu travailleur. Les satellites évoluent, ils évolueront davantage encore. Et puis il y a les Chinois. L'URSS nourrit contre l'Allemagne beaucoup de préventions. Mais elle a besoin d'alliés sur le plan économique. Elle tendra donc à s'arranger avec vous. Il faut aider cette évolution. S'agissant même de la réunification, les Soviétiques savent qu'elle se fera un jour. Ils ne pourront à la longue pas résister à une politique de détente.

De Gaulle au chancelier Kiesinger,
13 janvier 1967[1].

Lénine, c'est l'archétype du manichéen[2]. Pour lui la réalité était simple : il y avait « eux » et « nous ». Il ne faisait ainsi que reprendre le langage de l'intelligentsia russe du XIXe siècle : « nous », c'était elle ; « eux », le gouvernement. Mais il en élargissait le sens : « eux » désignant désormais les capitalistes, les impérialistes, les bourgeois, les rapaces de diverses espèces et leurs infâmes valets ; « nous », les communistes, qui allaient faire table rase de toutes les turpitudes et abolir l'exploitation de l'homme par l'homme. « L'existence de la République soviétique côte à côte avec les États impérialistes pour une longue période est impensable. A la fin des fins, proclamait-il en 1918, l'un des deux doit l'emporter. Dans l'intervalle, une série de collisions effroyables entre la République soviétique et l'État bourgeois est inévitable[3]... »

Les premiers chrétiens comptaient bien assister eux-mêmes au retour du Christ sur terre. De même Lénine croyait-il à l'imminent avènement de la révolution mondiale. Écoutons-le, en mars 1919, au congrès constitutif de la IIIe Internationale : « Le système soviétique a remporté la victoire non seulement dans la Russie arriérée, mais dans le pays le plus civilisé d'Europe, l'Allemagne, et dans le plus vieux pays capitaliste, l'Angleterre. » C'était beaucoup s'avancer, mais il en conclut que « la victoire de la révolution communiste mondiale est assurée[4] ». Trois semaines plus tard, le très éphémère succès du communisme en Hongrie le pousse à renchérir : « Nous sommes sûrs qu'il n'y aura plus que six mois vraiment durs. (...) Nous verrons naître la République internationale des soviets[5]. »

On a bien lu : révolution mondiale, internationale. Lorsque l'univers capitaliste aura réussi à se protéger par un « cordon sanitaire », sorte de rideau de fer à l'envers, de la contagion du bolchevisme, le Kremlin devra se contenter de construire, selon la formule de Staline, le « socialisme dans un seul pays », et donc admettre la possibilité d'une « coexistence pacifique », voire d'une collaboration entre systèmes sociaux différents. Mais le Géorgien reste dans la tradition de Lénine. Il ne s'agit, dans son esprit, que d'un « répit », la guerre entre le capitalisme et le communisme demeurant « inévitable[6] ». Il faudra attendre son premier successeur, Georgi Malenkov, pour enregistrer un second correctif : la guerre n'est plus « inévitable », la montée en puissance du camp socialiste lui permettant désormais de l'emporter sans que l'adversaire affaibli recoure aux armes.

Aux yeux de Mao, cependant, cette belle assurance dissimulait une attitude capitularde. Il le déclara sans ambages, notamment au « révisionniste » Khrouchtchev qui lui avait coupé, par peur de l'usage qu'il en ferait, toute aide nucléaire. Ce désaccord n'est pas pour rien dans la rupture intervenue au début des années soixante entre Pékin et Moscou. Mao tenait l'impérialisme américain pour un « tigre de papier » qu'on ne risquait plus rien à affronter. Khrouchtchev répondait que le tigre de papier en question avait des « dents atomiques » et que mieux valait ne pas trop s'y frotter.

« Monsieur K. » n'avait pas pour autant abandonné sa vision bolchevique d'un monde partagé entre exploiteurs et exploités, et il ne se privait pas d'annoncer aux capitalistes, quitte à ne pas refuser leurs sous, qu'il les enterrerait tous. Le camp socialiste reposant sur des bases à la fois plus rationnelles et plus justes, il allait bientôt « rattraper et dépasser », avant d'en venir purement et simplement à bout, les performances de l'« ennemi ».

***

Or voilà que, le 2 novembre 1987, pour le soixante-dixième anniversaire de la révolution d'Octobre, Gorbatchev déclare que l'analyse de la situation en termes de « lutte entre deux systèmes opposés » est dorénavant « impossible » et que le mouvement communiste doit en tirer les conséquences en tenant compte du « besoin de renouveau et de changements qualitatifs[7] ». Il commence ainsi à prendre avec le léninisme, en politique étrangère, autant de libertés qu'il l'a fait en remettant en cause, à l'intérieur, la prédominance du Parti sur l'État. Mais il ira plus loin. Le 7 décembre 1988, il n'hésite pas à dire devant l'Assemblée générale des Nations unies : « L'idée de démocratiser l'ordre mondial tout entier est devenue une grande force sociopolitique. L'économie mondiale devient un organisme unique, et aucun État ne peut envisager de se développer en marge. (...) La vie nous force à abandonner les stéréotypes et les idées vieillies, comme elle nous force à oublier les illusions. (...) Il serait naïf de penser que les problèmes actuels de l'humanité pourraient être résolus avec les moyens utilisés dans le passé. Les relations politiques mondiales devraient être guidées par la primauté des valeurs humanitaires universelles. (...) Cela exige que l'idéologie soit exclue des relations entre États[8]. »

Quelques jours plus tard, le chef du gouvernement soviétique, Nikolaï Ryjkov renchérira sous le coup de l'émotion suscitée par le tremblement de terre d'Arménie : « Face à cette immense tragédie, nous commençons à comprendre que les valeurs humaines universelles et la survie même de notre civilisation sont les principales choses au monde[9]. »

« Valeurs communes », « nous commençons à comprendre », « notre civilisation »... Quelle humilité dans ces quelques mots ! Quel aveu d'échec d'un rêve prométhéen ! Et pourtant, on n'a pas bien mesuré, sur le moment, la portée de ces propos. C'est que responsables et observateurs étrangers avaient été trop échaudés dans le passé pour reconnaître aisément dans la bouche d'un dirigeant soviétique les accents de la sincérité. A leurs yeux, il ne s'agissait une fois de plus que d'endormir le bourgeois, d'amener les gouvernements à faire le maximum de concessions dans les négociations en cours sur la limitation des armements.

L'annonce spectaculaire par « Gorby », dans son discours à l'ONU, d'une réduction unilatérale de 10 % des forces soviétiques ne remettait aucunement en cause, en effet, l'écrasante supériorité des armées du pacte de Varsovie sur celles de l'OTAN. « Rares », à vrai dire, comme le relevait un rapport du groupe Renouveau-Défense, étaient à l'époque « les initiatives de Gorbatchev qui ne renferment pas quelques ambiguïtés (...), qui n'impliquent pas, de la part des Occidentaux, l'abandon ou l'acceptation de l'affaiblissement de quelque gage concret, de quelque entreprise nécessaire contre quoi, jusqu'ici, l'URSS avait lutté vainement par des méthodes frontales[10] ».

On n'avait pourtant pas souvent vu un dirigeant soviétique s'engager aussi résolument dans la voie des concessions. Oubliant les innombrables « jamais » proférés par ses prédécesseurs, Gorbatchev n'a pas hésité à signer avec Ronald Reagan, champion de la lutte contre l'« Empire du mal », un traité qui, sous l'emblème de « l'option zéro », a débarrassé l'Europe de ses trop fameux euromissiles. Il a multiplié les gestes dans les diverses négociations sur la réduction des armements, tant nucléaires que « conventionnels », acceptant notamment que des observateurs de chaque « camp » vérifient sur place l'exécution des mesures décidées. Il a retiré ses troupes d'Afghanistan, obtenu que les Cubains évacuent l'Angola et les Vietnamiens le Cambodge. Encouragé Yasser Arafat à reconnaître l'État d'Israël et amorcé avec celui-ci un net rapprochement. Renoué avec l'Afrique du Sud et contribué largement à la conclusion de l'accord sur l'indépendance de la Namibie.

Surtout, si son discours aux Nations unies a un sens, c'est bien celui de la renonciation à ce qu'on avait appelé à l'Ouest, par référence à la fameuse doctrine Monroe de

1823*, la « doctrine Brejnev ». Autrement dit, à son droit prétendu, affiché au moment de l'invasion de la Tchécoslovaquie et souvent réaffirmé par la suite, d'intervenir en tout pays de sa sphère d'influence dès lors que les « conquêtes du socialisme » — lisez : les siennes propres — y sont menacées. Pour que les choses soient bien claires, au lendemain de la signature, en 1975, de l'acte final d'Helsinki qui déclinait sur tous les tons les thèmes de la non-intervention dans les affaires des autres, l'URSS s'était empressée de conclure avec la République démocratique allemande un traité autorisant la patrie du socialisme à aller rétablir l'ordre à Berlin-Est, si elle le jugeait nécessaire, sans avoir à demander la permission à qui que ce fût. Sans doute Brejnev n'avait-il pas oublié qu'à Prague, en septembre 1968, il ne s'était trouvé personne pour cautionner légalement l'appel à l'aide « fraternelle » de la glorieuse Armée rouge...

***

On ne croit jamais que les gens vont faire ce qu'ils disent. Dans la meilleure hypothèse, et quelles que soient leurs intentions, ils n'en font d'ailleurs le plus souvent qu'une partie. Aussi n'a-t-on pas assez relevé, à l'Ouest, un passage de la déclaration commune signée le 13 juin 1989 par Kohl et Gorbatchev, à l'issue d'une visite officielle de celui-ci à Bonn, selon lequel « la construction de l'Europe de la paix et de la coopération » impliquait « le respect sans réserves de l'intégrité et de la sécurité de chaque État, chacun ayant

* Le président Monroe avait déclaré en 1823 que les États-Unis s'abstiendraient de toute ingérence dans les affaires du Vieux Monde mais considéreraient comme « inamicale (...) toute intervention [de la Sainte-Alliance] contre l'indépendance des Républiques sud-américaines ». Voir chapitre XIV.

le droit de choisir librement un système politique et social », et également « le respect sans réserves des principes et des normes du droit international, notamment le respect du droit des peuples à disposer d'eux-mêmes[11] ».

La compréhension mutuelle dont faisait état ce long document paraissait plutôt conforter la crainte, alors très répandue, de voir la RFA succomber à la dérive « neutraliste » ou « finlandaise » sous l'invocation de la « maison commune » chère à Mikhaïl Gorbatchev. En réalité, la déclaration constituait « un affront au régime est-allemand, qui ne pouvait qu'accroître l'insécurité de sa classe politique[12] ».

Celui qui présidait depuis plus d'un quart de siècle à ses destinées, le quasi octogénaire Erich Honecker, appartenait en effet, avec les dirigeants de Prague et de Bucarest, au clan des vieux staliniens ouvertement hostiles à une perestroïka soupçonnée, non sans raison, de conduire le système communiste tout droit à sa ruine. Or Jaruzelski, en Pologne, venait de s'entendre avec Lech Walesa, qu'il avait naguère jeté en prison, pour confier à un vieux militant de Solidarité, Tadeusz Mazowiecki, la direction du gouvernement polonais. La Hongrie s'engageait chaque jour un peu plus avant dans la voie de l'économie de marché et de la liberté d'expression. Les étudiants de Pékin s'étaient révoltés.

La télévision ouest-allemande, librement reçue en RDA, répandait quotidiennement, sur sa morne grisaille, les chatoyantes images de la société d'abondance et de la démocratie. Et le nombre des Allemands de l'Est autorisés pour une raison ou pour une autre à franchir le mur s'était élevé, en 1988, à cinq millions, soit près du tiers de la population. Bien sûr, ces concessions n'avaient d'autre objet que d'ouvrir des soupapes au mécontentement, mais les comparaisons qu'elles permettaient ne faisaient que le nourrir.

Les ressortissants de la RDA pouvaient se rendre sans

visa, pour y passer leurs vacances, dans les autres pays du pacte de Varsovie. Or l'un d'eux — en l'espèce la Hongrie — avait symboliquement démantelé une partie du rideau électrifié la séparant de l'Autriche. La tentation était forte, pour les administrés d'Erich Honecker, de gagner tranquillement par ce sas la République fédérale. D'autres envahissaient les ambassades de Bonn à Prague, à Budapest, à Varsovie, en invoquant le droit d'asile. Des dizaines de milliers de manifestants se répandaient dans les rues de Leipzig, de Dresde, de Chemnitz — à l'époque Karl-Marx-Stadt — ou de Berlin pour réclamer l'ouverture du mur. Les autorités de Berlin-Est ne pouvaient laisser l'exode se poursuivre sans que l'économie en fût rapidement paralysée.

Le tournant se produisit au début d'octobre 1989, quand Gorbatchev vint à Berlin-Est à l'occasion du quarantième anniversaire de la RDA. Le baiser sur la bouche qu'il donna à Honecker, à la russe, à son arrivée, n'était que celui de Judas. Il n'était pas question en effet à ses yeux de compromettre le rapprochement avec l'Occident, indispensable à l'économie soviétique, pour les beaux yeux d'un vieillard qui ne rêvait que de le renverser.

Honecker venait de dire au Premier ministre adjoint de Chine populaire : « Toute tentative de l'impérialisme de déstabiliser la construction socialiste et de menacer ses réalisations n'est rien d'autre, aujourd'hui et à l'avenir, qu'un vain assaut de don Quichotte contre les ailes en mouvement d'un moulin à vent[13]. » Aussi dut-il tomber de haut lorsque Gorbatchev, après avoir déclaré publiquement : « Quand on est en retard, on est puni pour la vie[14] », jugea bon d'ajouter en privé que, s'il avait tourné le dos à la « doctrine Brejnev » dans son discours à l'ONU, ce n'étaient pas paroles en l'air. Il ne fallait donc surtout pas compter sur les troupes soviétiques stationnées en Allemagne de l'Est pour réprimer les manifestations d'hostilité au régime, ce dont il allait sans tarder informer par téléphone Helmut Kohl.

Une panne de vésicule, survenue sur ces entrefaites, envoya opportunément Honecker à l'hôpital. L'idée de Gorbatchev était manifestement de le remplacer par un homme à lui. Mais il apparut rapidement que, dissipée la peur du gendarme soviétique, aucun gouvernement communiste est-allemand ne réussirait à persuader ses ressortissants de rester chez eux.

En 1961, pour stopper une semblable hémorragie, Walter Ulbricht, alors maître des lieux, n'avait rien trouvé de mieux, avec la bénédiction de Khrouchtchev, que d'enfermer la population derrière un mur. Autres temps, autres mœurs. Pour parvenir au même résultat, Egon Krenz, éphémère tenant du titre de numéro un, oubliant qu'il avait encensé quelques mois plus tôt les auteurs de la répression de Pékin, conclut, avec la bénédiction de Gorbatchev, qu'il ne lui restait plus qu'à ouvrir ce même mur : le fruit ne perd-il pas de sa saveur à n'être plus défendu ?

Peine perdue : il n'allait, ce faisant, qu'enfler encore le flot qui bientôt emporterait le régime. Le seul mois de novembre vit cent trente mille personnes quitter la RDA pour l'Ouest. Il fallait être aveugle pour ne pas deviner que la réunification était inscrite dans l'ouverture du mur. Des aveugles, pourtant, il y en eut beaucoup.

Or le cap était mis depuis longtemps. Le mur était encore debout lorsque, à l'initiative de Jack Lang, se réunit, au début du mois de novembre 1989, à Blois, dont il est le maire, un colloque consacré à la culture européenne. Certains des participants venaient de l'Ouest ou des pays neutres du continent. D'autres de l'Est. D'autres encore de l'Ouest et de l'Est à la fois, en ce sens que, fuyant les régimes communistes de leurs patries d'origine, ils avaient déjà « choisi la liberté ».

Beaucoup avaient une vieille habitude des rencontres de ce genre. Ils en gardaient le souvenir de toasts sans conviction à une amitié feinte, et, pour le reste, d'une irritante, d'une fastidieuse Babel. La qualité de la traduction n'y était pour rien, mais le recours éhonté des orateurs communistes à la langue de bois. Suivant qu'ils étaient employés par des ressortissants du pacte de Varsovie ou du Conseil de l'Europe, des mots comme « paix », « démocratie », « liberté » changeaient radicalement de sens, à supposer que, dans les mâchoires structurées par le marxisme-léninisme-brejnévisme, il en conservassent un.

Et voilà que soudain l'on assistait à la réunification du langage parlé par des hommes et des femmes séparés depuis près d'un demi-siècle par le fer ou le béton. Des gens débarqués la veille de Moscou, de Varsovie ou de Leipzig se jetaient dans les bras de leurs compatriotes exilés. Oubliant les couplets rituels, les intervenants faisaient assaut de franchise, de volonté de comprendre et de se faire comprendre.

Il a dû y avoir ailleurs, au même moment, d'autres forums où l'on a eu ainsi le sentiment d'entendre s'exprimer, à défaut d'un « homme européen » encore abstrait, des hommes et des femmes conscients et fiers de leur commune appartenance européenne. La réunification de Berlin, de l'Allemagne, de l'Europe, n'aurait pas été possible sans cette réunification du langage, clé de la réconciliation des deux camps de l'ex-guerre froide autour des « valeurs communes » désormais exaltées par le Kremlin.

Confucius avait raison, quand on lui demandait ce qu'il ferait si jamais il devenait empereur, de répondre qu'il commencerait par faire un dictionnaire « pour rendre aux mots leur sens ». Comment s'entendre lorsqu'on ne se comprend pas ?

***

Un homme qu'il était de bon ton, dans les milieux intellectuels et dans beaucoup de chancelleries, de traiter de « politicien provincial », avait, avec son bon sens paysan, saisi le nouveau cours des choses. De passage à Paris au printemps 1989, Helmut Kohl avait affirmé en privé sa conviction que, coincé entre une Pologne en voie de démocratisation rapide et une RFA avec laquelle le contact devenait chaque jour plus étroit, le régime est-allemand était condamné à brève échéance.

Très vite, il mesura le parti qu'il pouvait tirer de la situation pour rétablir une assiette électorale fortement ébréchée par la double poussée du nationalisme d'extrême droite et du neutralisme social-démocrate. Il allait devenir le chancelier de l'unification et réaliser, sans tirer un coup de fusil, le rêve que Bismarck n'avait pu mener à bien, selon sa propre formule, que « par le fer et par le sang ». De toute façon, il n'avait pas le choix : la seule chance d'empêcher les Allemands de l'Est de déferler vers la RFA était de la leur amener à domicile, en incorporant tout simplement la RDA dans le système fédéral.

Gorbatchev n'imaginait certainement pas, au départ, que les choses se termineraient ainsi. En 1987 encore, il évoquait, dans *Perestroïka*, ce qu'il avait dit des perspectives de réunification au président de la RFA, Richard von Weiszäcker : « Il y a deux États allemands, dotés de systèmes politiques et sociaux différents. Chacun d'eux a ses valeurs propres. (...) Quant à ce qui adviendra dans cent ans d'ici, laissons l'Histoire en décider[15]. »

Il avait tenu à peu près le même langage à Kohl en octobre 1988. Et le mur était déjà ouvert lorsque, le 19 décembre 1989, Edouard Chevardnadzé condamna, devant la commission politique du Parlement européen, « la dangereuse irrationalité qui consisterait à détruire les réalités d'après guerre » au nom de l'autodétermination des Allemands. Mais il ne pouvait s'agir que d'un combat en retraite. Appelés à voter librement, les électeurs est-allemands avaient rejeté massivement le communisme. Or, comme l'avait dit l'année précédente Otto Reinhold, l'un des principaux idéologues de Berlin-Est, « quel sens y aurait-il à l'existence d'une RDA capitaliste à côté d'une RFA capitaliste ? Naturellement aucun[16] ».

De toute façon, qui a commencé à céder est condamné à continuer. « Monsieur Da » avait pris la relève du « Monsieur Niet », du revêche Molotov de naguère. Gorbatchev a bu le calice jusqu'à la lie : après avoir répété sur tous les tons que jamais il n'accepterait la réunification — puis qu'il ne l'accepterait qu'à condition que l'Allemagne réunifiée fût neutralisée —, il a dû finir par admettre qu'elle demeure dans le pacte atlantique.

« Nous avons tous été pris de court, confiera François Mitterrand à Jean Daniel, par la rapidité de l'unification allemande. L'effondrement du mur de Berlin nous a surpris. Moi, mais Bush aussi. C'est la faute de Gorbatchev, qui nous avait promis de freiner le processus de réunification allemande. Il n'a rien empêché, au contraire. Quand je lui en ai fait le reproche, il m'a simplement répondu : "Je n'avais aucun moyen"[17]. »

D'autant moins de moyens que Kohl n'avait pas lésiné sur le prix à payer, en ouvrant à l'URSS d'énormes crédits, en plafonnant à 370 000 hommes les effectifs de la Bundeswehr et en faisant donner par le Parlement fédéral un caractère définitif à la reconnaissance de la frontière Oder-Neisse. Il ne restait plus à chacun, à commencer par les quatre vainqueurs de 1945, qu'à ravaler ses compréhensibles appréhensions et à y aller de son couplet sur le thème de la réunification non plus seulement de l'Allemagne, mais de celle — qu'elle permettait enfin — du continent.

Parmi les mots qui soudain changeaient de sens, il y avait en effet celui d'« Europe ». Longtemps, on l'avait identifiée à la CEE ; elle redevenait un continent. Même s'il était difficile de dire où elle s'arrêtait désormais à l'est, les deux versants de l'Oural connaissant des paysages et des peuplements identiques.

Le comte Coudenhove-Kalergi, fondateur, au lendemain de la Première Guerre mondiale, du Mouvement paneuropéen, voyait, dans ses dernières années, l'Europe de ses rêves s'étendre « de San Francisco à Vladivostok ». Cette définition peu géographique a de quoi faire sourire : elle n'en délimite pas moins les frontières de l'espace couvert par la CSCE — la Conférence sur la sécurité et les échanges en Europe. L'acte final d'Helsinki lui avait donné en 1975 le coup d'envoi. La disparition du mur et du rideau de fer lui conférait du jour au lendemain une toute nouvelle portée. Maintenant qu'elle a ouvert ses portes à l'Albanie en juin 1991, la CSCE rassemble tous les États souverains de la vieille Europe, plus les États-Unis et le Canada, puisqu'ils maintiennent en permanence des troupes sur le continent. En se réunissant au sommet à Paris, en novembre 1990, pour enterrer solennellement la guerre froide, elle avait déjà mis en évidence la convergence des craintes et des aspirations de tous ces pays.

***

La conviction était générale que les nations d'Europe devaient se regrouper, se doter, pour reprendre une expression de James Baker, d'« architectures » communes. Pourquoi ce qui avait été possible pour l'Allemagne, après avoir si longtemps paru impensable, ne le serait-il pas ailleurs ?

Le Yémen ne venait-il pas lui aussi de se réunifier, alors que ses deux parties, celle du Nord, très attachée à ses structures tribales, et celle du Sud, dont le régime, cas unique dans le monde arabe, se réclamait du marxisme-léninisme, avaient été à plusieurs reprises à deux doigts d'en venir aux mains ?

Deux pays seulement, de surcroît voisins, demeurent encore aujourd'hui divisés : la Corée et la Chine. Dans le cas de la première, le décalage entre ses deux parties est du même ordre de grandeur que celui qui séparait les deux républiques allemandes : 42 millions d'habitants et un PNB par tête de plus de 4 500 dollars pour le Sud ; 22 millions de citoyens-camarades et un PNB inavouable, de l'ordre du quart, pour le Nord. Misant à fond sur les immenses besoins financiers de Moscou, le président sudiste Roh a réussi à faire venir à Séoul d'abord un ambassadeur soviétique, puis Gorbatchev en personne. Et celui-ci a poussé à fond au développement du dialogue entre Pyongyang et Séoul. Bien sûr, on voit mal comment un homme aussi attaché que Kim Il Sung au culte de sa personnalité pourrait accepter de ne plus être seul maître à bord. Mais son âge, son ancienneté à son poste, comme la situation économique extrêmement difficile où se débat son pays, permettent de penser que la division de la Corée ne durera pas éternellement.

Pour la Chine, c'est une autre affaire. A près de 7 500 dollars par tête, le PNB des Taiwanais est certes vingt fois supérieur à celui de leurs compatriotes du continent. Mais ils sont vingt millions seulement, contre plus d'un milliard de sujets de Deng. Impossible, dans ces conditions, d'espérer une absorption du type de celle qu'a réalisée, avec quels aléas, la RFA par rapport à la RDA. Il n'empêche qu'entre les deux capitales autrefois rivales s'est engagé, à la chinoise, un dialogue multiforme, très fortement encouragé par la nécessité où se trouve le régime de Pékin, après la tragédie de Tiananmen, de jouer la carte de la respectabilité, indispensable à l'obtention des crédits et de l'assistance technique dont il a tant besoin. Des convergences se dessinent aujourd'hui qui auraient été, il y a peu, inimaginables.

La détente entre les États n'implique pas toujours, malheureusement, la détente à l'intérieur des États. L'URSS et la Yougoslavie ont payé cher leur impuissance à résoudre leur problème national.

NOTES

1. Cité par Pierre Maillard, *De Gaulle et l'Allemagne. Le Rêve inachevé*, Plon, 1990, p. 257.

2. Le manichéen, dans le langage courant, voit tout le mal d'un côté et tout le bien de l'autre. Un récent livre d'Amin Maalouf, *Les Jardins de lumière*, Lattès, 1991, sur le père du manichéisme, Mani ou Manès, qui prêcha sur de nombreuses routes d'Orient au début du IIIe siècle, avant d'être mis à mort, contredit cette interprétation traditionnelle dans la mesure où Mani apparaît, sous sa plume, comme porteur d'un message de réconciliation.

3. Rapport au VIIe congrès du PCR (b), cité *in* Jean Laloy, *op. cit.*, p. 148.

4. Lénine, *La Révolution bolcheviste*, Payot, 1963, p. 122.

5. *Ibid.*, p. 127.

6. J.V. Staline, Rapport du comité central au XVe congrès du PCUS, Moscou, *Gospolitizdat*, 1951, pp. 16-17.

7. *Le Monde*, 4 novembre 1987.

8. *Le Monde*, 9 décembre 1988.

9. Bernard Guetta, *Le Monde*, 14 décembre 1988.

10. Présidé par le général Grigaut, sous la présidence d'honneur de l'ambassadeur Jean-Marie Soutou et du général Méry, le groupe Renouveau-Défense préconisait, dans ce rapport daté de janvier 1989, une révision des buts et des moyens de la politique française de défense.

11. Traduction française de l'association Cassiodore, 50, rue de Laborde, 75008 Paris.

12. L'expression est de Karl Kaiser *in* « Germany's unification », *Foreign Affairs, America and the World*, 1990-1991.

13. *The Independent*, 10 octobre 1989.

14. *L'Humanité*, 10 octobre 1989.

15. Gorbatchev, *Perestroïka*, *op. cit.*, p. 289.

16. Cité dans *The Economist*, 28 octobre 1989.

17. Cité par Josette Alia et Christine Clerc, *op. cit.*, p. 23.

CHAPITRE IV

Les nations contre l'empire

Dès 1789, le mot nation s'était chargé d'une valeur nouvelle, précisée dans les élans passionnés de cœur, dans des mouvements collectifs qu'animaient des sentiments de foi et d'espérance. La nation, c'était le corps entier, la masse des citoyens fondus en un seul bloc... Le mot clé avait retenti dans le tréfonds de l'âme collective...

Albert Soboul, *Histoire de la Révolution française*[1].

A l'entrée de la vénérable Sainte-Sophie de Kiev, des plaques de métal ajourées recouvrent d'à peine moins vénérables bouches de chaleur. Rien que de banal à première vue. Elles méritent pourtant d'être regardées d'un peu plus près, car elles sont constituées d'étoiles de David et de croissants mêlés. Ce n'est pas là exactement ce qu'on s'attendrait à trouver dans une cathédrale orthodoxe, mais l'explication est simple : ceux qui les ont posées il y a un siècle voulaient faire fouler aux pieds par les fidèles les symboles de l'infidélité. Détail, peut-être, mais qui aide à comprendre ce que les bolcheviks avaient en tête quand ils parlaient de l'empire des tsars comme d'une « prison des peuples ».

Le « grand prince » Ivan III ne s'était pas en effet contenté de déchirer, en 1480, la charte qui, depuis deux siècles et demi, plaçait la couronne de ses ancêtres sous la rude suzeraineté de la Horde d'Or tartare. Il s'était aussitôt lancé dans une politique de conquête tous azimuts. Ses successeurs avaient continué d'avancer, jusqu'en 1914, sur un rythme que Vincent Monteil évalue à 130 kilomètres par jour, soit la moitié de celui de l'expansion des États-Unis[2].

Même si, comme de l'autre côté de l'Atlantique, chercheurs d'or, commerçants et trappeurs y trouvaient leur compte, ce colonialisme-là avait une forte connotation mystique. Après Rome et Byzance, tombées l'une aux mains de l'« hérésie papiste », l'autre, depuis 1453, dans celles du Grand Turc, la sainte Russie se voulait la « troisième Rome » annoncée en 1520 par le moine Timothée de Pskov[3]. Au XIXe siècle encore, ce sera à qui, dans l'intelligentsia, trouvera, de Gogol à Dostoïevski, les accents les plus inspirés pour exalter sa mission civilisatrice, « panslave ».

Les tsars, quand tomba leur trône, n'avaient pas atteint tous leurs objectifs. Tenus en échec par le Japon en Extrême-Orient, par l'Angleterre en Asie centrale, ils n'avaient pu obtenir cet accès aux mers chaudes que la glaciation de la quasi-totalité de leurs ports, six mois par an, rend tellement nécessaire. Mais les alliés de la Première Guerre mondiale avaient promis à Nicolas II de lui attribuer Constantinople, où ses ancêtres rêvaient de se faire couronner après l'avoir rendue à la chrétienté.

Il n'empêche que sur les 170 millions d'habitants de l'Empire de 1914, la moitié n'étaient pas russes. Que la Finlande, prise à la Suède, formait depuis 1809 un grand-duché dont le souverain était le tsar en personne. Que la Pologne avait été partagée quatre fois, son nom rayé de la carte et l'usage de sa langue interdit dans les écoles. Que des peuples aussi divers que les Baltes, les Ukrainiens, les Tatars de Crimée, les Allemands de la Volga, les Géorgiens, les Arméniens ou les Azéris du Caucase, les musulmans d'Asie centrale étaient soumis au bon vouloir d'un autocrate déterminé à les russifier et du *tchin* — l'aristocratie des hauts fonctionnaires — qui, lorsque, comme Nicolas II, il était faible, gouvernait en son nom.

La philosophie de la plupart des dirigeants de l'époque se situait dans la droite ligne de celle d'Alexandre Ier, vainqueur de Napoléon et fondateur de la Sainte-Alliance. Ou de son frère et successeur, Nicolas Ier, qui, non content d'avoir écrasé, pour le compte des Habsbourg, la révolte hongroise de 1848, avait proposé d'en faire autant avec la révolution de Juillet en France. Rien de plus opposé à cette *Weltanschauung* que la « doctrine » du président Wilson sur le droit des peuples à disposer d'eux-mêmes.

***

Dès avril 1917, un mois après l'abdication de Nicolas II, la VIIe conférence panrusse du parti bolchevik avait pris le contrepied de la politique tsariste en revendiquant pour « toutes les nations qui font partie de la Russie (...) le droit de libre séparation et de constitution d'États indépendants[4] », conformément à un rapport établi par Staline. Devenu commissaire aux Nationalités dans le gouvernement insurrectionnel, il lui fit aussitôt adopter une « Déclaration des droits des peuples de Russie », reconnaissant solennellement leur « droit à la sécession[5] ».

Staline, de son vrai nom Iossif Vissarionovitch Djougachvili, était, comme chacun sait, géorgien, et donc bien placé pour comprendre l'importance du problème national, dont le fondement était, à ses yeux, comme pour Michelet, essentiellement linguistique. Ses camarades slaves ou juifs, en revanche, prenaient au pied de la lettre l'enseignement de Marx et d'Engels : « Abolissez l'exploitation de l'homme par l'homme, avaient-ils écrit dans le *Manifeste du parti communiste*, et vous abolirez l'exploitation d'une nation par une autre nation. Du jour où tombe l'antagonisme des classes à l'intérieur de la nation, tombe également l'hostilité des nations entre elles[6]. »

La lutte sociale et politique pour l'émancipation du prolétariat devait donc passer en premier. C'est en tout cas le motif qui fut invoqué par la jeune Russie des Soviets pour mettre fin *manu militari* à la sécession de l'Ukraine et de la Géorgie : la « doctrine Brejnev » a eu de lointains précédents. Et si elle a dû se résigner, non sans de rudes combats, à reconnaître l'indépendance de la Finlande, des provinces baltes et de la Pologne, c'est parce que les Alliés, à défaut d'avoir pu, avec leur intervention avortée dans la guerre civile, renverser les bolcheviks, étaient déterminés à les tenir en respect. Il fallait croire au Père Noël pour ne pas se douter que le Kremlin reviendrait, dès qu'il le pourrait, sur ces concessions.

En 1922, on ne se battait plus guère, et encore de manière sporadique, qu'en Asie centrale, où Enver Pacha, ex-ministre « jeune-turc » de la Guerre, allait tomber à la tête de tribus musulmanes qui refusaient le communisme athée et rêvaient d'un empire « pantouranien », autrement dit panturc. Le moment était venu de créer une « Union des républiques socialistes soviétiques » dont la dénomination purement idéologique, exempte de toute référence à une localisation géographique, signifiait qu'elle était ouverte à toute nation, où qu'elle fût située, qui partageait son credo et voulait bien rejoindre ses rangs.

« Voulait bien » est manière de parler : c'est par la force que Staline, à la faveur de son flirt avec Hitler, en 1939-

1940, récupéra, la Finlande mise à part, la totalité des régions perdues en 1920. Il y ajouta pour faire bon poids un morceau de Roumanie qui n'avait jamais appartenu à l'empire des tsars : la Bucovine du Nord. Celle-ci est aujourd'hui incorporée à cette Moldavie qui, après avoir proclamé son indépendance au lendemain du putsch des néostaliniens, n'aspire qu'à rejoindre le giron de la mère patrie roumaine.

Une fois allié aux Occidentaux, Staline n'eut de cesse de se faire confirmer ces acquisitions : ce à quoi ils se résignèrent de mauvaise grâce, se refusant tout de même à reconnaître l'annexion des républiques baltes. La belle affaire ! Il se passa de leur consentement. Ils le laissèrent en revanche s'emparer d'une partie de la Prusse-Orientale, avec sa capitale Koenigsberg, la patrie de Kant, rebaptisée, du nom d'un ancien président de l'URSS, Kaliningrad. Et ils ne dirent rien quand il contraignit la Tchécoslovaquie, à peine libérée, à lui céder la Ruthénie subkarpatique, dont la population était en fait, comme celle de la Pologne orientale, en majorité ukrainienne.

Contrairement à une intention qui lui avait été souvent prêtée, le généralissime se garda de rattacher à l'Union soviétique les huit pays d'Europe centrale et orientale que la défaite de l'Axe avait fait tomber dans son panier. Leur niveau de vie, leurs traditions auraient donné trop de sujets d'envie à une métropole gorgée d'épreuves. Mais il avait besoin d'un glacis pour la protéger des armes de l'adversaire et faire écran à la contagion de ses mœurs et de ses idées. Ce fut la mission assignée à des États qui n'étaient baptisés que par antiphrase pléonastique « démocraties populaires ». La plupart d'entre eux étaient occupés par l'Armée rouge et le Kremlin veillait de près à l'épuration permanente de pouvoirs dont il tirait, par l'intermédiaire des PC locaux, toutes les ficelles. Seules la Yougoslavie titiste, en 1948, de même qu'en 1960 l'Albanie réussirent à s'échapper, non sans peine, de cette cage.

***

De tous les pays prétendument « frères », il en était un, le plus peuplé et de beaucoup, la Pologne, que tout opposait à première vue à son protecteur. Celui-ci souffrait pour commencer d'une tare congénitale : héritier des tsars, il avait repris leur tradition en partageant la Pologne pour la cinquième fois. A cette occasion, Molotov, « commissaire du peuple aux Affaires étrangères », avait aimablement qualifié la patrie de Chopin et de Mickiewicz de « monstrueux rejeton du traité de Versailles[7] ». Par la suite, le KGB avait massacré, dans la forêt de Katyn, non sans essayer d'imputer le crime aux nazis, des milliers d'officiers prisonniers. On n'en finirait pas d'énumérer les exactions, les humiliations, les souffrances en tout genre imposées par le Kremlin aux Polonais. Leur parti communiste n'avait pas été la dernière de ses victimes, puisqu'en 1938 Staline, non content de le dissoudre pour crime de « luxemburgisme[8] », avait fait fusiller ses militants réfugiés en URSS en compagnie des volontaires polonais de la guerre d'Espagne, spécialement convoqués à Moscou.

Face aux orthodoxes de Russie et aux luthériens de Prusse, qui s'étaient si souvent entendus sur son dos, la Pologne n'avait cessé de se battre, au cours des siècles, pour défendre son identité nationale, dont le catholicisme est un élément essentiel : comment aurait-elle pu s'accommoder d'un pouvoir imposé par l'occupant du moment, et, qui plus est, officiellement athée ?

C'est un fait que jamais le communisme n'a vraiment pris racine dans la terre polonaise. Aucun des satellites de l'URSS n'aura aussi vite justifié Churchill d'avoir déclaré à de

Gaulle, à l'automne 1944, après avoir conclu avec Staline un partage de zones d'influence dans les Balkans dont il n'était pas fier : « Quand l'heure viendra de digérer, ce sera pour les Russes le moment des difficultés. Saint Nicolas pourra peut-être alors ressusciter les pauvres enfants que l'ogre aura mis au saloir[9]. »

Avant même la mort de Staline, en tout cas, le PC polonais avait dû tourner le dos à deux articles fondamentaux du credo marxiste-léniniste : il avait composé avec l'Église et renoncé, pour l'essentiel, à collectiviser l'agriculture. Comment, une fois desserrée pour cause de décès l'étreinte de la pieuvre, l'esprit d'opposition ne se serait-il pas manifesté de plus en plus ouvertement ? La fronde des intellectuels et des étudiants n'allait guère cesser d'épauler des grèves ouvrières à répétition qui, plus d'une fois, tournèrent à l'émeute.

En Allemagne de l'Est en juillet 1953, en Hongrie en octobre 1956, en Tchécoslovaquie au printemps 1968, le mécontentement général a débouché sur des révoltes ouvertes. Mais l'intervention de l'Armée rouge s'est chargée de remettre les pendules à l'heure de ce que l'on va bientôt appeler, par dérision, le « socialisme réel ». Si à Budapest Janos Kadar a la sagesse de libéraliser progressivement le régime, à Berlin-Est et à Prague les néostaliniens au pouvoir ne savent qu'envoyer les dissidents en prison.

Les choses se sont passées très différemment en Pologne, où l'épreuve de force engagée en juin 1956 avec le soulèvement des ouvriers de Poznan ne s'est terminée qu'avec l'effacement, à la fin de 1990, du général-président Jaruzelski, au profit de ces mêmes hommes de Solidarnosc qu'il avait fait arrêter, neuf ans plus tôt, sans jamais réussir à affaiblir leur combativité.

Il paraît maintenant établi que la proclamation de l'état de guerre par le pouvoir polonais, le 13 décembre 1981, était destinée à prévenir une intervention de l'armée soviétique. La croissance fulgurante, au cours des mois précédents, du mouvement créé par Lech Walesa avait en effet de quoi préoccuper le Kremlin. Nulle part ailleurs dans le bloc de l'Est on n'avait vu se développer une organisation syndicale indépendante. Nulle part on n'avait osé inviter publiquement les travailleurs des autres pays « socialistes » à imiter cet exemple.

Moyennant quoi Walesa était libéré moins d'un an plus tard, et une nouvelle visite dans son pays natal du premier pape polonais de l'histoire permettait à la population de montrer, en se massant sur le parcours, où était son cœur. Active ou passive, la résistance était quasi générale. Arrêtés ou dans la clandestinité, ses chefs narguaient la police, la presse illégale était distribuée et lue partout. Le pouvoir allait devoir se résoudre à reculer en bon ordre, discuter avec Walesa, amnistier les condamnés politiques et finalement conclure avec l'opposition, le 5 avril 1989, un accord, sans précédent dans un pays de l'Est, impliquant le retour au pluralisme politique et syndical et organisant des élections partiellement libres. Elles allaient être désastreuses pour les communistes et les obliger à abandonner rapidement le pouvoir à leurs adversaires.

Lorsqu'il avait créé Solidarité, l'électromécanicien de Gdansk ne se doutait sûrement pas qu'il allait entrer dans l'Histoire avec le triple titre de libérateur de son pays, de prix Nobel et de président de la République. Il en a peut-être eu la tête un peu tournée. Mais qui ne l'aurait eue à sa place ? Il est trop facile, du haut d'une présumée supériorité intellectuelle, de dauber sur ce self-made-man, dont le courage et le bon sens auront, comme ceux d'un Eltsine, plus fait pour les droits de l'homme que les calculs des stratèges et les avis des experts.

***

Le pouvoir qui venait de céder n'avait pas l'habitude d'aller contre la volonté de Moscou. S'il reculait, c'était que le pouvoir soviétique lui-même reculait ; ce qu'il avait d'ailleurs commencé à faire en Afghanistan. Du coup, la peur disparaissait, et avec elle le seul véritable ciment de l'empire. Avec l'encouragement tacite du Kremlin, les dirigeants de Budapest accroissaient discrètement la libéralisation de l'économie et de la vie politique. Mais la capitulation du régime est-allemand et l'ouverture du mur de Berlin allaient bouleverser le rythme de la démocratisation. En quelques mois tous les alliés de l'URSS vont abjurer la « dictature du prolétariat » ainsi que son corollaire, le « rôle dirigeant », sinon monopolistique, du parti communiste, et procéder à des élections qui ne laisseront pas grand-chose des équipes en place.

Le Kremlin ne fait rien pour s'y opposer. Bien au contraire. Interviewé par la chaîne américaine de télévision ABC, Guennadi Guerassimov, porte-parole de Gorbatchev, confirme, en novembre 1989, la renonciation de son gouvernement à la « doctrine Brejnev » sur le droit d'intervention de l'URSS dans les pays où le socialisme est menacé. Il invoque pour ce faire une « doctrine Sinatra » de son invention, en se référant à un refrain du célèbre chanteur : « *I had it my way* » — « J'ai agi à ma guise » ; à chaque pays d'en faire autant[10].

La Tchécoslovaquie est la première à bénéficier de ce climat nouveau. Ses dirigeants appartiennent à la même vieille garde stalino-brejnévienne que Honecker, le sinistre proconsul de RDA. Ils ne peuvent espérer lui survivre longtemps : des centaines de milliers de personnes descendent dans les rues tous les jours pour leur signifier leur renvoi. Condamné, en début d'année, à neuf mois de prison ferme pour avoir osé fleurir la tombe de Jan Palach, l'étudiant qui s'était immolé par le feu en 1969 pour protester contre l'occupation soviétique, le dramaturge Vaclav Havel, figure emblématique de la résistance au communisme, se retrouve en décembre chef de l'État. Alexandre Dubcek, le héros du printemps de Prague, est élu de son côté président de l'Assemblée nationale.

Les Roumains allaient, dans la foulée, renverser leurs tyrans. Ceux-ci sont exécutés le jour de Noël après ce que l'on ne peut appeler qu'une parodie de procès, tandis que l'on tire un peu partout dans les rues. En Bulgarie, le gouvernement mis en place par les gorbatchévistes à la suite d'un mini coup d'État, et confirmé pourtant par des élections en bonne et due forme, se voit contraint par des manifestations populaires à partager le pouvoir.

La vague gagne la Yougoslavie : si les scrutins organisés en Serbie et au Monténégro maintiennent les communistes en place, la Croatie et la Slovénie catholiques se donnent des gouvernements qui rompent toute allégeance au pouvoir central et au marxisme et vont vite choisir la voie de l'indépendance. Il n'y a guère qu'en Hongrie où, note Georges Mink, « l'institutionnalisation de l'affrontement politique offre aux insatisfaits des perspectives concrètes d'alternance[11] ». La transition démocratique se passe en douceur. Le leader communiste réformiste Imre Poszgay prend lui-même l'initiative de la rupture avec le léninisme, allant jusqu'à débaptiser le PC. Peine perdue : le parti communiste, rebaptisé socialiste, n'obtiendra aux élections de mars-avril 1990 que 8,54 % des suffrages, contre 42,74 % à une formation de centre droit, le Forum démocratique.

***

Les peuples de l'URSS pouvaient difficilement échapper

à la contagion. L'Union soviétique recouvre 22 millions de kilomètres carrés, soit le dixième des terres émergées, près de trois fois la superficie des États-Unis ou de la Chine, quarante fois celle de la France. Ses 280 millions d'habitants appartiennent à cent vingt-huit nationalités différentes et parlent encore plus de langues et de dialectes. Imputable pour une bonne part à la politique du « diviser pour régner » suivie par les tsars et à la déportation « pour trahison », ordonnée par Staline pendant la guerre, de sept peuples entiers, leur imbrication est fabuleuse. La « République socialiste fédérative des Soviets de Russie » regroupe à elle seule seize républiques autonomes, cinq régions et dix districts tout aussi autonomes. La Géorgie, qui n'a que cinq millions d'habitants, abrite deux républiques et une région autonome. Trois républiques musulmanes — Azerbaïdjan, Ouzbékistan et Tadjikistan — ont elles aussi leurs républiques ou régions autonomes.

Une telle mosaïque appelle une colle d'une qualité toute particulière. Épouse allemande d'un tsar assassiné sur ses ordres, la Grande Catherine, qui, au XVIIIe siècle, partagea la Pologne avec la Prusse et l'Autriche, et, à défaut de pouvoir en faire autant avec l'Empire ottoman, prit à celui-ci la Crimée et la Géorgie, avait ses idées là-dessus. Paraphrasant sans vergogne une formule célèbre de Montesquieu, elle écrivit, dans une *Instruction aux députés pour la confection des lois* : « Le monarque de Russie est souverain. Il n'y a qu'un pouvoir unique résidant en sa personne qui puisse agir convenablement à l'étendue d'un empire aussi vaste. (...) Un grand empire suppose une autorité souveraine dans la personne qui le gouverne. Il faut que la promptitude dans la décision des affaires qui surviennent dans des endroits éloignés compense la lenteur à parvenir occasionnée par la distance[12]... »

Staline avait-il lu la tsarine, ou l'auteur de *L'esprit des lois* ? Le fait est qu'il pensait comme eux. C'est par la terreur qu'il fit taire toutes les aspirations nationalistes. Pour cela, il lui fallait un bras séculier : le Parti était tout désigné, avec le KGB. Mais le secrétaire général, le « *gen-sek* », n'était pas homme à croire que la police pût suffire à faire marcher un aussi vaste empire que celui dont il était devenu maître.

C'est ainsi que cet allogène, dont la patrie avait été, en 1921, envahie par l'Armée rouge, et annexée au mépris des engagements les plus solennels, et dont le Parti avait pris le pouvoir au nom de l'émancipation des peuples et de l'internationalisme prolétarien, en vint à s'inscrire petit à petit dans le droit fil du colonialisme. Il alla jusqu'à conférer au peuple russe, au lendemain de la victoire de 1945, le titre de « nation dirigeante de l'URSS (...) ayant acquis dans la guerre le droit d'être reconnu pour guide de toute l'Union[13] ». Un nouvel hymne national avait déjà été substitué, en 1943, à *l'Internationale.* Il chante la « durable union des libres Républiques, scellée à jamais par la grande Russie »...

Il est difficile d'imaginer détournement plus radical de la première révolution qui se soit voulue mondiale. Nicolas Berdiaev, sans doute l'homme qui a le mieux compris, pour reprendre le titre de son chef-d'œuvre, « les sources et le sens du communisme russe », avait pu écrire dès 1935 : « Si paradoxal que cela paraisse, le bolchevisme est la troisième manifestation de la toute-puissance russe, de l'impérialisme russe — la première ayant été le royaume moscovite et la seconde l'empire de Pierre. Le bolchevisme est la synthèse d'Ivan le Terrible et de Marx[14]. » Trente-cinq ans plus tard, le dissident soviétique Andreï Amalrik prophétisera l'échec de cette tentative : « De même que l'adoption du christianisme a ajourné la chute de l'Empire romain sans le sauver d'une fin inévitable, de même la doctrine marxiste a retardé le démembrement de l'Empire russe — troisième Rome — mais elle n'a pas le pouvoir de l'empêcher[15]. »

***

Tel n'était manifestement pas l'avis de Gorbatchev puisqu'en 1987 encore il n'hésitait pas à déclarer : « Camarades, nous sommes en droit de dire que nous avons réglé la question des nationalités. (...) L'amitié des peuples soviétiques est une des plus grandes conquêtes d'Octobre. Elle est par là même un phénomène unique dans l'histoire mondiale. Et pour nous l'un des principaux piliers de la puissance et de la solidité de l'État soviétique[16]. »

Il aurait dû prêter plus d'attention à la constatation faite en 1982 par l'éphémère successeur de Brejnev, l'ancien patron du KGB Iouri Andropov : « Les cultures nationales seront plus longues à s'éteindre que les différences de classes[17]. » Mais sa carrière ne l'avait jamais mis au contact des problèmes des nationalités et il s'y intéressait manifestement beaucoup moins qu'à ceux de l'Occident.

Tout occupé à prêcher la perestroïka et la détente, il ne se soucie guère des violences xénophobes dont le Tadjikistan et la Kirghizie sont, dès juin et octobre 1986, le théâtre. Qui d'ailleurs, sur le moment, y prête vraiment attention ? Elles préfigurent pourtant celles qui vont ensanglanter à plusieurs reprises l'Asie centrale et plonger le Caucase dans ce que le ministre soviétique de l'Intérieur, Vadim Bakatine, appellera carrément « une guerre civile[18] ».

Les premiers morts tombent à la fin de cette même année 1986 à Alma-Ata, capitale du Kazakhstan, république voisine de la Chine, dont Staline a exterminé, pour liquider son nomadisme ancestral, le quart de la population. Après avoir occupé le devant de la scène, à l'époque où Khrouchtchev attendait monts et merveilles de l'exploitation des « terres vierges », il était retombé, après l'échec de ces plans mirifiques, au rang de parent pauvre, étroitement dépendant pour sa subsistance des secours du gouvernement central.

Or celui-ci allait prendre deux décisions qui ne pouvaient que rendre furieux les Kazakhs : Gorbatchev, déjà soucieux à l'époque de faire des économies, annonça que chaque république devrait tendre à l'autosuffisance alimentaire ; et surtout il nomma un citoyen russe à la tête du PC local, aux lieu et place d'un natif du pays révoqué pour collusion avec la mafia. La nouvelle fut reçue à Alma-Ata comme une provocation, alors que, grâce à leur taux de fécondité nettement supérieur, le nombre des habitants kazakhs de la république venait pour la première fois de dépasser celui des Russes. Du coup, dix mille jeunes, armés de pavés et de barres de fer, se précipitèrent dans la rue au cri de « Le Kazakhstan aux Kazakhs ! ». La répression fut brutale. Personne ne crut les officiels quand ils prétendirent que les émeutes n'avaient fait que deux morts et en attribuèrent la responsabilité au « hooliganisme », à l'alcool et aux intrigues du satrape destitué.

Trois mois plus tard, c'était au tour du Caucase de s'embraser. Il n'est pas de région de l'URSS où l'enchevêtrement des nationalités et des religions atteigne de telles proportions. Inutile de préciser que cet enchevêtrement a été encouragé tant par les tsars que par Lénine, désireux de contrecarrer les inévitables poussées centrifuges.

Des zones aussi balkanisées n'ont jamais vécu en paix que sous une hégémonie musclée. L'affaiblissement du pouvoir central soviétique créait donc déjà à lui seul un risque de réveil des tensions interethniques. Mais celles-ci n'auraient pas pris de telles proportions si la précarité de la situation économique n'avait pas provoqué chez les uns et les autres des réflexes proprement tribaux : l'idée que l'Autre, que l'étranger n'est là que pour voler le pain de l'autochtone n'est pas précisément confinée à cette partie du monde.

Les maladresses succèdent aux tergiversations. Erevan est la ville la plus polluée d'une Union soviétique où personne, avant Tchernobyl, n'a daigné prêter la moindre attention aux problèmes d'environnement : le taux de mortalité y est sensiblement plus élevé qu'ailleurs, de même que le nombre des fausses couches et des malformations congénitales. Qu'à cela ne tienne : on met en chantier, en 1988, un nouveau combinat chimique. Et cela alors que l'Azerbaïdjan, musulman et turcophone, en pleine expansion démographique, utilise tous les moyens, y compris de véritables pogromes, pour persuader les Arméniens, largement majoritaires dans l'enclave du Haut-Karabakh, de prendre la fuite plutôt que de s'obstiner à réclamer le rattachement de leur région à la République d'Arménie. La main droite ignorant facilement ce que fait la main gauche, l'Azerbaïdjan n'entend pas pour autant renoncer à ses propres revendications sur le Nakhitchevan, dont la situation d'enclave azérie en terre arménienne est la réplique inversée de celle du Haut-Karabakh.

Vient alors pour les Arméniens une épreuve supplémentaire, la plus terrible, avec le tremblement de terre de décembre 1988, qui fait plusieurs dizaines de milliers de morts et près d'un demi-million de sans abri. Mais leur combativité ne s'en trouve que très temporairement affaiblie, d'autant plus que la catastrophe a mis en évidence les responsabilités du pouvoir communiste, coupable entre autres de n'avoir tenu aucun compte des normes de construction requises dans les zones de séismes. Des combats éclatent un peu partout, provoquant l'exode de populations affolées : l'intervention massive de l'Armée rouge à Bakou, capitale de l'Azerbaïdjan, fait des dizaines de morts sans rien régler.

En avril 1989, l'agitation — le mot est faible — s'étend à la troisième république transcaucasienne : la Géorgie. Dans des conditions mal élucidées, et sans que Gorbatchev, apparemment, ait été le moins du monde consulté, les forces de l'ordre dispersent avec une extrême brutalité les quelque 20 000 personnes qui ont envahi depuis cinq jours la place centrale de la capitale, Tbilissi, pour réclamer l'indépendance. On relèvera plus de vingt morts. « Ce n'est pas seulement une date tragique pour la Géorgie, écrit Hélène Carrère d'Encausse, dont la famille est originaire de ce pays, c'est aussi et peut-être avant tout une des étapes décisives de la fin de l'Empire soviétique. Ce "dimanche noir" met en effet en évidence l'incapacité du pouvoir central à apporter une réponse cohérente à des exigences contradictoires[19]. »

L'événement provoque dans toute l'URSS une émotion extrême, entraînant l'ouverture d'une enquête et la destitution des dirigeants locaux. L'enquête met aussi en lumière la responsabilité, entre autres, du général Iazov, ministre de la Défense. Loin pourtant de le sanctionner, Gorbatchev lui confie la dignité de maréchal, dont il avait affirmé quelque temps plus tôt qu'elle ne serait plus décernée. Iazov l'en remerciera en prenant part, quelques semaines plus tard, encore qu'apparemment sans beaucoup d'enthousiasme, au putsch manqué.

Sans doute « Gorby » croyait-il alors nécessaire de ne pas heurter de front un *establishment* militaire déjà fortement éprouvé par l'Afghanistan et qui vit mal les coupes drastiques opérées dans son budget, comme les accords de désarmement avec les États-Unis. Mais ce n'est pas ainsi qu'il pouvait espérer calmer les Géorgiens, de plus en plus convaincus que Moscou encourage en sous-main les séparatistes abkhazes partisans d'un rattachement à la Russie. Lorsqu'ils voteront, ils porteront au pouvoir une équipe dont certains n'hésitent pas à comparer le fort autoritaire patron à Jean-Marie Le Pen.

Pour divisés qu'ils soient, les Caucasiens n'en sont pas moins, en Asie centrale, l'objet collectif du ressentiment populaire devant les difficultés économiques grandissantes. C'est ainsi que les Meshkes, ethnie chiite déportée pendant la guerre par Staline, sont victimes à leur tour, en mai 1989, d'un pogrome qui fait cent morts et jette des milliers de malheureux sur les routes. Désormais c'est chaque peuple — on serait tenté de dire chaque tribu — pour soi, et Gorbatchev sera le premier à évoquer le spectre de la « libanisation[20] ».

***

L'incendie ne pouvait être confiné au Caucase et à l'Asie centrale. Dès l'automne 1988 a été fondé, en Lituanie, le mouvement Sagudis, qui, de la défense de la perestroïka, va bientôt passer à celle de la cause indépendantiste. Triomphe pour le pape, la victoire de Solidarité en Pologne suffirait à elle seule à convaincre les Lituaniens, eux aussi catholiques, que le moment est venu de secouer le joug. La Lettonie et l'Estonie ont vite fait de leur emboîter le pas : le cinquantième anniversaire du pacte germano-soviétique est marqué, le 23 août 1989, par une immense chaîne de solidarité d'une extrémité à l'autre des trois républiques baltes.

Alsace-Lorraine de la Roumanie, la Moldavie voit disparaître, avec la chute des Ceausescu, la seule raison qu'elle pouvait avoir de s'accommoder de la domination soviétique. Durement secouée par la catastrophe de Tchernobyl, qui a mis en évidence la tragique impéritie du « centre », l'Ukraine, consciente d'être la république la plus riche de l'Union, cherche à reprendre le contrôle de ses ressources naturelles. La partie occidentale de la république, de surcroît, rue dans les brancards : elle est peuplée en majorité d'uniates, catholiques de rite oriental, traditionnellement rattachés à

Rome, et que Staline a replacés de force sous le contrôle de l'orthodoxie. Gorbatchev rend visite au pape et s'entend avec lui pour leur rendre leur liberté, ce qui ne va pas sans provoquer le mécontentement de la hiérarchie orthodoxe.

Même une construction parfaitement artificielle comme la Biélorussie, créée de toutes pièces par Staline pour les besoins de la cause, et où seule une petite minorité parle la langue nationale, commence à poser ses revendications. Mais le cas le plus extraordinaire est bien entendu celui de la Russie, que le déclin accéléré du communisme ramène à marche forcée à ses églises et à ses drapeaux. Gorbatchev assistera en personne, en juin 1988, aux grandes fêtes organisées pour le millénaire de la conversion au christianisme de l'antique « Rous ».

Partout se constituent des « fronts populaires pour l'indépendance ». Partout des journaux, dont certains atteignent des tirages fabuleux (33 millions pour *Argumenti i Fakti*), et des livres profitent de la liberté retrouvée pour s'attaquer aux « taches blanches de l'Histoire » et rappeler aux populations comment elles sont tombées sous la domination étrangère. Partout le monopole du parti communiste soviétique est remis en cause. Partout reprennent vie des partis communistes nationaux qui sont autant de formations d'opposition au pouvoir central. Partout les soviets des républiques proclament la « souveraineté » de celles-ci. Partout ils affirment la supériorité des lois nationales sur celles de la Fédération. Partout enfin ils réclament le retour de leurs richesses naturelles et celui des entreprises détenues par le pouvoir central.

A ses interlocuteurs occidentaux de l'époque, Gorbatchev confie à la fois ses inquiétudes et sa résolution. Des millions de Russes vivent en dehors des frontières de la Russie : ils constituent le tiers, ou plus, de la population au Kazakhstan, en Lettonie, en Estonie. En Ukraine, ils sont 11 millions contre 37 millions d'Ukrainiens, et l'on compte 7 millions d'Ukrainiens qui vivent dans les autres parties de l'empire. A lui seul, cet intime brassage rend impensable un éclatement pur et simple de l'URSS entre les quinze républiques qui la composent. De même, le caractère étroitement intégré de l'industrie, qui fait qu'on fabrique ici les directions et ailleurs les pneus de telle ou telle voiture, suppose-t-il le maintien entre les différents éléments de la chaîne de production d'un minimum de continuité. Même constatation lorsqu'on en arrive à la question cruciale des débouchés — une grande partie de la production soviétique ne peut être absorbée, du fait d'une qualité insuffisante, que par l'espace soviétique — ou à celle des circuits d'énergie, ou à celle de l'encadrement, compte tenu du degré très inégal de formation entre les populations européennes et centre-asiatiques. Un éclatement de l'empire, dans ces conditions, ne peut que conduire au chaos.

Oui, mais comment l'éviter ? Le temps n'est plus où il suffisait d'envoyer les chars. « Gorby » a beau donner de la voix, interdire aux PC locaux de se détacher de celui de l'URSS, multiplier les pressions, y compris par le recours au blocus économique et à la suppression des livraisons d'énergie, le courant est inexorable. Dès le 17 janvier 1990, la *Komsomolskaïa Pravda*, organe des jeunesses communistes passé à la contestation la plus énergique, peut écrire : « Il est vraisemblable que le concept d'une Union des républiques socialistes soviétiques disparaîtra en 1990 de la carte politique mondiale. » Elle ne se sera trompée que d'un an. Au printemps de cette même année 1990, les trois républiques baltes proclament à tour de rôle leur indépendance, Gorbatchev se fait huer à Moscou lors des fêtes du 1er-Mai. Son rival, Boris Eltsine, grand vainqueur des élections législatives russes du 4 mars, le défie de son nouveau poste de président du Soviet de Russie. Il quitte le

Parti en juillet, lors du XXVIIIe congrès. Moscou et Leningrad se donnent des maires anticommunistes.

Le Kremlin croit encore pouvoir limiter les dégâts en négociant un nouveau traité de l'Union avec les diverses républiques et en soumettant à référendum, en mars 1991, la question du maintien de l'URSS. Il obtient 76 % de oui, mais six républiques ont tranquillement ignoré l'existence de la consultation. Et surtout, Eltsine, qui a été jusqu'à inviter Gorbatchev, en février, à démissionner, a fait approuver à une large majorité par ses compatriotes une question subsidiaire portant sur l'élection au suffrage universel du président de la république russe.

Gorby mesure le surcroît de stature que son rival retirerait de son élection à ce poste, mais c'est en vain qu'il multiplie les efforts pour faire échouer le projet. C'est par 60 % des voix que Boris Eltsine sera élu, le 12 juin 1991, à la tête de la Russie. Personne, depuis que l'URSS existe, n'aura connu un tel plébiscite. Son adversaire communiste, l'ancien Premier ministre Ryjkov, n'en obtiendra que 17 %. Sans pour autant diminuer son hotilité au PC, dont il interdit les activités dans les entreprises, le nouveau président, dont l'autorité vaut bien désormais celle du chef de l'État soviétique, a amorcé, à la mi-avril, un rapprochement avec lui sur les relations entre le « centre » et les républiques. Il aboutit, le 30 juillet, à un accord général sur un nouveau traité de l'Union, dit des « neuf plus un » (neuf républiques sur quinze, mais toutes les grandes, et un Gorbatchev).

George Bush est alors en visite en URSS. Mis au courant, il se rend le lendemain à Kiev, où une partie du Parlement est hostile au projet, pour plaider en sa faveur. Il n'hésite pas à mettre en garde les députés contre « la voie sans espoir de l'isolement. Les Américains ne soutiendront pas ceux qui veulent l'indépendance, dit-il, dans le seul but de remplacer une tyrannie par un despotisme local. Ils n'aideront pas ceux qui prônent un nationalisme suicidaire fondé sur la haine d'un peuple envers un autre[21] ».

Le texte du projet de traité est passablement ambigu, et de toute façon l'expérience des dernières années montre assez qu'il ne suffit plus en URSS de se faire donner des pouvoirs sur le papier pour être en mesure de les exercer. Il semble cependant que ce soit la perspective de la conclusion de l'accord qui ait précipité la décision des conjurés d'août de déposer Gorbatchev, faute d'avoir pu obtenir sa démission, et de ramener les pendules dix années en arrière.

Le moins qu'on puisse dire est qu'ils lui ont ravi la palme de l'apprenti sorcier. L'échec du putsch a permis aux républiques baltes d'obtenir la reconnaissance internationale qu'elles recherchaient depuis deux ans, et amené pratiquement toutes les républiques de l'Union, Ukraine en tête, à proclamer leur indépendance. L'URSS est morte, et la manière dont la Russie de toujours s'y prend pour assurer, dans tous les domaines, sa relève ne va pas sans soulever quelques inquiétudes à la périphérie.

Un des grands ambassadeurs de la IIIe République, Paul Cambon, écrivait au début de 1918, alors que la guerre civile ravageait la Russie : « Je ne fais pas de pronostic, c'est impossible, nous sommes en présence d'un cataclysme de la nature. Combien de temps faudra-t-il à la lave pour se figer ? La Russie recommence son Histoire et il faudra un Ivan le Terrible pour lui rendre une figure de nation[22]. »

Ivan le Terrible est venu, bien plus terrible sans doute que le précédent, il est mort, et ce qu'il a fait est à terre. On n'en voit pas d'autre se profiler à l'horizon. Le monde est d'ailleurs probablement mort, lui aussi, où un Staline avait ses chances. Le régime provisoire que Gorbatchev a réussi à faire adopter, le 5 septembre 1991, par le Congrès, avec l'appui des dix présidents des dix républiques donne plutôt à penser que les responsables des républiques sont conscients de la nécessité d'éviter une rupture totale. L'exemple de la Yougoslavie, en proie à la guerre civile, était là pour les inciter à la sagesse.

Reste qu'il faudra longtemps pour dissiper les nuages aujourd'hui accumulés à l'horizon de ce qui fut successivement l'empire des tsars et la Mecque du socialisme. Son sort, qui dépend largement de ce que l'Occident fera pour lui, commande non moins largement le nôtre : « C'est dans son propre intérêt, a dit Vaclav Havel, le 10 mars 1991, devant le Conseil atlantique, que l'Occident doit rechercher l'intégration de l'Europe centrale et orientale dans la famille de la démocratie européenne, car autrement il risque de créer une zone de désespoir, d'instabilité et de chaos, qui ne menacerait pas moins l'Europe occidentale que jadis les divisions blindées du pacte de Varsovie[23]. » Ce n'est pas moins vrai de l'ex-URSS que de ses ex-alliés.

Notes

1. Gallimard, 1982, vol. II, p. 341.

2. Vincent Monteil, *Les Musulmans soviétiques*, Seuil, 1982, p. 20.

3. « Deux Romes sont tombées, mais la troisième reste debout, et il n'y en aura pas de quatrième. C'est pourquoi le tsar doit prendre grand soin de son royaume et le gouverner précieusement... », écrivait ce moine de Pskov dans sa *Lettre missive contre les astronomes*. Voir à ce sujet le livre de Léon Poliakov, *Moscou, troisième Rome*, Hachette, 1989, p. 32.

4. *Histoire du parti communiste (bolchevik) de l'URSS*, Éditions sociales, 1946, p. 163.

5. Texte du préambule dans John Reed, *Dix jours qui ébranlèrent le monde*, Éditions sociales, 1958, p. 342.

6. Karl Marx, *Textes*, Éditions sociales, 1972, t. I, p. 59.

7. Keesing's Contemporary Archivs, Bristol Keynsham, 3779 H.

8. Du nom de la militante communiste allemande Rosa Luxemburg, assassinée en 1919, qui avait critiqué la position de Lénine sur l'indépendance de la Pologne. Voir Rosa Luxemburg, *Textes*, Éditions sociales, 1969.

9. Charles de Gaulle, *Mémoires de guerre*, Plon, 1954, III, p. 53.

10. Sophie Coignard, « Fin d'Empire. La "doctrine Sinatra" », *Le Point*, 22 août 1991.

11. Georges Mink, *Europe de l'Est : la transition*, Documentation française, Problèmes politiques et sociaux, n° 636, 6 juillet 1990.

12. Cité par Catherine Durand-Cheynet, *Moscou contre la Russie*, Ramsay, 1988, p. 320. Le texte de Montesquieu dont cette instruction s'est inspirée se trouve dans *L'Esprit des lois*, VIII, 20.

13. *Pravda*, 25 mai 1945, cité par Hélène Carrère d'Encausse, *L'Empire éclaté*, Flammarion, 1978, p. 32.

14. Nicolas Berdiaev, *Les Sources et le sens du communisme russe*, Gallimard, « Idées », 1951, p. 237.

15. Andreï Amalrik, *L'URSS survivra-t-elle à 1984 ?*, Fayard, 1970, p. 100.

16. « Rapport au comité central et au Soviet suprême pour le 70e anniversaire de la Révolution ». Hélène Carrère d'Encausse a opportunément placé cette monumentale erreur d'analyse en exergue de son livre, *La Gloire des nations*, Fayard, 1990, p. 7.

17. Cité par Basile Kerblay dans Victor Prévot et Jean Boichard, *Géopolitique transparente*, Magnard, 1987, p. 121.

18. H. Carrère d'Encausse, *La Gloire des nations, op. cit.*, p. 120.

19. *Ibid.*, p. 134.

20. Bernard Guetta, *Le Monde*, 10 octobre 1990.

21. *Le Monde*, 3 août 1991.

22. Lettre du 28 février à M. Boppe, ministre de France à Pékin, *in* Paul Cambon, *Correspondance, 1870-1924*, Grasset, 1946, II, p. 230.

23. *The Independent*, 21 mars 1991.

CHAPITRE V

Les dominos renversés

Vous avez une rangée de dominos : renversez le premier et quant à ce qui arrivera au dernier, soyez certains qu'il n'en a pas pour longtemps à rester debout.

Dwight Eisenhower, président des États-Unis,
discours du 7 avril 1954[1].

C'était à Rome, il y a une quinzaine d'années. Un vétéran, Ugo La Malfa, président du parti républicain, contait ses souvenirs. Il avait bien connu, dans sa jeunesse, plusieurs de ceux qui allaient devenir après la guerre, Enrico Berlinguer en tête, les dirigeants du PC italien, puisqu'ils étaient les fils de députés antifascistes qu'il fréquentait au Parlement. « Ils n'ont pas été amenés au communisme par sa doctrine, disait-il, mais parce que, parmi toutes les forces qui s'opposaient à Mussolini, le PCI était, de loin, la plus déterminée, la plus organisée, la plus efficace. Naturellement, poursuivait-il, ils ont été absorbés petit à petit par le système, jusqu'à se mettre à penser et à parler comme les

Soviétiques. Ce qui est fascinant, c'est de les voir redevenir italiens. »

Une demi-heure plus tard, le destinataire de ces confidences avait le privilège de pénétrer dans le vaste bureau où siégeait Berlinguer, rue des Boutiques obscures. Le grand homme était si petit qu'il disparaissait presque derrière la longue table à laquelle il était assis. Mais on l'entendait bien et sa manière de parler, comme sa vivacité, et jusqu'à ses tics, corroboraient de façon extraordinaire le jugement de La Malfa. L'homme était aux antipodes de l'apparatchik traditionnel, soviétique ou français, capable de rien d'autre que de paraphraser le dernier éditorial de la *Pravda* et de *L'Humanité.* En un temps où Georges Marchais et François Mitterrand se chamaillaient sur le nombre des entreprises dont le programme commun de la gauche devait prévoir la nationalisation, il fallait l'entendre célébrer l'industrie privée, cette « tessiture de l'économie italienne ».

C'était l'époque de l'eurocommunisme : il aura duré moins que ce que dure la rose. Celle du « compromis historique » qui avait fait entrer les communistes transalpins non certes dans le gouvernement, mais dans la majorité gouvernementale. Celle où les Américains tremblaient à l'idée d'une éventuelle participation communiste au pouvoir dans des pays membres de l'Alliance atlantique. La théorie selon laquelle le passage d'un pays pro-occidental dans le camp d'en face entraînait rapidement celui d'un autre avait joué un grand rôle dans leur engagement au Vietnam. Elle s'était trouvée confirmée en Indochine.

Il fallait alors beaucoup de perspicacité pour penser qu'il en irait un jour autrement. Aussi un scepticisme général avait-il accueilli François Mitterrand lorsqu'il avait prétendu, à peine née l'union de la gauche, qu'elle allait permettre au PS de reprendre des voix aux communistes. Il faut dire que son langage, à l'époque, était fort radical : il n'était question que de « rupture » avec un capitalisme qu'il accusait de tous les maux. Mais Jean Boissonnat a sans doute raison d'estimer que le « langage marxisant » qu'il affectionnait alors, ce refus de faire du PS un parti social-démocrate, étaient indispensables aux yeux de Mitterrand pour éviter de « laisser la voie libre à gauche au PC », ce qui aurait fermé « à jamais » aux socialistes les portes du pouvoir[2].

Les élections de 1981 allaient justifier cette stratégie. C'est en vain que, sentant la montée des socialistes dans l'opinion et les craintes que continuait d'éveiller le mot « communisme », Marchais avait jeté par-dessus bord, au XXIIe congrès de son parti, sans apparemment consulter personne, ce dogme central du léninisme, sinon du marxisme, qu'est la dictature du prolétariat, dont il avait pourtant affirmé douze ans plus tôt que la « remettre en cause serait glisser sur le terrain de la démocratie bourgeoise[3] ». Lui-même candidat à l'Élysée, il allait obtenir un score inférieur de cinq points à celui de son parti, trois ans plus tôt, aux législatives. Après avoir réparti ses attaques, pendant la campagne pour le premier tour, entre Giscard et Mitterrand, il se voyait contraint par la pression d'un électorat très « unitaire » de soutenir, au second, le porte-drapeau de la gauche, sans pour autant renoncer — bien en vain ! — à essayer de le torpiller en sous-main. Et c'est ainsi qu'un beau matin quatre hiérarques du PCF se virent attribuer des portefeuilles mineurs dans le gouvernement de Pierre Mauroy, ce qui faisait d'eux beaucoup plus des cautions que des acteurs.

Pour les États-Unis, des ministres communistes ne pouvaient être, dans les gouvernements de pays alliés, que des chevaux de Troie de l'URSS. Poliment, mais fermement, ils rendirent publiques leurs alarmes. François Mitterrand reçut à Paris George Bush, alors vice-président, auquel il tint à peu près ce langage : « Mon adhésion au socialisme n'est en rien un ralliement au marxisme, mais le moyen pour la gauche française de parvenir au pouvoir, et aussi de ramener le communisme à son vrai niveau (...). A l'intérieur du gouvernement, les communistes perdront leur originalité et ils seront liés aux décisions des socialistes. Ils resteront, ils vont se cramponner aux postes et leur érosion sera grande[4]. »

Le futur président des États-Unis en fut ahuri. « Je viens de voir un type qui doit être dingue », allait-il confier à un célèbre journaliste d'outre-Atlantique, Joe Kraft. « Il m'a expliqué pendant une heure qu'il prenait des communistes dans son gouvernement pour mieux marginaliser le parti communiste en France. Il m'a juré qu'à la fin de son septennat la proportion de communistes en France serait tombée à 5 % et qu'elle ne remonterait plus ensuite. (...) Je ne sais quoi penser. Votre avis, Joe[5] ? » Il y a loin de Florence à Washington...

Bon connaisseur de la France, « Joe » donna raison à Mitterrand. Bientôt celui-ci déclarerait à Maurice Schumann que « deux hommes avaient fait reculer les communistes en France : le général de Gaulle, en les combattant, et lui, en s'alliant avec eux[6] ». Il y avait encore des gens en France, à l'époque, pour voir en lui un Kerenski, ce faible président du gouvernement provisoire russe de février 1917, qui fraya bien involontairement la voie aux bolcheviks. En réalité, contrairement à ce qu'il avait dit cent fois, Marchais avait bel et bien servi de « marchepied » à François Mitterrand. Mais, comme celui-ci l'avait prédit, il attendit trop longtemps pour tirer les leçons de son erreur et refuser à Laurent Fabius, devenu Premier ministre en 1984 après la démission de Pierre Mauroy, le concours de ministres du PC. Résultat : aux législatives de 1986, que la proportionnelle dépouillait de tout fard, le Parti allait être ramené à moins de 10 % des voix, à égalité avec le Front national...

Reste évidemment à savoir ce qui se serait passé si Mitterrand avait gagné contre Giscard la présidentielle de 1974, un an après des législatives où le PC avait devancé d'un point l'alliance du PS et des radicaux de gauche, et alors que Marchais réclamait, en cas de victoire de la gauche, des « ministères importants » pour son parti. En l'emportant d'une courte tête au second tour, VGE a évité que la question se pose dans les faits...

***

Avant même l'arrivée de Gorbatchev au pouvoir, le déclin de l'un des deux principaux PC de la diaspora était ainsi largement amorcé. Et si l'autre, l'italien, paraissait avoir toujours le vent en poupe, il adoptait des positions par trop iconoclastes pour ne pas heurter, au Kremlin, les gardiens attitrés de l'idéologie. Berlinguer ne se contentait pas de flirter avec une Chine toujours en froid avec l'URSS, et de soutenir à fond la cause d'une intégration européenne qui continuait de donner des boutons à Moscou. Il alla jusqu'à faire adopter par la direction de son parti, au lendemain du coup de force de Jaruzelski en Pologne, une déclaration selon laquelle « il importe de prendre acte que cette phase de développement du socialisme qui débuta avec la révolution d'Octobre a épuisé sa force motrice, de la même façon que s'était épuisée la phase qui a vu la naissance et le développement des partis socialistes et des mouvements syndicaux regroupés autour de la IIe Internationale[7] ». « Épuiser sa force motrice » : on ne pouvait être plus aimable à l'égard d'une puissance qui se croyait toujours investie, au nom du « sens de l'Histoire », du soin de diriger le « camp » jusqu'à l'avènement de la révolution mondiale.

Aujourd'hui Berlinguer est mort. Ses obsèques ont été vécues par des millions d'Italiens comme un deuil national, mais le communisme ne lui a pas vraiment survécu dans la péninsule. Le PCI, dont l'audience électorale, après un dernier bond en avant, avait notablement décru, a jugé sage, à l'instar de plusieurs « partis frères » des pays de l'Est, d'abandonner l'étiquette communiste et la référence au marxisme-léninisme. Le conservatisme du PCF, dans ces conditions, l'isole de plus en plus au sein de ce qu'il devient difficile d'appeler le « mouvement communiste international ». Un courant de contestation se développe d'ailleurs au sein du parti, dont le secrétaire général, à soixante-dix ans passés, se cramponne à son poste, en se refusant à tirer les leçons de ce qui se passe à Moscou.

Dans le monde anglo-saxon, le moins qu'on puisse dire est que la greffe du communisme, contrairement à la conviction des pères fondateurs, n'a jamais pris. Comme l'a noté Kostas Papaioannou, « le marxisme n'a réussi à s'implanter ni aux États-Unis, première puissance industrielle et "continent du travail" selon Marx, ni dans "la métropole du capital", l'Angleterre, le seul pays où, selon Marx, il était possible de "parler sérieusement d'une révolution économique[8]" ».

Puissant jusqu'à l'arrivée d'Hitler au pouvoir, le PC allemand a souffert plus qu'aucun autre de la tutelle de Staline. Obsédé par sa haine de la social-démocratie, celui-ci lui interdit de s'allier à elle pour faire échec à la montée en puissance du nazisme. Par la suite, le parti devint, aux yeux de l'immense majorité de l'opinion d'outre-Rhin, un simple instrument d'un pouvoir ennemi, responsable de la coupure en deux de la nation et de toutes les souffrances qu'elle avait provoquées. Le PC espagnol ne s'est pas remis, lui non plus, de son attitude durant la guerre civile, Moscou donnant alors l'absolue priorité à la lutte contre l'extrême gauche anarchiste ou trotskiste.

Même si au Portugal, en Grèce, à Chypre, en Finlande,

en Islande, en Inde, au Népal, les communistes conservent des positions non négligeables, le fait est qu'à l'heure actuelle il n'y a pas de pays où ils paraissent en position de prendre le pouvoir dans un avenir concevable.

⁂

Moins remarqué qu'en Europe, le recul du communisme — et donc de l'URSS — dans le tiers monde est à peine moins impressionnant. Il est d'ailleurs le fruit d'une politique délibérée dont l'évacuation de l'Afghanistan a été l'un des premiers signes : si les mouvements de résistance n'avaient pas été aussi incapables de coordonner leurs actions, il y a longtemps que le gouvernement de Kaboul aurait dû passer la main. Gorbatchev n'a-t-il pas été, dans sa recherche d'une solution de conciliation, jusqu'à envisager le retour sur son trône du roi déposé en 1973 par un putsch communiste ?

De même a-t-on vu le Kremlin faire pression sur Kim Il Sung, le Grand Leader de la Corée du Nord, pour qu'il entre en négociation avec le régime longtemps honni — mais maintenant reconnu par l'URSS — de Séoul ; ou sur Mengistu, le « négus rouge » de l'Éthiopie, pour qu'il conclue un compromis avec les guérillas nationalistes d'Érythrée et du Tigré. Il n'a fait aucune objection à ce que les pourparlers engagés à cet effet se déroulent sous les auspices des États-Unis et n'a pas versé beaucoup de larmes lorsque l'avance des rebelles a contraint Mengistu à prendre la fuite.

Non moins significatif est le patient rapprochement opéré avec l'Afrique du Sud, à laquelle le gouvernement soviétique n'a pas hésité à confier... la commercialisation de sa production de diamants ! Les résultats ont été particulièrement positifs, une évolution parallèle se produisant à Pretoria, où les champions du racisme ont cédé la place, en la personne de Frederik De Klerk, à un homme déterminé à faire sortir ses compatriotes du ghetto où ils s'étaient eux-mêmes enfermés.

C'est ainsi que se sont succédé, en quelques années, des événements que personne, jusqu'à un passé récent, n'aurait osé croire possibles : entente sur l'indépendance de la Namibie, conduisant à des élections parfaitement démocratiques et au retrait d'Angola du corps expéditionnaire cubain ; libération, après un quart de siècle de détention, de Nelson Mandela, chef du très prosoviétique Congrès national africain, qui allait bientôt entrer en négociation avec De Klerk et décider une trêve dans la lutte armée ; abolition de l'apartheid ; armistice mettant fin à trente ans de combats fratricides entre les communistes d'Angola et leur coriace ennemie, l'Unita de Jonas Savimbi, que ni Washington ni Pretoria ne faisaient mystère de soutenir. Accord d'autant plus significatif et prometteur qu'il était conclu sous les auspices de l'ancien colonisateur portugais et que l'ensemble des pays que celui-ci avait autrefois dominés sur le continent noir allaient s'orienter — îles du Cap-Vert en tête — vers le multipartisme. Il suivait de quelques jours seulement la signature de textes de portée comparable au Salvador et au Guatemala, pays qui avaient longtemps paru condamnés à la guerre civile permanente, marquée de part et d'autre des pires horreurs.

Dans ces deux pays d'Amérique centrale, à la différence de l'Angola, les États-Unis soutenaient les gouvernements contre des guérillas encouragées par Cuba et par le bloc communiste. Certes, on ne rétablit pas la paix du jour au lendemain lorsqu'un tel lot de souffrances ont accumulé tant de méfiance et de haine. Mais le précédent du Nicaragua était là pour inciter à un certain optimisme.

Le cas de ce micro-État, peuplé de trois millions et demi d'habitants, dont trois quarts de métis hispano-indiens, était en effet, jusqu'à un passé récent, tristement exemplaire.

Occupé en quasi-permanence de 1912 à 1933 par les « marines » américains, d'une pauvreté constamment aggravée par une fécondité galopante, il avait été soumis, à partir de 1937, à la dictature héréditaire de la famille Somoza. Celle-ci avait tellement pris l'habitude de considérer l'État comme sa propriété personnelle qu'elle n'hésita pas à détourner à son profit les secours reçus de l'étranger à la suite du tremblement de terre de 1972.

En 1962, des admirateurs de Fidel Castro créèrent un Front de libération nationale, baptisé « sandiniste » en souvenir du général Sandino, qui avait dirigé la résistance à l'occupation américaine et avait été assassiné sur ordre du premier Somoza. En 1979, sous la présidence de Jimmy Carter, les États-Unis avaient fait un effort méritoire pour accorder leurs actes, en Amérique latine, avec un discours sur les droits de l'homme dont l'hypocrisie, dans cette partie du monde, crevait les yeux.

Faute de pouvoir convaincre Tachito Somoza, le président de l'époque, de modérer un tant soit peu ce que la hiérarchie catholique du Nicaragua n'hésitait pas à appeler l'« inhumanité » de ses méthodes, ils réduisirent fortement l'aide militaire sans laquelle il ne pouvait contenir l'audace croissante des sandinistes. Ils l'avaient partiellement rétablie lorsque l'assassinat de Pedro Chamorro, directeur du plus grand journal du pays, provoqua une vague d'indignation qui ouvrit les portes de la capitale à la rébellion, dont le chef, Daniel Ortega, allait s'installer au pouvoir avec ses compagnons de lutte.

Leurs bonnes intentions n'étaient pas contestables. On allait voir associés, pour une fois, socialisme et liberté. Mais ils étaient armés par Cuba et par Moscou, avaient toutes les illusions des novices, et, de toute façon, contrariaient trop visiblement les intérêts d'un certain nombre de firmes nord-américaines. L'économie s'effondra, les promesses humanistes furent vite oubliées et une nouvelle guérilla vit le jour, la *Contra*, où les déçus de la révolution côtoyaient, outre quelques mafiosi de bonne souche et les nostalgiques des Somoza, les Misquitos, peuple indien dont les traditions étaient bousculées par les maladresses et bientôt les exactions du régime.

Tout à sa lutte contre l'« Empire du mal », Reagan n'avait pas hésité à envoyer ses marines à la reconquête de l'île de la Grenade, dans la Caraïbe, où s'entretuaient les communistes arrivés au pouvoir à la faveur d'un putsch. Malgré tous les obstacles mis sur sa route par le Congrès, il n'hésita pas davantage à soutenir activement les Contras. Une fois de plus, le Nicaragua se trouva à feu et à sang.

Du coup, les guerres civiles qui sévissaient de manière endémique dans le Salvador et le Guatemala voisins s'intensifièrent à vue d'œil. C'est tout l'isthme qui risquait de se transformer à brève échéance en champ de bataille. On ne compte pas ceux qui — le président du Costa-Rica, José Arias, et les Églises en tête — allaient s'entremettre pour tenter d'enrayer ce processus. Leur insistance a finalement été récompensée puisqu'au début de 1990, les combats ayant cessé, des élections sous contrôle international, dont les résultats n'ont pas été contestés, ont porté à la présidence du Nicaragua Violeta Chamorro, à la tête d'une coalition, à vrai dire passablement hétéroclite, d'opposants au régime sandiniste. Devenue directrice de *La Prensa* après l'assassinat de son mari, elle avait montré le même courage à défendre les libertés et les droits de l'homme sous la révolution qu'il l'avait fait lui-même sous la dictature.

A peine installée, elle pratiqua une politique de réconciliation, notamment marquée par le maintien à la tête de l'armée du propre frère de Daniel Ortega. Plus d'une fois, depuis lors, on a redouté une reprise des combats, mais, petit à petit, les tensions sont retombées : les exilés rentrent au pays, la *Contra* a déposé les armes, l'économie a commencé à redémarrer.

Cet aboutissement n'aurait pas été possible si l'URSS, là comme ailleurs, ne s'était pas employée à calmer ceux-là mêmes qu'elle avait si longtemps excités. Fidel Castro, Kadhafi, le président syrien Hafez el-Assad ou Yasser Arafat ont eu affaire, avec Gorbatchev, à un homme qui se disait désolé de ne pouvoir faire grand-chose pour eux : il a retiré de Cuba les quelque onze mille hommes que l'Armée rouge y maintenait depuis trente ans et coupé toute assistance économique. Aussi il leur conseillait à qui mieux mieux la modération. C'est Saddam Hussein qui a mis le plus longtemps à le comprendre et il n'est pas surprenant qu'il ait été avec Kadhafi et un porte-parole de l'OLP le seul à se réjouir du putsch de Moscou.

Bien avant le putsch, en tout cas, il était clair que l'URSS, une fois abandonnée la doctrine léniniste du « *eux* ou *nous* », du camp contre camp, avait mis dans le tiers monde ses actes en accord avec ses paroles. Elle n'avait certes pas renoncé à jouer un rôle international. Gorbatchev aurait manifestement voulu que, dans l'esprit qui était celui de Franklin Roosevelt à Yalta, elle veille avec les États-Unis au maintien de la paix mondiale. La patrie du socialisme était devenue et est toujours ce que les Américains appellent une *status quo power*, une puissance qui préfère l'ordre au changement.

Dans cette perspective, la notion même de « tiers monde », encore si couramment utilisée, n'a plus guère de sens dans la mesure où y appartenir impliquait que l'on tenait la balance (plus ou moins) égale entre les deux superpuissances, en faisant peser sur la plus riche la menace, au cas où elle ne se montrerait pas assez généreuse, de se jeter dans les bras de l'autre.

Par tous ses actes, et par le triste spectacle de la débâcle de son économie, l'URSS indique tous les jours qu'elle n'est plus en mesure de soutenir les pauvres : elle est devenue l'un d'eux. C'est à juste titre qu'on parle à son propos de « tiers-mondisation ».

Notes

1. Cité par Theodore Draper, *Les Pièges de la puissance : les Américains au Vietnam et ailleurs*, Fayard, 1967, p. 35.
2. Jean Boissonnat, « 1981-1991, d'une rupture à l'autre », *L'Expansion*, 2-15 mai 1991.
3. *Le Monde*, 17-18 mai 1964.
4. Pierre Favier et Michel Martin-Roland, *La Décennie Mitterrand*, Seuil, 1990, t. I, pp. 90-91.
5. Cité par Josette Alia et Christine Clerc, *La Guerre de Mitterrand*, Olivier Orban, 1991, pp. 106-107.
6. Notes personnelles.
7. Cité par Lilly Marcou, *Les Pieds d'argile*, Ramsay, 1986, p. 98.
8. Kostas Papaioannou, *L'Idéologie froide*, Jean-Jacques Pauvert, 1967, p. 48.

CHAPITRE VI

Réduite à la mendicité...

L'URSS est une superpuissance réduite à la mendicité.

Time Magazine, Bilan de 1990.

Trois mois avant le putsch des néostaliniens, le rédacteur en chef de *Glasnost*, Sergueï Grigoryants, expliquait aux lecteurs du très capitaliste *Wall Street Journal* pourquoi « les Moscovites ne voyaient pas de porte de sortie (...). Le pays, écrivait-il, en est arrivé au point où il ne peut plus être administré. En raison du manque de nourriture de base, la stabilité du pays va être ébranlée. Maintenant, nous n'avons qu'une demi-famine. Bientôt, ce sera la vraie famine. Il semble qu'on peut s'attendre à des tentatives pour rétablir l'ordre dans le pays, avec recours à l'armée. Il y aura des explosions sanglantes. Un pouvoir militaire d'un type ou un autre deviendra inévitable, avec ou sans Gorbatchev (...). Très probablement, les démocrates seront tués. Il y aura des généraux et des pelotons d'exécution. Rien ne peut être fait pour l'empêcher. L'armée elle-même n'est pas unie. Il y aura des bandes de militaires dans le pays[1]. »

Compte tenu du public auquel il s'adressait, cet avertissement avait évidemment pour objet premier de convaincre une Amérique réticente d'investir davantage dans le marécage soviétique. Il n'est donc pas exclu que pour mieux y parvenir l'auteur en ait remis quelque peu. Moyennant quoi il s'en est fallu d'un cheveu qu'il n'ait raison. Et comme il tombe sous le sens que l'effondrement du système ne va pas en un instant arracher l'empire à la crise qui le ravage, Dieu seul sait quelles turbulences ses populations devront encore affronter.

Le tableau de Grigoryants met en tout cas le doigt sur la cause immédiate de la faillite du système hérité de Lénine, de Staline et de Brejnev. Elle n'est pas seulement politique, idéologique, morale ; le mot vaut d'abord dans son sens propre, défini par Littré comme « l'état d'un commerçant qui a cessé ses paiements ». Si le paradis marxiste avait procuré à ses pensionnaires les moyens de vivre confortablement, ils auraient porté sans doute moins d'attention au discours de la démocratie et du nationalisme.

La vérité, c'est que l'URSS connaît depuis des années une désorganisation fantastique et qui ne cesse de s'aggraver. Tout y concourt : outre la résistance passive de la bureaucratie, mentionnée à tout bout de champ, la lenteur avec laquelle évoluent les mentalités, l'absence de toute motivation chez la grande majorité des ouvriers, la disparition du lien affectif entre le paysan, sa terre et ses bêtes, certains choix de stratégie industrielle désastreux, un retard technologique énorme vis-à-vis de l'Occident, la totale inadaptation du réseau de distribution, la corruption bien sûr, et, pour finir, le découragement que la dégradation quotidienne des conditions de vie engendre chez le plus grand nombre.

Du coup, la production soviétique est en chute libre

(– 3,8 % en 1990, – 8 % au premier trimestre 1991, près de – 20 % attendus à la fin de l'année). *Idem* pour les exportations (– 10,7 % en 1990, malgré l'alignement sur les cours mondiaux des ventes de pétrole aux pays du pacte de Varsovie, qui bénéficiaient jusqu'alors de prix préférentiels). Résultat : une inflation estimée à 250 % pour les deux années 1990 et 1991 cumulées. L'URSS se targuait de l'avoir éliminée au point de ne jamais changer le prix du ticket de métro. Elle a dû, le 2 avril 1991, tout simplement le tripler.

Bien entendu, le ticket de métro n'a pas fait seul les frais de hausses destinées à s'approcher de la vérité des prix dans un système où aucun outil n'existe qui permette de l'établir à coup sûr. En quelques mois, le niveau de vie des salariés a baissé d'un quart : d'où une ruineuse grève des charbonnages et celle, qui a suivi, des contrôleurs aériens, dramatique dans un pays si vaste.

« Nous traversons un champ de mines[2] », reconnaissait au printemps 1991 Alexandre Iakovlev, alors premier conseiller économique de Gorbatchev. Celui-ci a admis après le putsch manqué qu'il avait eu bien tort de ne pas prendre garde à ses avertissements. Mais lui-même disait pourtant en mai : « L'atmosphère est fébrile, certains sèment le trouble, c'est très pénible. » Il est vrai qu'avec son optimisme coutumier il avait son explication : « Nous avons déjà abandonné l'ancien système, mais le nouveau n'a pas encore vu le jour. L'URSS est au bord du chaos parce que nous quittons un système d'économie planifiée pour aller vers une situation où tous les acteurs seront libres. Si nous arrêtons ce processus, il nous faudra peut-être revenir à une économie planifiée[3]. »

« Si nous arrêtons » ! Le processus en question a été, sinon arrêté, du moins considérablement freiné, puisque le plan Chataline pour le passage en cinq cents jours à l'économie de marché, annoncé à grand fracas par « Gorby » en septembre 1990, a été vite abandonné. Or, s'il l'a été, ce n'est pas seulement parce qu'une crise cardiaque a contraint Chataline à renoncer à ses activités. C'est en raison de l'opposition de ce qui était devenu, dans l'État, un État à beaucoup d'égards plus puissant que lui.

Les intéressés ne cherchaient pas à s'en cacher, bien au contraire. La *Pravda* a publié en mai 1991 une lettre signée de quarante-six responsables de huit ministères travaillant, à un titre ou à un autre, pour la défense, aux fins de dénoncer les nouvelles lois, tant fédérales que républicaines*, « destinées à détruire notre complexe, devenu l'objet de critiques et d'attaques destructrices[4] ».

« Complexe » : les auteurs de la lettre n'en éprouvaient visiblement aucun, puisque celui dont il s'agit constitue la version soviétique du phénomène contre lequel Eisenhower avait jugé nécessaire, en quittant la Maison-Blanche, de mettre en garde ses concitoyens. Avertissement d'autant plus significatif qu'en tant qu'ancien commandant en chef des forces alliées pendant la Deuxième Guerre mondiale, puis des armées de l'OTAN, il ne devait pas nourrir *a priori* de méfiance particulière à l'égard de ce « complexe militaro-industriel » dont il décrivait les risques. Son discours, qui fit sensation à l'époque, n'en mérite que plus d'attention :

« La possibilité existe, et elle persistera, affirmait-il, que cette puissance connaisse un accroissement injustifié, dans des proportions désastreuses. (...) Seuls des citoyens vigilants et bien informés peuvent rompre ce véritable engrenage de la gigantesque machine industrielle et militaire de défense, à l'aide de méthodes et d'objectifs pacifiques, de façon que la sécurité et la liberté puissent prospérer de concert[5]. »

* « Fédérales » s'entend des lois communes à l'ensemble de l'URSS, « républicaines », de celles propres à telle ou telle des quinze républiques qu'elle rassemblait.

⁂

La rapidité avec laquelle les commis voyageurs des marchands de canons se sont employés à placer de nouvelles commandes au Proche-Orient, à peine terminée la guerre contre l'Irak, suffit à montrer que cet avertissement n'a rien perdu de son actualité. Nous savons maintenant que le complexe militaro-industriel soviétique n'était pas moins puissant que l'américain, et que, appuyé sur les éléments les plus conservateurs du Parti, il a constitué l'un des obstacles les plus redoutables sur la route de la perestroïka.

Il ne faut pas seulement imaginer le complexe sous la forme de maréchaux qui ont bien besoin de leurs gros ventres pour étaler leurs innombrables médailles. Ou de patrons d'usines qui mènent la *dolce vita* dans leurs somptueuses datchas. Le billet laissé par le conseiller militaire de Gorbatchev, le maréchal Akhromeev, qui s'est pendu au lendemain du putsch, illustre un autre état d'esprit : « Tout ce à quoi j'ai consacré ma vie, avait-il écrit, se détruit[6]. » Le patriotisme de quantité d'officiers a été mis à rude épreuve par la retraite d'Afghanistan et d'Europe centrale comme par la destruction d'une partie de l'arsenal stratégique dont ils étaient fiers. Comment l'avenir ne leur aurait-il pas paru hautement incertain ? Le respect dont bénéficiait l'armée commençait à s'éroder, des incidents souvent violents se produisaient dans ses rangs entre éléments d'ethnies différentes, les cas d'insoumission se multipliaient et le relogement des unités évacuées de Hongrie, de Tchécoslovaquie, d'Allemagne ou de Pologne n'avait pas reçu l'ombre d'une solution.

On aurait pu craindre dans ces conditions que l'armée ne rejoigne massivement les putschistes. Si elle ne l'a pas fait, ce n'est pas seulement en raison de leur insigne maladresse ou de l'attentisme de grands chefs que le souci de leur carrière n'a pas habitués à prendre trop de risques. Parmi les jeunes cadres qui avaient servi à l'étranger, et notamment en Afghanistan, beaucoup avaient compris que le système ne reposait que sur la médiocrité et le mensonge. Rien n'aurait donc excusé à leurs yeux que, pour le sauver, on tire sur la foule.

Que le complexe militaro-industriel n'ait pas pesé de tout son poids lors de l'heure de vérité de l'été 1991 n'enlève rien à ses responsabilités dans le blocage des réformes gorbatchéviennes : il voyait trop bien qu'elles remettraient nécessairement en cause son excessive puissance.

Décrivant par le menu ce que les Soviétiques, par référence à l'« archipel noir », le Goulag, appellent l'« archipel blanc », Michel Tatu indique qu'il emploie de 5 à 8 millions de personnes, contre 2,2 aux États-Unis, et qu'il absorbe 35 % du budget fédéral. Le total des dépenses militaires représente 20 % du produit intérieur brut, contre 6,5 % en Amérique (et moins de 4 % en France)[7]. Si l'on en croit *Time Magazine*, le maréchal Iazov, ministre de la Défense de Gorbatchev, et l'un des membres de la junte qui a tenté de le renverser, a déclaré à l'ex-président Nixon, lorsque celui-ci s'est rendu en URSS au printemps 1991, que ce pourcentage serait plus proche de 40 %, le niveau réel de la production globale soviétique étant inférieur, selon lui, aux estimations occidentales les plus répandues[8].

« Aucune société, estimait un expert de la Rand Corporation cité dans le même article du grand magazine américain, ne peut supporter un tel niveau de dépenses militaires. » C'est bien pourquoi Gorbatchev, comme avant lui Khrouchtchev, a essayé de le diminuer. Il a, pour ce faire, accepté de réduire de moitié le nombre de ses fusées stratégiques, et du tiers celui de ses ogives nucléaires. Il a envoyé à la casse la totalité de ses euromissiles. Il a évacué ses troupes stationnées en Hongrie et en Tchécoslovaquie, et fixé un terme pour le retrait de celles qui se trouvent en Pologne et en Allemagne orientale. Le pacte de Varsovie a été dissous. Le Kremlin a fait la paix avec les États-Unis, l'Allemagne, la Chine, le Japon. Peine perdue : le budget de la défense pour 1991 a été augmenté de 37 % par rapport à 1990, tandis que le déficit budgétaire global des trois premiers mois atteignait le total du déficit prévu pour l'année.

De tout temps, les entreprises du « complexe » ont également fabriqué, des samovars aux tramways, des biens de consommation. Gorbatchev s'était mis tout naturellement en tête d'accroître la part du civil — qui était de 40 %, selon Brejnev, en 1971 — dans leur production. Mais, à la fin de 1990, on comptait sur les doigts les entreprises réellement reconverties. Or le secteur contrôlé par le « complexe militaro-industriel » était le seul à fonctionner encore à peu près dans le système soviétique : argument de plus, aux yeux de ses responsables, pour freiner le passage à l'économie de marché.

***

A défaut de produire les biens de consommation et d'équipement dont la population a le plus urgent besoin, les usines du complexe ont continué de fabriquer à la pelle des chars, des avions, des sous-marins dont l'utilité était rien moins qu'évidente. L'URSS n'était en effet menacée par personne. De toute façon, elle possédait en abondance les moyens de rayer de la carte non seulement un éventuel agresseur, mais l'humanité entière : ce que ne manquait pas de rappeler l'OTAN pour modérer les partisans d'une forte réduction des budgets militaires.

Mais il tombait sous le sens que, compte tenu de la décomposition de l'empire, du chaos économique dans lequel il se débattait, de la disparition du pacte de Varsovie et de l'hostilité de la population des pays ex-frères, une aventure militaire aurait eu toutes chances de conduire au désastre. Sans exclure tout à fait, selon l'expression d'un éditorialiste du *Wall Street Journal*, Paul Gigot, « une dernière charge de l'ours blessé », une étude de la CIA concluait que « l'aptitude des Soviets à lancer une forte attaque préméditée contre l'Ouest demeurera faible au cours des cinq prochaines années[9] ». La nature de la menace s'est transformée. En remplaçant le mot « ottoman » par le mot « soviétique », on pourrait lui appliquer cette phrase du grand orientaliste américain Bernard Lewis à propos de la Turquie après l'échec, en 1683, du second siège de Vienne : « L'Europe ne s'inquiète plus de la puissance de l'Empire ottoman, mais des incertitudes qui résultent de sa faiblesse[10]. »

La vérité, c'est que l'URSS est une superpuissance réduite à l'impuissance. Son endettement est passé de 11 milliards de dollars en 1982 à 60 aujourd'hui, et Gorbatchev s'est trouvé réduit à faire lui-même la manche. Aussi n'est-il guère de geste diplomatique important qu'il ne se soit fait payer en devises fortes. La réunification de l'Allemagne a fait tomber dans son escarcelle, au bas mot, 33 milliards de dollars[11]. Le vote soviétique en faveur de la résolution du Conseil de sécurité autorisant le recours à la force contre l'Irak lui a valu un crédit de 4 milliards — toujours de dollars, bien entendu — de l'Arabie Saoudite, avec laquelle il n'entretenait même pas, quelques mois plus tôt, de relations diplomatiques, et un autre de 1 milliard de l'émir du Koweït. L'échange d'ambassadeurs avec la Corée du Sud lui a permis d'empocher 2 autres milliards de dollars.

Il a été moins heureux avec Tokyo, où, premier président soviétique à le faire, il s'est rendu en avril 1991. Ses interlocuteurs étaient tout prêts à lui ouvrir un crédit d'au moins 25 milliards de dollars, mais à condition qu'il leur restituât l'archipel des Kouriles, que Staline avait obtenu de Roosevelt à Yalta pour prix de sa promesse d'entrer en guerre contre le Japon trois mois après la capitulation du Reich*. C'était trop demander : par référendum, la population de l'archipel s'était prononcée, à une écrasante majorité, contre leur cession, et, surtout, l'état-major entendait à tout prix garder deux îles essentielles pour la sécurité des sous-marins nucléaires basés en mer d'Okhotsk. Mais aujourd'hui Boris Eltsine laisse entendre qu'on devrait pouvoir s'arranger.

Il ne restait plus à Gorbatchev qu'à adresser un véritable SOS au G 7, autrement dit aux sept puissances les plus industrialisées de la planète, sur la base d'un projet rédigé par Grigori Iavlinski, ancien Premier ministre adjoint de la fédération de Russie. Celui-ci, il n'est pas inutile de le mentionner, était l'un des auteurs du plan avorté de passage en cinq cents jours à l'économie de marché, dont on a parlé plus haut.

L'appel aux sept Grands était signé du Premier ministre Valentin Pavlov, qui allait s'illustrer en participant, quelques semaines plus tard, au putsch des nostalgiques. Il avait déjà montré un échantillon de ses talents en attribuant à un complot des banques occidentales, lors de son arrivée au pouvoir en début d'année, la responsabilité de la débâcle économique du pays[12]. Par quelle aberration Gorbatchev a-t-il pu lui faire confiance au point de le nommer à un poste aussi décisif ?

Cette prise de position conforme aux pires clichés du stalinisme n'empêchait pas Pavlov de suggérer au G 7 la rédaction d'un « programme d'action concrète » avec l'ac-

* Les Soviétiques sont entrés en guerre contre le Japon, conformément à cet accord, le 8 août 1945, soit très exactement quarante-huit heures après Hiroshima, qui rendait leur intervention inutile.

cord des représentants des quinze républiques de l'Union et la participation d'experts occidentaux. Il était question de rien de moins que de la création d'un système économique « ouvert » et de son intégration dans l'économie mondiale. Il était entendu que Moscou prendrait en compte les recommandations formulées par le FMI et la Banque mondiale dans leurs étude sur l'économie soviétique de décembre 1990. Le professeur Jeffrey Sachs, de Harvard, en qui l'on voit généralement le père de la réforme économique polonaise, estimait que l'URSS aurait besoin d'une aide de 150 milliards de dollars étalée sur cinq ans[13].

C'est beaucoup, mais que se passerait-il si l'Occident hésitait à jeter ses devises dans ce tonneau des Danaïdes ? Réponse : au nom des droits de l'homme, la nouvelle loi sur l'émigration laissera tous les candidats au départ quitter à leur guise la patrie du socialisme. Les plus proches collaborateurs de Gorbatchev confiaient à qui voulait les entendre que des millions de ses administrés pourraient bien en profiter pour gagner l'Ouest, de la même façon que jadis les persécutés et les affamés d'Europe bravaient l'océan pour se jeter dans les bras accueillants de la statue de la Liberté.

L'échec des putschistes ne fait pas disparaître cette menace, bien au contraire, dans la mesure où la dislocation de l'empire risque fort de multiplier les heurts entre nationalités. En revanche, la capacité des conservateurs à freiner le passage au marché se trouve pour un temps considérablement réduite. Le changement ne sera cependant accepté que s'il conduit rapidement à une amélioration des conditions de vie de la population. Sinon la désillusion l'emportera à nouveau, ouvrant la voie aux pires tentations.

***

Les pays qui étaient placés, jusqu'à ces derniers temps,

sous la coupe du Grand Frère, sont-ils mieux lotis ? Ceux qui, sous les Tropiques, vivaient de son aide, ont subi de plein fouet, du Vietnam à Cuba, les effets de sa réduction massive. Ceux d'Europe orientale présentent à première vue un triple avantage sur l'URSS :

a) le PC y a perdu sa position prépondérante ; ceux de ses anciens membres qui, comme en Roumanie, sont encore au pouvoir ont jeté leur froc aux orties ;

b) il n'y existe pas de complexe militaro-industriel digne de ce nom ;

c) le socialisme n'a pas duré assez longtemps pour faire totalement disparaître l'esprit d'initiative, la mentalité paysanne, le goût du travail bien fait.

La plupart se trouvent cependant en position très difficile. Et la mendicité y est aussi répandue que dans l'ex-patrie du socialisme.

Prenons le cas du plus vaste, du plus peuplé, du plus nationaliste d'entre eux : la Pologne. Elle manque de tout : son président, Lech Walesa, l'a dit lui-même lors de sa visite à Paris, en avril 1991, avant de dénoncer avec vivacité l'hésitation des Occidentaux à investir dans son pays. Hésitation tout de même compréhensible, s'agissant d'un État dont l'endettement dépasse les onze cents dollars par habitant, nourrissons et vieillards compris, soit les deux tiers du produit national brut, et quatre fois et demie la valeur des exportations de l'année antérieure. Le taux d'inflation a longtemps été à l'unisson : 730 % en 1989 ! Comment la patrie de Chopin en était-elle arrivée là ? Le plus simplement du monde : en 1981, année du coup de force de Jaruzelski, elle avait cessé, faute de moyens, de payer les arrérages de la dette extérieure, déjà très importante, contractée dix ans plus tôt, au lendemain des sanglantes émeutes ouvrières des ports de la Baltique, par son prédécesseur Edward Gierek.

Cet ancien mineur en France et en Belgique, qui parlait

assez bien notre langue, était fort sympathique. Devenu la coqueluche de Giscard et d'Helmut Schmidt, il prétendait bâtir une « seconde Pologne », autrement dit doubler la capacité de l'économie nationale et la conduire à la prospérité grâce à ses exportations sur le marché mondial. Déjà utopique en soi, compte tenu de l'insuffisante qualité de beaucoup de produits *made in Poland*, ce rêve devait être brisé net par la récession consécutive au choc pétrolier des années 1973-1974, qui réduisit brutalement les capacités d'importation de l'Occident.

Le seul espoir de ranimer un grand malade est souvent de lui infliger un traitement de choc. Conçu pour l'essentiel par des économistes américains, le plan de sauvetage mis en œuvre par les dirigeants de la Pologne libérée du communisme s'est donné pour objectif de casser l'inflation en contenant les salaires et en libérant les prix. Résultat inévitable : chute spectaculaire de la production, chômage, disparition des queues dans les magasins, mais seulement parce que, désormais, « si les boutiques sont pleines, les portefeuilles sont vides ».

Le désenchantement de la population, qui, comme en Allemagne de l'Est, attendait monts et merveilles de l'avènement de la démocratie, est manifeste. D'où le nombre surprenant de bulletins qui se sont portés, au premier tour de l'élection présidentielle de 1990, sur un curieux farceur parachuté peu auparavant du Canada. Mais elle a su aussi montrer son patriotisme en votant massivement pour Walesa au second, et en s'abstenant jusqu'à présent de recourir à l'arme de la grève dont elle avait fait si souvent usage du temps qu'elle était interdite. Du coup, la Pologne a obtenu du Club de Paris, qui réunit les dix-sept principaux créanciers de la planète, l'extinction de la moitié de sa dette en devises, à condition qu'elle reprenne sans délai le paiement des intérêts afférents à la partie restante.

Le pays n'est pas pour autant sorti de l'auberge. Comme pour les autres pays de l'Est, ses exportations à destination de l'URSS se sont effondrées et il a cessé de recevoir de celle-ci et de l'Irak le pétrole à bas prix dont il aurait tant besoin pour moderniser des houillères, une industrie et une agriculture proprement archaïques.

Du coup, l'inflation a repris et l'on compte 1 700 000 chômeurs, soit 9,4 % de la population active, les salariés du secteur public se mobilisant contre les majorations d'impôts qui leur sont infligées. En prime : plusieurs hauts fonctionnaires de banques nationales ont été arrêtés pour fraude et corruption, en liaison avec les agissements, qui font l'objet d'une enquête judiciaire, de la plus importante entreprise privée du pays. Le premier pape polonais de l'histoire suit de trop près les événements dont sa patrie est le théâtre pour qu'on ne soit pas tenté de leur attribuer un rôle de choix dans l'inspiration de l'encyclique par laquelle il a rejeté « l'affirmation selon laquelle la défaite du socialisme réel fait place au seul modèle capitaliste d'organisation économique[14] ».

***

Ce modèle suppose, pour commencer, le retour à la propriété privée de la grande majorité des entreprises du secteur public. Mais qui dispose des capitaux nécessaires pour les acquérir ou en créer de nouvelles ? De ce point de vue, la situation est la même dans tous les pays libérés du communisme. Il y a, d'une part, les trafiquants du marché noir : la Pologne de Jaruzelski fermait les yeux sur leurs occupations, qui représentaient quelque 30 % de l'activité économique globale et faisaient rentrer des devises ; celle de Solidarité les a purement et simplement légalisées. D'autre part, les membres de l'ex-nomenklatura qui ont pu, grâce à leurs privilèges et à leurs combines, mettre de l'argent de côté.

Le sociologue hongrois Elemer Hankiss résume mieux que personne la situation quand il écrit : « Il n'est pas exceptionnel de rencontrer aujourd'hui une famille appartenant à l'oligarchie dont le père est fonctionnaire de haut rang du Parti ou de l'État, la fille propriétaire d'un magasin de vêtements dans le centre-ville, le fils principal représentant d'une société occidentale en Hongrie, le gendre président d'une récente société anonyme ou d'une banque occidentale, et une belle-mère qui possède une pension de famille au bord du lac Balaton. (...) Ce sont eux (...) qui fondent les nouvelles dynasties Buddenbrook ou Kennedy[15]. »

Hankiss parle de la Hongrie, c'est-à-dire d'un pays où la libéralisation de l'économie a commencé en douceur alors que les communistes étaient encore au pouvoir, et où elle s'est poursuivie graduellement dans un calme qui en fait le lieu privilégié de l'investissement occidental. Elle n'en demeure pas moins encore plus endettée par tête d'habitant que la Pologne. La Tchécoslovaquie l'est beaucoup moins, elle dont l'économie se portait sensiblement mieux sous le socialisme que celle des pays frères. La RFA a pris en charge sa petite sœur de l'Est dont les habitants, même s'ils grognent en découvrant que le capitalisme ne leur apporte pas que le lait et le miel, s'aviseront un jour qu'ils ont bien de la chance, tout compte fait, d'être allemands.

Mais que dire de la Roumanie, que les folies de Ceausescu ont ramenée à l'âge de pierre, la dernière en date ayant été de vouloir liquider en trois coups de cuiller à pot son énorme dette extérieure ? De la Bulgarie, à qui le rôle de grenier du « bloc », à elle assigné par le Comecon, a valu de connaître pendant des années une relative abondance, mais qui se retrouve elle aussi aujourd'hui, après des expériences aberrantes, dans le dénuement le plus complet et, à la différence de la Roumanie, endettée au-delà du raisonnable ? De la Yougoslavie, où l'inflation avait atteint en 1989... 2 600 % et qui s'est enfoncée dans la guerre civile ? De l'Albanie, qui a tant de chemin à parcourir pour rattraper cette société de consommation dont le reflet sur ses écrans de télévision a été assez fort pour faire accepter par les derniers staliniens du continent les élections libres et le multipartisme et pousser vers l'Italie des milliers de « boat people » que celle-ci a impitoyablement refoulés ?

Aucun de ces pays n'a d'autre recette que le passage à l'économie de marché, dont Jean-Paul II admet d'ailleurs qu'elle constitue « l'instrument le plus approprié pour répartir les ressources et répondre efficacement aux besoins » — quitte à ajouter que la réalité d'aujourd'hui rappelle trop souvent « le capitalisme des origines dont la cruauté n'a rien à envier à celle des moments les plus noirs de la première phase de l'industrialisation[16] ».

Aucun ne peut se passer de l'aide massive de ceux qui, dans le monde extérieur, détiennent une capacité d'investissement. La leur refuser ne relèverait pas seulement de cette non-assistance à nation en danger que la communauté internationale assimile de plus en plus au délit de non-assistance à personne en danger. Ce serait s'exposer à voir le désespoir les conduire à une violence dont nos sociétés trop protégées ne manqueraient pas de subir tôt ou tard le contrecoup. Ce serait vider de toute substance le discours sur le nouvel ordre mondial dont on nous rebat les oreilles.

Reste que l'effort à consentir est énorme. Est-il compatible avec celui qu'il faudrait faire, si on veut les empêcher de sombrer, pour tant de pays du tiers monde ? Ou bien faut-il, pour sauver l'Est, oublier le Sud ? Au nom du principe selon lequel le cas de celui-ci serait désespéré, certains y semblent tout disposés.

Notes

1. « The Muscovites See No Way Out », *Wall Street Journal Europe*, 6 mai 1991.
2. Entretien à *L'Expansion*, 18-30 avril 1991.
3. Entretien avec Rupert Murdoch, *Paris-Match*, 19 mai 1991.
4. Cité par *Time*, 13 mai 1991.
5. Discours du 17 janvier 1961, cité par Claude Julien, *L'Empire américain*, Grasset, 1968, p. 364.
6. *Le Monde*, 27 août 1991.
7. « URSS, le noyau dur de l'économie », *Le Monde*, « Champs économiques » du 26 mars 1991.
8. *Time*, 13 mai 1991.
9. « Secret Picture of a Failing Gorbatchev », *Wall Street Journal Europe*, 26 février 1991.
10. Bernard Lewis, *Comment l'Islam a découvert l'Europe*, La Découverte, 1984, p. 34.
11. Jim Hoagland, « Germany's Unrequited Chancellor is Tired of Handing it out », *International Herald Tribune*, 23 mai 1991.
12. Daniel Vernet, « Le SOS de Moscou », *Le Monde*, 13 mai 1991.
13. « Gorbatchev in Secret 97 offer », *Financial Times*, 17 mai 1991.
14. Texte intégral français dans *Pour une société digne de l'homme*, Éditions du Centurion, 1991.
15. Cité par Jacques Rupnik, *L'Autre Europe*, Odile Jacob, 1990, p. 349.
16. *Pour une société digne de l'homme*, *op. cit.*

DEUXIÈME PARTIE

Cinq cents morts d'un côté...

Il faisait partie des meubles, ce qui veut dire que, comme aux meubles, on ne lui parlait guère. Il était vite là, pourtant, quand on avait besoin de lui pour changer une ampoule, réparer une prise de courant, purger un radiateur, planter un clou ou remettre les pendules à l'heure. La boîte à outils qu'il trimbalait en permanence l'avait fait surnommer, avec une rare originalité, Boîte-à-Clous.

Or voilà qu'un jour, allez savoir pourquoi, il s'enhardit. Il était aux prises avec un cordon de tirage récalcitrant, dans le bureau de son patron, lui-même en train de téléphoner.

— Avec votre permission, monsieur le directeur, lui dit-il quand celui-ci eut raccroché, je vous donne tout à fait raison sur la MBA.

Le patron était ahuri :

— Vous savez ce qu'est la MBA ?

— Oui, bien sûr, la marge brute d'autofinancement.

— Mais où avez-vous appris ça ?

— Excusez-moi, monsieur le directeur, mais, à mes moments perdus, je tiens la comptabilité d'un grand club sportif de la région. J'en connais donc un bout là-dessus.

— Mais comment se fait-il que vous ne nous en ayez jamais rien dit ?

— Je vous demande pardon, monsieur le directeur, mais ici personne ne me demande jamais mon avis. On me traite pratiquement comme un chien. Alors je vous en donne pour votre argent.

L'histoire est authentique. Elle est arrivée à Hervé Serieyx, qui est aussi enseignant et a beaucoup réfléchi sur le dialogue à l'intérieur des entreprises. Il la raconte souvent et il a raison, car elle ne concerne pas que les relations professionnelles. L'une des réalités les plus confondantes d'aujourd'hui, c'est l'incapacité de trop d'hommes et de femmes à porter un minimum d'attention aux autres. Et ce qui est vrai des individus l'est aussi des nations. Le « Sud » ne serait pas dans l'état où il est si tant de ceux qui l'habitent ne se sentaient pas à ce point au mieux ignorés ou méprisés ; au pis, délibérément sacrifiés à la prospérité et au bonheur de « Grands » qui n'ont pas même pour eux un regard.

On savait depuis longtemps qu'un mort dans le tiers monde pèse beaucoup moins qu'un mort d'un pays développé. La guerre du Golfe en a apporté la plus éclatante confirmation : elle n'a pas tué cinq cents personnes du côté allié. Mais des dizaines de milliers de l'autre. Et combien de cadavres a-t-il fallu pour qu'on s'émeuve de la tragédie kurde ? Pour qu'on découvre l'étendue du malheur du Bangladesh ?

« Pour tout dire, voilà, je ne veux pas qu'on me dédaigne* », fait dire Malraux à l'un de ses personnages de *L'Espoir*. Qui mesurera le rôle du dédain dans les guerres et les révolutions ? 1989 a vu, pour le Bicentenaire, le réveil de la liberté

* André Malraux, *L'Espoir*, Le Livre de Poche, 1956, p. 97.

et des nations. Peut-on croire sérieusement que les 80 % de l'humanité qui vivent en cette fin de siècle dans le tiers monde, prendront éternellement leur parti de l'oubli de ces autres promesses de 89 que sont l'égalité et la fraternité ?

CHAPITRE VII

Huit hommes sur dix

Comment vivre en paix en l'an 2000 dans un monde surpeuplé de six milliards d'habitants qui serait composé d'une minorité de « riches » (avec 8 à 12 000 dollars de revenu) et d'une majorité de « pauvres » (avec 200 à 800 dollars de revenu) ? Comment admettre que huit hommes sur dix ne participent pas au grand mouvement de progrès matériel, social et humain ?

Maurice Guernier, *Tiers monde : trois quarts du monde*[1].

Catastrophes en tous genres, famines, épidémies, émeutes, attentats terroristes, enlèvements, guerres civiles ou étrangères, il ne se passe guère de jour sans que le journal télévisé vienne déverser, à l'heure du repas familial, sa moisson d'horreurs minutées. Puis, comme si la violence réelle ne suffisait pas, le petit écran enchaîne, deux soirs sur trois, sur la violence fictive.

A se multiplier ainsi, comment l'effroyable ne se banaliserait-il pas ? Pour que le téléspectateur blasé s'émeuve, il faut des circonstances exceptionnelles ; la proximité par exemple : la disparition d'un enfant du voisinage nous touche plus que celle de dizaines d'autres enfants d'un pays éloigné. A plus forte raison si nous nous croyons nous-mêmes, ou les nôtres, menacés, en tout cas directement concernés : voir Tchernobyl et la guerre du Golfe.

Il en va de même lorsque la notoriété s'en mêle. Le meurtre de Rajiv Gandhi a fait mille fois plus de bruit que celui des centaines de personnes que les violences ethniques, religieuses, politiques tuent chaque année dans l'Asie des moussons. Ou lorsqu'une image, sur le petit écran, se charge d'une intensité dramatique particulière : personne n'a oublié la petite Colombienne mourant sous les yeux des téléspectateurs du monde entier, malgré les efforts désespérés des sauveteurs, dans un glissement de terrain ; ni la silhouette solitaire qui, un jour de mai, osa défier les chars, place Tiananmen. Bien sûr encore lorsque le sang coule à flots, que la faute en revienne aux hommes, comme au Liban et au Liberia, ou aux éléments, comme au Bangladesh.

L'égoïsme n'a heureusement pas encore perverti nos sociétés au point d'empêcher la solidarité de se manifester quand la sensibilité collective est ainsi directement touchée. Le succès d'organisations d'entraide comme Médecins sans frontières ou Médecins du monde, celui des campagnes de souscription lancées au cours des dernières années pour venir en aide aux victimes de la sécheresse, des séismes, des inondations, pour ne pas parler de celles du génocide cambodgien, sont là pour l'attester. On a même vu, à l'occasion de la tragédie kurde, l'indignation de l'opinion conduire le président des États-Unis, qui avait commencé par exprimer sans ambages, après quelques condoléances polies, sa ferme intention de ne s'en mêler à aucun prix, à dépêcher sur place des milliers de soldats.

L'événement est à marquer d'une pierre blanche. Pour la première fois, en effet, le Conseil de sécurité des Nations unies, prenant le contrepied d'une doctrine bien établie, a admis qu'il pouvait exister un devoir d'ingérence dans les affaires d'un pays où les droits de l'homme se trouvaient par trop menacés. Il ne faut pas se dissimuler la difficulté pratique d'appliquer un tel principe et les abus auxquels sa reconnaissance peut facilement conduire. Mais il n'est plus interdit d'imaginer que l'ONU pourrait en établir les règles et éviter ainsi qu'à l'avenir tel ou tel État membre ait à prendre sur lui d'aller renverser, sans demander la permission à personne, des tyrans comme Pol Pot, Idi Amine Dada ou Bokassa Ier. En tout cas, l'idée a gagné beaucoup de terrain que la non-assistance à peuple en danger n'a pas plus d'excuse que la non-assistance à personne en danger, laquelle, comme chacun sait, constitue un délit aux yeux de la loi républicaine.

***

Reste que, des peuples en danger, il y en a à la pelle et que l'on tarde trop, d'une manière générale, à s'en apercevoir. La faute en incombe souvent, à vrai dire, à leurs gouvernements. Ceux du Sahel, par exemple, ont attendu des mois, en 1973, pour admettre qu'une sécheresse sans précédent les menaçait d'une des pires famines de l'Histoire. Les carcasses de buffles morts de soif jonchaient pourtant le bord des routes du Sénégal, et l'on pouvait voir, à Nouakchott, capitale de la Mauritanie, un vaste campement de tribus nomades que la perte de leurs troupeaux avait ruinées en une nuit. Pour avoir cherché à alerter l'opinion sur cette situation dans les colonnes du *Monde*, l'auteur de ces lignes s'est vu reprocher par un hebdomadaire officieux algérien sa mentalité... colonialiste !

Lorsque, quelques mois plus tard, un fléau semblable a frappé l'Éthiopie, le régime impérial a interdit à sa presse et à sa radio d'en parler. Il a fallu le courage et l'opiniâtreté de quelques jeunes Européens qui avaient pu mesurer de leurs yeux l'ampleur de la catastrophe pour que s'organise une aide internationale. Hailé Sélassié se doutait-il que la disette, dont il reconnaîtrait plus tard qu'elle avait tué cent mille de ses sujets*, allait lui coûter son trône ?

Ce n'est pas le seul cas, tant s'en faut, où une catastrophe naturelle a entraîné des bouleversements politiques. Les inondations de novembre 1970, qui avaient fait deux cent mille morts, ont largement contribué au désastre électoral subi par le gouvernement pakistanais, en décembre de la même année, dans le Bengale oriental, et au soulèvement qui allait entraîner, en mars 1971, la proclamation d'indépendance de cette province sous le nom de Bangladesh. La terrible famine de 1972 explique pour une bonne part la révolution qui renversa, un an plus tard, la monarchie afghane.

On pourrait écrire une thèse sur ce thème. Elle ne manquerait pas de mettre en évidence le rôle joué dans ces catastrophes réputées « naturelles » par des facteurs politiques ou des mauvais choix économiques. Reprenons les cas déjà cités.

L'*Afrique occidentale* : le colonisateur français avait créé, avec Dakar et Abidjan, deux pôles de développement de belle dimension, qui n'avaient évidemment de sens que comme débouchés d'un vaste *hinterland*. Mais tous les regroupements politico-économiques conçus au lendemain de l'indépendance ont échoué. Si de magnifiques projets de

* Certaines estimations font état de deux cent mille morts.

barrages ont vu le jour, leur construction a été indéfiniment retardée par la mauvaise volonté, les prétentions ou l'inertie de tel ou tel des gouvernements intéressés.

Le *Sénégal* végète, faute d'avoir pu aller beaucoup au delà de la monoculture de l'arachide et de l'élevage, l'une et l'autre étroitement tributaires de la bienveillance du ciel. Le fameux « miracle ivoirien », né non seulement de l'envolée des cours du cacao et du café, mais de l'exploitation éhontée de la forêt tropicale, aujourd'hui complètement dévastée, n'est plus qu'un souvenir, même si Félix Houphouët-Boigny s'obstine, au soir de sa vie, à doter son village natal de Yamoussoukro, dont il voudrait faire un autre Brasilia, des constructions les plus dispendieuses.

Tout a été dit sur la réplique grandeur nature de Saint-Pierre de Rome qu'il y a installée et que le pape, après avoir longtemps hésité, a fini par accepter en donation : on a beau faire valoir que ce grandiose édifice n'a coûté que le prix d'une heure de la guerre du Golfe ; on a beau admettre que les chefs-d'œuvre de la Renaissance, rapportés au PNB de l'époque, devaient eux aussi passablement insulter à la misère générale ; les vitraux ont beau être superbes, on ne peut s'empêcher de penser que la charrue, ici, a été mise singulièrement devant les buffles...

Or il n'y a pas que la basilique : il y a la Fondation Houphouët-Boigny, dont la salle de deux mille places, ornée des bois les plus précieux, n'a servi qu'une fois ; il y a une série de bâtiments dont certains, comme l'École des travaux publics, avec ses immenses rôniers et ses arbres du voyageur littéralement insérés dans l'architecture, sont de véritables joyaux. Pendant ce temps, à Abidjan, où les contrôles de police — justifiés, paraît-il, par le développement spectaculaire de la criminalité — provoquent le soir, à l'abord des ponts, de sérieux embouteillages, l'insolence des tours et des immeubles-miroirs défie les bidonvilles comme les palais des riches, à Rio, les favelas.

L'*Éthiopie* : s'il est un pays d'Afrique qui aurait dû échapper à la sécheresse, c'est bien celui-là. Étalé sur un immense plateau, à plus de deux mille mètres d'altitude, avec des failles vertigineuses, il n'est guère de cultures ou d'élevages qu'il ne puisse pratiquer. Il dispose de vastes ressources hydrauliques qui, si elles étaient exploitées, lui permettraient de vendre en abondance de l'énergie à ses voisins. Mais il n'a jamais connu le moindre début de modernisation. A l'époque de la chute du négus, l'empire comptait encore 90 % d'analphabètes et était souvent hors d'état d'offrir du travail aux rares ingénieurs sortis de son unique université.

Devenu par sa résistance au Duce le symbole même, aux yeux de tout le continent, de l'anticolonialisme, Hailé Sélassié était en réalité un colonisateur, convaincu de la supériorité de la race amhara, sémite et christianisée, à laquelle il appartenait. L'Abyssinie n'était-elle pas seule, en Afrique, à posséder depuis des temps immémoriaux une langue écrite, une littérature, de merveilleuses églises taillées dans le roc ?

Son oncle, Mélénik II, qui avait lui aussi battu les Italiens, avait quadruplé la superficie de l'empire. La France entendant garder Djibouti, un accès à la mer manquait. L'Érythrée, que la défaite de l'Axe avait enlevée à l'Italie, rêvait d'indépendance. En 1960, l'empereur fit approuver par les Nations unies la création d'une union fédérale entre elle et l'Éthiopie. Deux ans plus tard, il contraignait le Parlement érythréen à approuver un rattachement pur et simple à l'empire : décision qui allait être aussitôt contestée, les armes à la main, par les militants de diverses organisations de résistance — qualifiés par Addis-Abeba de simples « bandits » *(shifta)* — fortement appuyées tant par la population que par les pays de l'Est et certains États arabes.

Le paradoxe a voulu que le communiste Mengistu, le « négus rouge » qui a renversé Hailé Sélassié, n'ait pas montré moins de détermination que lui à préserver l'unité. D'où, en 1977, la guerre avec la Somalie, pourtant gouvernée elle aussi à l'époque par des « socialistes » prosoviétiques, qui voulait récupérer la province d'Ogaden, essentiellement peuplée au demeurant de Somalis. D'où l'appel à l'URSS, à Cuba et au Yémen du Sud, alors marxiste-léniniste, pour lutter contre une guérilla qui, lâchée par Moscou et Pékin, allait trouver aussitôt le soutien de l'Arabie Saoudite et s'étendre à la province du Tigré.

Cette guerre civile, que le pouvoir central était condamné à perdre dès lors que Moscou n'avait plus les moyens de l'appuyer, a causé des centaines de milliers de morts. Elle a fait de la famine un état permanent et empêché l'acheminement de l'aide internationale. Le cas de Mengistu a moins retenu l'attention que celui de Pol Pot, mais le pays qu'il a laissé, en prenant la fuite en mai 1991, est à peine moins exsangue que le Cambodge.

Le *Bangladesh* : le drame du tiers monde, d'une manière générale, c'est la sécheresse. Celui du Bangladesh, qui n'est qu'un delta, c'est l'eau : elle ne le laisse pratiquement jamais en paix. Comment d'ailleurs parler de paix lorsque l'on voit, par exemple, en saison « sèche », étalés sur un immense confluent, une série de petits voiliers au mouillage d'où des squelettes vivants plongent, de l'aube au crépuscule, pour aller puiser, au fond, du sable qu'ils jettent dans la cale avant de replonger ? Une fois le bateau plein, il remonte le courant, à la voile si le vent est favorable, sinon à la godille. S'il avait connu ce spectacle, Dante l'aurait fait figurer dans son Enfer.

Sous de tels cieux, « avoir du cœur est déjà, écrit Corinne Lesnes, un grand luxe[2] ». La corruption est partout, et ce n'est pas parce que l'ex-président Ershad a été renversé et jeté en prison sous ce chef d'accusation qu'elle a disparu. L'organisation humanitaire Care a constaté en 1984 que 60 % du blé fourni l'année précédente par les États-Unis avait disparu sans laisser de trace[3]. Là comme ailleurs, l'assistance extérieure profite d'abord aux classes les plus aisées et aux forces de sécurité. A l'initiative de Jacques Attali, la France a certes fait approuver par la Banque mondiale, le 14 juillet 1989, la mise à l'étude d'un plan grandiose de protection des zones exposées : il est question de construire 4 000 kilomètres de digues pour un coût estimé à vingt milliards de dollars. Encore faut-il laisser un passage pour l'eau, indispensable à la fécondité des terres. De toute façon, « il faudra une ou deux générations au moins, selon Yvonne Rebeyrol, pour maîtriser les fleuves du Bangladesh[4] ».

Nations les plus pauvres du monde, Éthiopie et Bangladesh sont sans nul doute aujourd'hui les plus éprouvées. Mais combien d'autres sont à peine moins mal loties ? Un milliard d'humains sur 5,4 vivent au-dessous de ce qu'on appelle pudiquement le seuil de pauvreté ; il y en a autant d'autres à ne savoir ni lire ni écrire. Un milliard et demi n'ont accès à aucun soin de santé. Cent quatre-vingt millions d'enfants sont gravement sous-alimentés[5].

Le Soudan compte 7,7 millions d'affamés, la Somalie et le Mozambique deux millions chacun, l'Angola presque autant[6]. Ils ont en commun d'être ravagés depuis des années par la guerre civile, qui, outre qu'elle ralentit la production, multiplie les destructions, chasse des centaines de milliers de pauvres gens vers les camps de réfugiés, empêche bien souvent l'acheminement de l'aide. « Le travail dans la Corne de l'Afrique, et particulièrement au Soudan, dit un spécialiste des opérations de secours dans cette région, est si difficile qu'elle est devenue le cimetière de certains des meilleurs professionnels de l'assistance[7] ». Et pourtant, écrit *Newsweek*, « jamais peut-être autant de gens n'ont eu autant besoin d'aide en autant d'endroits à la fois[8] ».

***

Quelques pays ont certes réussi à s'arracher au cycle infernal du sous-développement. La progression spectaculaire des « quatre dragons » du Sud-Est asiatique (Corée du Sud, Hongkong, Taïwan, Singapour) commence à entraîner la Thaïlande et la Malaysia. Les trente-deux membres de la Banque asiatique de développement ont enregistré un taux de croissance moyen de 5,7 % en 1990 ; ils s'attendent à un résultat identique en 1991 et supérieur en 1992.

La perspective de création d'une zone nord-américaine de libre-échange paraît devoir donner un coup de fouet au Mexique. La Bourse de Buenos Aires s'emballe. En Colombie, où le président Gaviria a porté de rudes coups aux trafiquants de cocaïne, la guérilla persiste dans les zones rurales mais, comme le constate l'*Economist*, « la plupart des citoyens vivent maintenant dans les villes, avec une chance de posséder au moins une Renault 4[9] ». Le même journal relève que l'économie bolivienne « commence enfin à croître plus vite que la population[10] ».

Jean-Claude Chesnais est donc fondé à écrire : « Le tiers monde a survécu. L'"explosion" démographique ne l'a pas tué. Et l'Inde, éternel sujet d'apitoiement, nourrit ses habitants. Quant à la Chine, émergeant d'un long cauchemar, elle vit dans l'espoir[11]. »

Rien, cependant, dans les chiffres rassemblés par les experts des Nations unies ou des organisations non gouvernementales, ne suggère que les choses pourraient s'arranger sous l'effet bénéfique du seul marché. On ne compte pas moins de quarante-deux PMA, de pays pudiquement décrits comme « moins avancés », dont vingt-huit appartiennent au continent noir, où le revenu moyen par tête est inférieur à 500 dollars. Ce n'est pas assez pour dissuader la plupart d'entre eux de se ruiner en armements : « Entre 1978 et 1987, rapporte Éric Fottorino, l'Afrique a acheté pour plus de 61 milliards de dollars de matériel militaire (6,7 pour la seule Éthiopie), soit l'équivalent de près de la moitié de la dette extérieure du continent[12]. »

Depuis 1970, le sol cultivable, à la surface de la planète, a diminué d'une étendue égale à la totalité des terres arables de l'Inde. Le désert a gagné 120 millions d'hectares. L'humanité s'est accrue de 1,6 milliard d'individus, soit plus que du nombre total d'habitants de la planète en 1900. Le taux d'accroissement de la population, qui était tombé de 1,9 % en 1970 à 1,7 au début des années quatre-vingt-dix, est remonté à 1,8 du fait d'un léger accroissement de la natalité en Chine et d'une diminution de la mortalité en Inde. Avec 72 000 naissances par jour, la population de ce dernier pays s'accroît de dix-neuf millions par an[13] ; celle du Bangladesh, de quatre millions : près de la moitié des nouveau-nés y pèsent moins de 2,5 kilos et huit cent mille meurent avant d'avoir atteint l'âge de cinq ans[14]. Selon un rapport des Nations unies, il faudrait investir quatre milliards et demi de dollars dans le planning familial pour être sûr de ne pas dépasser les prévisions jusqu'à présent couramment admises, selon lesquelles la population du globe atteindrait, en l'an 2000, 6,4 milliards, soit un milliard de plus qu'aujourd'hui[15].

De ce milliard, combien viendront ajouter au surencombrement des mégapoles ? En 1950, trois cents millions d'habitants du tiers monde seulement vivaient dans les villes. On en compte aujourd'hui trois fois plus. La Banque mondiale table sur deux milliards à la fin du siècle. De New

York à Tokyo, l'état des métropoles du monde développé n'est déjà pas le plus souvent bien brillant. Faute, en général, de transports collectifs suffisants, leurs sœurs du tiers monde — dont plusieurs, Mexico et Sao Paulo en tête, ont déjà largement dépassé les dix millions d'habitants — sont vouées à l'asphyxie. Seule Singapour a su jusqu'à présent prendre le taureau par les cornes en soumettant la circulation des voitures individuelles à des limitations draconiennes.

Les plans de développement urbain, notamment la construction de métros, engloutissant des sommes énormes et aggravant pendant la durée des chantiers le désordre du trafic automobile, ajoutent encore au fardeau de la dette publique. En 1989, son montant cumulé pour le tiers monde atteignait 1 200 milliards de dollars, soit 44 % de son produit national brut.

Cette même année, les pays dits en voie de développement ont payé 77 milliards de dollars d'intérêt et remboursé 85 milliards. Ce qui signifie que les pauvres paient aux riches 50 milliards de plus que les aides qu'ils en reçoivent. Trois pays du monde développé seulement, la Norvège, les Pays-Bas et la France, versent une aide au développement égale ou supérieure aux 0,7 % de leur revenu national que l'Assemblée générale des Nations unies avait promis, en 1970, de lui affecter.

Il s'ajoute qu'une partie seulement de cette aide est utilisée conformément à son objet. De 1962 à 1986, l'évasion des capitaux a représenté aux Philippines 80 % de l'encours de la dette. Au Mexique et en Argentine, précise le rapport pour 1991 du programme des Nations unies pour le développement, « au moins 50 % du montant des emprunts des quinze dernières années ont donné lieu à des sorties de capitaux[16] ».

Un mot résume la situation. Le président du Costa Rica

était en visite aux États-Unis, il y a quelques années ; un sénateur lui posa la question : « Monsieur le président, si je ne m'abuse, Costa Rica veut bien dire *côte riche* ? — Oui, bien sûr. — Alors, dites-moi où est la richesse du Costa Rica ? » La réponse ne se fit pas attendre : « A Miami... »

Combien de chefs d'État africains ne feraient-ils pas, s'ils étaient sincères, des aveux de même nature ? L'un d'eux, recevant, au moment des indépendances, l'ambassadeur du Canada, venu enquêter sur les capitales où il serait judicieux pour son pays d'installer des missions diplomatiques, lui déclara tout à trac : « Monsieur l'ambassadeur, j'ai regardé votre Constitution. Dites-moi, comment fait-on pour s'enrichir au Canada quand on fait de la politique[17] ? »

***

Le tiers monde n'est plus ce qu'il était à l'époque — 1952 — où Alfred Sauvy lui donnait son nom de baptême, par référence au tiers état de jadis. A lui seul l'effondrement du « bloc » soviétique rend le concept sans objet puisqu'il met fin à l'antagonisme des deux « mondes » entre lesquels un troisième larron avait choisi de ne pas choisir. Mais celui-ci n'avait pas attendu si longtemps pour cesser d'exister en tant que tel : trop de contradictions l'habitaient, qu'il s'agisse du niveau de vie, de la religion, ou tout bonnement des vieux antagonismes tribaux.

Le temps est loin — 1955 — où les dirigeants des États indépendants d'Afrique et d'Asie, regroupés à Bandoung autour de Tito, Nehru et Nasser sous le signe du non-engagement, se croyaient en mesure d'imposer leur volonté aux Grands, et pour commencer aux États-Unis et à leurs alliés européens.

La décolonisation a certes marqué leur triomphe. Et

ensuite les deux chocs pétroliers de 1973 et 1979, qui ont envoyé pour un long moment les pays développés dans les cordes. Mais l'importance des stocks de précaution, la découverte de nouveaux gisements en dehors de la zone OPEP* comme le rapide progrès des énergies de substitution ont considérablement diminué le poids des exportateurs traditionnels, trop divisés de toute manière pour pouvoir plus longtemps présenter un front commun. A telle enseigne que l'interruption totale, tout au long de la crise du Golfe, des livraisons de l'Irak et du Koweït n'a eu aucun impact durable sur le marché.

Du moins sur celui des pays développés. Car les autres, qui n'avaient pas eu les moyens de constituer des réserves stratégiques, ont dû payer l'or noir au prix fort pendant les quelques jours où il a beaucoup augmenté. En même temps que certains d'entre eux subissaient de plein fouet deux conséquences de la crise : la diminution spectaculaire de l'aide des pays du Golfe, qui avaient d'autres besoins, et celle des rentrées de devises des nombreux travailleurs obligés de quitter ces mêmes pays.

N'ayant plus le sentiment de dépendre du tiers monde, constatant le désordre qui y règne trop souvent comme le peu d'efficacité, sauf pour les commandes d'armes, des aides qui lui sont consenties, de plus en plus de bons esprits, ou réputés tels, en viennent à se désintéresser complètement du « Sud ». Encore heureux s'ils ne décrètent pas avec hauteur que le moment est venu de l'abandonner à lui-même. Un connaisseur, Jean-Christophe Rufin, a pu évoquer

* Organisation des pays exportateurs de pétrole, composée de l'Arabie Saoudite, de l'Irak, de l'Iran, du Koweït, de Bahreïn, d'Abu Dhabi, de Dubaï, du Qatar, de Sharjah, de l'Indonésie, de l'Algérie, de la Libye, du Nigeria, du Gabon, du Venezuela et de l'Équateur. De très gros producteurs comme les États-Unis, l'URSS, la Grande-Bretagne, la Norvège ou le Mexique n'en font pas partie.

dans un livre fort brillant[18] l'image d'un « empire du Nord » regroupant de San Francisco à Vladivostok et à Tokyo, l'ensemble des pays riches protégés des « nouveaux barbares » du « Sud » par un *limes* comparable à la ligne plus ou moins fortifiée qui garantissait les frontières de l'Empire romain contre les invasions. Bien des citoyens du monde « libre » ou « industrialisé » ne sont pas loin de voir les choses de cette façon : à preuve les propos simplistes si souvent tenus sur l'immigration.

Une telle approche serait suicidaire. Il ne viendrait à l'esprit de personne, bien sûr, de ressusciter le mythe ingénu d'un tiers-mondisme rédempteur de l'humanité pécheresse. Il n'empêche que huit hommes sur dix vivent dans le ou les tiers mondes. Si l'on ne fait rien pour les aider à s'intégrer dans cette économie mondiale en laquelle l'URSS elle-même met désormais tous ses espoirs, ils finiront bien par se rappeler à notre attention. Si un problème justifie la recherche d'un ordre international digne de ce nom, c'est celui-là. A défaut, c'est à un surcroît de désordre qu'on devra s'attendre, et il faudrait être fort naïf pour croire qu'il n'atteindra pas nos rivages.

Aucune bastille, nucléaire ou pas, ne saurait nous protéger éternellement. Quand ce ne serait que parce que des dizaines de millions de citoyens du tiers monde vivent déjà sur le territoire des pays développés. Et aussi parce que la tragédie des « boat people » peut se renouveler ailleurs, y compris en Algérie, et jeter sur les côtes françaises, espagnoles ou italiennes des cohortes de fugitifs. « Attention, a pu dire le cardinal Lustiger, le prolétariat de 1848 est de nouveau à nos portes, sous une forme historiquement nouvelle. Les horreurs de l'accumulation primitive [du capital] se répètent aujourd'hui. Communisme ou pas, les masses affamées et ignorantes du tiers monde nous entourent. C'est le rôle de l'Église — et elle le fait — de qualifier cette situation, avec le pape, de “joug quasi servile”. Il y a péril pour les nations nanties à la juger normale, à s'y accoutumer, à l'oublier. Périlleux sommeil ! Fausse tranquillité ! Le pape joue au trouble-sieste des repus. (...) Ne l'accusez pas de simplisme. Ce qu'il dit est déjà dans l'Évangile[19]. »

Notes

1. Maurice Guernier, *Tiers monde : trois quarts du monde*, Dunod, 1980, p. 6.

2. Corine Lesnes, « Bangladesh, les rescapés du quotidien », *Le Monde*, 22 mai 1991.

3. Cité par Bernard Kervyn, « Bangladesh, un pays meurtri », *Politis*, 16 mai 1991.

4. Yvonne Rebeyrol, « Crues sous contrôle », *Le Monde*, 22 mai 1991.

5. Deuxième rapport du programme des Nations unies pour le développement. Cité par Éric Fottorino : « La pauvreté tient plus aux erreurs de politique qu'au manque d'argent », *Le Monde*, 24 mai 1991.

6. Indications du programme alimentaire mondial des Nations unies, reprises dans *Newsweek*, 20 mai 1991. Pour une étude approfondie du problème de la faim dans le monde, voir Sylvie Brunel, *Une tragédie banalisée*, Hachette-Pluriel, 1991.

7. Abdul Mohammed, cité par Julian Ozanne, « Civil War and Nightmare Logistics Plague Valiant Relief Effort », *Financial Times*, 11-12 mai 1991.

8. *Newsweek*, 20 mai 1991.

9. *The Economist*, 3 août 1991.

10. *Id.*, 17 août 1991.

11. Jean-Claude Chesnais, *La Revanche du tiers monde*, Robert Laffont, 1987, p. 11.

12. Éric Fottorino, « La guerre perdue des pays pauvres », *Le Monde*, 21 mars 1991.

13. Cité dans Lester Brown *et al.*, *State of the World 1991*, W.W. Norton, New York et Londres, 1991, pp. 3 à 20.

14. Corine Lesnes, article cité.

15. « Rapport annuel du Fonds des Nations unies pour les activités en matière de population ». Cité par Guy Herzlich, *Le Monde*, 15 mai 1991.

16. *State of the World 1991*, *op. cit.*, p. 173.
17. Notes personnelles.
18. Jean-Christophe Rufin, *L'Empire et les nouveaux barbares*, J.-C. Lattès, 1991.
19. Interview à *L'Expansion*, 23 mai 1991.

CHAPITRE VIII

Pas si mort que ça...

Dieu est mort ! Dieu reste mort ! Et c'est nous qui l'avons tué !

Friedrich Nietzsche, *Le Gai Savoir*[1].

Depuis l'avènement de la philosophie des Lumières, au XVIIIe siècle, il semblait que fût irrésistible la marche de ce progrès où Simone Weil voyait « l'idée athée par excellence (...) car elle implique que le médiocre peut de lui-même produire le meilleur[2] ». La vie intellectuelle, scientifique, sociale, politique se laïcisait de plus en plus. La Raison, que la Révolution française n'avait pas craint de porter sur les autels, finirait, chacun voulait le croire, par imposer ses évidences à la terre entière.

Marx, reprenant à son compte le cri de Prométhée : « En un mot, je hais tous les dieux[3] », voyait dans la religion « le soupir de la créature accablée, l'âme d'un monde sans cœur (...), l'esprit d'un état de choses où il n'est point d'esprit » ; nier ce « bonheur illusoire du peuple, poursuivait-il, c'est exiger son bonheur réel[4] ». Nietzsche faisait annoncer par Zarathoustra « la mort de Dieu ».

Ici la foi s'étiolait toute seule sous l'influence du matérialisme ambiant et amenait le concile Vatican II, cent ans après le *Syllabus*, qui avait vigoureusement condamné « les erreurs du siècle », à composer avec certaines d'entre elles. Ailleurs, les Églises chrétiennes, jadis triomphantes, subissaient le choc en retour des persécutions du temps de l'Inquisition et paraissaient agoniser dans les Catacombes. Ainsi de celle du Mexique des années vingt, sous le président Calles : Graham Greene a fait de cette nouvelle Passion la toile de fond de son plus beau roman, *La Puissance et la Gloire*. Ainsi de celles de l'URSS, de la Chine et, d'une manière générale, de tous les pays où le communisme s'établit pendant et après la Deuxième Guerre mondiale.

On se gaussait de la fameuse prophétie de Fatima sur l'inévitable retour de la Russie au christianisme, auquel elle s'était convertie à la fin du premier millénaire. Au début des années quatre-vingt encore, le directeur de l'Office des cultes de Varsovie, Casimir Kakol, pouvait dire tranquillement : « Nous ne permettrons jamais l'éducation religieuse des enfants, de la jeunesse. Nous ne souffrirons pas d'influence quelconque de l'Église sur la vie culturelle et sociale[5]. »

Ce « jamais » paraît dérisoire en un temps où aucune vedette ne pourrait prétendre attirer sur son passage des foules aussi denses que le premier pape polonais de l'Histoire. Où cent mille Soviétiques viennent l'acclamer à Czestochowa. Où Lech Walesa, devenu chef d'État, porte ostensiblement à la boutonnière une image de la Vierge. Où Boris Eltsine, élu président de la Russie, se fait photographier à l'église, un cierge à la main, et associe le patriarche orthodoxe à sa prestation de serment. Où Saddam Hussein, qui s'était fait gloire de sa mécréance, inscrit, sur le drapeau irakien, le mot d'ordre : « *Allah Akhbar !* » (Dieu est grand !). Où l'Albanie elle-même, après avoir interdit pendant trente ans toute espèce de culte, rouvre églises et mosquées.

La personnalité très « médiatique » de Jean-Paul II, sa détermination, la fermeté de son langage, qui ne rappelle que de loin les mélancoliques homélies de son prédécesseur Paul VI, sont certainement pour beaucoup dans le regain d'influence de l'Église de Rome. Son élection n'a pas pour autant été le fruit du hasard. Une institution vacillante, qui aurait perdu foi en elle-même, comme elle avait été à deux doigts de le faire, n'aurait pas mis à sa tête un combattant qui n'est si sûr de lui que parce qu'il se sent vraiment, dans toutes ses fibres, le vicaire de Dieu sur terre.

Comment la faillite des religions terrestres n'aurait-elle pas conduit à un réveil de celles qui préfèrent s'abreuver aux racines du Ciel ? Les derniers à s'en apercevoir sont, bien entendu, les pays d'Occident dont la « partie spirituelle », selon la prédiction de Baudelaire, a été « atrophiée[6] » par la mécanique et par une idéologie de la consommation qui imprègne, peu ou prou, jusqu'à ceux qui la dénoncent le plus vertueusement.

Les évidences mettent souvent du temps à se manifester. De même que les catholiques d'Europe ont été bien lents à se scandaliser de la caution trop souvent apportée par l'Église du Christ aux pires formes de l'exploitation capitaliste, de même un certain nombre d'entre eux ont découvert la lumière simplificatrice du marxisme à l'heure d'un déclin dont ils n'avaient pas encore pris conscience. Mais l'on ne parlerait pas tant des faits et gestes du pape, des sectes ou des intégristes, si l'idée ne reprenait force que Dieu est moins mort qu'on a bien voulu le dire.

Le phénomène est quasi général, même si son intensité varie d'un pays à l'autre. En Amérique latine, l'Église romaine, malgré d'affligeantes exceptions, est devenue le véhicule principal des aspirations d'une humanité souffrante et de la résistance à une oppression protéiforme. L'actuel président des États-Unis, protestant, comme tous ses prédécesseurs sauf un, déclare en larmes à une assemblée de baptistes : « La prière a toujours été importante et personnelle pour moi. Vous savez comment nous sommes, nous autres épiscopaliens[7]... » C'est sous un président socialiste que la France a enterré la guerre scolaire qui l'avait longtemps déchirée.

Il ne faut cependant pas surestimer la portée du phénomène. La pratique religieuse a considérablement diminué dans la plupart des vieux pays chrétiens. La crise des vocations et la défection de nombre de prêtres font que les gros bataillons du clergé catholique, en France, sont aujourd'hui décimés et que la majorité de ses membres appartiennent à ce qu'on appelle pudiquement le troisième âge. Seule une minorité de fidèles tient vraiment compte de l'enseignement pontifical en matière de contrôle des naissances. L'anticléricalisme avait été suscité, pour l'essentiel, par les abus du pouvoir clérical et par l'appui qu'il donnait trop souvent à l'ordre établi. L'effet a disparu avec sa cause, et la tolérance est devenue d'autant plus facile que l'Église de Rome est désormais la première à répandre le message, longtemps réputé subversif, des droits de l'homme.

La situation est toute différente en Europe de l'Est, dans la mesure où les Églises chrétiennes, l'islam, le judaïsme et jusqu'aux sectes y ont constitué, malgré des cas flagrants de collaboration avec le pouvoir, une force majeure de résistance au communisme. Il n'y a pas de pays où on l'ait vu davantage qu'en Pologne. Le Parti n'a jamais réussi à empêcher la grande majorité de la population de fréquenter assidûment les églises. L'élection de Jean-Paul II, symbole éclatant du refus du système, a fait sauter les dernières barrières qui pouvaient s'opposer au pouvoir de la hiérarchie catholique.

En URSS, en Roumanie ou en Bulgarie, où personne ne savait plus à quel saint se vouer, c'est tout naturellement que les foules ont retrouvé le chemin des autels, conduisant les autorités à rouvrir des milliers de lieux de culte. Capitale d'une nation pour qui le catholicisme n'avait longtemps été qu'un instrument d'une domination autrichienne détestée, Prague a fait un triomphe au pape. Reste qu'avec l'avènement de la démocratie et de la liberté, le conservatisme du discours pontifical en matière sexuelle prend bien des catholiques de l'Est à rebrousse-poil. Les tentatives du gouvernement de Varsovie pour limiter, sinon interdire, l'avortement, auquel cinq cent mille Polonaises ont recouru en 1990, se heurtent à la résistance d'une bonne partie de la population. Lors de son avant-dernier voyage dans son pays natal, en juin 1991, Jean-Paul II est allé jusqu'à comparer l'interruption volontaire de grossesse au génocide nazi : on peut douter que ce langage ait fait changer qui que ce soit d'avis.

***

L'Église romaine se montre facilement plus exigeante vis-à-vis de ses cadettes, italienne ou polonaise, que de sa « fille aînée » française, qui l'a habituée de longue date à son esprit frondeur et à ses fredaines. Elle n'en a pas moins ceci en commun avec les autres Églises chrétiennes qu'elle respecte infiniment plus qu'autrefois le précepte de l'Évangile enjoignant de rendre à César ce qui est à César. Ce qu'orthodoxes et protestants ont généralement fait pour leur part. La situation des autres religions est fort différente. Ne parlons pas du bouddhisme, qui, plus qu'une religion, est une philosophie, au sens étymologique du terme, c'est-à-dire une école de sagesse, un art de vivre fondé sur le détachement et la contemplation. Cette définition ne vaut certes pas pour les religions à forte appartenance identitaire comme l'hindouisme, le judaïsme ou l'islam, très imperméables, dans l'ensemble, à la distinction du spirituel et du temporel.

« L'hindouisme, en tant que foi religieuse, a pu dire Nehru, est vague, amorphe, multiple : il est toutes choses pour tous les hommes. Difficile à définir, on ne peut non plus affirmer sans réserve s'il est ou non une religion dans le sens usuel du terme[8]. » Il n'en est pas moins, à l'heure actuelle, celle de 83 % des habitants de l'Union indienne et le ciment qui l'a jusqu'à présent empêchée de se disloquer.

Comme le shinto au Japon, c'est une religion purement nationale, qui n'a aucunement essaimé à l'extérieur. C'est également et d'abord un panthéisme. Tout est Dieu : un nuage, une pensée, un livre, un fleuve. On ne saurait mieux le comparer qu'au figuier national, le banyan où Claudel voyait un « nœud de pythons[9] » : de ses hautes branches pend une abondante chevelure de racines qui, sitôt qu'elles atteignent le sol, donnent naissance à de nouveaux troncs, les uns s'agglutinant au tronc principal, les autres aidant le pilier central à supporter la ramure.

La multitude des troncs agglutinés figure l'hindouisme avec toutes ses castes qui jamais ne se mêlent, et les troncs extérieurs les autres confessions que, dans sa volonté de synthèse, il est tout disposé à accueillir sous sa voûte végétale. Mais il va de soi que les fidèles des religions monothéistes se satisfont difficilement de se trouver ainsi annexés à ce syncrétisme dominateur. D'autant plus que le rêve initial d'une Inde laïque et tolérante, contrastant avec le confessionnalisme musulman du Pakistan, a fondu comme beurre au soleil avec l'incapacité de l'État à venir à bout du système des castes, avec le développement à tous les échelons de l'incompétence, du bureaucratisme et de la corruption.

Les premières victimes en ont été les sikhs, adeptes d'une religion aristocratique et guerrière, que la perspective d'une Inde pluraliste avait amenés à repousser la proposition des Britanniques de constituer un État indépendant dans ce Penjab où ils sont majoritaires. Occupant dans l'armée et l'administration des postes à la mesure de leurs grandes capacités, ils ne doutaient pas qu'ils allaient les garder. Mal leur en a pris. Indira Gandhi a cherché à réduire leur influence, à ses yeux excessive. Elle l'a payé de sa vie. Et son assassinat a conduit, dans les jours qui suivirent, au massacre de quelque trois mille sikhs de Delhi. Maintenant, la violence est partout. Elle est souvent religieuse : au cours de la seule année 1990, deux mille personnes ont péri au cours d'incidents opposants hindous et musulmans. Quinze sikhs ont été tués en moyenne chaque jour au cours de la campagne électorale qui devait être interrompue par l'assassinat du fils et successeur d'Indira.

Ce meurtre ne doit rien aux sikhs, et tout à la dégradation d'un pouvoir de moins en moins respecté. Comme l'écrit l'*Economist* de Londres, « au milieu de ce déclin moral, les croisades religieuses ethniques ou de castes exercent un appel grandissant. Les gens y puisent une pureté qu'ils ne trouvent plus dans les partis laïcs et nationaux[10]. » Ainsi s'explique le succès grandissant du Bharatiya Janata, qui préconise la transformation de l'Inde en république hindouiste en tirant argument du fait que les États voisins, à majorité musulmane, sont devenus des républiques islamiques.

***

Au début de la guerre froide, le sociologue Jules Monnerot

pouvait développer la thèse que le communisme était « l'islam du XXe siècle[11] ». Bertrand Russell avait déjà noté avant lui la parenté entre ces deux « religions pratiques, sociales, non spirituelles et soucieuses de gagner l'empire du monde[12] ». Il ne le dirait plus aujourd'hui. Le communisme agonise, tandis que l'islam est en pleine expansion, regroupant neuf cent millions de croyants dont l'élan démographique vient épauler la conviction. Aucune confession ne présente une vitalité comparable à la sienne.

Il n'en a pas toujours été ainsi. L'idée de laïcité est apparue un moment dans le monde musulman comme le moteur même du progrès. Mustafa Kemal, devenu Atatürk, en a été l'incarnation. Homme de caractère et de vision, sensible à l'exemple de Meiji, l'empereur japonais qui, en 1868, décida de se mettre à l'école de l'Occident, il était convaincu que le salut de son pays, dépecé par la défaite de 1918, lui enjoignait de s'inspirer largement du modèle euro-américain de ce qu'on n'appelait pas encore le développement. C'est d'une main de fer, et sans excessive sentimentalité, qu'il allait s'y employer.

Dès 1979, cependant, l'ambassadeur Paul-Marc Henry pouvait constater « la fin du kémalisme » : « Il faut maintenant comprendre, écrivait-il, que l'Asie occidentale et l'Asie centrale, qui ont en commun avec la moitié nord de l'Afrique et une partie de sa façade orientale un islam en pleine renaissance spirituelle et sociale, sont entrées dans une véritable révolution culturelle et politique[13]. »

La suite des événements ne pouvait davantage lui donner raison. La crise économique, et plus encore morale, de l'Occident a vite persuadé les populations que le type de modernisation qu'on prétendait leur imposer ne pouvait pas assurer leur bonheur, et les deux « chocs pétroliers » qu'elles avaient les moyens de résister aux pressions extérieures. L'œuvre d'Atatürk a été battue en brèche jusque dans son pays. Parmi ses émules, le roi Amanoullah d'Afghanistan s'est vu obligé d'abdiquer, en 1929, après dix ans de règne, par la révolte des mollahs, des prêtres chiites. Cinquante ans plus tard, le chah très occidentalisé d'Iran a été déposé par ce même clergé dont il avait entrepris de réduire le pouvoir et les privilèges.

C'est en vain que l'Irak laïc a essayé, au cours d'une guerre qui a duré huit ans et fait des centaines de milliers de morts, de renverser le pouvoir des ayatollahs. Il bénéficiait pourtant des crédits ou des armes de l'URSS, de la France, des émirats du Golfe, voire des États-Unis, tous apprentis sorciers qui ne se doutaient évidemment pas de ce qui allait suivre.

C'est sous les balles des Frères musulmans — dont le fondateur disait : « L'islam est un ordre total (...), il est guerre sainte ou apostolat[14] » — qu'est tombé Anouar el-Sadate, coupable d'avoir fait la paix avec Israël. La Syrie, gouvernée par un parti Baas qui se réclame, comme son frère ennemi d'Irak, d'un nationalisme arabe laïc et socialiste, a fait face, au début de 1982, dans la ville de Hama, à un soulèvement religieux de grande ampleur que le président Hafez el-Assad a littéralement noyé dans le sang.

Au Maghreb, l'islamisme canalise le mécontentement dû à la gravité de la situation économique, au chômage massif, au *malgoverno*. La Tunisie, qui fut longtemps le plus laïc des pays arabes, le plus proche de l'enseignement d'Atatürk, a fait face à plusieurs tentatives de subversion intégriste. En Algérie, le Front islamique de salut — le FIS — a obtenu un tel succès aux élections municipales de juin 1990 qu'il a cru un moment le pouvoir à portée de sa main. Le coup d'État légal déclenché contre lui au printemps 1991 par le président Chadli Bendjedid et le Premier ministre Sid Ahmed Ghozali semble l'avoir pris de court. Mais la situation économique est si dramatique que le gouvernement a dû ouvrir à l'étranger le capital de sa société pétrolière et décréter, sur l'injonction du FMI, de fortes hausses de prix sur les articles de première nécessité. Personne ne commet donc l'imprudence de considérer le pari comme gagné.

***

Un refus si répandu de la laïcité n'encourage guère le pluralisme. Le pluralisme religieux, d'abord. Troisième en date des religions révélées, l'islam se considère tout naturellement comme la plus accomplie. Du judaïsme et du christianisme, il retient certes ce qui constitue à ses yeux — mais pas nécessairement à ceux de ses fidèles — l'essentiel : « Nous croyons à Allah et à ce qui nous a été révélé, et à ce qui a été révélé à Abraham, Ismaël, Isaac et Jacob et aux tribus [d'Israël], et à ce qui a été donné à Moïse, à Jésus et aux prophètes par leur Seigneur — nous ne faisons aucune différence entre chacun d'eux —, et quant à nous, nous sommes résignés à la volonté d'Allah[15]. » Mais, comme l'écrit Roger Arnaldez, « il n'admet aucun compromis, s'il appelle les gens du Livre à la conciliation, c'est en les invitant à reconnaître la vérité de l'islam purement et simplement[16] ». A l'égard de ceux qui n'ont pas encore reçu cette vérité, le Coran préconise la tolérance. Celle-ci va rarement, dans la meilleure hypothèse, au delà du statut de minorité protégée reconnu aux *dhimmi* chrétiens ou juifs.

On n'est pas loin de l'hindouisme, tout prêt à accepter les religions des autres dans son panthéon, à la seule condition pour elles d'admettre sa supériorité. C'est l'un des éléments qui rendent le plus difficile la paix avec Israël, dont la création est intervenue en un temps où les dirigeants occidentaux, convaincus « que les grandes vagues de sécularisation de l'avenir auraient tôt fait de faire disparaître la distinction entre Arabes et Juifs », ne pouvaient mesurer

« la terrible nature de la provocation qu'ils adressaient ainsi au monde musulman[17] ».

La création d'Israël a été ressentie par les disciples du Prophète comme une épine plantée dans leur chair. L'Assemblée générale des Nations unies n'est-elle pas passée outre à l'opposition unanime de ses membres arabes ? Qu'a fait l'État hébreu pour essayer de soulager la misère des réfugiés palestiniens ?

De part et d'autre, l'incompréhension est la règle. Le calvaire que les Juifs ont subi sous le nazisme est trop proche pour que beaucoup ne partagent pas le jugement que portait Golda Meir sur les non-Juifs : « Dans le cas particulier de notre peuple, il n'y a jamais eu d'époque où il n'ait pas, en un endroit ou un autre, souffert de persécution ou de discrimination. L'humanité, vis-à-vis de lui, s'est toujours divisée en une minorité qui le persécutait et une majorité qui avait pitié de lui[18]. » Ce n'est pas le terrorisme qui continue de sévir dans les territoires occupés qui va convaincre les Israéliens que ce temps-là est terminé.

A la montée du fondamentalisme* chez les musulmans répond en tout cas de plus en plus celle d'un fondamentalisme juif. Non plus seulement sous la forme d'une orthodoxie qui s'en tient aux pratiques des ghettos de jadis et rejette parfois jusqu'au principe d'un État juif, mais sous celle de « partis religieux ». La présence de ceux-ci se fait d'autant plus sentir qu'ils poussent à la colonisation des territoires occupés et sont nécessaires au Premier ministre Shamir, compte tenu de la dispersion de l'électorat, pour disposer d'une assise parlementaire suffisante. La population

* Au sens propre, le mot « fondamentalisme » désigne le mouvement de retour à la Bible interprétée dans son sens le plus littéral qui s'est manifesté dans certains milieux protestants américains au début de ce siècle.

d'Israël reste certes, dans sa majorité, laïque, attachée aux idées de modernité et de progrès, mais le poids des religieux est suffisant pour imposer, notamment en matière alimentaire et de nationalité, des règles très contraignantes.

Tout cela, qui est, pour le profane, à la limite de l'incompréhensible, s'éclaire dès lors que l'on connaît un peu l'histoire du peuple d'Israël et la nature de sa foi. Aucune religion n'a, autant que le judaïsme, exalté l'« alliance » entre un Dieu et un peuple : celui d'Abraham a été choisi, « élu » par l'Éternel. Déluge, exils, destruction des Tables de la Loi, de l'Arche d'alliance, du Temple, persécutions, dispersion : Yahvé n'a guère cessé de punir Israël de ses infidélités. Mais Lui-même est resté obstinément fidèle à son peuple : Moïse, au jour de Yom Kippour, a donné de nouvelles Tables de la Loi aux Juifs. Ceux-ci sont revenus d'Égypte et de Babylone et ils ont enfin à nouveau, sur la terre de leurs ancêtres, leur État à eux. Comment ne se sentiraient-ils pas assurés de leurs droits ? Mais comment en persuader les autres ?

Faut-il désespérer ? Croire inévitables d'autres rounds de cette guerre qui, commencée en 1948 avec la création de l'État hébreu, n'a connu, entre ses différentes batailles, que des trêves toujours agitées ? Chacun le sait, Juifs et Arabes utilisent pour dire bonjour et au revoir des mots — *shalom*, *salam* — qui signifient pareillement paix et dont la racine commune dit mieux que tout discours leur espoir et leur cousinage. La visite d'Anouar el-Sadate à Jérusalem en 1977, l'accord donné tant par la Syrie que par Israël, à l'été 1991, au projet lancé par James Baker de conférence internationale sur le Proche-Orient, les libérations d'otages au Liban, certains signes, à prendre avec précaution, de rapprochement de l'Iran avec le monde extérieur, montrent que, sur cette terre de miracles aussi, il arrive à l'impensable de devenir possible...

Notes

1. Traduction de Pierre Klossovski, Gallimard, 1967, p. 137.
2. Simone Weil, *La Pesanteur et la Grâce*, Plon, 10/18, 1948, p. 174.
3. Préface de sa thèse de doctorat, *in* Marx, *Œuvres*, t. III, Bibliothèque de la Pléiade, Gallimard, 1982, p. 14.
4. Marx, *Critique de la philosophie du droit de Hegel*, *ibid.*
5. Cité par André Martin, *La Pologne défend son âme*, Éd. Saint Paul, 1977, p. 196.
6. Baudelaire, *Fusées*, n° 15.
7. « Tearful Bush Tells Of Gulf War Prayers », *International Herald Tribune*, 7 juin 1991.
8. Jawaharlal Nehru, *La Promesse tenue*, L'Harmattan, 1986, p. 37.
9. Paul Claudel, *Connaissance de l'Est*, Gallimard, 1974, p. 55.
10. *The Economist*, 25 mai 1991.
11. Jules Monnerot, *La Sociologie du communisme*, Gallimard, 1950.
12. Bertrand Russell, *Pratique et théorie du bolchevisme*, Éditions de la Sirène, 1921, pp. 127-128. Nous devons cette citation à l'érudition de M. Jean-Louis Panné, bibliothécaire à Paris.
13. Paul-Marc Henry, « La fin du kémalisme », *Le Monde*, 11 décembre 1979.
14. Cité par Claire Brière et Olivier Carré, *Islam - Guerre à l'Occident*, Éd. Autrement, 1983, p. 49.
15. *Le Coran*, Petite Bibliothèque Payot, 1958, sourate 3, p. 95.
16. Roger Arnaldez, *Trois messagers pour un seul Dieu*, Albin Michel, 1983, p. 42.
17. Peregrine Worthorne, *Sunday Telegraph*, février 1979.
18. Interview au *Monde*, 15 octobre 1971.

CHAPITRE IX

En attendant Saladin

Là, par-devant, dessus le vert émail,
montrés me furent les esprits de grand nom
et de leur vue je m'exalte en moi-même.
(...)
Je vis Brutus, lui qui chassa Tarquin,
Juli', Lucrèce, Marcie et Cornélie
et seul à part je vis le Saladin.

Dante, *Divine Comédie*, « Enfer », chant IV[1].

Mahomet était arabe. Le Coran est rédigé en arabe. Tout bon musulman doit avoir à honneur « d'accéder un jour ou l'autre aux textes sacrés[2] » en arabe : à tel point qu'au Bangladesh le débat sur l'opportunité de rendre son enseignement obligatoire a pris un moment le pas sur la lutte contre les problèmes de développement et de protection contre les eaux qui l'assaillent de toutes parts. Les Arabes sont bien, comme l'affirme André Miquel, « au cœur du monde » islamique.

Ils ne représentent pourtant qu'un sixième, au grand maximum un cinquième, du milliard de musulmans que compte la planète en cette fin de millénaire. Encore faut-il ne pas oublier que 44 % des Libanais, 10 % des Syriens, 6 % des Égyptiens, 4,3 % des Jordaniens, 3 % des Irakiens appartiennent à des Églises chrétiennes, unies (« uniates ») ou non à Rome[3].

Tarek Aziz, le ministre des Affaires étrangères de Saddam Hussein pendant la guerre du Golfe, est un chrétien nestorien ; le chef de la diplomatie du Caire, Boutros Ghali, un membre de l'Église autocéphale copte. Nombreux sont les chrétiens au sein de la direction de l'OLP. Les cinq hommes qui créèrent à Beyrouth, en 1875, le premier mouvement national arabe — clandestin et fondamentalement antiturc — étaient tous chrétiens. Chrétien aussi, et même, au départ, disciple d'Emmanuel Mounier, Michel Aflak, cofondateur, en 1939, du parti de la Renaissance socialiste arabe, le Baas, dont se réclament aujourd'hui les frères ennemis de Damas et de Bagdad. Chrétiens encore, ou du moins nés tels, bien des dirigeants des partis communistes qui, ouvertement ou clandestinement, existent ou survivent dans la plupart des États d'Asie Mineure.

Il n'empêche : si le peuple arabe a une idéologie, c'est bien, comme l'écrit Bruno Étienne, l'islam[4]. Aucune force ne concourt autant que lui, avec les minarets qu'il a adossés au sable, aux palmiers, à la mer immaculée, à donner à ce peuple, déjà rassemblé par sa langue et son écriture, un tel sentiment d'identité et donc d'unité.

Celle-ci a, bien entendu, ses failles, visibles à l'œil nu dès qu'on voyage un peu. Ne retenons qu'un exemple : le statut de la femme. A Alger ou à Tunis, la poussée des fondamentalistes n'empêche pas de jeunes beautés de déambuler en jeans ou, plus rarement, en minijupes, en tout cas tête nue, au milieu de leurs sœurs enfoulardées. Mais lorsque l'avion saoudien amorce sa descente vers Jeddah ou Ryad, les passagères qui viennent de renouveler leur garde-robe à Paris ou à Rome s'empressent de disparaître corps et biens dans des manteaux couleur de muraille.

Nouveau changement : pour peu que l'on prolonge son vol jusqu'au sultanat d'Oman, c'est à d'accortes policières qu'il faudra soumettre son passeport. Encore sont-elles fort long-vêtues. On ne saurait en dire autant du bataillon de houris, très conscientes de leur sex-appeal, qui, Kalachnikov à l'épaule, assurent la protection rapprochée du très islamiste colonel Kadhafi : plus que du paradis d'Allah, elles semblent sortir d'un film de James Bond.

Le comportement n'est pas moins contrasté, d'un pays à l'autre, à l'égard de l'alcool. Ici on n'en boit qu'en se cachant. Ceux qui l'ont apporté risquent, s'ils sont pris, de se faire couper la main. Ailleurs, on se sentirait déshonoré de ne pas offrir les meilleures bouteilles à l'infidèle de passage.

Comment pourrait-il en aller autrement alors que les Arabes du rivage méditerranéen ont vécu en symbiose avec les Français, les Britanniques ou les Italiens, tandis que ceux du désert, ivres de vent, d'espace, d'infini, partagent l'intimité de Dieu ? En quels lieux celui-ci pourrait-il être plus présent que dans ces oasis où, lorsque le soleil commence à décliner, les nomades s'arrêtent et se regroupent à l'appel d'un vieil imam, brusquement sorti d'on ne sait où, pour se prosterner en direction de La Mecque et invoquer le nom très saint ?

Nul ne l'a mieux dit que Lawrence, l'accoucheur, pour la plus grande gloire d'Albion, de la révolte arabe de 1915 : « Le Bédouin ne saurait chercher Dieu à l'intérieur de lui-même : il est trop sûr d'être à l'intérieur de Dieu. Il ne peut même rien concevoir qui soit ou ne soit pas Lui (...). Ceux qui passent dans le désert assez de temps pour oublier son espace et son vide sont rejetés fatalement vers Dieu comme vers l'unique refuge et rythme de l'existence[5]. » Que pèsent Descartes, Adam Smith et Marx devant cette écrasante, cette omniprésente majesté ?

La grande force — faut-il dire le mystère ? — de l'islam, c'est que le plus mécréant de ses fils lui reste toujours attaché de quelque manière. L'immense majorité des musulmans, de par le monde, pratique, malgré sa rudesse, le jeûne expiatoire du ramadan, qui constitue, comme chacun sait, avec la profession de foi, la prière cinq fois par jour, l'aumône et le pèlerinage à La Mecque « si l'on en trouve le moyen », la base même — les cinq piliers *(arkan)* — de la pratique religieuse. A la vérité, comme le note courageusement Habib Boularès, des « millions de musulmans ne se soucient guère de cette vision de la vie et de l'univers que leur offre leur religion, et, en même temps, cherchent à tout prix à observer ces cinq piliers du culte, et on est donc bien obligé de se dire que, lorsqu'une religion se réduit à une gestuelle, elle ressemble davantage à un squelette sans âme qu'à une foi qui soulève les montagnes[6] » : mais n'est-ce pas vrai, à un degré ou à un autre, de toutes les religions ?

***

Pour le Coran, le désordre suprême *(fitma)* résulte des divisions de l'*Oumma*, la communauté des fidèles. Or celle-ci s'est trouvée, dès les débuts, coupée en deux, chacune de ses branches, sunnite et chiite, connaissant elle-même une série de fragmentations. Du fait que le chiisme est, en Iran, religion d'État, et que son clergé, depuis la révolution de 1979, le contrôle de haut en bas, on a facilement tendance à voir, dans le conflit entre chiites et sunnites, une résurgence de la lutte millénaire entre Babylone et les Mèdes. Saddam Hussein y a d'ailleurs contribué en se proclamant l'héritier de Nabuchodonosor, comme avant lui le chah se prétendait celui de Cyrus. Mais tous les chiites ne sont pas, loin de là, iraniens. Pour ne parler que du monde arabe, s'ils sont pratiquement absents d'Afrique, sauf dans la diaspora libanaise, ils sont nettement majoritaires en Irak et à Bahreïn. Au Liban même, ils constituent « le tiers montant de la population[7] ». Ils sont nombreux en divers points de la péninsule arabique où ils ont généralement été traités en sujets — le mot « citoyens » serait inapproprié — de seconde zone.

A l'origine du schisme, on trouve non pas une controverse théologique, mais une querelle sur la succession du Prophète, lequel, ayant reçu la révélation divine, « était fondé de par cette révélation même à instituer la première communauté musulmane et, partant, le premier État musulman[8] ». Son chef allait prendre le titre de calife (*Khalifat rasul Allah* = successeur de l'envoyé de Dieu).

Le premier à le porter fut Abu Bakr, beau-père et lieutenant de Mahomet. Les trois suivants devaient être assassinés, dont le quatrième en date, Ali, qui avait épousé Fatima, la fille du Prophète. Sa nomination avait été contestée par les habitants de La Mecque et il se vit obligé par la défection des kharijites, pour qui tout musulman pouvait, s'il présentait les qualités requises, devenir calife, d'accepter l'arbitrage du gouverneur de Damas. Ce dernier se proclama calife à sa place et fonda la dynastie des Omeyyades.

Les chiites (de *shia*, parti) ne se résignèrent pas à l'éviction d'Ali. Pour eux, Dieu ne saurait s'en remettre à des hommes, faillibles par essence, du soin de désigner celui — l'*imam* — qui a mission de guider les pas des croyants sur cette terre. Devant, par définition, être infaillible, il ne peut tenir son mandat que du Tout-Puissant, par l'intermédiaire du Prophète et de ses successeurs, chacun choisissant, le moment venu, l'imam appelé à le remplacer.

Les chiites ont un grand goût pour l'exégèse approfondie et l'ésotérisme. Ceux d'entre eux que l'on nomme « duodécimains », et qui sont les plus nombreux, professent que le douzième imam de la lignée d'Ali disparu, « occulté à la fin du IXe siècle », reviendra à la fin des temps pour instaurer une société équitable pour les saints et les justes. En attendant, un « ayatollah » suprême, « choisi par le consensus du peuple musulman[9] », assure, si l'on ose dire, l'intérim. Le pouvoir civil doit se soumettre à lui et au clergé (institution particulière à l'islam chiite) dont il est issu.

L'islam distingue difficilement le temporel du spirituel. Certes, le Coran est plein de contradictions et fait lui-même la distinction entre les « versets précis qui sont la mère* du Livre, et d'autres obscurs. (...) Personne ne connaît son interprétation, si ce n'est Allah[10] ». On peut, en cherchant bien, y trouver des passages qui contestent à l'imam tout pouvoir de contrainte, et il ne manque pas d'ulémas, de docteurs de la Loi, dans les pays sunnites, pour trouver dans le Livre saint la justification des actes les plus discutables de l'autorité civile.

Il n'empêche que, dans les quelques États musulmans où elle avait conquis droit de cité, la laïcité est presque partout en nette régression. De toute façon, à l'époque où est né l'islam, cette notion n'existait nulle part. Totalement convaincu de détenir les paroles de Vérité, il ne connaissait, quant à lui, que deux mondes : celui de la soumission à Dieu *(Dar*

* La mère *(oum)* est une expression souvent utilisée par les Arabes pour désigner à la fois l'origine et la supériorité. C'est ce qui a amené Saddam Hussein, par exemple, à présenter la guerre du Golfe comme la *mère* de toutes les guerres...

al-Islam) et celui de la guerre *(Dar al-Harb)*, où vivaient les infidèles. Le devoir des musulmans, le fameux *jihad*, tel qu'il est défini par le Coran, est de « tuer ceux qui ne croient pas en Allah ni au dernier jour et qui n'interdisent pas ce qu'Allah et son Apôtre ont interdit, et quiconque ne pratique pas la religion de la vérité parmi ceux qui ont reçu le Livre [donc les juifs et les chrétiens] jusqu'à ce qu'ils aient payé le tribut de leurs propres mains et qu'ils soient humiliés[11] ». Il ne s'agit pas là d'une des cinq obligations, mais d'un *hadith*, d'un dit de Mahomet sur les « bonnes coutumes », dont la valeur contraignante n'est pas moindre, au point que, pour certains théologiens musulmans, il passe avant elles.

Il est vrai que nombre de passages du Coran disent le contraire. Ainsi de celui-ci, extrait de la sourate de la Génisse : « En vérité, quant à ceux qui croient, et ceux qui sont Juifs, Chrétiens ou Sabéens, et quiconque croit en Allah [en Dieu] et au jour dernier [au Jugement dernier], et qui fait le bien, à ceux-là [est réservée] leur récompense auprès de leur Seigneur ; il n'y [aura] point de crainte pour eux et ils ne seront point affligés[12]. » Mais il en va malheureusement de ce texte — et d'autres qui lui ressemblent — comme de ceux sur lesquels s'appuient les tenants de la laïcité : ils ont rarement pris le pas sur le discours de la guerre sainte.

Rien, en tout cas, dans cette religion conquérante, n'évoque la parole trop souvent oubliée du Christ au Jardin des Oliviers : « Remets ton glaive au fourreau, car tous ceux qui auront pris le glaive périront par le glaive[13]. » Le Prophète lui-même arma ses fidèles de son vivant, après deux ans d'exil à Médine, pour reprendre La Mecque, et c'est *manu militari* que ses successeurs feront passer sous leur coupe, en quelques décennies à peine, un territoire s'étendant de l'Atlantique à Samarcande et à l'océan Indien. Ils acquerront ainsi un tel prestige que les populations se convertiront massivement, le conquérant accordant sa protection, à condition bien sûr qu'elles paient l'impôt, aux minorités infidèles.

Il n'est pas de vague cependant qui ne finisse par se briser. A l'ouest, ce sera Poitiers, en 732. A l'est, au VIIe siècle, l'échec d'un double assaut sur Constantinople. Au Maghreb, les Berbères se rebellent contre l'ordre qu'on prétend leur imposer. L'empire est devenu trop vaste, de toute façon, pour ne pas éclater. La communauté de religion ne suffit pas à empêcher les peuples et les dynasties de s'affronter. Celle des Omeyyades, qui a ravi le califat à Ali et l'a installé à Damas, se voit supplantée, en 750, par les Abbassides, qui le transportent à Bagdad. Bientôt des califats rivaux verront le jour à Cordoue et au Caire.

Le schisme chiite se développe sur cette toile de fond. Le calife de Bagdad est sunnite, celui du Caire chiite. « Même pour les hommes d'État comme Saladin, écrit Amin Maalouf, la lutte contre les chiites semblera au moins aussi importante que la guerre contre les *Franj* [les croisés][14]. »

***

Saladin, les croisés : leurs combats datent du début du millénaire ; ils hantent toujours la conscience arabe. De Nasser à Saddam Hussein, l'ambition de tous les *Raïs*, de tous les candidats à la conduite de la nation arabe, a été de réincarner le sultan Salah el-Din Yousouf, qui reprit Jérusalem aux Francs avant de négocier une trêve avec Richard Cœur de Lion, et qui suscita chez les chrétiens, par sa bravoure, sa noblesse, sa hauteur de vues, une véritable légende dorée.

Quelques lignes de René Grousset, écrites au lendemain de la victoire de 1945 par un homme qui jugeait très positif, en fin de compte, le bilan des croisades, aident à mesurer le souvenir qu'en ont gardé les Arabes : « Ce fut un soir d'octobre 1187. Les derniers défenseurs de Jérusalem venaient de capituler. Devant vainqueurs et vaincus rangés autour de la mosquée d'Omar, Saladin fit abattre la grande croix d'or dont les Francs avaient couronné le dôme de l'édifice. Quand elle tomba, nous dit la chronique arabe, "il s'éleva des rangs des deux armées une clameur telle que la terre en fut comme ébranlée". Cette clameur de joie ou de désespoir, elle retentit encore à travers les siècles[15]. »

Les Arabes venaient d'effacer la plus grande humiliation qu'ils aient jamais subie : la prise de la Ville sainte, le 15 juillet 1099, par les armées croisées. Humiliation et carnage : les soldats du Christ avaient tué tous les musulmans et mis le feu à la synagogue où les Juifs s'étaient rassemblés pour prier. L'année précédente, les Francs avaient commis des actes de cannibalisme, justifiés, selon leurs chefs, dans une lettre adressée au pape, par la famine dans la ville de Maara. Un de leurs chroniqueurs, Albert d'Aix, qui avait participé à la bataille, a écrit sans trop d'émotion : « Les nôtres ne répugnaient pas à manger non seulement les Turcs et les Sarrasins, mais aussi les Francs[16]... »

L'écho de ces horreurs, amplifié par le bouche à oreille et par l'émotivité que véhiculent souvent les langues méditerranéennes, a fortement marqué la conscience arabe, contribuant à creuser « entre les Arabes et les *Franj* un fossé que plusieurs siècles ne suffiront pas à combler », écrit Amin Maalouf. Rappelant que l'auteur de l'attentat contre le pape, le Turc Mehmet Ali Agça, avait déclaré : « J'ai décidé de tuer Jean-Paul II, commandant suprême des croisés », il conclut ainsi son beau livre sur *Les Croisades vues par les Arabes* : « Il est clair que l'Orient arabe voit toujours en l'Occident un ennemi naturel. Contre lui tout acte hostile, qu'il soit politique, militaire ou pétrolier, n'est que revanche légitime. Et l'on ne peut douter que la cassure entre ces deux mondes date des croisades, ressenties par les Arabes, aujourd'hui encore, comme un viol[17]. »

Un Occidental sans mémoire a beaucoup de peine à se mettre en tête qu'un événement aussi lointain puisse encore réellement peser sur les rapports entre les peuples. Mais Israël justifie son retour sur la Terre promise par une histoire plus ancienne encore. Concernant le monde musulman, le fait est constaté par Amin Maalouf que « toutes ses références valorisantes sont situées dans le passé (...). Quand on veut des références culturelles, on est obligé de retourner mille ans en arrière, d'aller chercher Avicenne pour les sciences, l'Andalousie pour la musique et les arts, Omar Khayyam pour la poésie, Saladin pour la gloire militaire[18] ».

Combien de fois n'a-t-on pas entendu dans des bouches arabes que l'Orient finissait toujours par rejeter les envahisseurs et, que par conséquent, les Juifs, comme avant eux les croisés, finiraient tôt ou tard par se retirer ? Comprendre cet état d'esprit exige qu'on regarde d'un peu plus près ce que fut la première croisade.

C'est un pape français, Urbain II, qui, à l'appel d'un moine également français, Pierre L'Ermite, en prit l'initiative. La plupart de ses chefs étaient des Français ou, ce qui revient au même, des Normands de Sicile. Pour décrire son objet, René Grousset emploie un langage lyrique : « Contre l'éternelle Asie, pour la défense de la civilisation occidentale, les nations dominantes de l'Europe s'étaient tour à tour relayées. Alexandre et les Grecs, puis Pompée et les Romains. Tous ils avaient passé et, derrière eux, l'Orient immuable avait reconquis son domaine, comme le sable du désert recouvre les colonnes des cités disparues. Voici que l'âme asiatique, incarnée par l'islam, et la force asiatique, représentée par la race turque — le monde sémitique et l'empire des steppes unis par la religion — reprenaient vers l'Europe leur marche séculaire. (...) Le péril était le même qu'aux jours lointains de Xerxès, de Mithridate et des premiers khalifes[19]. »

Ce passage est très caractéristique d'un état d'esprit. Grousset fut l'un des plus grands orientalistes du siècle. Il connaissait trop bien l'Asie pour tomber dans la hantise simplificatrice du « péril jaune », mais il privilégiait le dénominateur commun asiatique par rapport à tout ce qui divisait le monde auquel s'attaquèrent les croisés.

En réalité, il le note lui-même, l'empire arabe venait de tomber en décadence, le pouvoir du calife de Bagdad se trouvait réduit à la région immédiatement environnante, et le calife fatimide du Caire défiait son autorité avec le soutien des chiites[20]. Désormais ce n'étaient plus les Arabes, mais les Turcs qui brandissaient l'épée de l'islam. Pendant ce temps, dans la lointaine Cordoue, un troisième calife faisait régner la paix dans l'épanouissement de la triple culture islamique, juive et chrétienne. Le musulman Averroès, l'un des plus grands esprits du Moyen Age, consacrait à Aristote une œuvre dont saint Thomas d'Aquin ne dédaigna pas, quitte à le réfuter sur tel ou tel point, de s'inspirer.

Les croisades commencèrent donc en un temps où les Arabes avaient adopté, dans l'ensemble, par rapport aux chrétiens, ce qu'on appellerait aujourd'hui, en franglais, un « profil bas », en contraste total avec la fabuleuse expansion qui avait suivi la mort de Mahomet. La cohabitation s'était tout doucement substituée à la guerre sainte. Mais sans doute était-ce trop demander aux Européens d'alors que de faire la distinction entre les Arabes et les autres peuples musulmans, au premier rang desquels les Turcs, et, à plus forte raison, entre les Arabes eux-mêmes. C'étaient tous des

« Sarrasins ». Il n'empêche que les chefs croisés bénéficièrent largement de leurs divisions, les fatimides du Caire refusant de venir au secours de Bagdad.

On se tromperait en s'imaginant que l'établissement des Francs au Levant s'est heurté en permanence à l'hostilité des populations locales, malgré la violence des combats, malgré les massacres, les viols et les rapines sans lesquels il n'y avait pas à l'époque de guerre concevable. La colonisation des croisés a été, à l'occasion, assez libérale, et des musulmans vinrent parfois se mettre à l'abri des royaumes francs pour échapper à l'anarchie sanglante qui existait chez eux. On signale plus d'un cas de collaboration contre le sultan turc entre tel ou tel seigneur arabe et ce qu'il faut bien appeler l'occupant. Un cri de Saladin résume la situation : « Regardez les Franj ! Voyez avec quel acharnement ils se battent pour leur religion, alors que nous, les musulmans, nous ne montrons aucune ardeur à mener la guerre sainte[21]. »

Que Saladin ait réussi à redresser le courant jusqu'à reprendre Jérusalem aux chrétiens tout en faisant, en dépit des massacres qu'il ordonna lui-même, figure chevaleresque aux yeux de l'Europe explique la nostalgie que son nom inspire aux Arabes. Aucun d'eux, dans les huit cents ans qui ont suivi, ne peut en effet se targuer d'avoir accompli une telle geste. D'autant plus qu'au viol des croisades a succédé cet autre viol que fut l'invasion mongole du milieu du XIIIe siècle, avec le sac de Bagdad et la suppression du califat. « Dès lors, constate André Miquel, il n'y a plus eu de communauté islamique politiquement unie, mais des États musulmans qui connaissent une résurgence des cultures nationales[22]. »

Pendant des siècles, le monde arabe devra s'habituer à vivre sous la domination de l'Empire ottoman, puis, au fur et à mesure qu'il se démantèlera, sous celle de la Grande-Bretagne, de la France et, à un moindre degré, de l'Italie et de l'Espagne.

Comment Saladin — bien qu'il fût kurde — n'aurait-il pas suscité des émules ? Le dernier en date s'appelle Saddam Hussein : comment n'aurait-il pas vu un signe du destin dans le fait d'être né dans le même village que lui ?

NOTES

1. Traduction d'André Pératé, Éd. de l'Art catholique, 1923.
2. Dominique Chevallier, Azzedine Guellouz et André Miquel, *Les Arabes, l'Islam et l'Europe*, Flammarion, 1991, p. 15.
3. Chiffres tirés de Rafic Boustani et Philippe Fargues, *Atlas du monde arabe*, Bordas, 1990.
4. Bruno Étienne et Mohamed Tozy, « Les islamistes et la stratégie géopolitique de l'Islam contemporain », *Hérodote*, 4e trimestre 1984.
5. T.E. Lawrence, *Les Sept Piliers de la sagesse*, Petite Bibliothèque Payot, 1963, t. I, pp. 40-41.
6. Habib Boularès, *L'Islam, la peur et l'espérance*, J.-C. Lattès, 1983, p. 96.
7. Yann Richard, *L'Islam chiite*, Fayard, 1991, p. 16.
8. André Miquel, *in* D. Chevallier *et al.*, *op. cit.*, p. 24.
9. Voir à ce sujet Alain Chenal *et al.*, « Le chiisme et les événements d'Iran », *in Pouvoirs*, nº 12, 1983.
10. *Le Coran*, Petite Bibliothèque Payot, 1958, t. I, sourate III, 5, p. 84.
11. *Ibid.*, IX, 29, p. 246.
12. *Ibid.*, II, 59, p. 36.
13. Évangile selon saint Matthieu, 26, 52, traduction d'Émile Osty, *in La Bible*, Seuil, 1973, p. 2135.
14. Amin Maalouf, *Les Croisades vues par les Arabes*, J.-C. Lattès, 1983, p. 60.
15. René Grousset, *Bilan de l'Histoire*, Plon, 10/18, 1946, p. 219.
16. Amin Maalouf, *op. cit.*, p. 56.
17. *Ibid.*, p. 283.
18. Interview au *Nouvel Observateur*, 24 janvier 1991.
19. Grousset, *op. cit.*, pp. 209-210.
20. *Ibid.*, pp. 204-205.
21. Cité par Amin Maalouf, *op. cit.*, p. 17.
22. Interview au *Nouvel Observateur*, 24 janvier 1991.

CHAPITRE X

« Guerre juste » contre « guerre sainte »

La guerre dans le Golfe n'est pas une guerre chrétienne, une guerre juive ou une guerre musulmane. C'est une guerre juste.

George Bush, devant la Convention nationale des Émissions religieuses de la radio, février 1991[1].

Deux siècles après le déclenchement de la Révolution française, on n'a pas fini d'en mesurer l'impact. Il en a été beaucoup question à propos de l'Europe de l'Est. Mais elle a aussi été, Bernard Lewis *dixit*, « le premier grand mouvement d'idées de la chrétienté occidentale à s'être imposé à l'islam[2] ». La raison en est simple : la « chrétienté » prétendait convertir ou au moins se soumettre les musulmans. Or 89 a remis en cause la notion même de chrétienté. S'y ajoutaient « la tolérance et la sympathie[3] » — toujours d'après Bernard Lewis — dont Bonaparte et les siens surent faire montre lors de l'expédition d'Égypte, laissant en Orient un souvenir fort différent de celui que les « Sarrazins » avaient gardé des croisés.

Des deux thèmes majeurs de 89 — la Liberté et la Nation — c'est bien entendu le second qui a, jusqu'à présent, le plus influencé les Arabes. Quitte à mettre, pour ce faire, l'Europe à feu et à sang, le XIXe siècle a exalté le principe des nationalités. En s'unifiant, l'Allemagne et l'Italie prouvaient à qui voulait les regarder quelle force elles tiraient de la fin de leur émiettement.

Ni l'une ni l'autre n'y seraient parvenues si la Prusse et le Piémont n'avaient pris la tête du mouvement national. Les candidats à jouer ce rôle n'allaient pas manquer dans le monde islamique. Les premiers furent les Turcs, ou plus précisément les Jeunes-Turcs, ces libéraux, grands admirateurs de l'Occident, qui s'emparèrent du pouvoir en 1908 dans le but de mettre fin à une abominable dictature et d'enrayer la lente décomposition d'un empire devenu, au fil des ans, « l'homme malade de l'Europe ». Unis par une même haine à l'égard d'Abdul Hamid, le trop fameux « sultan rouge », les fondateurs du mouvement étaient « d'origines très diverses : Turcs, Arabes, Albanais, Kurdes, Arméniens se retrouvaient au coude à coude, écrit François Georgeon, offrant une sorte de raccourci de la structure pluriéthnique de l'empire[4] ».

Les résultats, malheureusement, ne furent pas à la hauteur des ambitions. Leur esprit jacobin conduisit les nouveaux dirigeants à se lancer dans une politique de turquification qui ne pouvait qu'encourager les velléités séparatistes des minorités ethniques. Trois ans plus tard, l'Albanie, bien que profondément islamisée, faisait sécession. Et la Sublime Porte, qui n'avait jamais été moins sublime, ne parvenait pas à empêcher l'Italie de mettre la main sur sa dernière possession d'Afrique : la Tripolitaine. Pour les Arabes, qui craignaient plus que tout la conquête par les infidèles, c'était la preuve que sa protection était devenue illusoire.

Le nationalisme arabe, à l'époque, ne débordait guère le milieu des notables. La guerre de 1914-1918 allait tout changer. Les Britanniques, toujours attentifs à la sécurité de la route des Indes, s'intéressaient depuis longtemps aux côtes de la péninsule arabique. Profitant de ce que la suzeraineté du sultanat de Constantinople sur ces tribus lointaines n'était souvent que nominale, ils avaient même conclu en 1898 avec le Koweït — déjà lui — l'équivalent d'un traité de protectorat. Avant même la déclaration de guerre à la Turquie, ils firent part au chérif Hussein de La Mecque, à qui sa qualité de gardien des Lieux saints valait une grande autorité en terre d'islam, de leur souhait de voir « quelqu'un de vraie race arabe assumer le califat[5] ».

Ils avaient été jusqu'à trois, au Moyen Age, on l'a vu, à porter le titre prestigieux de calife, de successeur du Prophète. Mais la conquête mongole avait mis fin au califat de Bagdad, la *Reconquista* espagnole à celui de Cordoue, et l'occupation turque, au début du XVIIe siècle, à celui du Caire. C'est seulement à la fin du XVIIIe siècle que le sultan, pour éviter une réaction en chaîne après l'abandon à la Grande Catherine de la Crimée, alors terre musulmane, se décida à rétablir le titre à son profit.

La démarche de Londres auprès de Hussein — dont l'actuel roi de Jordanie est l'arrière-petit-fils — visait deux buts : *a)* empêcher le maître de la Turquie, allié de l'Allemagne et de l'Autriche-Hongrie, de proclamer la guerre sainte, autrement dit de faire obligation à tous les musulmans de par le monde de prendre les armes contre l'Angleterre, la France et la Russie ; *b)* briser les arrières de l'armée ottomane. Hussein se laissa persuader de prendre les armes « pour libérer les populations arabes du joug turc[6] », contre la promesse de diriger un royaume arabe unissant à la péninsule d'Arabie les pays du Croissant fertile, autrement dit la Syrie, le Liban, la Jordanie, l'Irak et l'Israël actuels, moins une bande côtière le long de la Méditerranée. Londres, qui se réservait une zone d'influence allant de Bagdad à Bassora, se faisait reconnaître un « droit de préférence dans toute entreprise économique ». Et il était entendu que Hussein, qui recevrait une aide importante en crédits et en matériel de guerre, ne ferait appel, pour le conseiller, qu'à des Britanniques.

Le plus célèbre d'entre eux, le colonel Lawrence, a porté un jugement désabusé sur ce « mouvement arabe » dont le rôle dans la défaite de la Turquie et la naissance du panarabisme a été de première importance : « Dans le chaos des jalousies [le panarabisme], écrit-il, ne tarda pas à faire fausse route[7]. »

Londres avait monté toute l'affaire sans pratiquement consulter la France, son alliée contre l'Allemagne, mais sa rivale en Orient. Celle-ci ne l'entendait naturellement pas de cette oreille. Protectrice, selon une vieille tradition, des chrétiens de cette région, elle réclamait avec insistance la Syrie, considérée, selon les propres mots de son ambassadeur à Londres, Paul Cambon, comme une « terre française, à laquelle il fallait se garder de toucher[8] ».

Après de dures négociations, un compromis intervint entre les deux alliés, en 1916, sous la forme des accords Sykes-Picot, qui, oubliant la promesse faite à Hussein de lui donner un « royaume arabe », reconnaissaient à Paris une zone d'influence composée du Liban et de la Syrie, ainsi que du *vilayet* (province) de Mossoul, peuplé de Kurdes et riche en pétrole. La France renonça ultérieurement à ce dernier, en contrepartie d'une participation conséquente au capital de l'Iraq Petroleum Company (IPC). Des « mandats » de la Société des Nations consacrèrent les droits respectifs des deux puissances sur les domaines qu'elles s'étaient ainsi réservés.

Le résultat, c'est qu'après avoir chassé les Turcs de Damas et s'être fait proclamer roi de Syrie, le prince Fayçal, fils de Hussein, dut décamper sous la pression de l'armée française et se satisfaire du trône d'Irak, son frère Abdallah se voyant installé sur le trône d'une très artificielle Transjordanie.

Fayçal, en un sens, ne perdait pas au change. A la différence de la Syrie, l'Irak regorgeait de pétrole. C'est d'ailleurs pour cette principale raison que Londres était déterminé à le garder dans sa zone d'influence. Pierre Salinger et Éric Laurent citent la définition qui en fut donnée à l'époque : « Une folie de Churchill qui avait voulu réunir deux puits de pétrole que tout séparait, Kirkouk et Mossoul, en unissant trois peuples que tout séparait : les Kurdes, les sunnites et les chiites[9]. » La formule est un peu simpliste dans la mesure où les Kurdes, s'ils ne sont pas arabes, mais indo-européens, sont en grande majorité sunnites. Elle met cependant bien en lumière le caractère artificiel de l'État irakien.

De toute manière, le tracé des frontières était voué à susciter les pires contestations, quand ce ne serait que parce que l'émirat du Koweït, officiellement partie intégrante, sous le régime turc, du *vilayet* de Bassora, mais passé dès 1898, comme on l'a vu, sous le protectorat de fait de la Grande-Bretagne, se voyait totalement détaché de l'Irak, lequel ne disposait ainsi que de 19 kilomètres de littoral maritime dépourvus de toute possibilité portuaire. Bagdad n'allait pas tarder à s'en prévaloir pour réclamer le droit de disposer à sa guise de la totalité du Chatt el-Arab, confluent du Tigre et de l'Euphrate qui marque sa frontière avec l'Iran, alors que pour ce dernier la frontière devait passer, selon l'usage international, au milieu du thalweg, la ligne des points les plus bas de la vallée.

Naturellement, en cette période où il lui semblait avoir atteint, avec la défaite allemande et l'écroulement de l'empire des tsars, l'apogée de la puissance, le Royaume-Uni entendait garder la haute main sur les affaires d'Irak. Un traité de 1924 consacra la place éminente des forces britanniques dans la défense du pays. Un autre, de 1925, lui concéda jusqu'à l'an 2000 une position majoritaire dans le capital de l'Iraq Petroleum.

Ayant ainsi consolidé ses arrières, du moins le croyait-elle, la Grande-Bretagne fit un geste spectaculaire, en 1930, en renonçant à son mandat sur l'Irak, qui accédait théoriquement à l'indépendance totale. Mais le vrai maître du pays restait un homme lige de Londres et de l'IPC, le Premier ministre Noury Saïd, ex-officier de l'armée turque et compagnon de Lawrence. Il devait rester au pouvoir presque sans interruption jusqu'à son assassinat en 1958 par les « officiers libres » qui allaient devenir, provisoirement, les maîtres du pays.

La fin du mandat ne pouvait qu'encourager les mouvements nationalistes, communistes ou panarabes. En 1933 l'armée massacra des centaines de chrétiens assyriens, sous les applaudissements d'une grande partie de la population. L'affaire avait été montée en l'absence de Fayçal, qui mourra quelques mois plus tard, tout à fait désabusé. « Il n'y a pas un peuple irakien, avait-il écrit dans un rapport confidentiel, mais un magma inimaginable d'êtres humains dépourvus de toute idée patriotique, imbus de tradition religieuse et d'absurdités, que ne rapproche aucun lien commun, des individus prêts à écouter le mal, enclins à l'anarchie et perpétuellement disposés à s'élever contre n'importe quel gouvernement[10]. »

***

Vis-à-vis des Britanniques comme des Français, qui ne cessèrent, entre les deux guerres mondiales, de se disputer le Proche-Orient, les Arabes avaient deux griefs majeurs : les puissances mandataires avaient bafoué les engagements les plus solennels pris à leur égard, et elles avaient outragé leur fierté en traitant Hussein et ses fils comme des marionnettes à leur service. Tant de désinvolture aide à comprendre la réceptivité d'un certain nombre de leurs chefs religieux ou politiques lorsque l'Axe entreprit, à la veille de la Deuxième Guerre mondiale, de les monter contre les démocraties occidentales. D'autant plus que la persécution nazie allait accroître brusquement l'immigration des Juifs dans le « foyer national » que la Grande-Bretagne leur avait promis, en 1917, en omettant bien entendu d'en parler à ses amis arabes, par la déclaration Balfour.

Bien sûr, il ne manquait pas en Orient d'hommes auxquels Londres avait suffisamment ouvert les portes de ses collèges et de ses clubs pour pouvoir compter sur leur soutien durable. Mais d'autres allaient prêter l'oreille aux sirènes de Berlin et de Rome, au premier rang desquels le grand mufti de Jérusalem et ce Rachid Ali qu'un coup d'État militaire, le huitième en cinq ans, porte au pouvoir à Bagdad en 1941. Il fera appel immédiatement à l'Allemagne, qui obtiendra de Vichy l'autorisation d'utiliser, pour l'aider, les aérodromes syriens.

Les Britanniques auront rapidement raison de lui, mais il est significatif que le parti Baas n'ait pas hésité par la suite à parler de l'événement comme de la « première révolution pour la libération du monde arabe[11] ». Si l'on en croit Bernard Lewis, Noury Saïd, l'homme de confiance des Britanniques à Bagdad, a lui-même, à cette époque, « offert ses services aux Allemands, lesquels refusèrent ses avances parce qu'ils croyaient, bien à tort, qu'elles étaient inspirées par une ruse britannique[12] ». De même est-il pratiquement établi qu'Anouar el-Sadate a travaillé un moment pour l'Abwehr, le service de renseignements de l'armée allemande. Il y en eut d'autres.

Les Britanniques, en tout cas, sentirent très vite la nécessité, pour contrecarrer ce mouvement, de relancer le rêve de l'unité arabe. Ils poussèrent le Premier ministre égyptien Nahas Pacha, qu'ils avaient imposé au roi Farouk, à proposer la création d'une « Ligue des Nations arabes » qui allait prendre corps en 1945, avec le concours de Noury Saïd et du roi Abdallah de Transjordanie.

L'affaire, pour Londres, était d'importance. Les travaillistes, arrivés au pouvoir, s'étaient résignés à donner leur indépendance aux Indes. A défaut des trésors de Golconde, ils entendaient garder le pétrole du Proche-Orient, cet empire de remplacement qu'on avait surnommé à l'époque, d'après le nom du chef de leur diplomatie, Ernest Bevin, le « Bevinistan ».

L'appui donné par Staline à l'État d'Israël naissant ne s'explique pas autrement : pour lui, la Ligue arabe n'était qu'un produit de l'impérialisme britannique, qui demeurait à ses yeux l'adversaire principal, celui auquel il se heurtait en Iran, en Turquie et en Grèce : n'est-ce pas un officier anglais, Glubb « Pacha », qui commandait les forces arabes coalisées contre la Haganah, la jeune armée juive tout juste sortie de la clandestinité ? La flotte anglaise ne bloquait-elle pas les côtes pour empêcher les sionistes de recevoir armes et renforts de l'extérieur ?

Comme chacun sait, cependant, l'attente de Londres allait être déçue. Grâce aux efforts, pour une fois conjugués, de Washington, de Moscou et des Nations unies, une série d'armistices mettraient fin aux hostilités et consacreraient l'existence de l'État hébreu. Un seul pays arabe avait refusé de participer aux négociations : l'Irak. On ne l'oubliera jamais à Tel-Aviv.

Pour les masses arabes, l'armistice fut une immense humiliation, d'autant plus dure à supporter qu'Israël n'allait rien faire pour permettre le retour des quelque cinq cent mille Palestiniens qui avaient pris la fuite ou avaient été chassés de chez eux durant les hostilités.

Elle devait leur insuffler une formidable volonté de revanche. Mais comment la mener à bien alors que la plupart de leurs gouvernements avaient été mis en place par des puissances étrangères dont ils exécutaient fidèlement les ordres ? C'est durant les combats de Palestine que le jeune commandant Gamal Abdel Nasser conçut le rêve qui allait faire de lui, jusqu'à sa mort en 1970, le héros du panarabisme, le nouveau Saladin.

Héros battu par deux fois à plate couture, en 1956 et en 1967, sans pour autant cesser d'être l'idole de son peuple. Mais héros dont le successeur allait prendre le contrepied : après une nouvelle guerre perdue en 1973, Sadate se rendit en personne à Jérusalem pour faire la paix avec cet État d'Israël, auquel les pays arabes avaient refusé jusqu'au droit de figurer sur les cartes.

Il tirait, ce faisant, la conclusion d'un propos qu'il tint un jour à Jean de Lipkowski : « La plus grande erreur de Nasser a été de prendre les Égyptiens pour des Arabes : ce sont des Égyptiens[13]. » Avec les accords de Camp David, inspirés par Jimmy Carter, il récupérait la totalité des territoires égyptiens occupés par Israël, et consacrait la rupture de son pays avec l'URSS. Celle-ci avait armé Nasser et fait de lui, sous Khrouchtchev, un « héros de l'Union soviétique ». Sadate puis, après son assassinat en 1981, son successeur Hosni Moubarak allaient se ranger dans le camp américain. En 1990, les dirigeants du Caire seront parmi les premiers à presser les États-Unis de recourir à la force pour répliquer à l'invasion du Koweït et à placer un corps expéditionnaire sous leur commandement.

***

Bien avant la mort de Nasser, l'Irak avait posé, contre lui, sa candidature à la direction du monde arabe. La rivalité entre Le Caire et Bagdad était déjà vive au Moyen Age, lorsque s'opposaient leurs califats respectifs. A la veille de la Deuxième Guerre mondiale, Noury Saïd et Abdallah de Transjordanie avaient élaboré un plan qui aurait fait de la métropole irakienne le centre politique du monde arabe. C'est la pression de Londres qui les avait amenés à se rallier à la formule d'une Ligue arabe basée sur les bords du Nil.

La révolution qui éclata en Irak, le 14 juillet 1958, et qui coûta la vie à Noury Saïd et à son roi, mit fin à cet alignement. L'un de ses chefs, le colonel Aref, aurait certes voulu faire de son pays un membre de l'éphémère République arabe unie, créée par Nasser avec la Syrie et le Yémen du Nord. Mais le général Kassem eut vite fait de l'écarter du pouvoir. Pour faire échec aux partisans du *Raïs* égyptien, il joua délibérément la carte de l'entente avec les chiites, les Kurdes, les communistes et l'URSS. Bientôt Nasser parlera de la « terreur rouge » qui règne à Bagdad[14].

Kassem périra quelques années plus tard de la main même d'Aref, qu'il avait fait gracier après sa condamnation à mort, et l'Irak, pour un temps, se rapprochera du Caire. Mais, le 30 juillet 1968, le parti panarabe Baas s'empare du pouvoir. Son secrétaire général, Hasan al-Bakr, devient président de la République et commandant en chef de l'armée, et Saddam Hussein vice-président du Conseil supérieur de la révolution, en charge de la sécurité intérieure.

Assassinats, exécutions de prétendus espions sionistes, expéditions contre les Kurdes n'ont guère cessé depuis lors.

Mais le trait dominant de la politique irakienne, à l'époque, c'est le rapprochement avec l'URSS. Un traité d'amitié est conclu avec elle. Les communistes entrent au gouvernement et les communiqués officiels, lors des visites de dirigeants à Moscou, leur accordent le titre, qui n'est décerné qu'avec parcimonie, de « camarades ». C'est sur cette toile de fond qu'en juin 1972 l'Irak nationalise son pétrole.

Ce jour-là, dans l'Athabasca, région septentrionale de l'Alberta canadien, où, dans un climat particulièrement rude, sont exploités des sables bitumineux, les dirigeants de la société propriétaire, en apprenant la nouvelle, burent le champagne, escomptant une hausse prochaine des prix de l'or noir. Mais ils étaient bien les seuls, dans le monde capitaliste, à se réjouir. La nationalisation de l'Iraq Petroleum qui suit celle des hydrocarbures algériens allait provoquer dans tout le monde arabe une réaction en chaîne. Bientôt, le premier choc pétrolier priverait l'Occident du carburant à bas prix qui avait permis, pendant trois décennies, son fabuleux développement.

Dès cette époque, Saddam Hussein était considéré comme l'« homme fort » de l'Irak, dont il deviendra président en juin 1979 après avoir expédié en résidence surveillée le détenteur du titre. Comme tant d'autres dirigeants du tiers monde, il entendait moderniser son pays, c'est-à-dire l'industrialiser à marche forcée, et il pensait que ses richesses pétrolières lui en donneraient les moyens. Depuis des années déjà, il avait convaincu non seulement l'Union soviétique, mais un certain nombre de dirigeants occidentaux — notamment français — qu'il y avait, dans ce cadre, de beaux contrats à négocier. Il se référait à l'occasion à Atatürk, et ne se privait pas de faire valoir, à une époque où l'on commençait à s'inquiéter de la montée de l'intégrisme islamique, son laïcisme à toute épreuve. Il ne manquait pas, à Paris, de responsables pour estimer qu'en le chouchoutant un peu on arriverait à détacher du jeu soviétique ce pion de première importance.

***

Quelques mois après l'élévation de Saddam, la révolution islamique éclatait en Iran et portait à sa tête l'ayatollah Khomeiny, le grand chef du parti des prêtres, impitoyable, haineux, animé d'une incroyable volonté de vengeance à l'égard de la dynastie des Pahlavi et du monde extérieur, à commencer par le « grand Satan » américain, coupable d'avoir fait du chah un relais de son hégémonie. Ceux qui ont pu le rencontrer lorsqu'il vivait à Neauphle-le-Château, dans un sinistre pavillon de banlieue, en ont gardé pour la plupart un souvenir effrayé. Beaucoup commirent néanmoins l'erreur de sous-estimer la détermination et l'aura de ce vieillard aux allures frêles, et de croire à la vulnérabilité intrinsèque d'un régime aussi « obscurantiste », aussi déterminé à tourner le dos au monde moderne.

Tel fut le cas des adversaires du chah qui sont montés dans le train de l'imam en pensant qu'ils en changeraient la locomotive à la première occasion. Qu'il s'agisse de l'ancien président de la République Bani Sadr, de l'ancien ministre des Affaires étrangères Ghotbzadeh, des communistes du Toudeh ou des moudjahiddin du peuple de Radvani, la déconvenue a été totale et ils ont payé de leur vie ou, au moins, de l'exil leur inévitable disgrâce.

Tel a été aussi le cas de Saddam Hussein, qui s'est laissé facilement persuader qu'il suffirait d'une pichenette de l'armée irakienne pour faire s'effondrer l'ennemi héréditaire, revenir sur les concessions accordées au chah, récupérer la province iranienne du Khouzistan, peuplée en majorité d'Arabes, et mettre fin à toutes les entreprises de déstabilisation du régime de Bagdad menées avec constance, auprès des chiites d'Irak, par Khomeiny depuis son arrivée au pouvoir.

Sous-estimer l'adversaire, c'est là une erreur commune dans l'Histoire : en l'occurrence, des centaines de milliers de morts en ont acquitté le prix. Mais, des monarchies pétrolières du Golfe à l'URSS et aux États-Unis, Khomeiny faisait peur à tout le monde. Et l'on était fort aise de trouver un brigand du calibre de Saddam pour lui tenir tête.

S'il était un vœu qu'on entendait souvent formuler à l'époque chez ceux qu'il est convenu d'appeler les bons esprits, c'était bien que les deux belligérants continuent de s'entretuer le plus longtemps possible. Le risque alors tant redouté d'un effondrement des cours du pétrole ne pouvait que s'en trouver accessoirement diminué.

A ne s'occuper que d'éviter Charybde, on finit par s'échouer sur Scylla. En soutenant à fond le dictateur de Bagdad, en lui fournissant en abondance les énormes armements et les non moins énormes crédits dont il avait besoin, en fermant trop souvent les yeux sur l'emploi des gaz, le massacre des Kurdes, les atteintes répétées aux droits de l'homme, les principaux gouvernements de la planète, de l'Est comme de l'Ouest, ont joué, comme rarement auparavant à ce degré, les apprentis sorciers. Au nom du court terme et des intérêts des marchands d'armes et de pétrole, ils ont allègrement sacrifié le moyen et le long termes.

Vint le moment où, après huit ans d'un carnage pour lequel on avait fait monter en ligne des enfants imberbes, les armes se turent sur le Chatt el-Arab. Les deux belligérants étaient exsangues. La mort de Khomeiny, l'avènement à la tête de l'Iran, en la personne de Rafsandjani, d'un homme apparemment plus réaliste, allaient — jusqu'à la douche froide de l'assassinat de Chapour Bakhtiar — permettre la reprise du dialogue entre Téhéran et l'Occident. Saddam Hussein, quant à lui, entendait, après avoir fait tuer ses soldats pour préserver les trônes menacés de la région, obtenir de ceux-ci et de leurs alliés occidentaux les moyens de reconstruire son pays.

Quels moyens ? L'annulation de sa dette, l'octroi par le cheikh Jaber du Koweït d'une aide à la reconstruction de dix milliards de dollars (soit le dixième du montant des avoirs de l'émirat à l'étranger), et un accord pour laisser monter le prix du pétrole, en réduisant les livraisons, à 25 dollars le baril. Eût-il accepté ces requêtes que le cheikh se serait sans doute évité bien des malheurs.

Il semble que l'ambassadrice des États-Unis à Bagdad, lorsqu'elle rendit visite au dictateur à la fin juillet 1991, ait écouté ces demandes d'une oreille plutôt complaisante. Toujours est-il que le *non* de Jaber prit Saddam par surprise. Pour appuyer sa requête, il avait massé des troupes à la frontière de l'émirat. Dans la nuit du 1er au 2 août, il crut pouvoir leur faire passer la frontière, avant de prononcer l'annexion pure et simple du Koweït, promu « pour toujours » au rang de « dix-neuvième province » de l'Irak.

Jamais jusque-là un État membre des Nations unies n'avait été ainsi purement et simplement avalé par un autre. Une telle violation du droit international pouvait donc difficilement rester impunie. Est-ce à dire que la guerre déclenchée par George Bush était, selon ses propres paroles, une guerre « juste » ?

Lorsque l'injustice est partout, il est difficile de sacrifier des dizaines de milliers de vies humaines pour ne la corriger que sur un point. Et il faut bien reconnaître que, la guerre conclue par la totale déconfiture de l'agresseur, la liste des injustices dont souffrent les peuples du Proche-Orient ne s'est pas sensiblement allégée...

NOTES

1. *Time Magazine*, 11 février 1991.
2. Bernard Lewis, *Le Retour de l'Islam*, Gallimard, 1985, p. 67.
3. *Ibid.*, p. 95.
4. « Le dernier sursaut », *in* Robert Mantran *et al.*, *Histoire de l'Empire ottoman*, Fayard, 1989, p. 569.
5. Stéphane Yérasimos, « Les Arabes et les Turcs », *Hérodote*, 1er et 2e trimestres 1991.
6. Paul Dumont, « La mort d'un empire », *in Histoire de l'Empire ottoman*, *op. cit.*, p. 625.
7. T.E. Lawrence, *op. cit.*, p. 10.
8. Cité par Jean Mathiex dans son article particulièrement clair et documenté, « Aux racines de la crise du Golfe », *Le Trimestre du Monde*, 4e trimestre 1990.
9. Pierre Salinger et Éric Laurent, *Guerre du Golfe, Le dossier secret*, Olivier Orban, 1991, p. 24.
10. Cité par Samir al-Khali, *Irak, la machine infernale*, J.-C. Lattès, 1991, pp. 213-214.
11. *Ibid.*, p. 203.
12. Bernard Lewis, *op. cit.*, p. 355.
13. Notes personnelles.
14. *Orient*, n° 9, p. 19.

CHAPITRE XI

La médaille et son revers

Ici-bas tout succès est crime, et s'expie. Qui a la médaille a le revers.

Victor Hugo, *L'homme qui rit*, II, II, 10.

Il en va des guerres comme des révolutions. Leurs résultats sont en général fort éloignés de ce qu'en attendaient leurs initiateurs. 1789 a débouché sur Napoléon, la guerre de 1914 sur la révolution de 1917, celle-ci sur le nazisme. Qui se rappelle que la guerre de 1939 avait pour seul enjeu, au départ, Dantzig ?

Concernant la guerre du Golfe, *Paris-Match* a publié une anthologie des prévisions qu'avant même d'éclater elle a inspirées : adversaires ou partisans, personne n'en sort indemne, de l'ancien Premier ministre qui s'attendait à voir le baril de pétrole monter à cent dollars (il n'a que de très peu — et pendant quelques jours seulement, en octobre 1990 — dépassé les quarante) au grand chef militaire pour qui l'emploi des armes chimiques par l'Irak était inévitable[1].

En France comme à l'étranger, on ne compte pas les VIP de la politique et des armées qui se sont déclarés convaincus, à un moment ou à un autre, que Saddam, finalement, « se dégonflerait » et que la guerre n'aurait donc pas lieu.

Extrêmement rares, en tout cas, sont ceux qui n'ont pas considérablement surestimé la durée et le coût humain, concernant les forces alliées, de la bataille aéroterrestre nécessaire pour emporter la décision : la « guerre de Cent Heures », comme les Américains l'ont justement surnommée[2]. Il y a eu des Français tués ultérieurement dans des opérations de déminage ou en se portant au secours des Kurdes, mais aucun au combat : cela ne s'était pratiquement vu dans aucune des opérations militaires auxquelles notre pays a participé au cours des âges. Au total, le bilan des morts s'établit à 389 pour les États-Unis, 77 pour leurs alliés. Les Américains parlent de cent mille morts irakiens, les Britanniques de trente mille[3]. Le *killing ratio* — le rapport entre les pertes d'un camp et celles de l'autre, à l'aune duquel Lyndon Johnson et son conseiller Walt Rostow pesaient, pendant la guerre du Vietnam, les chances du Sud — avait-il jamais été aussi disproportionné ?

Anthony Lewis, du *New York Times*, a trouvé un précédent : Azincourt, où, en l'an de grâce 1415, la fine fleur de la chevalerie française fut anéantie par les « Anglois ». Il cite Shakespeare qui, dans son *Henry V*, affirme que ses compatriotes n'avaient perdu que vingt-neuf hommes, contre dix mille à leurs adversaires[4]. L'historiographie contemporaine retient des chiffres plus équilibrés : quinze cents pour l'envahisseur, de trois à quatre mille pour les soldats de Charles VI[5].

La référence à Hiroshima serait plus appropriée : officiellement soixante et onze mille tués du côté nippon, zéro du côté américain. Mais il s'est agi cette fois d'un Hiroshima sans l'atome. Quarante-six ans après la capitulation du

Japon, l'adjectif « nucléaire » comporte toujours une résonance maléfique ; avec deux ou trois armes atomiques tactiques, les États-Unis auraient vraisemblablement mis Saddam Hussein à genoux à bien meilleur compte, mais l'opinion mondiale se serait retournée contre eux. Ils n'auraient jamais obtenu le feu vert de l'URSS, de la France et donc du Conseil de sécurité, pas plus que le concours des trente-sept pays de quatre continents qui, d'une manière ou d'une autre, leur ont emboîté le pas.

Il serait hasardeux d'en conclure que la bombe qui, quelques jours après Hiroshima, a détruit Nagasaki et mis fin à la Deuxième Guerre mondiale, aura été la dernière utilisée. Le nombre des membres du fameux « club » nucléaire est dès à présent plus élevé que celui des cinq pays, tous également membres permanents du Conseil de sécurité, qui reconnaissent en faire partie. Personne ne met sérieusement en doute, par exemple, qu'Israël dispose depuis des années de ce qu'il est convenu d'appeler une « capacité atomique ». Ni qu'il pourrait bien s'en servir s'il voyait là le seul moyen d'éviter une défaite : ce n'est pas pour rien que l'on fait prêter serment aux cadets de Tsahal, l'armée juive, à Massada, dans le cadre grandiose de la forteresse naturelle où les derniers survivants des zélotes insurgés contre Rome se donnèrent collectivement la mort, en l'an 73 de notre ère, plutôt que de se rendre aux soldats de Titus.

On ne saurait non plus perdre de vue que l'Irak de Saddam Hussein a entrepris depuis des années de se doter d'armes atomiques et des vecteurs nécessaires à leur emploi : c'est pour l'en empêcher qu'Israël a lancé son aviation, en 1981, à l'assaut du réacteur Osirak. De même, les Américains n'ont pas cherché à cacher qu'ils avaient mis à profit les hostilités pour essayer de détruire les arsenaux tant nucléaires que chimiques de leur adversaire. Le Conseil de sécurité, aux termes de sa résolution 677, les y avait expressément autorisés.

Le général Schwarzkopf s'est vanté d'avoir « neutralisé la capacité de fabrication nucléaire de l'Irak[6] ». C'était beaucoup s'avancer puisque les équipes d'inspection de l'agence spécialisée des Nations unies ont rencontré tant de difficultés dans l'accomplissement de leur mission que le Conseil de sécurité a été amené à mettre Saddam en demeure d'ouvrir toutes ses installations. Il a dû s'exécuter de mauvaise grâce.

***

A partir du moment où les hostilités étaient déclarées, les Américains auraient été bien sots de ne pas en profiter pour mettre leurs adversaires hors de combat, non seulement dans l'immédiat, mais à plus longue échéance. Reste qu'ils y sont allés carrément et que c'était se moquer du monde que de prétendre n'atteindre que des objectifs militaires.

La précision des armes a certes fait, au cours des dernières années, des progrès tels qu'il n'est pas excessif de parler à ce propos, comme lorsque a été réalisée la fission de l'atome, de « révolution technique ». Les extraordinaires performances, au cours de la guerre du Golfe, des fusées Patriot, amenées en catastrophe en Arabie Saoudite et en Israël pour intercepter les Scud irakiens, sont encore dans toutes les mémoires. Avions furtifs « Stealth » utilisés pour la première fois, missiles de croisière, PGM *(Precision Guided Missiles)*, bombes à laser, Exocet, armes « intelligentes » ont donné tout son sens à l'expression « frappe chirurgicale ».

Comment éviter pourtant ce qu'un pudique anglicisme appelle les « dommages collatéraux », lorsque tant de cibles déclarées militaires, comme les centrales électriques ou les relais de télécommunications, sont disséminées au milieu de quartiers d'habitation ? Lorsque la tâche de neutraliser au maximum les blindés, l'artillerie et l'infanterie adverses est confiée à des raids massifs d'énormes B 52 qui, volant à 900 km/h, larguent leurs tapis de bombes, par vagues successives, d'une hauteur de dix mille mètres ?

Il est difficile de se défendre de l'opinion que les Américains ont usé d'un marteau-pilon pour écraser des mouches, mais il est vrai qu'ils n'étaient pas seuls à s'être exagéré la force de l'adversaire. N'avait-on pas dit un peu partout de l'armée irakienne qu'elle était la « quatrième du monde », en oubliant que le pays n'avait que dix-sept millions d'habitants et sortait d'une guerre de huit ans où il avait laissé au bas mot de trois cent à quatre cent mille morts ?

A en croire *Newsweek*[7], les services de renseignements américains avaient estimé à 570 000 le nombre de soldats irakiens massés sur le théâtre des opérations, dont plus de la moitié au Koweït même. Selon ce magazine, le total réel aurait été plus proche de 250 000, dont 150 000 dans l'émirat. Ces mêmes services faisaient état de l'acheminement vers les lignes d'importantes quantités d'armes chimiques : on n'en a pas trouvé trace. En revanche, Saddam aurait disposé de deux cents rampes mobiles de lancement de Scud, alors qu'on ne l'en créditait que de trente-cinq.

Malgré ces erreurs, difficilement compréhensibles compte tenu de la masse d'informations déversées à chaque minute par les satellites espions, les avions radar Awacs, les stations d'écoute de toute nature, le commandement américain n'a pu que se louer du résultat de ce qui aura sans doute constitué la plus grande préparation d'artillerie de l'Histoire : comme chacun a pu le voir à la télévision, il n'y avait plus, à l'heure du déclenchement de la bataille terrestre, un seul avion adverse, dans le ciel immaculé, pour tenter de s'opposer à la progression des colonnes alliées. La combativité, tant vantée, des unités d'élite de Saddam Hussein avait, de son côté, mal résisté au déluge de feu qui s'était abattu sur elles, au manque de ravitaillement et à l'interruption des liaisons radio.

***

La victoire remportée par les hommes du général Schwarzkopf a été, dans tous les sens du terme, écrasante. D'où la formidable euphorie qui a saisi sur le moment l'opinion américaine. Bien sûr, la faiblesse des pertes subies par le corps expéditionnaire et la perspective de son très prochain retour au pays ne pouvaient pas ne pas engendrer, après des mois d'inquiétude, un énorme soulagement. Mais il y avait aussi que l'humiliation ressentie, pas seulement au Vietnam, où, pour la première fois de leur histoire, les États-Unis avaient perdu une guerre, mais dans tous les points du tiers monde où l'URSS de Brejnev avait réussi à pousser ses pions, cette humiliation-là se trouvait totalement effacée. Zorro était revenu, et le bandit, le *villain*, était à terre.

L'organisation américaine, la supériorité technique, la production massive de tout ce qui était nécessaire à la guerre, la qualité du commandement, le professionnalisme et le courage des combattants (dont très peu pourtant avaient déjà vu le feu), l'efficacité des commandos de sabotage infiltrés derrière les lignes[8], tout s'accordait pour offrir aux Américains une formidable image d'eux-mêmes. Tout paraissait à nouveau possible à cette nation dont l'optimisme est la religion fondatrice et le permanent ressort. « Les seuls qui n'approuvent pas la manière dont Bush a conduit cette guerre, a pu dire un de ses conseillers, sont ceux qui ne savent pas son nom[9]. »

Reste que les États-Unis ont bénéficié d'un concours de circonstances qui a peu de chances de se représenter. Saddam a multiplié les erreurs d'analyse, les maladresses et les provocations. Evgueni Primakov, ancien correspondant de la *Pravda* au Proche-Orient, qui le connaissait de longue date, fut envoyé à plusieurs reprises par Gorbatchev pour discuter avec lui. Il relève « la certitude qui l'habitait depuis des années que le sort lui était favorable ; le fait qu'il a longtemps cru que l'Amérique ne cherchait en réalité qu'à l'intimider[10] », sa conviction qu'il était l'objet d'une « conspiration multilatérale[11] ».

En prenant en otages des milliers de ressortissants occidentaux, en n'hésitant pas à placer certains d'entre eux à proximité immédiate d'objectifs militaires, il a achevé de se donner un profil de loup-garou et a fort embarrassé ceux qui, dans le monde occidental, auraient bien voulu pouvoir le soutenir. En les relâchant ensuite sans contrepartie, il n'a fait qu'affaiblir sa position, sans s'attirer la moindre reconnaissance.

Et, surtout, il était seul. Il croyait pouvoir compter sur l'appui des masses arabes qu'il avait appelées, dès le premier jour, à se soulever contre les régimes « vendus à l'impérialisme » : or l'appui en question s'est limité, pour l'essentiel, à quelques manifestations de solidarité en Jordanie, à Tunis ou à Alger. Il était persuadé que les tirs de Scud sur Tel-Aviv provoqueraient une violente réaction d'Israël et transformeraient le conflit du Koweït en guerre pour ou contre le sionisme : il ne pouvait imaginer que le gouvernement Shamir serait assez raisonnable pour suivre les conseils de Washington et renoncer, pour la première fois dans l'histoire de l'État hébreu, à appliquer la loi du talion.

Saddam n'arrivait pas à se mettre dans la tête que le monde avait changé, que l'URSS avait trop besoin de l'argent de l'Occident et de sa passivité dans la question balte pour pouvoir sérieusement s'opposer à l'intervention alliée. Que la première préoccupation de la Chine, également en grand besoin de crédits, était de retrouver une respectabilité passablement éclaboussée par le massacre de Tiananmen. Que la France, qui l'avait jusqu'alors, droite et gauche confondues, copieusement soutenu, allait basculer dans le camp américain.

Les États-Unis n'avaient jamais trouvé un tel soutien : celui du Conseil de sécurité de l'ONU était quasi unanime ; la Grande-Bretagne, la France, le Canada, l'Égypte, la Syrie, l'Arabie Saoudite, le Koweït et les autres émirats du Golfe, le Pakistan mettaient à leur disposition quelque 185 000 soldats. D'autres pays envoyaient avions ou bateaux de guerre. Le Japon et l'Allemagne compensaient l'absence de leurs hommes sur le théâtre d'opérations par l'octroi d'énormes crédits : respectivement 13 et 9 milliards de dollars. Le roi d'Arabie Saoudite et l'émir du Koweït y allaient chacun de leur poche pour 16 milliards[12].

Dernier avantage : dans la période de l'année où les hostilités se sont déroulées, les abords dénudés du Golfe offraient à une armée suréquipée comme celle du général Schwarzkopf, malgré des pluies inattendues, un champ de bataille autrement favorable à l'emploi d'armes sophistiquées que, naguère, les couverts de la jungle indochinoise.

Bien sûr, ce ne sont pas, dans les grands moments d'exaltation patriotique, des éléments auxquels on prête beaucoup d'attention. La victoire était là, acquise à bon compte. Qui allait se soucier du prix dont elle avait été payée dans le camp d'en face ? Très vite, en revanche, allait se poser la question de savoir pourquoi Saddam, contrairement à l'attente générale, demeurait en place. Dieu sait, en effet, si, tout au long de la crise, George Bush avait clairement exprimé l'intention non seulement de « botter le cul » *(to kick the ass)* de ce « nouvel Hitler[13] », mais de le « déboulonner » *(to topple him)*.

Sans doute pensait-il, comme jadis Staline à propos de

Tito, qu'il suffirait d'une « pichenette » pour le renverser. Les nombreux prisonniers tombés aux mains des libérateurs ne manifestaient-ils pas pour la plupart des sentiments extrêmement hostiles au dictateur ? Il a dû se sentir confirmé dans cette idée lorsque, le 27 février 1991, après trois jours seulement d'opérations au sol, Saddam s'est résigné à accepter sans conditions toutes les résolutions du Conseil de sécurité. Et donc, pour commencer, à évacuer dare-dare ce Koweït dont il avait répété à satiété qu'il n'y renoncerait jamais.

Fallait-il, dans ces conditions, comme le préconisait le *Wall Street Journal*, « achever le boulot[14] » ? Ce n'était pas l'avis de John Major et de François Mitterrand, pressés de rapatrier leurs troupes. Ce n'était pas non plus celui de Bush, qui craignait, en intervenant militairement dans les affaires intérieures de l'Irak, « de se trouver pris dans un marécage *(quagmire)* du style vietnamien[15] ».

Dans l'esprit des dirigeants de la coalition, comme l'avait publiquement déclaré le président américain le 15 février, il appartenait aux Irakiens, tant militaires que civils, de « prendre les choses en main » et « d'obliger Saddam Hussein, leur dictateur, à céder la place[16] ». Aussi bien les chefs de l'opposition irakienne à Damas allaient-ils solennellement inviter leurs compatriotes, le 3 mars, à passer à l'action. Personne n'avait prévu que cet appel serait d'abord entendu par les chiites du Sud, avec le double effet de rapprocher la minorité sunnite de Saddam Hussein et de susciter la panique chez les Saoudiens à l'idée qu'un pouvoir favorable à l'Iran pourrait s'installer à Bagdad. C'est ainsi que, quinze jours après avoir déclaré qu'il considérerait comme une violation du cessez-le-feu l'utilisation d'avions ou d'hélicoptères irakiens contre les rebelles, le gouvernement américain allait faire savoir, le 26 mars, qu'il n'entendait pas s'y opposer.

On comprend qu'il ait pataugé dans cette affaire. Il pouvait craindre que la Syrie, au nom du baasisme, l'Iran, au nom du chiisme, voire la Turquie, au nom de l'Occident, ne revendiquent un morceau d'Irak. Lee Aspin, président de la Commission des forces armées de la Chambre des représentants, résumait bien la difficulté de la situation : « Vous voulez un Irak assez faible pour ne pas menacer le plus faible de ses voisins et assez fort pour tenir en respect le plus fort de ses voisins[17]. » Mais, enfin, cette difficulté était évidente dès le début de la crise. Et Bush aurait dû depuis longtemps arrêter une « doctrine », comme on dit outre-Atlantique, sur le sujet. C'est le moins qu'on pouvait attendre d'un homme qui n'avait pas hésité à déclarer, le 6 mars 1991, sous les applaudissements du Congrès : « Deux fois auparavant dans ce siècle, la terre entière a été secouée par la guerre. Deux fois dans ce siècle, l'espoir d'une paix durable est né des horreurs de la guerre. Deux fois auparavant, ces espoirs se sont révélés n'être qu'un rêve éloigné, hors de portée d'un homme. (...) Maintenant, nous pouvons voir un nouveau monde surgir sous nos yeux[18]... »

Le 26 mars, jour de la mise au point de son porte-parole à propos des hélicoptères, il n'en était manifestement plus là. Au cours d'une réunion à la Maison-Blanche, il s'était surtout préoccupé de savoir quand on pourrait « rapatrier les gamins » *(getting our kids out*[19]*)*. Le général Powell, président du Comité des chefs d'état-major, avait de son côté exposé toutes les raisons existant, d'un point de vue militaire, pour ne pas intervenir dans ce qui était en train de prendre les proportions d'une guerre civile. Suivant l'exemple des chiites du Sud, les Kurdes s'étaient en effet soulevés à leur tour, sans soupçonner l'ampleur de la tragédie qui, une fois de plus, les attendait.

***

Indo-Européens convertis à l'islam sunnite, les Kurdes sont plus de quinze millions. Ils font volontiers remonter leurs origines jusqu'aux Mèdes de l'Antiquité. Pasteurs et guerriers, avec de fortes structures tribales, ils se sont regroupés au Moyen Age en principautés qui ont fini par tomber sous le joug ottoman, contre lequel ils se révoltèrent à plusieurs reprises. En 1914, la partie septentrionale du Kurdistan figurait — sans que, bien entendu, personne n'eût songé à prendre l'avis des intéressés — au nombre des présents offerts par la France et la Grande-Bretagne à leur allié le tsar.

La révolution d'Octobre les dispensant de tenir leurs engagements, elles se répartirent, en 1920, par le traité de Sèvres imposé au sultan, les dépouilles de l'Empire ottoman. Une clause prévoyait pour le Kurdistan un « statut d'autonomie locale » pouvant conduire, un an plus tard, à une indépendance complète. A condition, toutefois, qu'il soit établi « qu'une majorité de la population de ces régions le désire », que le Conseil de la SDN « estime alors que cette population est capable de cette indépendance », et qu'il « recommande de la lui accorder[20] ».

Moyennant quoi, l'ensemble des clauses du traité étaient si draconiennes pour la Turquie, amputée au profit de la Grande-Bretagne, de la France, de la Grèce et de l'Italie d'une grande partie de l'Anatolie, que le général Mustafa Kemal donna le signal d'une révolte qui conduisit à l'abdication du sultan, à la proclamation de la République et à la non-ratification du traité de Sèvres.

Kemal, qui allait devenir président de la République et prendre le nom d'Atatürk (le « Père des Turcs »), avait été bien aise d'enrôler les Kurdes dans sa croisade pour chasser les Grecs établis dans la région de Smyrne. Mais le salut de son pays dépendait étroitement, à ses yeux, de l'aptitude de ses compatriotes à s'affirmer comme une nation unitaire. Il n'y avait pas place, dans cette conception, pour une affirmation de l'identité kurde, ni d'ailleurs de l'identité arménienne : pas question de condamner le génocide dont les Arméniens de Turquie avaient été victimes en 1915-1916.

Par trois fois, les Kurdes allaient se soulever. La répression fut menée avec une brutalité dont ces lignes, dues à un grand admirateur d'Atatürk, Benoist-Méchin, donnent une idée : « Il mobilisa sept, puis huit, puis neuf divisions et les envoya dans le Kurdistan avec l'ordre de réprimer la sédition et de ravager le pays de fond en comble. Les hommes furent torturés et pendus, les villages réduits en cendres, les moissons saccagées, les femmes violées et massacrées avec une cruauté implacable. (...) Le but du gouvernement d'Angora [l'actuelle Ankara] était d'exterminer la race kurde, pour qu'elle cessât de former un groupe ethnique distinct au sein de la République[21]. » Lorsque Saddam Hussein se présente en émule d'Atatürk, il songe aussi peut-être à ce genre d'exploits.

Toujours est-il que les successeurs du créateur de la Turquie moderne ont continué à ne voir dans les Kurdes que des « Turcs des montagnes » et à prohiber l'enseignement de leur langue. Aujourd'hui encore, parlant des réfugiés kurdes venus d'Irak, ils ne veulent connaître que des « Irakiens déplacés[22] ». Ce n'est que tout récemment que le président Özal a commencé à parler de ce qu'il appelle une solution « basque » à un problème qui a non seulement entretenu depuis des années un climat de violence dans l'est du pays, mais envoyé en prison des milliers de nationalistes, dont beaucoup de militants du parti populaire kurde, formation d'extrême gauche qui préconise le recours à la violence. Ce qui n'a pas empêché l'armée turque d'attaquer les formations kurdes, en août 1991 encore, en territoire... irakien.

Du côté de l'Iran, la répression est demeurée bien plus limitée. Mais son attitude sur le fond n'est guère différente. Ses Kurdes sont — ou devraient être à ses yeux — des Persans comme les autres : ne parlent-ils pas pratiquement la même langue ? C'est pourtant sur son territoire qu'a été proclamée, au lendemain de la Deuxième Guerre mondiale, la seule république kurde indépendante qui ait jamais existé. Fortement soutenue par Staline, qui avait donné à son président Barzani ses étoiles de général, elle ne devait pas survivre à la première épreuve de force de la guerre froide, laquelle contraignit l'URSS à évacuer, le 25 mars 1946, l'Azerbaïdjan d'Iran[23].

Si, par la suite, le chah s'est intéressé aux Kurdes, c'est essentiellement à ceux d'Irak, dont la lune de miel avec le régime baasiste, après la révolution de 1958, suivie de la reconnaissance de leur autonomie, avait été de courte durée. Dans la lutte qui l'opposait à Bagdad pour le contrôle du Chatt el-Arab, il fut trop heureux de trouver Barzani, cette fois, à ses côtés. Mais cette alliance, fortement encouragée par Washington, était purement tactique et conjoncturelle. Un mémorandum de la CIA en résume l'esprit : « L'Iran et les États-Unis espèrent bien bénéficier d'une situation insoluble dans laquelle l'Irak est intrinsèquement affaibli par le refus des Kurdes de renoncer à leur semi-autonomie. Ni l'Iran ni les États-Unis n'aimeraient voir la situation résolue d'une manière ou d'une autre[24]. » Téhéran craignait trop les répercussions que l'accès des Kurdes d'Irak à l'autonomie n'aurait pas manqué d'avoir sur le comportement de leurs frères d'Iran. Aussi allait-on bientôt voir le chah se jeter, à Alger, dans les bras de ce même Saddam Hussein qu'il avait traité devant nous, quelques mois plus tôt, de « tueur », et conclure avec lui, sous les souriants auspices de Houari

Boumediene, un compromis réglant à la satisfaction de Téhéran tous les problèmes bilatéraux.

Du jour au lendemain, l'Iran et les États-Unis cessaient toutes livraisons d'armes aux *peshmergas*, aux combattants kurdes qui éprouvaient une fois de plus le sentiment d'avoir été trahis : Barzani allait mourir quelques années plus tard en exil aux États-Unis. Et sans doute n'est-il pas excessif de parler, dans leur cas, de génocide, Bagdad étant le principal coupable, même s'il faut bien reconnaître, avec Stéphane Yerasimos, que « l'adversaire principal d'un Kurde fut le plus souvent le Kurde de la tribu voisine[25] ». Ce qui explique notamment que pendant le conflit irako-iranien les populations kurdes stationnées de part et d'autre de la frontière n'aient à aucun moment vraiment essayé d'unir leurs efforts.

Après la défaite de Saddam dans la guerre du Golfe, les Kurdes d'Irak crurent que l'heure de la revanche avait enfin sonné pour eux. Ils y étaient encouragés par les contacts qu'ils avaient pu avoir en Syrie et en Israël, où le fils et successeur de Barzani n'avait pas hésité à se rendre. L'armée de Saddam leur paraissait hors de combat et ils comptaient sur la défection de ses auxiliaires kurdes. En un rien de temps, le Kurdistan se libéra totalement, non sans d'ailleurs quelques sérieuses « bavures » qui ne pouvaient que tendre un peu plus les rapports entre les deux populations.

Contrairement à toute attente, Saddam disposait toujours des moyens d'anéantir la rébellion : bombardements d'artillerie et par avion, attaques au napalm, arrestations et tortures. Il ne se priva pas de les employer. Les peshmergas n'avaient, pour s'y opposer, que des armes individuelles. La lutte était par trop inégale. Des dizaines de milliers de Kurdes essayèrent de gagner, à travers les montagnes enneigées, la Turquie ou l'Iran voisins. Beaucoup, notamment des enfants, allaient mourir de froid ou de faim.

Ceux qui critiquent à longueur de journée le rôle des médias pendant la guerre du Golfe devraient tout de même se féliciter qu'il y ait eu sur place des reporters pour témoigner de ce drame. Sans leurs images et leurs récits, sans les éditoriaux qu'ils ont inspirés, l'opinion mondiale ne se serait pas émue comme elle l'a fait de ce que Jim autreHoagland a pu appeler, dans le *Washington Post*, « trahison comme d'habitude » *(Betrayal as usual*[26]*)*.

George Bush a dû se mordre les doigts de n'avoir rien su faire d'autre, sur le moment, que de s'avouer « troublé » par la souffrance humaine en Irak[27]. La France a joué son rôle, grâce notamment à Danielle Mitterrand, qui avait été bouleversée, deux ans plus tôt, par sa visite à des Kurdes réfugiés en Turquie pour échapper aux bombardements au napalm et aux gaz toxiques lancés contre eux par Saddam après la fin de la guerre avec l'Iran. La Grande-Bretagne s'est elle aussi mobilisée.

Devant ce tollé, la Maison-Blanche a dû rectifier à nouveau sa position. Non seulement elle a envoyé huit mille marines jouer les secouristes, mais, avec l'accord de Paris et de Londres, dont les forces ont participé à l'opération, elle a foulé aux pieds le sacro-saint principe de la non-intervention dans les affaires des autres en confiant à ses soldats le soin d'assurer la protection de dizaines de milliers de Kurdes qui allaient accepter de rentrer chez eux.

A l'initiative de la France, le Conseil de sécurité a adopté dans la foulée, le 5 avril, une résolution reconnaissant implicitement le bien-fondé d'un droit d'ingérence, « la répression des populations civiles irakiennes dans de nombreuses régions de l'Irak » ayant « pour conséquence de menacer la paix et la sécurité internationale dans la région[28] ». Il n'a pas été jusqu'à faire bénéficier les Libanais d'une pareille sollicitude.

Notes

1. *Paris-Match*, 28 mars 1991.
2. *US News*, 11 mars 1991.
3. Chiffres parus dans *Time Magazine*, 17 juin 1991.
4. « From This Modern Day, Agincourt, Awe and Instruction », repris dans l'*International Herald Tribune*, 2-3 mars 1991.
5. Françoise Autrand, *Charles VI*, Fayard, 1986, pp. 536-537.
6. Doyle McManus et Robin Wright, « Defector Says US Failed to Wreck Iraqi Nuclear Capability », article du *Los Angeles Times*, repris dans l'*International Herald Tribune*, 5 juin 1991.
7. *Newsweek*, 18 mars 1991.
8. Voir à ce sujet le passionnant article de Douglas Walter, « Secret Warriors », *Newsweek*, 17 juin 1991.
9. Cité par Gloria Borger, « Back on the Home Front », *US News*, 11 mars 1991.
10. Interview au *Nouvel Observateur*, 25 avril 1991.
11. Evgueni Primakov, « Dossier secret des négociations soviétiques sur le Golfe », *Time* et *Courrier international*, 28 février 1991.
12. Pour un tableau complet de l'aide militaire, financière et médicale reçue par les États-Unis, voir « Helping the War Effort », *Newsweek*, 4 mars 1991.
13. Cité par Josette Alia et Christine Clerc, *La Guerre de Mitterrand*, Olivier Orban, 1991, p. 205.
14. « On to the Elbe », *Wall Street Journal*, Europe, 22-23 février 1991.
15. Cité par Gerald Seib, « Mideast Mess. How Miscalculations Spawned US Policy Towards Postwar Iraq », *Wall Street Journal Europe*, 6 mai 1991.
16. Discours devant le personnel de l'usine Raytheon, cité dans « George Bush's United Nations », *Wall Street Journal Europe*, 15 avril 1991.
17. Cité dans *Time Magazine*, 28 janvier 1991.

18. Jim Hoagland, « The New Order Starts With a Betrayal as Usual », *International Herald Tribune*, 4 avril 1991, .

19. Cité par Ann Devroy et Molly Moore, *International Herald Tribune*, 16 avril 1991.

20. Texte intégral des dispositions du traité de Sèvres relatives au Kurdistan, dans G. Chaliand *et al.*, *Les Kurdes et le Kurdistan*, Maspero, 1978, p. 66.

21. Benoist-Méchin, *Mustapha Kemal ou la mort d'un empire*, Le Livre de Poche, 1954, pp. 369-370.

22. « Facts and Figures on Displaced Iraqis », *Turkish Review Quarterly Digest*, printemps 1991.

23. Voir André Fontaine, *Histoire de la guerre froide*, *op. cit.*, I, pp. 330-336.

24. Cité dans *The Independent-Week-End*, « For the Kurds, No Happy Ending », 2 mars 1991.

25. « Turquie, les choix difficiles », *Hérodote*, 3e et 4e trimestres 1990.

26. *International Herald Tribune*, 4 avril 1991.

27. Jan Krauze, *Le Monde*, 4 avril 1991.

28. *Le Monde*, 7-8 avril 1991.

CHAPITRE XII

Tant de feux à éteindre...

Et le feu mal éteint est bientôt rallumé.

Corneille, *Sertorius*, I, 3.

L'un des grands arguments des adversaires arabes, américains ou européens de toute ingérence dans les affaires intérieures de l'Irak était la crainte de sa « libanisation ». Entendez par là de sa décomposition. Ce terme n'a plus aujourd'hui de sens, sauf pour rappeler à quoi l'anarchie finit toujours, tôt ou tard, par conduire. Le danger qui pèse sur le Liban, désormais, est plutôt celui de sa « délibanisation ».

Le traité dit « de fraternité, de coopération et de coordination » conclu le 22 mai 1991 à Damas entre son président, Elias Hraoui, et Hafez el-Assad consacre en effet son passage sous la houlette syrienne. La symétrie qu'il prétend instituer dans les rapports des deux pays ne saurait tromper personne :

le droit de regard reconnu à Damas dans les affaires du pays du Cèdre équivaut en fait à un droit de veto ; celui qui est reconnu à Beyrouth sur les affaires syriennes n'existe que sur le papier.

Il est certes excessif de parler, comme l'ont fait certains, d'« Anschluss » ou d'« annexion ». A vue humaine, le Liban garde un minimum d'autonomie interne et les apparences d'une certaine identité nationale. Son économie reste libérale, la liberté d'expression y est davantage limitée par l'autocensure que par la censure tout court. Compte tenu du rapport des forces entre le pot de fer syrien et le pot de terre libanais, il va cependant de soi que le traité n'engage que le Liban, celui-ci n'ayant aucun moyen de contraindre son partenaire à respecter des clauses au demeurant trop vagues pour l'obliger vraiment.

A cette heure, ce résultat est le plus net de tous ceux que l'on peut imputer à la guerre du Golfe. Il n'y a pas de quoi en être fier. Depuis son intervention, en 1860, au secours des maronites massacrés par les druzes*, la France, « protectrice des chrétiens d'Orient », était omniprésente au Liban, notamment par sa langue, qui, selon la jolie expression de Dominique Eddé, « avait une fois pour toutes embobiné les Libanais[1] ».

Ne jouons pas les innocents. Cet « abîme de douceur », pour reprendre une autre formule du même auteur, justifiait, comme il est le premier à le reconnaître, « bien des impostures[2] ». « Les grands principes flattaient les grandes ambitions et la duperie était en voie de devenir une preuve

* Les maronites sont des catholiques de rite oriental, ainsi appelés en souvenir du prêtre Maron, qui avait fondé leur communauté au VIIIe siècle en reprenant le nom d'un saint ermite du Ve. Les druzes sont des dissidents de l'islam chiite qui pratiquent une religion ésotérique. Établis, comme les maronites, sur les pentes du mont Liban, ils avaient longtemps vécu en bonne intelligence avec eux.

de sagesse populaire[3] ». Trop rare *mea culpa* : le moins qu'on puisse dire est que le Liban n'avait pas fait son 89. Il était fatal que, tôt ou tard, la fête prît fin.

Il faut avoir cette idée en tête, garder le souvenir des écrasantes inégalités dont Beyrouth offrait le spectacle, si l'on veut essayer de comprendre ce qui est arrivé à ce pays qui ne détestait pas — Dieu sait ! — d'être appelé « la Suisse du Proche-Orient », même si, aux yeux d'un observateur néophyte, il faisait plutôt figure de « château d'eau » dans « le château de cartes » qu'était la région[4].

Ce château d'eau, c'était bien sûr la majestueuse montagne qui le domine, ce mont Liban où les maronites s'étaient établis jadis pour échapper aux exactions des Mamelouks. Ils y étaient devenus largement majoritaires et avaient suffisamment mérité l'estime du sultan de Constantinople, une fois calmés les druzes, pour jouir d'une autonomie à la faveur de laquelle, suivant un historien libano-américain, ils passèrent « en l'espace fort bref d'un demi-siècle du Moyen Age au modernisme ». Un missionnaire américain de l'époque, Henry Jessuy, n'hésite pas à décrire le mont Liban comme « le pays le mieux gouverné, le plus prospère, paisible et satisfait du Proche-Orient[5] ».

La sagesse n'aurait-elle pas consisté, une fois consommé l'écroulement de l'Empire ottoman, à constituer le seul Mont-Liban en foyer homogène où les maronites, très nettement majoritaires, se seraient gouvernés eux-mêmes ? Certains, en France comme sur place, le pensaient. Ils savaient, comme devait l'écrire beaucoup plus tard Ghassan Tuéni, qu'« au commencement n'était pas le pétrole. Au commencement était la religion », que « c'est par la religion que s'explique le Liban, dans sa réalité présente et passée », et que « c'est aussi par la religion que s'expliquent ses guerres[6] ».

Mais Paris entendait bien, à l'époque, se tailler un

domaine dans la région et donc privilégier la formule d'un Grand Liban où les chrétiens n'étaient que faiblement majoritaires, et encore, à condition de tenir compte des non-maronites, notamment des grecs orthodoxes. Pour y parvenir, il avait fallu amputer le *vilayet* de Damas, préfiguration de la Syrie, de plusieurs importants cantons, à commencer par celui de Beyrouth. La puissance mandataire, pour ne pas dire le colonisateur, allait ajouter à l'humiliation de la Syrie en administrant directement les régions peuplées en majorité de druzes et de ces autres hérétiques de l'islam que sont les alaouites, secte minoritaire à laquelle appartient l'actuel président Hafez el-Assad. Les Syriens n'ont bien entendu jamais avalé cette décision, encore aggravée par la décision de Paris, à la veille de la Deuxième Guerre mondiale, de rendre le canton syrien d'Iskenderun, alias Alexandrette, à la Turquie, pour aider celle-ci à résister à la tentation de faire cause commune avec l'Axe.

A quoi s'ajoute, pour nourrir le ressentiment de la Syrie — et de quelques autres —, la propension de trop de maronites à faire comme s'ils étaient seuls à incarner le Liban réel, alors que, dès 1922, un recensement organisé par les autorités françaises montrait qu'ils ne représentaient en réalité que 32,7 % de la population, soit moins que le total des musulmans : 20,5 % de sunnites et 17,2 % de chiites[7]. La proportion n'a cessé depuis lors de se modifier, au profit souvent des chiites, c'est-à-dire de la partie la plus défavorisée. Du coup, l'on s'est gardé de procéder à de nouveaux recensements, de manière à ne pas remettre en cause le « pacte national » sur lequel repose depuis 1943 l'indépendance du Liban et qui répartit les principales fonctions de l'État entre les diverses confessions.

Pour couronner le tout, il était de bon ton, parmi ces mêmes maronites, de considérer le pays comme investi d'une « fonction » qui n'était « pas seulement de vivre, mais de donner un sens à la vie des autres » : ainsi s'exprime l'un d'eux, Karim Pakradouni, avec un lyrisme où transparaît son cœur arabe. Et de poursuivre : « Une *nation-message*, comme écrit Jean-Paul II. Sur la terre des dieux où le judaïsme, le christianisme et l'islam ont apporté leurs trois flambeaux pour éclairer la nuit des hommes, le Liban proclamait que ceux-ci pouvaient vivre côte à côte. C'est ce qui ne lui fut pas pardonné[8]. »

Propos évidemment excessif, mais moins peut-être qu'il n'y pourrait paraître. L'Orient arabe demeure sans doute la partie du monde où les idées de pluralisme, de tolérance, de respect des autres ont le plus de mal à s'imposer. Le soleil qui l'écrase y est peut-être pour quelque chose : entre la lumière et l'ombre, entre la vérité et l'erreur, il laisse peu de place à l'esprit de mesure.

***

Les donneurs de leçons, de toute façon, sont rarement populaires. Surtout lorsqu'ils sont riches. Encore plus lorsque leur richesse ne les empêche pas d'être faibles. Or, de tous les États du Machrek*, le Liban était celui où la richesse était le plus ostentatoire, et, en même temps, le plus petit et le moins peuplé. Le plus divisé aussi : entre nababs et prolétaires, entre les dix-sept communautés dont la France avait, au temps du mandat, reconnu l'existence ; entre pro-américains, profrançais et, à l'époque de Nasser, pro-égyptiens, en attendant les prosyriens, les propalestiniens, les communistes. Le pouvoir du... pouvoir central, dans ces conditions, ne pouvait être que fort limité. Comment aurait-il pu empêcher ses voisins d'utiliser le Liban comme un

* De l'Orient, par opposition au Maghreb, le Couchant.

dépotoir où refouler ces réfugiés palestiniens dont la présence sur leur sol les dérangeait fort ?

Les Palestiniens n'avaient en effet qu'une idée en tête : rentrer chez eux. Tandis que certains d'entre eux trouvaient, notamment dans le Golfe, de belles et même parfois très belles situations, la majorité, qui n'avaient pu — ou voulu — trouver du travail, étaient parqués dans des camps où la pauvreté et l'oisiveté nourrissaient leur volonté de revanche contre l'État qui leur avait volé leur terre. Le *statu quo*, pour eux, était par définition insupportable. Comment ne se seraient-ils pas joints à tous ceux qui, dans les pays d'accueil, prétendaient le remettre en cause ?

Une première guerre civile avait éclaté en 1958, dans la foulée de la révolution irakienne au Liban. Eisenhower, alors président des États-Unis, expédia sur place un corps de marines qui, sans subir ni infliger de pertes, surent calmer le jeu. Le chef d'état-major de l'armée libanaise, le général Chehab, descendant d'une famille d'émirs et jouissant lui-même d'un grand prestige, réussit à établir pour un temps un minimum d'unité nationale. Mais le nombre des réfugiés palestiniens, grossi tant par les arrivées massives en provenance de Jordanie ou de Syrie que par une natalité exubérante, allait atteindre six cent mille, soit près du quart de la population totale du Liban. Quarante mille d'entre eux étaient armés. Ils transformèrent leurs camps en forteresses, patrouillant les routes et ne se cachant guère de vouloir établir à Beyrouth un pouvoir qui soutiendrait leurs ambitions.

C'est ainsi qu'éclata, en 1975, une deuxième guerre, qu'on ne peut appeler « civile » que par antiphrase puisqu'il n'est pas une faction qui n'ait, à un moment ou à un autre, fait appel à l'étranger. Soit, selon les circonstances, à la France, à l'Égypte, aux États-Unis, à l'URSS, à l'Irak, à l'Iran, à Israël, mais d'abord, bien sûr, à la Syrie, dont on a déjà dit qu'elle n'avait jamais pris son parti de l'existence d'un Grand Liban incorporant des cantons qu'elle considère comme lui appartenant de droit.

Hafez el-Assad ne donnait pas pour autant, loin de là, son aval à ceux qui voulaient faire du Liban un État « islamo-progressiste », qu'on appellerait mieux « islamo-palestinien ». En bon élève de Bismarck, il préfère diviser pour régner. Il était donc essentiel pour lui qu'aucun des antagonistes principaux ne l'emporte : ni l'OLP, qu'il exècre parce qu'elle ne veut pas se mettre à ses ordres, ni les chrétiens attachés à la préservation de leur propre prépondérance. Pour empêcher la victoire des uns comme celle des autres, il n'a pas hésité à jouer à la fois, selon la forte formule d'Antoine Basbous, « les incendiaires et les pompiers[9] », et à leur prêter successivement main forte. « L'armée syrienne n'est pas entrée au Liban pour faire l'union entre les deux pays », a-t-il pu dire à Karim Pakradouni. « Ce fut pour rétablir l'unité du Liban. Dans ma logique unioniste [le parti Baas, dont il se réclame, milite, rappelons-le, pour l'union de toute la nation arabe], je donne à cette réunification la priorité sur l'union syro-libanaise. A quoi rimerait l'union avec un Liban déchiré[10] ? »

Il ne fait pas dans la dentelle : à en croire l'un des responsables du Comité exécutif libanais des grands travaux, le poids des bombes en tous genres tombées, de 1975 à 1984, sur les 200 kilomètres carrés de la zone la plus bombardée du pays, équivaut à 67 kilos par tête, contre 5 kilos pour les Allemands pendant toute la durée de la Deuxième Guerre mondiale[11].

***

Nombre de chrétiens ont décidé depuis belle lurette qu'il n'y a pas d'autre planche de salut que de s'accommoder de ce protectorat. Avant l'actuel président Elias Hraoui, élu en 1989, au lendemain de l'assassinat de son prédécesseur, dans un local contrôlé par les forces syriennes, en application des accords — très contestés — conclus quelques semaines plus tôt à Taëf, en Arabie Saoudite, par cinquante-huit députés libanais, un autre Elias, nommé celui-là Sarkis, était déjà devenu chef de l'État sous la protection des baïonnettes de Damas.

La majorité des maronites, groupés autour de familles, de clans comme les Chamoun ou les Gemayel, n'en ont pas moins résisté par tous les moyens, y compris l'alliance avec le « diable » — israélien ou irakien —, aux ingérences syriennes. Mais nul n'aura été aussi loin que Michel Aoun, commandant en chef de l'armée libanaise.

Le pouvoir était vacant, aucun candidat n'ayant pu être élu par le Parlement avant l'expiration du mandat d'Amine Gemayel, devenu président après la mort de son frère Béchir, assassiné quelques jours après son élection. Avant de se retirer, Amine chargea Aoun d'organiser une élection le plus vite possible et de gouverner le pays jusqu'à ce qu'elle ait eu lieu. Mais il existait un gouvernement, dirigé, celui-ci, dans l'esprit du pacte national, par un musulman sunnite, Selim Hoss, soutenu naturellement par Damas.

Aoun n'hésita pas à lancer un appel à « la guerre de libération contre la Syrie[12] ». C'étaient là le ton et le langage du général de Gaulle, dont il avait visiblement choisi de s'inspirer. Mais, outre que n'est pas de Gaulle qui veut, l'homme du 18-Juin n'était pas encerclé par un adversaire infiniment supérieur en nombre, et il avait derrière lui une Grande-Bretagne déterminée à poursuivre la lutte. En fait d'appuis extérieurs, Aoun ne pouvait compter que sur Saddam Hussein, trop heureux de lui livrer des armes contre la Syrie, et sur l'opinion mondiale, notamment française.

Celle-ci aura joué son rôle lorsque Hraoui, à peine élu,

voulut faire appel à la Syrie pour chasser Aoun du palais présidentiel de Baabda, d'où il défiait son autorité. François Mitterrand ne fut pas le dernier, à l'époque, à le mettre en garde contre le mauvais effet d'une installation dans les fourgons de l'étranger, alors que des dizaines de milliers de chrétiens s'apprêtaient à faire un rempart de leurs corps à leur héros.

Hraoui s'inclina, attendant des jours meilleurs. Ils sont venus à la faveur de la guerre du Golfe. Par la grâce de Saddam Hussein, son ennemi juré, Assad, qui n'est pas non plus un petit saint, était devenu l'allié obligé de la coalition rassemblée, au nom des grands principes du droit, pour obliger l'Irak à évacuer le Koweït. Les États-Unis, qui, dès 1976, exprimaient leur sympathie pour une médiation syrienne dans le drame libanais — « J'ai un certain sentiment *(a feeling)* pour Assad[13] », n'hésitait pas à dire alors Henry Kissinger, qui n'a apparemment pas changé d'avis —, n'ont pas vu l'ombre d'une objection à ce que leur nouvel allié liquide *manu militari* la résistance d'un général coupable de ne vouloir ni de la *Pax americana* ni de la *Pax syriaca*.

La France s'est pratiquement bornée, cette fois, à donner asile à Michel Aoun, qui, dès les premières bombes syriennes tombées sur le palais présidentiel, s'était déclaré vaincu, et à faciliter son départ vers l'Hexagone. Il avait certes perdu beaucoup de son crédit du fait des combats sanglants qui, des semaines durant, avaient opposé ses partisans aux milices également chrétiennes de Samir Geagea. Il est à craindre pour lui que ce crédit ne se trouve guère renforcé par la loi d'amnistie qui lui a permis de gagner la France : car elle bénéficie en même temps à quelques assassins notoires.

François Mitterrand a certes déclaré que « le même souci du respect du droit devrait aboutir au Liban aux mêmes conclusions qu'au Koweït[14] » ; il a renchéri, le 29 mai, en disant que « la France est le seul pays qui a constamment défendu l'identité libanaise » et qu'elle « continuera[15] » ; Roland Dumas a demandé que soient retirées « les troupes qui occupent une partie du territoire libanais et que des élections libres puissent avoir lieu sur l'ensemble du Liban[16] ». Mais le général-président de Damas n'est pas homme à beaucoup tenir compte des demandes qui lui sont adressées, aussi longtemps qu'il ne s'y sent pas contraint ou qu'il n'est pas convaincu d'y trouver lui-même son avantage. Ce qui rend d'ailleurs passablement dérisoire la phrase de la lettre par laquelle les présidents des groupes RPR, UDF et UDC de l'Assemblée nationale ont invité le chef de l'État à « exiger le départ des troupes étrangères du Liban, et des élections libres[17] ». Ils devraient bien nous expliquer comment il faut s'y prendre pour amener Hafez el-Assad à résipiscence.

Car on ne voit pas d'autre moyen d'empêcher que les affrontements ne reprennent tôt ou tard. Le moins qu'on puisse demander à un paladin de la démocratie comme George Bush, sans le feu vert duquel Assad n'aurait pu faire main basse sur le Liban, c'est d'exercer sur lui les pressions nécessaires pour qu'une chance soit enfin donnée aux Libanais de se faire entendre.

Il peut être de l'intérêt d'Assad de jouer ce jeu-là, qui améliorerait grandement son image dans un monde où il a désormais peu d'amis. Un exemple, qui a longtemps bien fonctionné, est à sa disposition : celui du grand-duché de Finlande, qui, de 1809 à 1917, a pu conserver, au sein de l'empire autocratique des tsars, des institutions fort démocratiques.

Une telle évolution serait dans l'air du temps. La vague de liberté qui a balayé l'Europe méridionale, puis l'Amérique latine, avant de déferler sur l'Europe de l'Est, atteint maintenant, en plusieurs endroits, les rives du Proche-Orient et du continent noir. Même un Hafez el-Assad doit comprendre que s'il ne veut pas, comme tant d'autres, être balayé quelque jour par la colère populaire, le moment est venu pour lui de songer sérieusement à la « transition démocratique ».

A défaut, il ne peut guère espérer davantage, dans ses relations avec les Libanais, qu'une trêve très provisoire : Israël s'affirme plus décidé que jamais à demeurer dans le sud du Liban, sans renoncer à intervenir dans le reste du pays quand il le juge utile.

***

Ce n'est pas précisément la première fois que le nom d'Israël apparaît dans ce récit. En noir sur blanc ou en filigrane, il figure dans bien des pages consacrées au Proche-Orient. C'est qu'il n'est pas d'État, dans l'histoire contemporaine, qui ait eu, qui ait encore tant de mal à se faire accepter. Et qui, pour cette raison, se soit si souvent trouvé en guerre : cinq fois en moins d'un demi-siècle.

Il n'a cependant pas participé à la guerre du Golfe. Ce n'est pas que l'envie lui en ait manqué. De tous ses adversaires, l'Irak est en effet à la fois le plus déterminé et le plus dangereux. Le seul à n'avoir jamais conclu de cessez-le-feu ou d'armistice avec lui. Le seul qui ait entrepris de se doter d'armes chimiques et nucléaires, ainsi que des moyens de les lancer sur des villes israéliennes.

Rien de moins surprenant, dès lors, que l'attaque de Tel-Aviv, pendant la guerre du Golfe, par des Scud irakiens : Saddam avait clairement fait savoir auparavant, on l'a déjà rappelé, qu'il donnerait des ordres dans ce sens, escomptant que l'inévitable réplique israélienne amènerait l'ensemble des Arabes à le soutenir. La surprise tient plutôt au fait que, contrairement à ce qu'il avait annoncé et que tout le monde croyait, aucune arme chimique n'ait été employée.

Le gouvernement Shamir a eu du mérite à ne pas réagir. Comme le relève le chroniqueur militaire du quotidien *Haaretz*, jamais, jusqu'alors, des Arabes n'avaient réussi à « frapper le front civil d'Israël[18] ». La population, obligée de porter des masques, de s'enfermer dans des locaux étanches et de placer les bébés dans des incubateurs pour échapper à la menace des gaz, en a été traumatisée. On imagine ce qu'ont dû être les pressions de Washington pour parvenir à convaincre les chefs civils et militaires israéliens de ne pas essayer de porter le moindre coup à l'Irak.

Leur docilité et leur sagesse ont été récompensées. Saddam s'est fait infliger une défaite humiliante et son potentiel militaire a été fortement mis à mal. L'OLP, qui avait cru habile de faire cause commune avec lui, en a subi le contrecoup. Le crédit dont elle disposait auprès de certains secteurs de l'opinion occidentale et même israélienne s'est effrité. En frappant de stupeur une bonne partie du monde arabe, notamment dans les territoires occupés, la défaite irakienne a entraîné un quasi-arrêt de l'*Intifada*, cette « guerre des pierres » qui avait duré deux ans presque jour pour jour et fait monter à plusieurs reprises la tension entre les deux communautés à des niveaux insupportables.

L'organisation palestinienne est d'autant plus gênée pour relancer l'*Intifada* que les monarchies du Golfe lui ont coupé, pour la punir du soutien qu'elle avait apporté à Saddam, les fortes subventions qu'elles lui versaient depuis des années. Et Arafat a achevé d'aggraver son cas en laissant un de ses collaborateurs exprimer son soutien aux putschistes de Moscou.

Mais ce n'est pas tout : à peine signé le « traité de fraternité » dont on a parlé au début de ce chapitre, le dictateur syrien Hafez el-Assad, ennemi juré de Yasser

Arafat, a donné le feu vert à l'armée libanaise pour qu'elle réduise la forteresse palestinienne de Saïda. Le temps n'est plus où le pays du Cèdre constituait pour l'OLP une solide base arrière. Outre qu'Israël continue d'en occuper la partie méridionale, il tombe sous le sens que Damas laissera de moins en moins la bride sur le cou à la résistance palestinienne.

La Syrie ne fait manifestement pas le poids vis-à-vis d'Israël, maintenant que les accords de Camp David, en normalisant ses relations avec l'Égypte, ont libéré ce pays de la hantise d'une guerre sur deux fronts. Assad n'ignore pas que sa capitale est située à 25 kilomètres à peine des batteries israéliennes du Golan. Il ne peut oublier la terrible raclée subie par son aviation lorsque celle-ci a tenté, en 1982, de s'en prendre à celle de l'État hébreu. Il sait qu'il ne peut plus compter sur l'aide de l'URSS, qui a d'autres chats à fouetter, et qu'il dépend donc de plus en plus de celle de l'Arabie Saoudite et de la complaisance, pour ne pas parler de la bonne volonté, des États-Unis.

Plus tacticien que stratège, plus doué pour arbitrer les incessants désaccords entre les différentes « familles » de l'OLP que pour deviner le changement du vent, Arafat a sans doute, comme son ami Saddam, longtemps sous-estimé l'incidence sur le Proche-Orient du revirement soviétique. Or non seulement le Kremlin n'a pas esquissé le moindre geste pour empêcher les États-Unis de régler son compte à son ex-protégé de Bagdad, mais il a décidé de renouer avec Israël, où son ministre des Affaires étrangères s'est rendu en visite officielle au printemps 1991. Surtout, il laisse désormais les Juifs soviétiques gagner massivement la Terre promise.

Conforme au droit des gens le plus élémentaire, et faisant suite à d'incessantes requêtes, depuis des décennies, du Congrès juif mondial, du gouvernement israélien et des autorités américaines, cette nouvelle *aliya** ne va pas sans compliquer la tâche de ceux qui, James Baker en tête, cherchent à profiter de la victoire remportée dans le Golfe pour mettre fin au casse-tête que constitue, pour les diplomates, la recherche d'une solution à l'éternel « problème » israélo-arabe.

Plus de 250 000 *olim* (immigrants) soviétiques sont déjà sur place. Israël en attend un million dans les cinq années à venir, ce qui accroîtrait sa population d'un cinquième. Beaucoup d'entre eux préféreraient certainement aller aux États-Unis : mais ces derniers appliquent aux diverses nationalités des « quotas d'immigration » qui limitent singulièrement les possibilités d'accès des ressortissants de l'URSS. Le paradoxe de la situation des nouveaux arrivants en Israël est que l'une des raisons de leur départ est la montée de l'antisémitisme dans les républiques dont ils sont originaires : mesurent-ils bien ce que cela signifie de vivre au milieu de centaines de milliers de Palestiniens pour qui les Israéliens sont avant tout des occupants, des voleurs de patrie ?

Cent mille ex-Soviétiques vivent déjà dans les territoires occupés de Cisjordanie et de Gaza. Le gouvernement Shamir a mis en chantier un programme de construction sans précédent. Le ministre qui en a la charge est ce même général Sharon qui a fait la preuve, pendant les guerres du Kippour et du Liban, d'autant de détermination que de brutalité. Pour mener à bien l'affaire, Israël demande aux Américains de garantir les dix milliards de dollars d'emprunts dont il a besoin.

George Bush et James Baker ont dit sur tous les tons aux dirigeants de Jérusalem qu'ils ne voulaient pas entendre parler d'installer les nouveaux arrivants dans les territoires occupés : cela reviendrait à dire aux Palestiniens qu'il leur

* Vague d'immigration en Israël.

faudrait renoncer à jamais à l'idée de les récupérer un jour. Ce serait ruiner tous les espoirs de paix que le dénouement de la guerre du Golfe a pu faire naître. Shamir et Sharon, de leur côté, entendent prouver qu'il est impossible d'accueillir les immigrés soviétiques en Israël même sans établir des deux côtés de la frontière ce que *L'Hebdo* de Genève appelle « un seul tissu urbain, annexant de fait les territoires des Palestiniens[19] ».

Qui l'emportera ? Jusqu'à présent, note justement l'*Economist*, « qu'Israël fasse ou non ce que souhaitent les États-Unis, il est assuré de voir le Congrès lui coller sur les genoux un paquet-cadeau de trois milliards de dollars[20] ». Il est aussi arrivé que Shamir fasse mine de s'incliner, et, une fois le crédit obtenu, relance derechef son programme de colonisation des territoires.

Rien, certes, ne garantit que la négociation engagée pourrait, quelles qu'en soient les formes, aboutir dans des délais raisonnables à une solution durable. Aucun problème, à la vérité, n'est plus difficile à résoudre que celui-là, dont Wladimir Rabi a bien résumé la tragique simplicité en parlant « d'un peuple de trop sur la Terre[21] ». Chacune des deux communautés revendique comme sa patrie ce que l'une appelle Eretz Israël, et l'autre Palestine. Chacune invoque l'antériorité de sa présence, fondée pour l'une sur la Bible, pour l'autre sur la conquête arabe. Les Israéliens estiment avoir droit, après l'holocauste, à vivre tranquillement sur la terre qui fut le berceau de leur race. Les Palestiniens répondent que les dettes de l'Europe n'ont pas à être réglées sur leur dos.

Mais il n'est pas de conflit éternel : la France s'est maintenant réconciliée avec ses ennemis héréditaires, tant britanniques qu'allemands. Américains et Soviétiques s'embrassent. Est-il vain d'espérer qu'Israéliens et Palestiniens trouveront un jour le moyen de vivre en bonne harmonie ? Est-il inconcevable qu'ils se répartissent les terres disputées, quitte à s'unir en une communauté économique à laquelle devrait tout naturellement se joindre la Jordanie, dont la population est en majorité palestinienne ?

« Au lieu d'essayer de devenir la communauté qui prend les initiatives dans le cadre d'une fédération du Proche-Orient, écrivait en 1948, au moment de la guerre d'indépendance, le grand philosophe juif Martin Buber, on se fixa comme but un petit État qui courait le danger de vivre en conflit permanent avec son environnement géopolitique naturel et de devoir consacrer ses forces vives à des questions militaires, et non à des questions culturelles[22]. » La suite des événements a largement confirmé cette prophétie. D'autant plus qu'en 1991, comme en 1973 déjà, c'est un peu par miracle qu'Israël a évité la catastrophe. Du coup, « beaucoup d'Israéliens commencent à se demander combien de temps leur pays peut se fier aux miracles[23] ».

Dans la foulée de la fin de la guerre froide et de la guerre du Golfe, qui laisse chacun un peu hébété, tout doit être fait pour tirer de l'impasse le dialogue israélo-palestinien. Il faudrait avoir abdiqué toute vergogne pour oser parler de « nouvel ordre mondial » aussi longtemps que Palestiniens et Kurdes se verront refuser le droit à l'autodétermination reconnu à tous les autres peuples de la terre. Que Saddam continuera de persécuter ses opposants, à commencer par les plus oubliés d'entre eux, les chiites et aussi les chrétiens. Que les populations irakiennes vivront, malgré la levée partielle de l'embargo, dans le dénuement le plus complet. Que les Libanais demeureront, suivant le lieu qu'ils habitent, les sujets de la Syrie ou ceux d'Israël. Que le richissime émir du Koweït n'aura d'autre programme à proposer à son pays « libéré » que celui que résume ainsi une bonne observatrice américaine : « Contrôler les médias et exploiter les tensions religieuses et ethniques, au risque d'exposer une population traumatisée, frustrée et armée à un processus de libanisation[24]. » George Bush ne peut tout de même oublier sa prétention, énoncée au début de la guerre du Golfe, de fonder la paix sur le droit...

Notes

1. Dominique Eddé, *Lettre posthume*, Gallimard, « L'Arpenteur », 1989, p. 24.
2. *Ibid.*, p. 45.
3. *Ibid.*, p. 44.
4. Titre d'un reportage de l'auteur dans *Le Monde* du 12 mai 1965.
5. Citations extraites de Jonathan Randal, *La Guerre de mille ans*, Grasset, 1983, p. 61.
6. Ghassan Tuéni, *Une guerre pour les autres*, J.-C. Lattès, 1985, p. 63.
7. Elizabeth Picard, *Liban, État de discorde*, Flammarion, 1988, p. 65.
8. Karim Pakradouni, *Le Piège. De la malédiction libanaise à la guerre du Golfe*, Grasset et FMA, 1991, p. 9.
9. Cité par Jean-Pierre Péroncel-Hugoz, *Une croix sur le Liban*, Lieu commun, 1984, p. 62.
10. Karim Pakradouni, *op. cit.*, p. 53.
11. Jean-Pierre Péroncel-Hugoz, *op. cit.*, p. 53.
12. Jean-Paul Bourre, *Génération Aoun*, Robert Laffont, 1990, p. 43.
13. Notes personnelles.
14. Josette Alia et Christine Clerc, *op. cit.*, p. 164.
15. *Le Monde*, 31 mai 1991.
16. *Ibid.*
17. *Le Monde*, 3 juin 1991.
18. Ze'ev Schiff, « Israel after the War », *Foreign Affairs*, printemps 1991.
19. Chantal Pannatier, « Le bouclier russe », *L'Hebdo* (Genève), 20 juin 1991.
20. « Stop the Settlements », *The Economist*, 29 juin 1991.
21. Wladimir Rabi, *Un peuple de trop sur la Terre*, Presses d'aujourd'hui, 1979.

22. Martin Buber, *Une terre et deux peuples*, Lieu commun, 1985, p. 290.
23. Ze'ev Schiff, *op. cit.*
24. Hillary Mann, « In Kuwait Democracy Now or Chaos Later », *Wall Street Journal Europe*, 27 juin 1991.

TROISIÈME PARTIE

Soleil couchant, soleil levant

Il était une fois une ville avec beaucoup de voleurs. Ils se faisaient rarement prendre, faute d'un nombre suffisant de policiers. On décida donc d'accroître tant les effectifs de ces derniers que les moyens mis à leur disposition. Du coup, le nombre des vols diminua de manière spectaculaire. Et ce qui devait arriver arriva : au bout de quelques années, on oublia l'insécurité qui avait régné. De bons citoyens, soucieux de ne pas dilapider les deniers publics, commencèrent à dire qu'on pouvait certainement faire quelques économies du côté du maintien de l'ordre. Ils finirent par se faire entendre. Le nombre des policiers diminua... et celui des vols augmenta en proportion.

Cette histoire a été racontée au cours d'un grand « forum » organisé à l'École de guerre, au lendemain de la victoire de la coalition dans la guerre du Golfe, par le général Forray, alors chef d'état-major de l'armée de terre. C'est une « parabole », dit-il, voulant ainsi justifier le maintien d'un effort de défense important malgré la quasi-disparition, à vues humaines, de la menace soviétique. Le cardinal Lustiger, qui participait également au colloque, préférait parler, lui, de « sophisme ».

Parabole ou sophisme, le propos illustre bien le paradoxe de la situation présente. « Guerre froide » en tête, on ne compte pas le nombre des conflits réputés éternels qui ont trouvé une solution au cours de ces dernières années. L'écrasement de l'Irak stabilise pour un temps le Proche-Orient. Les pieds d'argile du colosse soviétique ont soudain cédé. La démocratie et les droits de l'homme sont devenus l'idéal proclamé de tous, y compris de ceux qui les violent quotidiennement. Et pourtant, le sentiment d'insécurité a rarement été aussi général. A l'épée de Damoclès de l'apocalypse nucléaire, qui a longtemps remplacé, pour faire tenir tranquilles les dirigeants des peuples, la bonne vieille « peur du gendarme », s'est substituée, après la brève période d'euphorie qui a suivi l'ouverture du mur de Berlin, une peur plus vague peut-être, mais au moins aussi forte dans la mesure où elle est liée à des périls infiniment plus tangibles comme la maladie, le chômage, les pollutions, la violence quotidienne. En tout cas, pour reprendre la parabole du général Forray, nul ne doute que la population du village planétaire aimerait bien voir autour d'elle, en nombre suffisant, des gendarmes en qui elle puisse avoir confiance.

Mais qui va fournir ces gendarmes ? A part les Américains, partagés entre l'euphorie et l'effroi devant l'ampleur des responsabilités qui pèsent désormais sur leurs épaules, les volontaires ne se bousculent pas...

CHAPITRE XIII

Ceux qui acclament l'avenir

Nous [les Latino-Américains] nous préoccupons de racheter le passé. Ils [les Américains du Nord] sont habitués à acclamer l'avenir.

Carlos Fuentes[1].

L'Histoire serait-elle influencée par la proximité des grandes commémorations ? Chacun a été frappé par la coïncidence entre l'explosion de la liberté, en Europe de l'Est, et le bicentenaire de 1789. De même, le cinq centième anniversaire de la découverte de l'Amérique par un marin génois à la recherche du plus court chemin pour aller rendre visite au Grand Khan de Cathay, alias la Chine, coïncide-t-il avec la double et retentissante victoire des États-Unis sur Saddam Hussein, qui marque l'apogée de leur puissance.

Deux autres événements majeurs, souvent évoqués ces temps-ci, contribuent à faire de 1492 l'année charnière entre le Moyen Age et les Temps modernes : le 2 janvier, les Rois Catholiques, Isabelle de Castille et Ferdinand d'Aragon, dont le mariage unifiera l'Espagne, obtiennent la reddition du royaume maure de Grenade, le dernier qui subsiste dans la péninsule. A la fin de mars, ils donnent quatre mois aux Juifs pour choisir entre la conversion au catholicisme et l'exil.

Ces trois événements ont un dénominateur commun : la religion. La *Reconquista* était une croisade et l'expulsion des Juifs « infidèles », après celle des musulmans, consacre en quelque sorte son achèvement. Au même titre que l'exploitation de l'Afrique par les Portugais, la *Discubierta* de l'Amérique était également une croisade : on y retrouve le mélange de violence, d'esprit de rapine et de foi chrétienne qui caractérisait les expéditions des Franj en Terre sainte. Et celle-là aura été durablement gagnée. L'hémisphère occidental est aujourd'hui, avec ses vertus et ses vices, la place forte de ce qui reste de la chrétienté, l'énorme réserve de puissance sans laquelle l'une ou l'autre de ces religions séculières qu'ont été le communisme et le nazisme aurait sans doute fini par imposer sa loi à l'Europe et au monde.

Colomb, dont les projets de voyage avaient été accueillis par les « experts » avec le scepticisme qui est leur marque, n'aurait pas reçu le feu vert de la reine Isabelle si celle-ci n'avait pas été absolument convaincue, après la chute de Grenade, qu'il était « un envoyé de Dieu[2] ». Lorsque le navigateur adressera aux Rois Catholiques, après son troisième voyage, un long rapport de mission, ce n'est pas l'Amérique qu'il se vantera d'avoir découverte, mais tout simplement... le Paradis terrestre. Quitte à appuyer cette affirmation sur une théorie géographique aussi extravagante que pittoresque : d'après le Génois, le monde « n'est pas rond de la manière qu'on le décrit (...), mais comme une balle très ronde sur un point de laquelle serait posé comme un téton de femme (...), la partie de ce mamelon étant la plus élevée et la plus voisine du ciel, et située sous la ligne équinoxiale en cette mer océane, à la fin de l'Orient (...), point où finissent toute la terre et les îles ». C'est là que se trouve le jardin d'Éden, avec son arbre de vie et la source « d'où naissent en ce monde quatre fleuves principaux — le Gange, le Tigre, l'Euphrate et le Nil » ! Émerveillé d'avoir constaté la présence, dans les bouches de l'Orénoque, d'une énorme quantité d'eau douce à l'intérieur de l'eau salée, Colomb ne doute pas de se trouver à l'entrée — qu'il n'osera franchir — du Paradis[3].

Malgré l'indéfendable décret sur l'expulsion des Juifs, l'Église de Rome songe aujourd'hui à porter sur les autels Isabelle la Catholique pour l'encouragement donné à Colomb, que Rome avait d'ailleurs envisagé, au siècle dernier, de béatifier[4]. Il ne viendrait à l'idée de personne de conférer un tel honneur à Alexandre VI Borgia, de tous les papes celui dont la vie fut sans doute, du point de vue de la morale chrétienne, la moins édifiante. Mais il n'avait tant intrigué pour occuper le siège de Pierre que parce qu'il rêvait de soumettre tous les princes de la terre à son autorité. Comment mieux la manifester qu'en répartissant entre les Espagnols et les Portugais les immenses espaces que la *Discubierta* ouvrait à leurs ambitions ? Ce fut l'objet de la bulle *Inter Caetera* (« Entre autres »), qu'il publia à peine le Génois rentré de son premier voyage :

« Dans ces terres inconnues où Christophe Colomb a abordé, écrivait-il, vit nu et végétarien un peuple qui croit à un seul Dieu et qui ne demande qu'à être instruit dans la croyance de Jésus-Christ. Toutes ces îles et toutes ces terres, regorgeant par ailleurs d'or, d'épices et de nombreux trésors, situées à l'ouest et au sud d'une ligne allant du pôle Nord au pôle Sud, à cent lieues à l'ouest des îles des Açores et du Cap-Vert, sont attribuées aux Rois Catholiques à condition qu'elles n'aient pas été découvertes avant la Noël précédente par un autre roi chrétien[5]. »

Texte remarquable à plus d'un titre, où l'on retrouve,

telles qu'il les avait exprimées dans une lettre à l'intendant général Luis de Santangel, les grandes lignes de la description de Colomb[6], et où les desseins de la Providence recoupent à merveille ceux de la cupidité humaine. Il faut croire qu'il était de nature à satisfaire les deux royaumes ibériques puisque ceux-ci, quitte à repousser de trois cents lieues vers l'ouest la ligne de démarcation de leurs futurs empires, confirmèrent la bulle, l'année suivante, par le traité de Tordesillas. Ce qui faisait tomber dans l'escarcelle du Portugal, que la hardiesse de ses navigateurs avait déjà largement installé en Afrique et en Asie, l'immense Brésil, à la conquête duquel il allait se préparer avec un sens de l'organisation et de la prévision tout à fait extraordinaire. Les *Bandeirantes*, les porteurs de bannières, dont un splendide monument de Sao Paulo immortalise l'épopée, ne furent pas seulement des marins et des soldats hors pair. Ils exploitèrent avec méthode toutes les richesses du pays, à commencer par l'or, naturellement, et la canne à sucre. Surtout, ils surent faire vivre en symbiose les diverses parts de leur immense domaine : le café et les cocotiers du Brésil viennent d'Afrique, ses manguiers des Indes.

N'ayons garde cependant d'oublier le prix dont a été payée cette réussite : la marginalisation, sinon l'ethnocide, d'Indiens que rien ne préparait à affronter les rudes mœurs — et les maladies — des envahisseurs ; l'importation massive des Noirs d'Afrique pour développer la production de la canne. Aucun pays, et de loin, n'a eu recours à ce point au « bois d'ébène » : le nombre des Noirs déportés au Brésil jusqu'en 1870, date de l'abolition de l'esclavage, s'élève à plus de quatre millions, soit huit fois le total de ceux qui ont été amenés en Amérique du Nord[7]. Pour se rendre compte de ce qu'était leur sort, il faut voir au musée de Salvador de Bahia les plans d'époque des navires négriers, honte d'une chrétienté alors au sommet de sa puissance : les esclaves étaient allongés côte à côte, serrés comme des harengs, à fond de cale. Et gare à ceux qui, lorsqu'ils avaient eu la chance d'arriver vivants à destination, voulaient se révolter : piloris et instruments de torture sont encore là pour attester leur martyre.

Les Espagnols n'étaient pas plus tendres que les Portugais. Pour Carlos Fuentes, la façon dont ils exploitèrent le travail des Indiens équivaut à un génocide : la population du Mexique n'allait-elle pas tomber en un demi-siècle de 25 à un million d'habitants, celle de la région andine de 3,5 millions à cinq cent mille[8] ? Les véhémentes protestations du frère Bartolomé de Las Casas dès le XVIe siècle amenèrent certes Madrid à réagir, mais sans grand effet. Quant aux expériences collectivistes des jésuites du Paraguay, si elles enthousiasmèrent Voltaire, elles devaient rester fort limitées dans le temps et plus encore dans l'espace.

Sortant tout juste d'une série de campagnes contre l'Espagne islamisée, les conquistadores avaient perdu l'habitude de s'occuper d'autre chose que de se battre. Pour le *hidalgo* de l'époque, l'Amérique, c'était d'abord l'Eldorado, le pays « doré » d'où l'on pouvait ramener sans se donner grand mal d'immenses richesses.

Celles-ci allaient, pour commencer, singulièrement aider les États à rétablir leurs finances, terriblement éprouvées par des guerres quasi chroniques. Mais l'or d'Amérique a fait bien davantage : il a littéralement transformé l'Europe. Les souverains ne vont plus rêver que de dominer et d'éblouir, et nombre de leurs sujets de s'enrichir. Charles Quint, sur le domaine duquel le soleil ne se couche jamais, songe à la monarchie universelle. Peu disposée à se soumettre à son hégémonie, la France très-chrétienne n'hésitera pas, pour contrecarrer ses desseins, à soutenir les protestants d'Allemagne et jusqu'au Grand Turc.

Bientôt, l'empereur devra accepter des compromis et,

revenu de tout, céder la couronne d'Espagne à son fils Philippe II. Le règne de celui-ci, qui sera marqué par l'annexion du Portugal et la défaite turque à Lépante, paraît porter la puissance du royaume à son comble. C'est le siècle d'Or qui nous a laissé l'Escurial, Velasquez et le Greco. Mais, comme il advient souvent, c'est au moment de la plus grande gloire que commence à s'amorcer le déclin. Bientôt, le naufrage de l'Invincible Armada, la flotte espagnole qui s'apprêtait à renverser l'hérétique Elizabeth, annonce que le témoin va changer de main.

***

De l'Angleterre, comme d'ailleurs de sa rivale la France, Alexandre VI ne s'était pourtant aucunement occupé dans sa fameuse bulle, laquelle attribuait aux *reyes catolicos* jusqu'au Labrador et au sud du Groenland. Nulle raison religieuse à cete omission. La Réforme ne commence qu'en 1517 avec l'affichage par Luther de ses fameuses « thèses de Wittenberg », et ce n'est qu'en 1534 que son remariage avec Ann Boleyn conduira Henry VIII à se séparer de Rome.

Mais le pays qui va, en deux siècles, bâtir le plus grand empire de l'Histoire paraît peu pressé de se lancer sur les mers. François Ier l'est davantage, au nom duquel le Florentin Verrazano explore la baie de New York et Jacques Cartier pose, à Montréal, les premières pierres de la « Nouvelle France ». Il faudra attendre 1584 pour que des colons anglais, conduits par Sir Walter Raleigh, s'établissent sur la côte qu'ils baptiseront Virginie, en l'honneur de la « reine vierge », la « femme sans homme », la grande Elizabeth.

Ils sont venus là non pas en conquérants, comme les Espagnols, mais en *Merchant Adventurers*, en marchands qui prennent sciemment de gros risques. Comme les Espagnols, ils croient possible, au départ, de s'enrichir rapidement en exploitant au maximum la main-d'œuvre indigène. C'est l'extrême difficulté de leurs conditions de vie qui les amènera à mettre la main à la pâte, suffisamment pour que leur communauté prospère et se développe rapidement.

Au nombre des explications qu'appelle la création, en un siècle et demi, à partir de treize colonies disséminées le long de la côte atlantique, d'un empire américain, André Kaspi, dans son beau livre sur *Les Américains*, fait figurer « la volonté de glorifier Dieu et de tenter des expériences sociales et religieuses », tout de suite après « le désir de s'enrichir[9] ». « Pèlerins » du *Mayflower*, puritains de Salem et de Boston, quakers de Pennsylvanie, Écossais catholiques du Maryland : on ne compte pas les communautés religieuses en froid avec les Églises établies du Royaume-Uni qui sont venues chercher refuge outre-Atlantique dans ce qui n'était certes pas pour elles un paradis terrestre existant, comme celui que Colomb croyait naïvement avoir découvert, mais un paradis à construire sur une terre vierge, à l'abri de la corruption et de l'arbitraire du siècle.

C'est dire que la dimension religieuse n'a pas joué un moindre rôle dans la formation de l'Amérique du Nord anglo-saxonne que dans celle de l'Amérique latine, dont la sépare la frontière aujourd'hui de plus en plus perméable du Rio Grande — « Frontière, pour Carlos Fuentes, entre deux mémoires : une mémoire du triomphe et une mémoire de défaite, celle qu'exprime le mieux la fameuse exclamation du dictateur mexicain Porfirio Diaz : "Pauvre Mexique, si loin de Dieu et si près des États-Unis !" C'est la frontière entre deux cultures : la culture protestante, capitaliste, nordique, et la culture du Sud, indo-méditerranéenne, catholique, à base de syncrétisme et de baroque[10]... »

***

Il est vrai que l'on ne compte pas les échecs dans l'histoire de l'Amérique espagnole. Le sort de ses trois principaux « découvreurs » est à cet égard symbolique. Victime d'un complot de son principal lieutenant et des critiques furieuses de ceux qui lui reprochaient de tarder à expédier vers la métropole les monceaux d'or promis, Colomb rentra de son troisième voyage à fond de cale et les fers aux pieds. Il mourut dans la misère après avoir écrit : « Pleurez sur moi, vous tous qui aimez la charité, la vérité et la justice[11] ! » Pizarre, le conquérant du Pérou, fut assassiné. Cortès, qui, avec six cents hommes, seize chevaux et surtout le concours de sa célèbre interprète et maîtresse indigène, la Malinche, sut défaire le puissant empire des Aztèques du Mexique, finit sa vie couvert de dettes, bombardant le roi Philippe II de lettres indignées. Trois siècles plus tard, Simon Bolivar, qui avait entrepris de libérer, en l'unifiant, l'Amérique hispanique, tracera sur son lit de mort ces lignes désabusées : « L'Amérique est ingouvernable. Ceux qui servent la révolution labourent les mers[12]. »

Ce n'est pas précisément le ton du discours d'adieu, de la *Farewell Address* de George Washington, publiée le 19 septembre 1796 par un journal de Philadelphie : « Ce gouvernement, enfant de notre propre choix, libre de toute influence et de toute crainte, (...) complètement libre dans ses principes, (...) unissant la sécurité et l'énergie (...), peut pourtant en appeler à votre confiance et à votre soutien[13]. » La satisfaction de soi est aussi une caractéristique américaine.

Quelles que soient les ombres, bien noires, au tableau, la réussite est là, le plus souvent, pour la justifier. Les nations d'Europe ont été enfantées par des dynasties. Les États-Unis, par la plus grande des forces : celle des idées simples.

Ces idées sont les mêmes que celles de l'Europe des Lumières. Ce sont celles de Locke, de Montesquieu, en un mot des philosophes dont « les quatre maîtres mots destructeurs des anciennes certitudes — Individu, Raison, Nature, Bonheur — vont gagner de proche en proche, note Jean-Jacques Chevallier, un terrain considérable devant des résistances de plus en plus faibles[14] ». Mais, si elles débouchent, dans le Vieux Monde, sur la critique d'Églises par trop associées au pouvoir, et, par voie de conséquence, de la religion, il n'en va pas de même dans le Nouveau. Comme l'explique dès 1775, devant la Chambre des communes, l'écrivain irlandais Edmund Burke, qui, avant de se déchaîner contre la Révolution française, ne cache pas sa sympathie pour les colons d'Amérique, ceux-ci incarnent « la dissidence de la dissidence, le protestantisme de la religion protestante, (...) les plus adverses à toute soumission de l'esprit et de l'opinion[15] ». « C'est la religion qui a donné naissance aux sociétés anglo-américaines, dira Tocqueville soixante ans plus tard ; il ne faut jamais l'oublier : aux États-Unis, la religion se confond donc avec toutes les habitudes nationales et tous les sentiments que la patrie fait naître : cela lui donne une force particulière[16]. » C'est plus vrai que jamais.

L'Angleterre d'alors, aux yeux des puritains, c'est Babylone. Ils sont convaincus que la Providence les a conduits ou fait naître, eux, dans un monde à part, moins touché que l'autre par le péché originel, un monde où l'on est récompensé de son vivant d'agir en conformité avec la loi divine. Rien n'empêche donc révolution et religion de faire bon ménage. Comme l'a noté une fois pour toutes Max Weber, l'un des fondateurs de la sociologie moderne, « le protestantisme ascétique est le seul au monde à avoir associé, par principe, dans une unité systématique irréductible, l'éthique de la profession dans le monde et la certitude du salut[17] ».

On ne trouve pas trace, dans les treize colonies, de la mauvaise conscience qui caractérise si souvent le rapport des catholiques à l'argent. Durs travailleurs à qui tout gaspillage est interdit, leurs habitants ont appris d'expérience que leur existence même dépend de leur capacité d'exporter leur production : rien d'étonnant à ce que le détonateur de la révolution ait été fourni par les augmentations successives, décidées à Londres, des impôts et droits de douane à acquitter par les sujets américains du roi George III.

Quoi d'étonnant, dès lors, à ce que la croyance des Américains en la Providence et en la démocratie débouche chez eux sur une croyance tout aussi répandue dans les vertus du libéralisme économique ? Opposés à toute politique de puissance, à toute entrave au commerce, il ne fait pas de doute, à leurs yeux, que la prospérité d'un peuple ne peut que profiter à tous les peuples. Et si l'on veut relever encore une coïncidence, on notera la simultanéité de la publication, à vingt-quatre heures près, en janvier 1776, de ces deux manifestes d'une immense portée que sont l'*Enquête sur la nature et les causes de la richesse des nations*, d'Adam Smith, et le *Common Sense* (le Sens commun) d'un homme qui fut, si l'on en croit Jaurès, l'un de ses admirateurs : un obscur corsetier anglais fixé depuis peu à Philadelphie, Thomas Paine.

Moins d'un an auparavant, Benjamin Franklin déclarait n'avoir entendu dans la bouche d'aucune personne, « ivre ou à jeun », la moindre expression d'un désir de séparation[18]. Il suffit de la brève et violente brochure de Paine pour que tout change : son succès fut inouï, puisqu'elle fut tirée à trois cent mille exemplaires, chiffre énorme pour l'époque, surtout si l'on considère que la population des treize colonies n'atteignait pas alors les trois millions.

Ce « citoyen du monde », comme il se présentait lui-même, avait su trouver les mots qui allaient bouleverser les intelligences et les cœurs : « La liberté, écrivait-il, a été pourchassée sur toute la surface du globe. L'Asie et l'Afrique l'ont bannie depuis longtemps. L'Europe la regarde comme une étrangère, et l'Angleterre lui a signifié son congé. Ah ! recueillez la fugitive et préparez à temps un asile pour le genre humain[19]. »

***

Toujours selon Paine, l'Europe étant le débouché naturel de leurs exportations, il était de l'intérêt évident des États-Unis de rester résolument à l'écart[20].

Rester à l'écart *(to stear clear)* : on retrouve les mêmes mots, vingt ans plus tard, dans le message d'adieu de George Washington lorsqu'il recommande à ses concitoyens de ne pas s'assujettir aux contraintes *(toils)* « de l'ambition, des rivalités, de l'intérêt, de l'humeur ou du caprice de l'Europe[21] ». Ce texte a nourri la conviction de générations d'isolationnistes, mais ce serait ne rien comprendre à ce qu'a été et peut redevenir l'isolationnisme que de le réduire à un simple repli sur soi.

Certes, on a vu plus d'une fois les Américains fermer les yeux devant les malheurs des autres et, en refusant leur caution, condamner à l'échec des efforts de sécurité collective : il en a été ainsi à la veille et au début des deux guerres mondiales et au lendemain de la première, lorsque le Congrès refusa de ratifier le traité de Versailles et l'adhésion à la Société des Nations. Un réflexe analogue explique l'attitude du même Congrès empêchant Nixon de tenir les promesses d'assistance massive qu'il avait prodiguées aux dirigeants du Vietnam du Sud pour les persuader de signer les accords de paix, ou refusant à son successeur Gerald Ford tout moyen d'empêcher Soviétiques et Cubains de prêter main forte aux communistes angolais. D'une manière générale, cependant, le *non-entanglement* ne procédait que de la foi dans le libre-échange et du refus de s'abaisser à se mêler des intrigues d'un Vieux Monde dominé par le péché. Il n'était pas isolement, splendide ou non, puisqu'il n'interdisait ni l'ouverture du territoire national aux immigrants, ni la conclusion d'alliances, souvent moins temporaires qu'on ne voulait bien le dire, ni même tout simplement le recours à la guerre.

Là encore, il faut citer Paine : « Il est dans notre pouvoir de recommencer le monde. Une situation semblable ne s'est pas présentée depuis l'époque de Noé. La naissance d'un nouveau monde est à la portée de nos mains et une race d'hommes, peut-être aussi nombreuse que celle que contient toute l'Europe, est destinée à recevoir sa portion de liberté des événements de quelques mois[22]. » On retrouve, dans ces phrases, les deux éléments qui feront la fortune des slogans dont se nourrit l'histoire des États-Unis. L'Amérique sait où est le bien, et elle est déterminée à en faire bénéficier un grand nombre d'humains. Elle n'est pas une nation comme les autres, égoïste, préoccupée seulement de faire fructifier l'héritage des ancêtres : elle détient les recettes du bonheur véritable et possède, grâce à ses dimensions exceptionnelles, les moyens de le répandre. Avant la France de 1792, avant l'Union soviétique, avant la Chine de Mao ou l'Iran des ayatollahs, les États-Unis se sont campés en patrie plus idéologique que territoriale : en hérauts de la démocratie, en métropole d'une civilisation si assurée de détenir les clés du bonheur qu'elle ouvre délibérément ses portes à ceux qui cherchent refuge chez elle.

A-t-on assez répété que les États-Unis étaient une « nation d'immigrants » ! Si le nombre de leurs habitants a été multiplié par quatre-vingts en deux siècles, c'est parce que, jusqu'en 1882, ils ont ouvert leurs frontières à tous sans aucune espèce de limitation. Des clauses restrictives ont successivement frappé depuis cette date les Asiatiques, les malades, les infirmes, les anarchistes, les communistes, les condamnés, les indigents, les prostituées et, à partir de 1917, les illettrés, mais c'est seulement à partir de 1929 que l'institution de quotas est venue réduire sérieusement le flot des nouveaux arrivants. De toute façon, celui-ci ne s'est jamais complètement tari. Le nombre des entrées légales vient de remonter à sept cent mille par an. Personne ou presque ne s'est étonné de voir un réfugié allemand, Henry Kissinger, à la tête du département d'État sous Nixon ; un natif de Pologne, Zbigniew Brzezinski, au poste de conseiller du président Carter pour les affaires de sécurité ; un Libanais, Joseph Sununu, à celui de chef d'état-major de la Maison-Blanche sous George Bush.

En un demi-siècle, de 1860 à 1915, le nombre total des immigrants a dépassé vingt-huit millions, dont six millions de Slaves, trois millions d'Italiens, deux millions de Juifs, le reste provenant pour l'essentiel de Grande-Bretagne, d'Irlande, d'Allemagne et des pays scandinaves. Ces hommes, qui traversaient l'océan au péril de leur vie — il y avait des morts à chaque traversée, tant elle était pénible — et sans le moindre espoir de retour, n'étaient pas seulement chassés de chez eux par la misère, le chômage ou la faim, les persécutions politiques, religieuses ou raciales. Ils étaient attirés par le « Nouveau Monde » comme par une Terre promise, et ils pleuraient de joie en apercevant, drapée de brume, à l'entrée du port de New York, l'immense statue de la Liberté qui, depuis 1886, en symbolisait le credo. Tournant le dos à la vieille règle des Anciens : « *Ubi pater, ibi patria* » — là où est le père, là est la patrie —, ils abandonnaient une patrie incapable de leur assurer une vie décente et en choisissaient délibérément une autre. Ils n'hésitaient pas, pour ce faire, à se soumettre à l'hégémonie d'un groupe social homogène, les fameux protestants blancs anglo-saxons, les WASP, dont un George Bush est particulièrement représentatif.

Bien sûr, avec le temps, les États-Unis sont devenus une nation héritée, comme les autres. La guerre de Sécession a joué là un rôle déterminant, dans la mesure où elle a détruit, pour reprendre l'expression de Robert Penn Warren, « l'illusion d'un destin tout tracé (...), la conviction [née de la vision des Pères fondateurs] que le peuple américain était élu par la divinité pour vivre de lait et de miel à peu de frais[23] ».

Ils n'oublient pas pour autant qu'ils ont été aussi, à un degré que nulle autre n'a atteint — sauf, toutes proportions gardées, Israël —, une nation *choisie* par ceux qui la constituent. Choisie pour son mode de vie et sa conception de la société, portée par conséquent au messianisme et vouée *ipso facto* à se mesurer quelque jour avec les autres nations messianiques. Aussi bien Tocqueville n'a-t-il pas été le seul, au siècle dernier, à annoncer la rencontre russo-américaine. Napoléon, à Sainte-Hélène, ne prédisait-il pas que le monde serait bientôt « république américaine ou monarchie universelle russe[24] » ?

NOTES

1. Carlos Fuentes, *Latin America at War with the Past*, Toronto, CBC Enterprises, 1985, p. 23.

2. Voir à ce propos Pierre Chaunu, « La conquête de l'Atlantique », *Hérodote*, 2e trimestre 1990.

3. Christophe Colomb, *La Découverte de l'Amérique*, Maspero, 1979, t. II, pp. 143 à 151.

4. Le procès en béatification de Colomb a inspiré à l'écrivain cubain Alejo Carpentier un de ces récits baroques dont il avait le secret, *La Harpe et l'ombre*, Gallimard, 1979.

5. Ivan Cloulas, *Les Borgia*, Fayard, 1987, pp. 109-110.

6. Christophe Colomb, *op. cit.*, pp. 45-55.

7. Statistique fournie par André Kaspi *in Les Américains*, Seuil, 1986, p. 62.

8. Carlos Fuentes, *op. cit.*, p. 30.

9. André Kaspi, *op. cit.*, pp. 27-29.

10. Carlos Fuentes, *op. cit.*, p. 23.

11. André Maurois, *Histoire des États-Unis*, Albin Michel, 1947, p. 25.

12. Carlos Fuentes, *op. cit.*, p. 41.

13. Texte (en anglais) *in* Jean-Pierre Martin et Daniel Royot, *Histoire et Civilisation des États-Unis*, Nathan, 1974, p. 72.

14. Jean-Jacques Chevallier, *op. cit.*, t. II, p. 44.

15. Denis Lacorne, *L'Invention de la République - Le Modèle américain*, Hachette « Pluriel », 1991, p. 61.

16. Alexis de Tocqueville, *De la démocratie en Amérique*, *op. cit.*, t. III, pp. 7-8.

17. Max Weber, *Économie et Société*, Plon, 1971, p. 567.

18. Bernard Vincent, *Thomas Paine ou la religion de la liberté*, Aubier, 1987, p. 59.

19. Thomas Paine, *Common Sense*, Harmondsworth, Penguin, 1987, p. 100.

20. André Maurois, *op. cit.*, p. 140.
21. Jean-Pierre Martin et Daniel Royot, *op. cit.*, p. 73.
22. Thomas Paine, *op. cit.*, p. 120.
23. Robert Penn Warren, *L'Héritage de la guerre civile*, Stock, 1962, p. 8.
24. Denis de Rougemont, *Vingt siècles d'Europe*, Payot, 1961, p. 268.

CHAPITRE XIV

Un destin exceptionnel ?

J'ai toujours cru que ce continent était un lieu exceptionnel dont le destin était exceptionnel. Je crois que notre destin est d'être le phare d'espérance de l'humanité tout entière.

Ronald Reagan[1].

Les Américains n'ont pas attendu Ronald Reagan pour se sentir investis d'une mission. L'idéalisme des Pères fondateurs entendait certes tourner le dos à la politique de puissance, et George Washington a beaucoup insisté, on l'a dit, dans son discours d'adieu, sur le *non-entanglement*, la non-intervention dans les affaires européennes. Mais, dès 1801, son successeur Jefferson écrivait au futur président Monroe : « Bien que nos intérêts puissent nous retenir à l'intérieur de nos propres limites, il est impossible de ne pas songer à ces temps lointains où notre multiplication rapide s'étendra elle-même au delà de ces limites, et couvrira l'ensemble du continent du Nord, sinon du Sud, avec un peuple parlant le même langage, gouverné de la même manière, avec des lois similaires[2]. »

Deux ans plus tard, il achète à Napoléon, pour une bouchée de pain, la Louisiane d'alors, c'est-à-dire l'ensemble des territoires qui s'étendent du Mississippi aux Rocheuses, doublant ainsi la superficie des États-Unis. Du coup, son ministre à Paris note que ceux-ci prennent place « parmi les plus grandes puissances[3] ».

En 1812, ils essaient, en vain, de prendre le Canada à l'Angleterre. En 1823, Monroe formule la « doctrine » qui immortalisera son nom : « Nous devons à la sincérité et aux relations amicales existant entre les États-Unis et ces puissances [européennes] de déclarer que nous considérerions toute tentative de leur part pour étendre leur système à quelque partie que ce soit de cet hémisphère comme dangereuse pour notre paix et notre sécurité[4]. » Il s'agissait alors de protéger les républiques latino-américaines, tout juste émancipées, contre un retour offensif des Bourbons de Madrid, auxquels le tsar, qui avait lui-même des visées sur la Californie, envisageait de prêter main forte. Mais les successeurs de Monroe ne vont pas s'en tenir là.

Bientôt le mythe de l'Ouest, de ses espaces vierges, de l'or de Californie, enflamme les plus grands écrivains, jette sur la route des caravanes de pionniers que rien n'arrête. Bien sûr il y a les Indiens, mais on a vite fait d'élaborer, pour garder bonne conscience, une théorie ingénieuse : puisqu'ils n'ont ni habitations fixes ni clôtures, ils ne sont pas des occupants au sens traditionnel du terme. Les maladies importées du Vieux Continent, l'alcool, qu'ils ne supportent pas, ont commencé de toute façon à les faire périr en masse. Et leurs tribus sont trop divisées pour pouvoir résister bien longtemps à la poussée d'un peuple auquel le rédacteur en chef de la *Democratic Review* de New York, John O'Sullivan, a révélé en 1845 qu'il avait une « destinée manifeste ». Le thème n'était pas sans parenté avec la notion d'espace vital chère aux nazis, puisque les Américains se voyaient invités à « se répandre sur ce continent pour y assurer le libre développement d'une population qui, chaque année, se multiplie comme par millions[5] ».

La conquête de l'Ouest n'est pas terminée que commence de sonner l'heure du Sud. Les États-Unis arrachent au Mexique, par les armes et la menace, des territoires équivalant à la moitié de sa superficie actuelle. A la fin du XIXe siècle, la guerre avec l'Espagne leur permettra d'annexer Porto Rico et provisoirement Cuba.

L'Amérique centrale devient leur « arrière-cour » *(backyard)*, une chasse gardée où ils n'hésiteront pas à intervenir militairement à maintes reprises pour soutenir des pouvoirs dont les mérites s'apprécient surtout à l'aune de leur docilité à l'égard des intérêts du *big business*. En 1983 et en 1989 encore, ils n'ont pas hésité à dépêcher des troupes, sans demander la permission à qui que ce soit, pour déposer le gouvernement — peu fréquentable, il est vrai — de la Grenade et enlever l'homme fort du Panama. Le bilan de cette dernière opération, baptisée « Juste Cause », n'est pas précisément *flawless* (impeccable), comme l'écrit *Newsweek*[6] avec un joli sens de la litote. Non seulement neuf des vingt-trois militaires américains morts en action ont été tués accidentellement par d'autres GI, mais le bidonville entourant la résidence de Noriega a été pratiquement détruit, le nombre des décès variant selon les estimations de deux cent vingt à trois cents ; beaucoup plus qu'à Tiananmen, comme le fait remarquer un mal-pensant[7], et cela n'a pas fait le même bruit.

Bien sûr, Noriega — ancien agent de la CIA — était l'un des barons de la drogue et il vaut mieux, dans l'intérêt général, qu'il soit en prison à Miami qu'à la tête d'un État d'Amérique centrale dont le nom, avec son pavillon de complaisance et ses relents de paradis fiscal, n'est pas précisément synonyme de vertu. Mais qu'aurait dit la Maison-Blanche si un autre pays s'était arrogé, à une époque où le Conseil de sécurité ne l'avait encore jamais reconnu, un pareil « droit d'ingérence » ?

***

La guerre avec l'Espagne avait également fait tomber les Philippines dans l'escarcelle des États-Unis. Loin de s'interroger sur l'opportunité de cet énorme « bond en avant » hors du périmètre défini par la doctrine de Monroe, ils s'en enorgueillissent. Écoutons le président McKinley : « Les Philippines nous ont été confiées par la Providence (...), elles sont à nous pour toujours... Immédiatement derrière elles se trouvent les marchés illimités de la Chine. Nous ne renoncerons ni aux unes ni aux autres[8]. » Ou son successeur Theodore Roosevelt, de tous les hôtes de la Maison-Blanche celui auquel Reagan, si l'on en croit son biographe Pierre Mélandri, semble s'être le plus identifié[9] : « L'histoire de l'humanité a commencé par une ère méditerranéenne, elle a continué par une période atlantique et elle entre dans une phase du Pacifique[10]. » En 1905, il pèsera de tout son poids pour jouer les médiateurs au lendemain de la défaite russe contre le Japon et amener celui-ci à limiter ses ambitions.

Un amiral à la retraite, Alfred Mahan, professeur à l'École de guerre navale de Newport, va se faire le doctrinaire, à la fois très écouté et très combattu, de la politique d'expansion. « L'intérêt égoïste, écrit-il, est un objet non seulement légitime mais encore fondamental pour la politique nationale [...]. Il est vain de s'attendre que les gouvernements agissent en permanence sur d'autres fondements que celui de l'intérêt national. Ils n'ont pas le droit de faire autrement[11]. »

L'amiral prêchait pour son saint. En 1890, la marine américaine n'occupait encore que le sixième rang mondial, loin derrière la flotte britannique. Grâce à l'activisme de Mahan, et aux nombreux admirateurs qu'il compte alors à la Maison-Blanche, au Congrès et dans la presse, elle se hausse rapidement au rang de deuxième du monde, avant d'être dépassée, à la veille de la guerre, par celle de l'Allemagne.

Cette progression reflète bien entendu le formidable développement économique des États-Unis. Quelques chiffres en donnent une idée : de la fin de la guerre de Sécession, en 1865, au début de la guerre contre l'Espagne de 1898, le kilométrage des voies ferrées s'est accru de 567 %. La production de charbon a augmenté de 800 %, celle de sucre de 523 %, celle de blé de 256 %. Celle du pétrole est passée de 3 millions de barils en 1865 à 55 millions en 1898, celle d'acier de moins de 20 000 à près de 9 millions de tonnes. En 1914, le produit national sera plus de trois fois supérieur à celui de la Grande-Bretagne ou de l'Allemagne, plus de six fois à celui de la France ou de la Russie, plus de dix-huit fois à celui du Japon. Quant au revenu par tête, il sera supérieur de 45 % à celui du Royaume-Uni, ce dernier étant lui-même de beaucoup le plus élevé de tous les pays du monde[12].

***

S'il est une capitale où l'on a mesuré l'ampleur de cette montée en puissance, c'est bien Londres. De cette époque date, comme l'a opportunément rappelé Anthony Hartley, la résolution des dirigeants britanniques « de ne rien faire qui puisse froisser les États-Unis[13] »... En réalité, l'alliance des deux grands peuples de langue anglaise remonte bien plus loin : à l'époque de la doctrine de Monroe, qui n'aurait jamais vu le jour si Washington n'avait pas été assuré de la bienveillance de la marine de Sa Majesté, depuis Trafalgar maîtresse absolue des océans.

Avec le temps, cependant, les rapports se sont inversés, l'alliance évoluant vers le protectorat. Les États-Unis ont plus d'une fois imposé leur volonté à leur partenaire. A peine la Deuxième Guerre mondiale finie, ils ont refusé de lui communiquer la moindre information en matière atomique, en dépit du rôle majeur joué par les physiciens britanniques dans la mise au point de la bombe. Ils ont fait pression sur la Grande-Bretagne pour qu'elle émancipe ses colonies, accepte le réarmement de l'Allemagne, évacue l'Égypte, pose sa candidature à la CEE. Une seule fois, au XXe siècle, elle aura osé contrecarrer de front les volontés de la Maison-Blanche : lors de l'expédition de Suez, en 1956. Le rappel à l'ordre, assorti d'une menace de vente de livres sterling, ne s'est pas fait attendre. Il devait être immédiatement suivi d'effet.

Eden et Macmillan avaient certes rêvé pour leur pays d'un rôle d'incitation, d'influence, comparable à celui qu'avait joué Athènes, au sein de l'empire, après sa conquête par Rome. Margaret Thatcher s'y est attachée avec sa fabuleuse énergie et non sans succès. Reagan l'écoutait beaucoup. Il semble bien que, se trouvant avec George Bush dans le Colorado, le 2 août 1990, au lendemain de l'invasion du Koweït, elle ait fortement contribué à lui faire prendre la position intransigeante qui allait conduire à la guerre. Mais ses lieutenants l'ont gentiment poussée dehors par la suite et le souriant John Major a moins la tête de l'emploi.

L'évidence est là. Entre une Angleterre vieillissante et sa fille américaine dans tout l'éclat de sa vigueur, il s'est produit un phénomène de transfert assez semblable à ce qui arrive bien souvent dans les familles : un jour vient où, des parents, l'autorité, les responsabilités passent aux enfants.

Le gendarme de l'univers, qui assurait la liberté des mers et faisait échec aux entreprises hégémoniques sur le continent d'Europe, c'était traditionnellement la Grande-Bretagne. Au fur et à mesure que son déclin l'a empêchée d'assumer seule cette double mission, elle a transmis le relais aux États-Unis. Il en a été ainsi en 1917, en 1941 et, une troisième fois encore, en 1947, lorsque le gouvernement Attlee, incapable de protéger seul la monarchie grecque face à l'insurrection d'extrême gauche, a passé le bébé à Truman : de l'acceptation du président des États-Unis, et de la « doctrine », baptisée de son nom, qui l'a entérinée, date le véritable point de départ de la guerre froide et du pacte atlantique[14].

Depuis lors, et quitte à subir à l'occasion bien des déboires, les Américains n'ont cessé, sous huit présidents, d'assumer la direction du monde occidental. Ils ont, au prix d'une course aux armements sans précédent, constitué une puissance militaire également sans précédent. Ils ont installé des bases un peu partout, participé à des guerres longues et sanglantes en Corée et en Indochine, mené des actions « ponctuelles », ouvertes ou secrètes *(covert)*, sur une série de points chauds, soutenu non seulement des régimes corrompus et dictatoriaux pour peu qu'ils fussent favorables à leurs intérêts, mais aussi, de l'Afghanistan à l'Afrique australe et à l'Amérique centrale, des guérillas anticommunistes. Ils ont écrasé l'Irak sous les bombes.

Mêlés désormais étroitement, contrairement à la recommandation explicite de George Washington, aux affaires du Vieux Monde, ils y ont laissé, comme il était prévisible, beaucoup de leur légendaire vertu. Le scandale du Watergate, qui, pour la première et jusqu'à présent unique fois de leur histoire bicentenaire, a contraint un président à démissionner, n'a pas été le seul. L'élection de Jimmy Carter, puis celle de Ronald Reagan, qui avaient fait campagne, chacun à sa manière, pour un retour aux valeurs traditionnelles, montrent que celles-ci continuent d'avoir sur le peuple américain un attrait que la plupart des Européens, trop habitués à croire que politique et morale sont deux notions séparées, ont bien du mal à admettre et, en tout cas, à comprendre. Même si la bonne conscience est si répandue outre-Atlantique que l'on s'y autorise assez facilement ce que l'on condamne chez les autres, il ne fait pas de doute, pour la grande majorité des Américains, que Dieu est de leur côté, parce qu'ils sont eux-mêmes du côté du Droit : Michel Crozier force à peine la note lorsqu'il écrit qu'ils « ont tout bonnement décidé de ne pas croire au mal[15] » et éprouvent une « passion pour la bonté de l'homme, pour la liberté assurée par contrat, pour le droit à la poursuite du bonheur[16] ». Le moyen existe, c'est le règne de la loi : *the rule of the law.* Il existe à l'intérieur des États-Unis et des démocraties qui se sont toutes plus ou moins inspirées de leur modèle. Reste à en faire bénéficier la terre entière.

***

Le premier président à mettre ces idées en ordre et à en faire un programme fut, faut-il le rappeler, Woodrow Wilson. Dans le discours qu'il prononça le 2 avril 1917 devant le Congrès pour lui faire prendre acte de « l'état de guerre » avec l'Allemagne impériale, il lança la célèbre formule selon laquelle le monde devait être « rendu sûr pour la démocratie[17] ». Le dernier des « quatorze points » de son plan de paix du 8 janvier 1918 préconisera « une association générale des nations (...) aux fins d'apporter des garanties mutuelles d'indépendance politique et d'intégrité territoriale aux grands États comme aux petits[18] ».

Le traité de Versailles et la création de la Société des Nations s'inscrivent dans le droit fil de ce discours. Mais lorsqu'il les soumit au Congrès, Wilson reçut une véritable volée de bois vert : l'Amérique refusait de participer à l'ordre que son président s'était donné tant de mal à instituer.

Vingt-deux ans plus tard, Franklin Roosevelt remettra l'ouvrage sur le métier. Mais il le fera, quelles que puissent être les apparences, dans un esprit fondamentalement différent de celui de Wilson. Ce dernier rendait le système d'alliances qui avait divisé l'Europe d'avant 1914 responsable du déclenchement de la Première Guerre mondiale. Il voulait à tout prix en prévenir la reconstitution et tablait sur une sécurité collective résultant de l'égalité absolue des nations. Inspirée de l'exemple des treize colonies américaines, l'idée le dominait, écrit le grand journaliste Walter Lippmann, que, « pour lier les nations les unes aux autres, il était possible de compter sur leur libre arbitre. (...) Il en tenait pour l'union contractuelle de cinquante États inégaux à tous égards, sauf en droits[19] ».

Pour Franklin Delano Roosevelt — « F.D.R. » —, cette philosophie constituait le comble de la naïveté. La paix ne pouvait être assurée que par le maintien de l'alliance qui allait avoir raison de l'Axe. Mais l'opinion de son pays, très majoritairement isolationniste jusqu'à Pearl Harbor, avait basculé. Convaincue, un peu tard, que le refus des États-Unis de participer au maintien du système de Versailles avait joué un rôle décisif dans le déclenchement de la Deuxième Guerre mondiale, elle donnait à nouveau dans le wilsonisme.

F.D.R. était trop habile politicien pour ne pas prendre en compte une aussi profonde aspiration. Mais il entendait que l'organisation des Nations unies, dont il allait faire approuver la création par les Alliés à Yalta, soit chapeautée, pour être efficace, par un Conseil de sécurité au sein duquel la réalité du pouvoir appartiendrait à quatre *sheriffs*, ses membres permanents. Seuls détenteurs d'un droit de veto, seuls autorisés à détenir des armes lourdes, ils se trouvaient curieusement crédités, sous prétexte qu'ils étaient puissants, d'une égale sagesse. C'est uniquement à l'insistance de Churchill, peu soucieux de se retrouver seul face aux nouveaux mastodondes, que la France doit d'avoir rejoint les quatre — États-Unis, Grande-Bretagne, URSS et Chine (pas encore communiste à l'époque). Les caprices de l'Histoire font que ces cinq sont seuls aujourd'hui à détenir officiellement une force nucléaire.

Aux yeux de Roosevelt, il allait de soi que le rôle dirigeant, au sein du Conseil, reviendrait aux États-Unis. « L'Angleterre, dit-il un jour à son fils Eliott, est en déclin. La Chine en est encore au XVIIIe siècle. La Russie se méfie de nous et nous rend méfiants à son égard. L'Amérique est la seule grande puissance qui puisse maintenir la paix dans le monde[20]. (...) Notre rôle dans la future organisation des Nations unies sera de concilier les divergences de vues des Anglais qui pensent empire et des Russes qui pensent communisme[21]. »

« Méfiants » à l'égard de « la Russie » ? Pas tant que cela. Écoutons cette confidence renversante à l'ancien ambassadeur Bullitt : « J'ai comme l'impression que tout ce que Staline désire, c'est assurer la sécurité de son pays. Je pense que si je lui donne tout ce qu'il me sera possible de donner sans rien réclamer en échange, *noblesse oblige**, il ne tentera pas d'annexer quoi que ce soit et travaillera à fonder un monde de démocratie et de paix[22] ».

« Noble », et même bien complaisant, il aurait fallu que Staline le fût singulièrement pour accepter de cogendarmer un monde dans lequel les États-Unis, face à une Europe et à une Asie couvertes de ruines, étaient le temple même de la prospérité. Leur produit national était passé de 227,2

* En français dans le texte.

milliards de dollars en 1940 à 355,2 en 1945, le PNB par tête de 1 720 à 2 538 dollars. Ils détenaient provisoirement le monopole de l'arme atomique, ce qui faisait d'eux, au jugement de Truman, au lendemain d'Hiroshima, « la nation la plus puissante du monde, la nation la plus puissante peut-être de toute l'Histoire[23] ». Comment l'URSS, dont près de vingt millions d'habitants étaient morts à la guerre, dont l'économie avait été ramenée à l'âge de pierre par l'occupation allemande, n'aurait-elle pas essayé de remettre en cause un partage qui lui était à ce point défavorable ?

C'eût été miracle, dans ces conditions, que l'alliance survécût à la victoire. Du rêve de Roosevelt, dont la naïveté valait bien celle de Wilson, on a longtemps pu croire qu'il ne restait rien. L'arme nucléaire avait coupé le monde en deux. La quasi-totalité des pays de la planète avaient beau faire partie des Nations dites « unies », celles-ci avaient beau disposer de réels pouvoirs, y compris celui de recourir à la force armée, pour s'interposer, ou même pour faire face à une agression (Corée, 1950 ; Katanga, 1960), leur action avait été la plupart du temps paralysée soit par l'abus du droit de veto dont disposent les membres permanents — spécialité soviétique —, soit par le refus des pays mis en cause de s'incliner devant leurs injonctions : Israël a longtemps détenu en la matière un record inégalé, mais l'Irak, depuis lors, a fait mieux.

Tout a changé avec la fin de la guerre froide, avec l'acceptation par le Kremlin de la notion de « valeurs communes » de l'humanité*, avec le feu vert donné par Gorbatchev à l'emploi de la force contre Saddam Hussein. Du coup, la vieille idée de réglementer les rapports internationaux a refait surface. A vrai dire, les Américains ne l'avaient jamais enterrée. La détente née du dénouement de

* Voir plus haut, chapitre III.

la crise des fusées de Cuba avait notamment inspiré à John Kennedy, le 10 juin 1963, un discours qu'il avait voulu retentissant et qui provoqua l'enthousiasme de Khrouchtchev : « Quel genre de paix ai-je en vue (...) ? Non pas une *pax americana* imposée au monde par les armes de guerre américaines (...), mais la paix pour tous les hommes et toutes les femmes, pas seulement la paix pour notre temps, mais la paix pour tous les temps[24]. »

Avant que le Watergate, le premier choc pétrolier et la décolonisation de l'Afrique portugaise remettent les pendules à l'heure de la guerre froide, Brejnev avait proposé à Nixon, à Washington, en juin 1973, on l'a vu, quelque chose qui ressemblait assez fort à un condominium. Le président des États-Unis avait répondu que leurs alliés respectifs étaient des « peuples fiers » et que les superpuissances ne devraient « jamais agir d'une manière qui paraisse négliger leurs intérêts[25] ». Mais son non n'avait rien de définitif.

La question ne se pose plus aujourd'hui dans les mêmes termes. De rivale des États-Unis, l'URSS est devenue — si tant est qu'elle existe encore — un partenaire assisté qui attend d'eux qu'ils l'aident à s'intégrer, sur le plan économique aussi bien que politique, dans la communauté mondiale. Pour reprendre le titre d'un article prophétique de René Dabernat dans *Le Monde* du 27 octobre 1965, il n'y a plus qu'un supergrand.

La double victoire de l'Amérique dans la guerre froide et dans celle du Golfe ne fait pas qu'effacer les déboires du Vietnam et des années Carter. Elle est sans commune mesure, quant au rôle qu'ils y ont joué et à la puissance qu'ils en retirent, avec celles de 1918 et de 1945 : dans les deux guerres mondiales, ils s'étaient joints à une coalition. Il y a bien eu coalition dans le double cas de la guerre froide et de la guerre du Golfe, mais ils en ont été les leaders et l'importance de leur contribution a été infiniment supérieure à celle de leurs alliés.

Comment auraient-ils pu douter, dans ces conditions, qu'il leur appartenait, plus qu'à quiconque, de tirer la leçon des désillusions de Versailles et de Yalta, et de jeter enfin les bases d'un ordre durable ?

Le 11 septembre 1990, soit un peu plus d'un mois après le début de la crise du Golfe, George Bush, qui venait de donner à l'occasion d'un difficile débat budgétaire une fâcheuse impression d'indécision, faisant tomber sa cote de popularité au plus bas, lance devant les Chambres du Congrès réunies le mot d'ordre du « nouvel ordre mondial ». « Une centaine de générations, s'écrie-t-il, ont lutté pour trouver le chemin de la paix (...) et aujourd'hui ce nouveau monde lutte pour naître. Un monde très différent de celui que nous avons connu. Un monde dans lequel le règne de la loi et non la loi de la jungle gouverne la conduite des nations[26]... »

Le 6 mars 1991, dans son discours au Capitole sur la victoire dans le Golfe, il s'avance plus encore : « Deux fois auparavant dans ce siècle, le monde entier a été traumatisé par la guerre. Deux fois au cours de ce siècle, l'espoir d'une paix durable est sorti des horreurs de la guerre. Deux fois auparavant, il est apparu que ces espoirs étaient un rêve lointain, hors de portée de l'homme (...). Maintenant nous pouvons voir un nouveau monde venir sous nos yeux[27]. »

Au total, si l'on en croit le toujours très sérieux *US News*, le président s'est référé quarante-deux fois en public à ce nouvel ordre mondial, dont le thème lui aurait été soufflé par son conseiller pour les affaires de sécurité nationale, le général Brent Scowcroft. Mais, avant même l'été, il a rayé la formule de son vocabulaire, parce qu'elle suscitait chez les uns l'appréhension et chez les autres la moquerie[28]. L'*Economist* de Londres, qui, le 9 mars, voyait les États-

Unis « au sommet du monde » — avec tout de même un point d'interrogation —, relevait, le 13 juillet, l'existence d'un « sentiment de découragement » *(that let-down feeling)* dans les milieux dirigeants de Washington, découlant d'un certain nombre de déceptions : maintien de Saddam Hussein au pouvoir, attitude du Koweït, qui « fait de son mieux pour embarrasser ses libérateurs », agacement devant l'intransigeance d'Israël, inefficacité du fameux G7 — le groupe des pays les plus industrialisés —, blocage des travaux du Gatt.

***

Le putsch manqué des néostaliniens a apparemment rendu le moral au président. Reste qu'« en toute bataille, comme disait Napoléon, le vainqueur a son compte ». L'Amérique a eu le sien. D'autant plus que si elle a défait le communisme, au moins dans sa version européenne, il lui faut toujours se battre contre ses concurrents commerciaux européens et japonais. Avec plus de 600 milliards de dollars, elle est le pays le plus endetté du monde — presque cinq fois plus que le Brésil, qui vient après. Le gouvernement est obligé d'emprunter chaque année des sommes équivalant à 6 % du PNB pour faire face à un déficit budgétaire énorme. L'industrie, notamment automobile, et l'agriculture ne cessent de perdre des parts de marché ; du coup, la part des États-Unis dans le revenu mondial est tombée de 40 % en 1945 à 25 % de nos jours. Columbia et le Rockefeller Center en tête, les investisseurs étrangers ont mis la main sur un certain nombre d'institutions ou d'entreprises prestigieuses.

Les villes, elles aussi lourdement endettées, ne savent plus où donner de la tête. C'est le cas notamment de New York, dont l'état de délabrement et d'insécurité est tel que seules deux des trente plus grandes sociétés industrielles d'outre-Atlantique y ont encore leur siège, contre près de la moitié il y a trente ans. Partout les équipements sont à l'abandon. L'éducation, la santé, l'assistance sociale appellent des réformes de grande ampleur. Trente-deux millions et demi d'Américains vivent officiellement au-dessous du seuil de pauvreté, dont douze millions sont considérés comme « hyperpauvres ». Le nombre des sans-abri dépasse les six cent mille. Le sida a pris les proportions d'un fléau national.

Inutile de dire que la criminalité se développe à toute vitesse : comment ne serait-elle pas encouragée par le nombre de scandales qui éclatent tous les jours, mettant en cause les personnalités les plus en vue de l'*establishment* financier et politique ? Le chiffre d'affaires du cartel de la drogue est estimé à 122 milliards de dollars. Ses dealers, dont beaucoup à peine pubères, font la loi dans les « zones mortes » des grandes villes où la police n'ose guère s'aventurer. La guerre que leur a déclarée George Bush est plus difficile à gagner que celle du Golfe...

Dans la seule ville de New York, on a relevé en 1989 712 000 « crimes sérieux ». La police de Los Angeles estime à cinquante mille le nombre de ses habitants qui appartiennent à des gangs. La banalisation croissante de la peine de mort n'y peut apparemment pas grand-chose. Et les prisons sont de beaucoup les plus encombrées du monde, après celles d'URSS et d'Afrique du Sud : on comptait 673 000 détenus à la fin de 1989, soit 79 000 de plus qu'à la fin de l'année précédente, soit un taux trois fois supérieur par rapport à la population à celui de la France ou de la Grande-Bretagne.

La misère touchant par priorité les minorités noire et hispanique, il n'est pas surprenant que ce soit parmi elles que se recrutent le plus les délinquants de tous calibres. A New York, 23 % des jeunes Noirs de vingt à vingt-neuf ans étaient, à la fin de 1990, en prison ou en liberté provisoire. Au jugement du très digne *Economist*, qui rapporte ce chiffre, « respecter la loi, à Harlem et dans les ghettos de la mégapole, est devenu une aberration[29] ». Beaucoup de membres de ces minorités considèrent qu'ils ne doivent rien à la société qui les traite en parias, et leur progression démographique fait peser à terme sur la cohésion nationale un risque de libanisation, d'autant plus sérieux que les incidents ont tendance à se multiplier entre les deux communautés. Les « blacks » supportent mal la rapide croissance des « latinos », qui n'hésitent pas, bien souvent, pour travailler, à accepter des salaires inférieurs au minimum légal, tout en mettant un point d'honneur, à la différence des autres immigrants, à continuer de parler leur langue d'origine.

***

On comprend que George Bush trouve lourde, dans ces conditions, « l'unique responsabilité » qu'il a revendiquée pour les États-Unis, en janvier 1991, de « faire avancer la cause de la liberté » parce qu'ils sont « les seuls à avoir à la fois la stature morale et les moyens nécessaires[30] » ; qu'il ait dit à notre confrère britannique David Frost qu'elle était « disproportionnée[31] », et que son secrétaire d'État, James Baker, se soit déclaré partisan d'approcher « les problèmes de l'après-guerre avec un nouveau sens de la modestie[32] ».

Ce propos n'empêche pas ce dernier de ne reculer devant aucun effort pour amener à la table des négociations toutes les parties intéressées à un règlement au Proche-Orient. Ce n'est pas un mince succès que d'avoir obtenu l'accord de Damas et de Jérusalem sur la composition de la conférence projetée. Le président lui-même, de son côté, a annoncé à Athènes qu'il prenait personnellement en main un autre dossier en panne : celui du contentieux qui oppose la Grèce et la Turquie à propos de Chypre. Il se mêle activement de la situation en Afrique australe, en Éthiopie, en Afghanistan, au Cambodge, en Amérique centrale. Il a lancé en juin 1990 une « entreprise pour les Amériques » dont l'objet est de constituer une zone de libre-échange qui couvrirait tout l'hémisphère. Le Mexique n'est pas le seul à s'être rallié à cet ambitieux projet dont il espère qu'il l'arrachera au sous-développement : la création de plusieurs noyaux libre-échangistes est en route en divers points de l'Amérique latine, qui entend bien marquer par un sérieux coup de talon le cinq centième anniversaire de sa découverte par Colomb.

Si l'on ajoute que le même Bush est allé à l'automne 1990 à Prague pour préconiser la création d'un « Commonwealth » de tous les peuples épris de liberté, que Baker s'est précipité à Belgrade le 21 juin 1991, quitte à s'en mordre les doigts par la suite, pour affirmer le soutien de Washington à la cause de l'unité yougoslave, que George Bush, lui encore, en visite à Moscou en juillet 1991, a décerné publiquement bons et mauvais points à Mikhaïl Gorbatchev, en sa présence, comme un vieux prof à un enfant bien sage, qu'il a activement soutenu Boris Eltsine tout au long du putsch, qu'à peine celui-ci terminé il a fait savoir — entre autres — que la nomination du général Moïsseev au poste de ministre de la Défense ne lui paraissait pas opportune —, ce dont il a été tenu compte *illico* —, on est fondé à conclure que « nouvel ordre mondial » ou pas, les États-Unis considèrent comme leur droit, et sans doute leur devoir, de se mêler de tout ce qui agite le vaste monde.

L'un des principaux éditorialistes américains d'aujourd'hui, Charles Krauthammer, se risque du coup à écrire : « On estimait que le vieux monde bipolaire donnerait naissance à un monde multipolaire dispersé dans de nouveaux centres au Japon, en Allemagne (et/ou en « Europe »), en Chine et dans une Union soviétique diminuée : cette approche était erronée. Le monde de l'immédiat après-guerre froide n'est pas multipolaire. Il est unipolaire. Le centre de la politique mondiale est la superpuissance incontestée, les États-Unis, assistés [*attended by*] par leurs alliés occidentaux[33]. »

L'image est excessive : un globe ne peut avoir un seul pôle. Rien ne prouve d'ailleurs que la population américaine soit tellement enchantée d'exercer ce « leadership » qui, s'il flatte son amour-propre, met de plus en plus à l'épreuve ses finances. Le parti démocrate ne se fait pas faute, quant à lui, d'inviter George Bush à s'occuper un peu moins des Kurdes ou des républiques baltes et un peu plus des pauvres américains.

Il n'empêche : jamais nation n'a été aussi près de dominer le monde. Et les États-Unis peuvent se vanter d'en être arrivés là par la contagion de leur modèle au moins autant que par l'étalage de leur force. Nés de la fusion de toutes sortes d'éléments nationaux aux origines et aux caractéristiques extrêmement diverses, mais rassemblés par une commune croyance dans les valeurs démocratiques, ne constituent-ils pas une sorte de préfiguration d'un ordre mondial ? Leur langue n'est-elle pas en train de devenir, sous une forme il est vrai un peu abâtardie, le « point de passage obligé » de la « communication » à l'intérieur du « village planétaire » ?

Dès le temps de la Première Guerre mondiale, un écrivain progressiste d'outre-Atlantique, aujourd'hui passablement oublié, Upton Sinclair, écrivait tranquillement : « Grâce au cinéma, le monde s'unifie, c'est-à-dire qu'il s'américanise. » Que dirait-il aujourd'hui, alors que la terre entière s'habille de jeans, se nourrit de hot-dogs et frétille au rythme du rap ?

Reste à savoir s'il est *a)* possible, *b)* souhaitable, qu'une seule nation, si grande soit-elle, assume à elle seule l'essentiel de la responsabilité de la paix mondiale. Dans les deux cas, il est difficile de répondre par l'affirmative : tout monopole suscite sa contestation, toute puissance s'affaiblit à s'étaler, et elle tend à se ramifier. Il n'est pas de nation capable d'assumer durablement à elle seule la direction de la planète. C'est seulement l'entente des différentes nations, leur accord sur un certain nombre de buts communs à toute l'humanité, qui peut fonder une paix digne de ce nom. Quitte à s'empresser de faire le contraire, c'est bien ce qu'avaient compris les vainqueurs de la dernière guerre en fondant les Nations unies.

Que celles-ci puissent, maintenant que l'URSS est en morceaux, jouer dans les années à venir un rôle grandissant d'intermédiaire, de gardien du droit international et de garant des accords intervenus, ce qui s'est passé durant la guerre du Golfe tend à le faire penser. Mais la machine est trop lourde, l'absence d'un centre de décision trop évidente, pour qu'on puisse attendre d'elles un rôle moteur dans la construction d'une paix durable. Si Gorbatchev a demandé et en fait obtenu de participer, en juillet 1991 à Londres, au sommet du G7, c'est bien parce que c'est l'instance qui se rapproche le plus du partenariat que les États-Unis voudraient bien pouvoir instituer avec l'Europe et le Japon.

NOTES

1. T.D. Allman, *Un destin ambigu*, *op. cit.*, p 141.
2. Carlos Fuentes, *op. cit.*, p. 44.
3. Robert Lacour Gayet, *Histoire des États-Unis des origines à la fin de la guerre civile*, Fayard, 1976, p. 270.
4. Jean-Pierre Martin et Daniel Royot, *op. cit.*, pp. 98-99.
5. Robert Lacour Gayet, *op. cit.*, p. 303.
6. « Inside the Invasion », *Newsweek*, 25 juin 1990.
7. Louis Janover, *Les Dissidents du monde occidental*, Spartacus, 1991, p. 59.
8. Cité par Lénine, *L'Impérialisme, stade suprême...*, *op. cit.*, p. 109.
9. Pierre Mélandri, *Reagan, une biographie totale*, Laffont, 1988, p. 270.
10. Fernand L'Huillier, *De la Sainte-Alliance au pacte atlantique*, La Baconnière, Neuchâtel, 1954, t. I, p. 266.
11. André Kaspi, *op. cit.*, p. 240.
12. Chiffres extraits de P. Kennedy, *op. cit.*, pp. 283-284.
13. Anthony Hartley, *L'Angleterre, une autocritique*, Seuil, 1946, p. 46.
14. Voir André Fontaine, *Histoire de la guerre froide*, *op. cit.*, I, pp. 344-347.
15. Michel Crozier, *Le Mal américain*, Fayard, 1980, p. 258.
16. *Ibid.*, p. 262.
17. Arthur S. Link, *American Epoch*, New York, Knopf, 1955, p. 195.
18. Jean-Pierre Martin et Daniel Royot, *op. cit.*, pp. 181-184.
19. Walter Lippmann, *La Politique étrangère des États-Unis*, Éditions des Deux Rives, 1945, pp. 84-85.
20. Eliott Roosevelt, *Mon père m'a dit*, Flammarion, 1947, p. 162.
21. *Ibid.*, p. 245.
22. William Bullitt, « How we won the war and lost the peace », *Life*, 30 août 1948.
23. *Le Monde*, 11 août 1945.

24. Texte intégral dans le *New York Times* du 11 juin 1963.
25. Richard Nixon, *Mémoires*, Stanké, 1978, p. 631.
26. *Time Magazine*, 28 janvier 1991.
27. *Le Monde*, 8 mars 1991.
28. David Gergen, « Bye-bye to the New World Order », *US News*, 8 juillet 1991.
29. *The Economist*, 20 octobre 1990.
30. *Le Monde*, 31 janvier 1991.
31. Cité par Paul A. Gigot, *Wall Street Journal Europe*, 23 mai 1991.
32. *Le Monde*, 8 février 1991.
33. Charles Krauthammer, *The Unipolar Moment. Foreign Affairs, America and the World*, 1990-1991.

CHAPITRE XV

L'Europe dans la douleur

Les États-Unis d'Europe se feront dans la douleur et les États-Unis du monde ne sont pas encore là.

André Malraux, Appel aux intellectuels, salle Pleyel, 5 mars 1948.

L'Europe n'est pas une idée neuve en Europe. Ses peuples se sont assez entre-déchirés au cours des âges pour ne pas avoir rêvé depuis longtemps de s'unir. Ils savent — ou au moins devinent — ce qu'ils doivent à l'effort accompli depuis quarante ans et qui fait aujourd'hui de la Communauté la première puissance commerciale de la planète.

Des réussites exemplaires comme Ariane, l'Airbus, le tunnel sous la Manche ; la perspective de l'ouverture au 1er janvier 1993 du marché unique ; plus encore, la quasi-absence depuis plus de quarante ans de tout conflit armé entre les pays membres du Conseil de l'Europe, légitimement fiers d'avoir substitué dans leurs rapports le règne de la loi à celui de la force, au point de reconnaître une commune juridiction des droits de l'homme : ces succès en appellent d'autres.

C'est à ce prix seulement que le continent peut espérer faire sentir son poids dans la construction et la garantie de l'ordre mondial, préserver son identité face à l'américanisation croissante de la planète, aider enfin les nations de l'Est à échapper à la misère et à une balkanisation dont elles ne seraient pas seules à payer le prix. Le moment est donc venu, et largement venu, d'imaginer les « architectures », comme dit James Baker, nécessaires à l'achèvement de ce qu'il est convenu d'appeler la « construction » européenne.

L'objectif n'est pas précisément à portée de la main. Ce n'est pas faute d'avoir souvent essayé, au cours des âges, de l'atteindre. Soit par les armes, comme Frédéric Barberousse, Charles Quint, Napoléon ou Hitler. Soit, de Sully à l'abbé de Saint-Pierre et à Aristide Briand, au moyen de généreux projets de paix perpétuelle. Peine perdue. La seule Europe unie qui ait eu une réalité était l'empire de Charlemagne. Depuis son partage en l'an 843, le continent n'a cessé d'être tiraillé entre deux courants : l'un, horizontal, qui poussait à son unification, et un autre, vertical, qui enracinait dans leur terroir la résistance à l'absorption des communautés urbaines, provinciales et bientôt nationales.

Il était donc bien superficiel, de la part de Voltaire, de prétendre que l'Europe fût « une espèce de grande république partagée en plusieurs États, les uns monarchiques, les autres mixtes ; ceux-ci aristocratiques, ceux-là populaires, mais tous correspondant les uns avec les autres ; tous ayant un même fond de religion (...) ; tous ayant les mêmes principes de droit public et de politique, inconnus dans les autres parties du monde[1] ».

Cette Europe-là, celle des cours et des Lumières, qu'ont également célébrée Rousseau, Rivarol ou Goethe, a certes existé. Elle avait surtout en commun une langue et la culture que celle-ci véhiculait, la nôtre, dont l'hégémonie avait survécu au déclin, au profit de la Grande-Bretagne, de la prépondérance française. Mais elle ne touchait qu'un vernis intellectuel, politique et financier. En quoi les peuples se seraient-ils sentis membres d'une « république » dont ils ignoraient pour la plupart jusqu'au parler ? Même nos compatriotes, à la veille de la Révolution, étaient beaucoup plus nombreux à s'exprimer en dialecte ou en patois qu'en français.

Il faudra attendre 1848 pour qu'avec le « printemps des peuples », et le romantisme, l'Europe devienne un thème populaire. Aux yeux de Mazzini et de ses camarades républicains italiens, l'unité de la péninsule ne saurait constituer qu'une étape vers l'unité du continent. Or les États-Unis, qui sont en train de s'étendre à l'ouest à marche forcée, fournissent un modèle d'unité continentale. Pourquoi pas des États-Unis d'Europe ?

Le premier à employer la formule de ce côté-ci de l'Atlantique semble être, dès 1784, un auteur dramatique aujourd'hui bien oublié, Louis-Sébastien Mercier, mais c'est à Victor Hugo qu'il revient de lui donner le maximum d'éclat en déclarant, en 1849, devant l'Assemblée nationale : « Le peuple français a taillé dans un granit indestructible et posé au cœur même du vieux continent monarchique la première assise de cet immense édifice de l'avenir qui s'appellera les États-Unis d'Europe. »

Ce qui entraînera de la part de plusieurs de ses collègues des réactions indignées :

« *M. de Montalembert :* Les États-Unis d'Europe ? C'est trop fort. Hugo est fou.

M. Molé : Les États-Unis d'Europe ! Voilà une idée ! Quelle extravagance !

M. Quentin-Bauchard : Ces poètes[2] ! »

Le beau rêve tournera court. L'État-nation s'impose, d'un

bout à l'autre de l'Europe, le plus souvent, selon la célèbre formule de Bismarck, « par le fer et par le sang ». C'est en vain que Renan, pour qui l'Europe est une « confédération d'États réunis par l'idée commune de la civilisation[3] », préconise en 1871 « une autorité centrale, sorte de congrès des États-Unis d'Europe, jugeant les nations, s'imposant à elles et corrigeant le principe des nationalités par le principe de fédération[4] ». Les grands États, à l'époque, sont autant d'ogres qui ne rêvent, selon les cas, que de conquête ou de revanche. Ils ne comprennent pas qu'ils ne s'agrandissent qu'à leurs propres dépens. « Les misérables Européens, dira plus tard Paul Valéry, ont mieux aimé jouer aux Armagnacs et aux Bourguignons que de prendre sur toute la Terre le grand rôle que les Romains surent prendre et tenir pendant des siècles dans le monde de leur temps[5]. »

On devra attendre la fin de la Première Guerre mondiale pour que recommencent les tentatives d'organisation du continent. Le fondateur de l'Union paneuropéenne, Richard Coudenhove-Kalergi, écrit en 1924 : « Il faut enlever à l'Allemagne ou la force ou la volonté d'une revanche. Dans un cas, il faut asservir l'Allemagne, dans l'autre, se réconcilier avec elle[6]. » Ni les États-Unis, ni la Grande-Bretagne, ni l'URSS n'étaient prêts à consentir à l'« asservissement ». Restait donc à tenter de se réconcilier.

Ce fut l'ambition d'Herriot, qui déclara en 1925 ne pas concevoir de plus grand plaisir que de « voir un jour apparaître les États-Unis d'Europe[7] », et plus encore celle d'Aristide Briand. Devenu ministre des Affaires étrangères, celui-ci préconisa devant l'Assemblée générale de la Société des Nations, le 5 septembre 1929, l'établissement d'une « sorte de lien fédéral (...) entre des peuples qui sont géographiquement groupés comme ceux d'Europe[8] ».

La mort de son partenaire allemand Stresemann, et plus encore le krach de 1929 à la Bourse de New York, d'où sont sortis la crise mondiale, l'avènement du nazisme et la guerre, allait étouffer cet appel. Le mémorandum publié en 1930 que vingt-sept États européens avaient chargé Briand d'établir n'en mérite pas moins d'être cité. Il retient en effet comme but à long terme « un marché commun » pour « l'élévation au maximum du niveau de bien-être humain sur l'ensemble des territoires de la communauté européenne[9] ».

« Marché commun, communauté » : les mots d'aujourd'hui sont là. A l'époque, ils resteront des mots, la plupart des pays intéressés, Grande-Bretagne en tête, ayant courtoisement repoussé le projet français. C'est en vain que Coudenhove-Kalergi, Valéry, Ortega y Gasset, Spengler, et combien d'autres, s'époumonent à jouer les Cassandres : l'Anschluss, Munich, l'invasion de la Pologne marquent les étapes du suicide de l'Europe.

Maître éphémère du continent, Hitler essaie d'utiliser à son profit la nostalgie latente d'une Europe unie. Sous l'Occupation, la façade du Palais-Bourbon a été un certain temps barrée d'une immense banderole : « *Europa siegt !* », l'Europe est victorieuse. C'était écrit en allemand : le seul avenir ouvert aux peuples non germanisés était la soumission.

Face à cette Europe-là, une autre renaît : de l'exil de Londres, le Belge Spaak, le Norvégien Halvard Lange, d'autres encore, insistent sur la nécessité, après la libération, d'unir les pays d'Europe s'ils veulent échapper à une nouvelle catastrophe. De Gaulle lui-même déclare à la BBC, le 8 novembre 1942 : « La France (...) souhaite, désormais, tout faire pour qu'en Europe ceux dont les intérêts, le souci de leur défense et les besoins de leur développement sont conjugués avec les siens se lient à elle comme elle-même à eux, d'une manière pratique et durable[10]. »

***

C'est à Churchill, tout auréolé du prestige de la victoire, qu'il appartiendra de relancer à Zurich, en septembre 1946, le mot d'ordre des États-Unis d'Europe. Il est alors dans l'opposition et n'engage que lui. Mais, de même que lorsqu'il a appelé quelques mois plus tôt, à Fulton, dans le Missouri, les deux grands peuples de langue anglaise à s'unir pour s'opposer à la progression du communisme, personne n'ignore qu'il est en totale communion de pensée avec le président Truman.

On tombe là sur une particularité américaine. Rome et, dans sa lignée, tous les empires ont fait leur règle du « diviser pour régner », quitte à semer ainsi les germes des guerres de l'avenir. Mais les États-Unis sont si pénétrés de leur supériorité morale, si persuadés d'agir en conformité avec l'intérêt général qu'ils ne demandent qu'à voir les autres suivre leur exemple en s'unissant eux aussi.

Ce n'est pas nouveau. Washington s'est exprimé là-dessus dans une lettre à La Fayette où, ce qui est souvent le cas, la candeur fait bon ménage avec la présomption : « Je suis citoyen de la grande République de l'Humanité. Je vois le genre humain uni comme une grande famille par des liens fraternels. Nous avons jeté une semence de liberté et d'union qui germera peu à peu dans toute la terre. Un jour, sur le modèle des États-Unis d'Amérique, se constitueront des États-Unis d'Europe. Les États-Unis seront le législateur de toutes les nationalités[11]. » Charles Wilson, qui de président de General Motors devint secrétaire à la Défense, dira pratiquement la même chose : « Ce qui est bon pour General Motors est bon pour les États-Unis, et ce qui est bon pour les États-Unis est bon pour le monde[12]. »

L'ancien commandant suprême des armées alliées de la Deuxième Guerre mondiale, Dwight Eisenhower, n'hésite pas, lorsqu'il prend en 1951 la tête des troupes du Pacte atlantique, à faire campagne pour les États-Unis d'Europe, auxquels il voudrait voir se joindre tous les membres européens de l'alliance, plus la Suède, plus... la Yougoslavie, alors à couteaux tirés avec Staline. Cette formule, à son avis, « résoudrait immédiatement tous les difficiles et véritables problèmes d'aujourd'hui. Il en résulterait tellement d'avantages que c'est une tragédie pour l'espèce humaine qu'elle ne voie pas le jour pour l'instant[13] ». Comme devait l'écrire, bien avant de devenir secrétaire d'État, Henry Kissinger, « nous croyons que notre système marche. C'est une réaction humaine bien naturelle que de penser qu'il marcherait aussi pour d'autres peuples[14]. (...) Supposer, ajoutait-il sagement, qu'une Europe unie poursuivrait toujours une politique parallèle à celle des États-Unis et que les deux alliés auraient inévitablement les mêmes idées sur les tactiques à adopter, c'est aller à l'encontre de l'expérience historique[15]. »

L'expérience, les Américains la feront petit à petit à leurs dépens, leur enthousiasme pour la construction européenne décroissant au fur et à mesure que devenait plus évident, sur des problèmes particulièrement « sensibles » comme la culture du soja ou la construction d'un oléoduc entre l'URSS et l'Europe de l'Ouest, l'opposition d'intérêts des deux rives de l'Atlantique. Mais on n'en était pas là lorsque, en 1950, à l'instigation de Jean Monnet, de Robert Schuman, d'Adenauer, de Spaak et d'Alcide De Gasperi, la France, la RFA, l'Italie et le Benelux lancèrent, avec la bénédiction de Washington, la Communauté européenne du charbon et de l'acier.

Tout les y poussait : l'épuisement de pays las de se faire la guerre et qui voyaient dans la mise en commun des ressources nécessaires à sa préparation le meilleur moyen de la rendre impossible ; la crainte d'une offensive combinée de l'URSS et des partis communistes occidentaux, alors très puissants ; le désir, aussi, de rétablir un pont entre deux superpuissances engagées dans une lutte à mort pour l'hégémonie mondiale.

Les juristes et les hommes d'affaires étaient plus nombreux que les historiens dans l'équipe qui avait pris en charge la construction européenne. Nombre d'entre eux mesuraient mal la contradiction de base entre des pays comme la RFA, l'Italie ou la Belgique, dont l'unité nationale n'avait pas cent ans, et des nations à forte identité comme la France et la Grande-Bretagne, qui existaient depuis le Moyen Age. Ils sous-estimaient également la différence fondamentale entre les Européens qui avaient émigré aux États-Unis et leurs familles restées en Europe : les premiers avaient adhéré, en même temps qu'à une idéologie, à une patrie nouvelle. Si les autres étaient restés chez eux, n'était-ce pas en grande partie en raison de leur attachement aux traditions et aux particularismes du Vieux Monde ?

La guerre de Corée, dans la mesure où elle poussa les Américains à imposer à leurs alliés européens, contrairement à leurs engagements répétés, le réarmement de l'Allemagne, eut sur le processus communautaire un effet d'accélération, bientôt suivi d'un coup de frein. De ce mal qui était la remilitarisation de l'ennemi d'hier, on s'imagina d'abord pouvoir faire sortir un bien. Non seulement les institutions de la Communauté européenne de défense, inventée pour l'encadrer, impliquaient une délégation de souveraineté plus marquée que celles du pool charbon-acier, mais on s'avisa d'utiliser un article du traité — non encore ratifié — qui devait l'instituer pour préparer une constituante européenne.

Le bébé, comme on sait, devait être rejeté avec l'eau du bain. De de Gaulle aux communistes, en passant par Édouard Herriot et le comte de Paris, ce fut à qui dirait le plus de mal de cette étrange armée « européenne » dont le commandant en chef devait être américain. Le jour d'août 1954 où l'Assemblée nationale décida de refuser la ratification du traité marqua la fin d'une époque.

La relance de la construction européenne, en 1957, par le canal de la CEE et de l'Euratom — Communauté européenne de l'énergie atomique — est le fruit d'une stratégie de repli. L'approche *politique* directe ayant échoué, on veut espérer que la pratique de l'union *économique* ramènera un jour à l'union politique. De Gaulle, revenu au pouvoir en 1958, se rallie au Marché commun, que les Britanniques s'emploient par tous les moyens à torpiller avant de se résigner, en 1962, à poser leur candidature, sous la pression de John Kennedy, désireux de faire aboutir son projet d'alliance atlantique « à deux piliers », américain et européen. Par deux fois, le Général met son veto, rendant la monnaie de leur pièce à ses partenaires du Benelux qui, pressés par Londres, avaient refusé de le suivre en 1960-1962 lorsqu'il avait lancé, avec le plan Fouchet, un premier projet d'Europe confédérale.

C'est seulement après sa mort que le ralliement de Georges Pompidou, désireux d'équilibrer la puissance d'une Allemagne dont la réunification lui paraissait inévitable, permettra l'adhésion de la Grande-Bretagne et, avec elle, du Danemark et de l'Irlande. Plus question de parler de supranationalité ou de fédéralisme : le royaume a beau avoir alors à sa tête, en la personne d'Edward Heath, le plus européen de ses sujets, il ne viendrait à l'idée d'aucun d'entre eux de renoncer à ne serait-ce qu'un pouce de leur souveraineté nationale.

Ce n'est évidemment pas l'avènement, en 1980, de Margaret Thatcher qui va infléchir la politique du royaume dans un sens communautaire. Pendant dix ans, la Dame de fer mettra une témérité et une ténacité sans égales au service de la grandeur d'Albion. Elle s'en tient au mémorable avertissement de Churchill à de Gaulle à la veille du débarquement de Normandie : « Sachez-le, chaque fois qu'il nous faudra choisir entre l'Europe et le grand large, nous serons toujours pour le grand large[16]. » Aussi bien le projet d'union politique et monétaire que les Neuf s'étaient engagés en 1972, Pompidou et Heath *regnante*, à mettre en place dès 1980 va-t-il céder la place à un « europessimisme » généralisé. Un des plus hauts fonctionnaires de la CEE n'hésite pas à parler d'elle, en privé, comme d'une « baleine échouée ».

***

Cette Europe mal assurée d'elle-même n'en continue pas moins, à l'extérieur, d'intéresser et de séduire, tant est grand le sentiment qu'à notre époque un pays isolé est un pays perdu. Elle ouvre ses portes à la Grèce, puis à l'Espagne et au Portugal, trop heureux tous trois d'y trouver l'appui nécessaire à consolider une démocratie encore fragile. La Turquie et même Israël et le Maroc posent leur candidature. Aujourd'hui, la liste est longue : l'Autriche, qui n'a plus à craindre le veto de Moscou, Chypre, Malte, la Suède ont déposé formellement des demandes d'adhésion. La Pologne, la Tchécoslovaquie et la Hongrie ne cachent pas leur intention d'en faire autant. La Norvège, la Finlande et jusqu'à la Suisse y songent elles aussi.

Plus une communauté s'étend, moins sa cohésion est évidente. C'est peut-être parce qu'ils en sont convaincus que les Douze ont adopté, le 17 décembre 1985, un document curieusement baptisé « Acte unique européen » pour tenir compte, paraît-il, d'objections danoises. Son objet : faire en sorte que mérite enfin son nom, à partir du 31 décembre 1992, ce « marché commun » qui, si l'on s'en était tenu au traité de Rome de 1957, devrait exister depuis seize ans déjà.

Il en aurait fallu davantage, à l'époque, pour venir à bout du scepticisme ambiant. La Commission des Communautés avait elle-même relevé dans le livre blanc préparé pour la négociation de l'Acte unique que « l'élan s'était perdu, autant par manque de confiance et de perspective que sous l'effet de la récession[17] ». Le fait est cependant que la reprise économique aidant, la perspective du grand marché de 1993 a eu comme un effet d'aiguillon

Devenu président de la Commission et confirmé par la suite à ce poste, Jacques Delors, qui se pose en héritier et en continuateur de Jean Monnet, y a apporté sa conviction, son dynamisme et sa légendaire opiniâtreté. La réunification de l'Allemagne a fait le reste. Devant la rapidité de l'absorption de la RDA par sa grande sœur fédérale, les Douze, réunis à la fin juin 1990 à Dublin, se sont entendus pour passer la vitesse supérieure.

L'accord intervenu ne portait pourtant que sur la procédure, deux conférences distinctes devant mettre au point dans les six mois les traités destinés à donner naissance, d'une part à l'union économique et monétaire, d'autre part à une union politique aux contours encore bien incertains.

La mise à l'écart, en octobre suivant, de Margaret Thatcher allait faciliter les choses, dans la mesure où son successeur, John Major, paraît éprouver autant de satisfaction à plaire qu'elle à déplaire. Des progrès sensibles ont été réalisés sur le plan de la monnaie commune, même si Londres continue de s'opposer à ce qu'elle soit « unique ». Une banque a été créée pour venir en aide aux pays de l'Est. En attendant le jour où la CEE disposera d'un institut d'émission commun, il est prévu de créer un « système européen de banques centrales » (SEBC). La grande majorité des trois cents « directives européennes » préparées par la

Commission pour la mise en œuvre du marché unique ont maintenant été approuvées par le Parlement de Strasbourg — qui verra ses pouvoirs accrus — et par les Parlements intéressés. Le nombre de cas dans lesquels le Conseil des ministres de la Communauté se prononce à la majorité qualifiée a été étendu.

L'idée est maintenant admise, à l'initiative de la France et de l'Allemagne, que la Communauté doit jouer un rôle non seulement en politique étrangère, mais en matière de défense et de sécurité. La guerre du Golfe n'en a pas moins mis cruellement en évidence les contradictions qui continuent d'empêcher l'Europe de jouer, dans les affaires mondiales, un rôle à la mesure de son histoire et de ses moyens. Seules la Grande-Bretagne et la France ont apporté une contribution militaire importante, celle de l'Italie étant surtout symbolique, et la République fédérale invoquant sa Constitution pour refuser toute idée d'engager des combattants hors de la zone couverte par le Pacte atlantique.

Faut-il déplorer le comportement de l'Allemagne ? Que doit-on redouter le plus de sa part ? Un excès de pacifisme ou un retour au militarisme ? Les Américains, quant à eux, n'ont pas hésité. Ils n'ont pas les mêmes souvenirs que les peuples des pays jadis occupés, et beaucoup, de surcroît, ont du sang allemand : agacés par le refus de Bonn d'envoyer des troupes dans le Golfe, ils n'ont pas perdu de temps pour en tirer la conclusion. Tout au long du conflit, ils se sont appuyés essentiellement sur la Grande-Bretagne et sur la France. Moyennant quoi la conférence sur le Proche-Orient à laquelle a tant travaillé James Baker devrait réunir les États de la région sous le « copatronage » de Washington et de Moscou, la CEE n'étant représentée que par une délégation unique.

On retiendra comme particulièrement symbolique de cet état de choses l'absence de toute référence à l'Europe dans le discours que François Mitterrand a prononcé le 3 mars 1991, à la télévision, sur la fin de la guerre du Golfe. Venant d'un homme qui avait obtenu de haute lutte, à l'automne, en plein accord avec Helmut Kohl, l'accélération des deux négociations sur l'union économique et l'union politique, et qui voulait étendre à la défense et à la sécurité les compétences de la Communauté, l'omission était surprenante. Mais, comme allait le déclarer quelques jours plus tard Roland Dumas, « on ne pouvait pas demander à l'Europe ce qu'elle ne pouvait pas donner. Elle est dépourvue de pouvoirs dans le domaine de la politique internationale et de moyens propres de défense et de sécurité. Grâce au Golfe, nous sommes confrontés aux réalités : que veut-on faire de l'Europe[18] ? ».

Bonne question, même s'il est ahurissant qu'on en soit encore à la poser quarante ans après le plan Schuman. Mais le fait est, malheureusement, qu'on est singulièrement loin d'une réponse unanime. Mieux, ou pis : il s'en faut que chacun des pays membres de la CEE ait une idée bien nette de l'Europe de ses rêves. Il n'est que de voir à quel point le vocabulaire des uns et des autres varie au gré des circonstances.

Le plus constant est Helmut Kohl, qui ne perd pas une occasion de se poser en héritier d'Adenauer. Aux tout débuts de la construction européenne, alors que la guerre froide battait son plein et qu'il n'était question que de « contenir » l'Union soviétique, Robert Schuman ne cachait pas que l'un des objectifs essentiels de sa politique d'intégration européenne était de « contenir » également l'Allemagne. Née quelques mois auparavant sur l'un des plus vastes champs de ruines de l'Histoire, la République fédérale était à l'époque une mendigote à peine sortie du coma. Si déjà il fallait se préoccuper de la « contenir », combien plus cette nécessité devrait-elle s'imposer maintenant qu'elle a couronné son triomphe économique par l'annexion sans coup férir de la RDA !

Ce triomphe, jusqu'à présent, n'a pas tourné la tête à Helmut Kohl, qui cherche à rassurer ses voisins en multipliant les appels à « lier » son pays, à lui donner un « chapeau européen ». D'où la relance de la formule des États-Unis d'Europe, pour l'avènement desquels Jean Monnet avait créé un « comité d'action » réunissant, de Giscard à Willy Brandt et à Edward Heath, de nombreux hommes politiques de cette partie du monde.

François Mitterrand, bien qu'européen de longue date, n'a jamais adhéré à ce comité et n'a jamais, à notre connaissance, malgré sa sympathie pour les hommes de 1848, employé l'expression d'« États-Unis d'Europe » ; sans doute souhaitait-il dépasser la désastreuse controverse théologique qui avait opposé, sous la IVe République, « maximalistes » et « minimalistes ». Il a apparemment changé d'avis, puisque à Dublin, en juin 1990, il a pour la première fois parlé de la « finalité fédérale[19] » de l'union politique, retrouvant ainsi ce qui avait indubitablement été l'ambition première de la Communauté.

La perspective de la réunion des Allemagnes, à laquelle il croyait d'autant moins que, manifestement, il ne la souhaitait pas, y est probablement pour quelque chose. Après avoir compté sur Gorbatchev pour au moins la ralentir, il lui a bien fallu admettre que les choses étant désormais ce qu'elles sont, la seule politique encore ouverte à la France, si elle veut éviter une Europe allemande, était d'appuyer les efforts de tous ceux qui, le chancelier et son ami Delors en tête, se battent pour une Allemagne européenne : une Allemagne qui aurait suffisamment limité sa souveraineté pour que le risque de la voir dominer le continent soit réduit au minimum concevable.

La « confédération » dont de Gaulle, Pompidou et Giscard

ont parlé par intervalles, depuis la lointaine époque du « plan Fouchet » d'union politique lancé en 1962 par le Général, n'est sûrement pas assez contraignante pour y suffire. Monnet disait à juste titre qu'il n'y a jamais eu que deux sortes de confédérations : celles qui se sont transformées en fédérations (cas des États-Unis, et, bien qu'elle n'ait pas changé son titre, de la Suisse) et celles qui ont échoué.

L'histoire de l'Europe communautaire montre qu'il n'est pas nécessairement irréaliste de miser sur la première des deux évolutions ainsi envisagées. Car, à bien des égards, c'est celle d'une confédération qui, avec le vote à la majorité qualifiée, au Conseil des ministres, pour nombre de questions importantes, avec la prééminence du droit européen sur les droits nationaux, présente déjà de nombreux traits fédéralistes. Un texte récent de la Commission n'hésite d'ailleurs pas à proposer la formule « dans le respect de la personnalité des États qu'elle *fédère*, la Communauté a pour mission[20]... ». Mais, en même temps, il faut bien voir que ce qui est habituellement du ressort des institutions fédérales n'est pas le moins du monde fédéralisé dans l'Europe des Douze : elle n'a pas de chef d'État commun, pas de diplomatie, pas d'armée, pas encore de banque d'émission ni véritablement de monnaie commune...

Mais ce problème institutionnel est-il si important qu'on veut bien le dire ? Les institutions ont ceci de commun avec les traités qu'elles expriment une réalité, qu'elles aident à la borner et donc à la fortifier, mais qu'elles sont impuissantes, la plupart du temps, à la créer.

Le contexte économique a évolué dans un sens qui, après avoir vigoureusement favorisé la croissance de l'Europe pendant les Trente Glorieuses, s'est retourné ensuite contre elle. Le prodigieux développement des moyens de communication a fait éclater l'espace européen : le marché se mondialise de plus en plus, et son centre de gravité se déplace vers le Pacifique. La complémentarité d'un Nord industrialisé et d'un Sud agricole sur laquelle on tablait au départ est devenue chaque jour moins évidente au sein de la CEE. Le chômage, l'inflation, l'endettement, le déséquilibre du commerce extérieur, l'instabilité du dollar et du prix du pétrole alimentent dans chaque pays, y compris chez les plus favorables à la fédération européenne, des réflexes d'égoïsme sacré, et l'Allemagne donne tout naturellement la priorité à l'absorption de ses provinces de l'Est.

Beaucoup de facteurs, pour ne pas parler du déclin démographique, qui est sans doute capital, jouent donc contre l'Europe. Mais c'est souvent lorsque les sociétés prennent conscience de l'ampleur des menaces qui pèsent sur elles qu'elles y trouvent des parades. Or le problème qui lui est posé n'est plus seulement celui de son avenir, mais de sa survie, à la fois comme civilisation et comme centre de décision politique. C'est très gentil de s'acheminer à pas comptés vers un marché unique en 1993 : mais qui contrôlera vraiment, à cette date, dans nos pays, les grands groupes financiers et industriels ? Comment sera défendu, et contre qui, ce « petit cap du continent asiatique[21] » à quoi nous réduisait Valéry ? Que faire vis-à-vis de l'endettement du tiers monde ? De l'URSS ? Des pays de l'Est ? Du baril de poudre yougoslave ?

Tout pouvoir, toute entreprise digne de ce nom a une stratégie. L'Europe, dans ce monde de grands fauves, donne l'impression de n'en avoir aucune. Ce n'est pas parce qu'elle adopterait une énième résolution sur la nécessité de s'unir ou une modification des pouvoirs de tel ou tel organisme que quoi que ce soit s'en trouverait changé. Ce qu'il faut, c'est définir un programme d'action autour duquel mobiliser des peuples qui sentent tout à la fois et de plus en plus le besoin de s'unir et celui de préserver cette diversité sans laquelle l'Europe perdrait son sel.

Ce programme n'a de sens que s'il est compris par les opinions : car s'il n'obtient pas leur adhésion, il demeurera lettre morte. Cette constatation devrait suffire à prohiber les subtilités dont s'enchantent les diplomates sans qu'elles aient jamais réussi à résoudre une question de fond. Ses têtes de chapitre ne sont pas difficiles à imaginer :

a) Les pays de l'Est : disparus le pacte de Varsovie et le Comecon, ils cherchent désespérément la main qui les aidera à sortir du sous-développement auquel les ont conduits quarante ans de « socialisme réel ». Le sommet de la CSCE, en novembre 1990, à Paris, a reconnu la nécessité de leur procurer une structure d'accueil. Reste à en préciser la nature.

François Mitterrand avait alors proposé une formule de confédération à l'échelle du continent. L'idée avait été, croyait-on, bien reçue. Mais lorsque, en mai 1991, une table ronde s'est réunie à Prague, à son initiative et à celle de Vaclav Havel, pour la creuser, la délégation française a provoqué un drame en diffusant un badge représentant l'Europe de Brest à Vladivostok. De même que le seul mot de « socialisme » donne à la plupart de leurs concitoyens des boutons, les représentants de l'Est libéré ne voulaient pas entendre parler d'une Europe dans laquelle les États-Unis, pour lesquels ils éprouvent une admiration éperdue, ne seraient pas là pour équilibrer une URSS dont ils avaient gardé un trop mauvais souvenir pour ne pas continuer à se méfier d'elle. S'il devait y avoir une Europe sans l'Amérique, qu'alors l'URSS n'en fasse pas partie. La meilleure solution à leurs yeux serait que la CEE les admette le plus vite possible, et ils ne comprennent pas trop les réticences manifestes de la France et de plusieurs autres pays membres.

Un Rio Grande comparable à celui qui, avec les États-Unis et le Mexique, sépare deux mondes, a beau s'être substitué au milieu de l'Europe, selon la forte expression du député travailliste britannique John Gilbert, au rideau de fer, le fait est qu'aucun continent ne présente, sur le plan de la géographie, de l'histoire, de la culture, autant d'homogénéité. Ce serait prendre une lourde responsabilité que de claquer la porte au nez des orphelins du communisme.

Très vite, de toute manière, le glissement de la Yougoslavie vers la guerre civile a mis la Communauté devant ses responsabilités. C'est à elle que les héritiers de Tito ont demandé d'arbitrer leur dramatique querelle, voire de leur fournir les gendarmes, imités des casques bleus de l'ONU, nécessaires pour séparer les combattants. Formidable occasion pour une Europe qui serait déterminée, comme l'Italie du Risorgimento, à *far da se*, à agir par elle-même, de s'affirmer ainsi sur la scène internationale. A défaut, il faut s'attendre à voir la « Communauté euroatlantique s'étendre de Vancouver à Vladivostok[22] » : c'est en tout cas le programme exprimé par James Baker devant l'Aspen Institute de Berlin en juin 1991. Tout ce que son collègue soviétique du moment, Alexandre Bessmertnykh, a trouvé à en dire, c'est que le maintien de l'Alliance atlantique serait peut-être, à terme, « superflu[23] ».

b) La défense : Bessmertnykh a levé ainsi, bien discrètement, un lièvre que personne, manifestement, n'a envie de voir détaler. Au delà des débats euro- et technocratiques sur la défense de l'Europe, sur les rôles respectifs que devraient y jouer l'UEO et la Communauté, se trouve en effet posée une question fondamentale. Comme toutes les alliances, le Pacte atlantique a été conclu contre un ennemi commun. L'ennemi en question a beau conserver, même après les accords Start de juillet 1991, une capacité d'« *overkill* », autrement dit les moyens de faire sauter plusieurs fois la planète, il est de plus en plus difficile d'imaginer, maintenant que s'est effondré le parti qui assurait la cohésion de l'empire, une hypothèse dans laquelle il pourrait les employer. Est-il raisonnable, dans ces conditions, d'imaginer que le pacte va survivre indéfiniment à la victoire de ceux qu'il a rassemblés ? Ce serait aller contre toutes les leçons de l'Histoire. Dès à présent, d'ailleurs, les États-Unis ne manifestent pas la moindre intention de ramener sur le continent les unités et le matériel considérable qu'ils en avaient retirés pour les expédier dans le Golfe. Ils annoncent pour 1995 la fermeture du tiers de leurs mille six cents bases à l'étranger, et la réduction de moitié — de 300 000 à 150 000 hommes — de leurs effectifs en Europe.

De toute façon, la spectaculaire montée en puissance des vaincus de la dernière guerre, face à des empires fatigué pour l'un, ruiné pour l'autre, par la course aux armements, relativise le poids, dans la compétition internationale, de la composante militaire. Cette constatation a toutes chances de se répercuter de plus en plus sur les opinions, et donc de limiter ce qu'on peut attendre d'une reconversion de l'OTAN en force de garantie de l'équilibre européen. Tôt ou tard, les problèmes de sécurité devront être abordés dans un cadre continental.

La force militaire a été trop souvent dans le passé mise au service d'ambitions, notamment économiques, *nationales*. L'un des avantages du grand marché de 1993 devrait être précisément de dénationaliser ces enjeux et d'établir entre les acteurs européens de la compétition de plus en plus de relations de partenariat, réduisant ainsi singulièrement le champ de la rivalité entre États. L'union monétaire va bien entendu dans le même sens. Le progrès technologique fera le reste : comme l'a remarqué Jean-René Fourtou, le président de Rhône-Poulenc, la lutte pour les matières premières, qui, selon l'explication classique de Lénine, constitue la base même de l'impérialisme, n'a plus guère de raison d'être dès lors que les producteurs doivent écouler leurs produits et qu'on est capable de fabriquer très vite, en cas de pénurie, des produits de substitution.

c) Une réflexion sur ce que pourra être à l'avenir la défense du continent s'impose donc : elle implique à l'évidence qu'on s'entende clairement sur *la place que l'Allemagne est appelée à y tenir.*

Notes

1. Voltaire, *Le Siècle de Louis XIV*, chap. II.
2. Victor Hugo, *Œuvres complètes, Actes et Paroles*, Hetzel et Quentin, 1882, t. I, pp. 425-427.
3. Ernest Renan, « Deuxième lettre à M. Strauss », *in La Réforme intellectuelle et morale*, Calmann-Lévy, s.d., p. 197.
4. Ernest Renan, « Lettre à M. Strauss », *in ibid.*, p. 182.
5. Paul Valéry, *Regards sur le monde actuel*, Gallimard, 1945, p. 34.
6. Jean-Baptiste Duroselle, *L'Idée de l'Europe dans l'Histoire*, Denoël, 1965, p. 273.
7. *Ibid.*, p. 274.
8. *Ibid.*, p. 274.
9. *Ibid.*, p. 276.
10. Charles de Gaulle, *Discours et messages. I. Pendant la guerre*, Plon, 1970, p. 239.
11. Bernard Voyenne, *Histoire de l'idée européenne*, Payot, 1964.
12. Claude Julien, *L'Empire américain*, Grasset, 1968, p. 238.
13. Stephen E. Ambrose, « An early champion of unity », *US News*, 15 octobre 1990.
14. Henry A. Kissinger, *Les Malentendus transatlantiques*, Denoël, 1965, pp. 48-49.
15. *Ibid.*, pp. 54-55.
16. Charles de Gaulle, *Mémoires de guerre, op. cit., II. L'Unité*, Plon, 1954, p. 224.
17. *Le Monde*, 25 mars 1987.
18. Interview au *Monde*, 12 mars 1991.
19. *Le Monde*, 27 juin 1990.
20. Cité par Paul Fabra, « Amender ou surcharger le traité de Rome », *Le Monde*, 26 mars 1991.

21. Paul Valéry, « Essais quasi politiques », *in Variété, Œuvres*, Bibliothèque de la Pléiade, 1965, I, p. 995.

22. John Gilbert, « Europe's Rio Grande », *CEO International Strategies*, mai-juin 1991.

23. *Le Monde*, 20 juin 1991.

CHAPITRE XVI

Le droit de l'Allemand

L'Allemand a droit comme tout le monde à une patrie ; pas plus que personne il n'a droit à la domination.

Ernest Renan,
La Guerre entre la France et l'Allemagne[1].

Il y a quelques années, tout le monde redoutait la « dérive neutraliste » de nos voisins d'outre-Rhin. A l'automne 1990, *Le Figaro* a publié un sondage d'où il résultait que la majorité des Français s'attendaient à les voir dominer le continent. On reproche souvent aux militaires d'être en retard d'une guerre : puisse l'Europe — et notamment la France — ne pas une fois de plus se tromper d'Allemagne.

Il est vrai que l'appétit vient en mangeant. Que Kohl n'a pas trop demandé l'avis de ses alliés occidentaux tout au long du processus qui allait conduire, en trois temps et quatre mouvements, à la réunification de son pays. Qu'il aurait pu manifester un peu plus d'empressement à confirmer la validité de la frontière Oder-Neisse. Que bien des

Français engagés dans des négociations avec des Allemands ont soudain senti chez eux, au moment de la réunification, comme une bouffée d'arrogance.

Ce n'était pas la première fois. L'ancien ministre des Affaires étrangères Gerhard Schroeder se demandait aimablement, dans les années soixante, quand les Français « cesseraient de vouloir voyager en première avec un billet de seconde[2] ». François Seydoux, ambassadeur à Bonn lorsque, à l'automne 1968, le ministre des Finances Karl Schiller refusa la réévaluation du mark réclamée par Paris pour faire face aux fâcheuses conséquences financières des journées de mai, écrit dans ses Mémoires : « Les Germains bombaient le torse, ils se libéraient de l'amertume accumulée pendant des années. On nous traita sans miséricorde. Voilà à quoi menait la politique de la grandeur : la République fédérale se substituait à la France et s'emparait en Europe occidentale de la direction[3]. »

La RFA n'était pourtant à l'époque qu'un pays amputé d'une bonne partie de son territoire traditionnel et de sa population, tenu à l'écart des Nations unies, soumis à la tutelle politique des quatre vainqueurs de 1945 et dépendant étroitement pour sa sécurité du protecteur américain. Le nombre de ses habitants, sa superficie faisaient qu'elle jouait, sur le plan économique, dans la même division que la France, le Royaume-Uni ou l'Italie.

Les choses se seraient sans doute passées différemment si elle avait pu, en 1945, sauvegarder son unité. Est-ce à dire que maintenant que celle-ci est rétablie tout peut être remis en cause ? Notre confrère Ernest Weisenfeld a raison de poser la question[4]. Il faut cependant se méfier du parallèle que certains sont tentés d'établir entre l'Allemagne d'aujourd'hui et celle d'hier ou d'avant-hier. Outre que, jusqu'à Hitler, les Allemands ne se sont pas montrés sensiblement plus nationalistes ou conquérants que la plupart des autres peuples d'Europe, le pays qui vient de récupérer sans un coup de fusil ses frères séparés de l'Est est bien différent de celui qui avait mis le Führer à sa tête.

L'Allemagne des années trente était fondamentalement frustrée. Elle n'avait jamais accepté sa défaite de 1918. L'occupation de la Ruhr, la valse-hésitation de la France entre la politique de Poincaré, qui ne croyait qu'à la force, et celle de Briand, qui prêchait la réconciliation, enfin et surtout la crise de 1929, avec son cortège de misère, avaient abondamment nourri la flamme de la revanche. L'aveuglement de la droite traditionnelle allemande, qui n'avait jamais pris au sérieux le « caporal autrichien », celui du parti communiste, ce « géant châtré », selon Arthur Koestler[5], qui s'est obstiné à voir dans le parti social-démocrate l'ennemi principal, ont fait le reste.

Avant même sa réunification, l'Allemagne d'aujourd'hui était, malgré sa fantastique défaite de 1945, une Allemagne fondamentalement repue. Elle n'a jamais été aussi peu romantique, aussi peu militariste. Elle ne veut à aucun prix d'armes nucléaires. Elle n'a pas envisagé une seconde de participer autrement que financièrement à la guerre du Golfe. Elle est l'un des pays le plus démocratiques du continent ; celui, en tout cas, où le respect de la loi est, grâce à la cour constitutionnelle de Karlsruhe, le mieux assuré.

De toutes les nations du monde, elle est celle qui fait le moins d'enfants, au point qu'un démographe lui a promis, si les courbes ne se redressent pas, de n'avoir plus en l'an 3000 que... trente mille habitants ! Encore que, depuis lors, l'apport de la population de la RDA et de très nombreux *Volksdeutsche* — ressortissants d'origine allemande de l'URSS et des pays de l'Est — ait un peu modifié les perspectives. En tout cas, lorsque des instituts de sondage demandent aux « héritiers de Goethe et d'Auschwitz[6] » de quel pays ils aimeraient être des citoyens s'ils n'étaient pas allemands, ils mettent largement en tête la Suisse et la Suède, lesquelles ont en commun le civisme, certes, mais plus encore la neutralité et le confort : le souvenir des années d'épreuves est encore trop proche pour que la grande majorité des Allemands ne sacrifient pas allègrement aux plaisirs de la société de consommation. Ce qu'ils demandent d'abord, c'est qu'on ne dérange pas leur digestion, surtout maintenant qu'il leur faut avaler la potion de réunification.

Celle-ci, on l'a déjà dit, n'est pas le résultat d'un mouvement d'opinion en RFA. Comme l'a déclaré Helmut Kohl lors de son passage à « L'heure de vérité » : « Ce n'est pas nous qui avons engendré ces événements. Ce sont nos compatriotes, les Allemands de la RDA, qui, avec leurs voix, les personnes, les hommes et les femmes, ont renversé ce régime stalinien[7]. »

Pour faire accepter par l'électorat de l'Ouest ce qui se résume en fin de compte à une annexion pure et simple, à une absorption de la RDA par sa grande sœur, le chancelier avait dû promettre solennellement de ne pas augmenter les impôts. Mais il avait sous-estimé le coût de l'opération et il lui a fallu, au printemps 1991, revenir sur cet engagement, en majorant du même coup le prix des carburants. Résultat : 59 % des habitants de la RFA consultés par un institut de sondage se sont déclarés « trahis » et les scrutins qui se sont déroulés depuis lors, y compris dans son propre Land de Rhénanie-Westphalie, lui ont été dans l'ensemble très défavorables. Alors que les populations de l'Est, un an plus tôt, l'acclamaient frénétiquement, il a été accueilli à Halle, près de Leipzig, à coups d'œufs pourris. « En 1990, il faisait tout bien ; en 1991, il a fait tout mal », a pu dire le politologue allemand Arnulf Baring[8].

Le coup d'audace de Kohl, qui, pour séduire l'électorat de l'Est, avait décidé d'échanger à la parité, contre les marks occidentaux, la monnaie de singe de la RDA, s'est retourné contre lui. Dieu sait si tant les sociaux-démocrates que le président de la Bundesbank, Karl-Otto Poehl, l'avaient mis en garde. Ce dernier triomphe aujourd'hui : il a démissionné en déclarant que l'union monétaire avait été « réalisée sans préparation et au mauvais taux de change » et que « le résultat avait été un désastre[9] ». La presse a relayé le gouverneur : *Newsweek* n'a pas hésité à parler de « l'épidémie de fureur et d'angoisse qui sévissait à l'Est[10] » ; son concurrent *Time*, d'un « pays de désespoir » où le passage au capitalisme « tourne à la débâcle[11] ».

Les faits sont là : dans les six mois qui ont suivi la réunification, la production industrielle a diminué de plus de moitié à l'Est. Le PNB de l'ex-RDA, où vivent un gros quart des Allemands, ne représente que 8,3 % de celui de l'ensemble. Le chômage, accru par la nécessité de supprimer des dizaines de milliers d'emplois inutiles, atteint des proportions dramatiques : 30 % pour l'ensemble, 50 % dans certains secteurs, comme le bâtiment en Saxe et les entreprises de Berlin-Est.

La déception est grande chez les ex-sujets d'Erich Honecker, qui s'attendaient à voir leurs conditions de vie rattraper rapidement celles de la RFA. Non seulement ils doivent affronter une société moins protectrice, avec des retraites plus aléatoires, l'IVG pratiquée avec plus de parcimonie, des exigences de productivité infiniment supérieures, mais, pour acheter — au même prix qu'à l'Ouest, bien sûr — les articles dont ils rêvent, les ressources dont ils disposent sont infiniment moindres : les salaires de l'Est n'étaient-ils pas au départ de l'ordre du tiers ou du quart de ceux de l'Ouest ?

Il était aussi difficile de faire accepter par les citoyens de l'ex-RDA cet énorme écart que pour ceux des Länder occidentaux l'idée d'une diminution de leurs propres rémunérations, bien que celles-ci soient à l'heure actuelle les plus élevées du monde : le coût salarial horaire moyen se situait pour la RFA, en 1990, à 129 francs, contre 87 à la France et 82 aux États-Unis.

Ce qui devait arriver est arrivé : d'une part, l'exode des jeunes et des travailleurs qualifiés vers l'Ouest a repris, au rythme de 10 000 à 20 000 par mois, au point que, dans certaines régions industrielles, la population n'est plus composée, pour l'essentiel, que de retraités. D'autre part, les salaires de l'Est ont grimpé à toute vitesse, pour atteindre à présent entre 65 et 75 % du niveau de ceux de l'Ouest. Inutile de dire que ce n'était pas le meilleur moyen d'accroître la rentabilité des usines de l'Est ni d'encourager les détenteurs de capitaux à se porter acheteurs : d'autant plus que l'on n'en finit pas d'examiner les dossiers des anciens propriétaires évincés auxquels la loi reconnaît le droit de récupérer leur bien.

Pour mettre en vente les entreprises publiques de l'ex-RDA, le gouvernement fédéral a créé un organisme spécialisé, le Treuhand-Anstalt. Son existence a paru aux forces de la Fraction armée rouge constituer une telle provocation qu'ils n'ont pas hésité à assassiner son président. Mais la difficulté de trouver des acquéreurs a amené le Treuhand à prendre lui-même en main la gestion de celles de ces firmes dont le maintien en activité paraît raisonnable, ainsi que des deux tiers des terres agricoles. Compte tenu de la vétusté des équipements et de structures à remanier de fond en comble, il ne peut mener sa tâche à bien que s'il dispose d'énormes capitaux. A quoi s'ajoute la nécessité de rénover des infrastructures, notamment ferroviaires et routières, à l'abandon, et de protéger un environnement urbain, forestier et fluvial que l'impéritie du régime communiste a gravement endommagé. Montant total de l'addition, selon l'estimation courante : un trillion de marks (1 DM = 3,40 F) au cours de la décennie.

Rien d'étonnant, dans ces conditions, si le déficit budgétaire et la dette publique s'accroissent dans des proportions alarmantes, obligeant le gouvernement fédéral à emprunter à l'étranger. L'OCDE s'attend pour 1991 et 1992 à une poussée inflationniste de l'ordre de 4 %, sans précédent depuis trente ans, et la Bundesbank maintient, pour essayer de la contenir, des taux d'intérêt élevés. Pierre Bérégovoy le déplore, dans la mesure où la reprise économique en France a toutes chances de s'en trouver retardée. Mais enfin, il faut bien voir que si notre pays a réussi pour la première fois à renverser l'écart d'inflation avec la RFA, si son commerce extérieur s'est nettement redressé en 1991, c'est essentiellement du fait de la réunification, les besoins de consommation des populations de l'Est ayant entraîné une hausse considérable de la demande.

***

Le légendaire excédent commercial allemand s'est transformé pour la première fois, en juin 1991, en net déficit. Le prix économique et financier de la réunification est donc très supérieur à ce que l'on imaginait. Son poids moral et politique aussi. Les relations sont maintenant très tendues entres les *Wessies*, les habitants de l'Ouest, poussés par leur *Bundesegoismus*, leur égoïsme fédéral, à rappeler qu'après tout ils ont bâti de leurs mains la prospérité de la RFA sans que personne leur vienne en aide, et les *Ossies*, ces parents pauvres de l'Est qui, selon les premiers, n'ont qu'à suivre leur exemple. Alors que les *Ossies*, purs produits, malgré tout leur anticommunisme, d'une société d'assistance, s'étonnent, après tant d'années de purgatoire imposé, de ne pas être reçus à bras ouverts au paradis. De surcroît, ils sont singulièrement peu représentés au sein des instances fédérales : plusieurs des dirigeants de Berlin-Est qui avaient négocié la réunification, à commencer par le président du Conseil Lothar de Maizière, ont en effet été mis sur la touche à la suite de révélations sur leur collaboration passée avec la police politique du régime Honecker.

Du coup, le découragement guette les populations qui avaient crié avec tant d'enthousiasme : *Deutschland einig Vaterland !* (L'Allemagne une seule patrie !). Les manifestations de rues se multiplient, un peu à l'image de celles qui avaient conduit à la chute du pouvoir rouge. La criminalité prend des proportions inquiétantes et les nostalgiques des années brunes ou rouges recommencent à trouver un terrain favorable.

Le pouvoir central parviendra-t-il à maîtriser une situation qui, pour le moment, donne le sentiment de lui échapper quelque peu ? Certains, en Allemagne comme à l'étranger, se posent la question. Les plus aveugles doivent en tout cas mesurer les répercussions désastreuses qu'aurait au centre de l'Europe un naufrage allemand. C'est le moment ou jamais, pour les Français, de prouver à leurs voisins, par des actes, la sincérité de leur discours européen.

Rien ne justifie en tout cas, concernant la situation économique et donc politique de l'Allemagne, un excessif pessimisme. Dans un monde presque partout en proie à la récession, elle demeure, avec le Japon et les quatre dragons de l'Asie du Sud-Est, une des rares locomotives de la croissance : 4,5 % en 1990, 2,8 % sans doute, à en croire l'OCDE, en 1991, contre 1,4 % seulement pour la France. Tôt ou tard, en bonne logique, l'autre risque auquel devront faire face les partenaires de l'Allemagne est donc bien celui, évoqué au début de ce chapitre, d'un excès de poids par rapport aux autres pays du continent, lui conférant les moyens nécessaires pour s'emparer, selon l'expression de Seydoux, de la « direction de l'Europe ».

Non plus, cette fois, de la seule Europe occidentale ni de

l'Europe tout court : l'écroulement de l'URSS lui laisse le champ libre à l'Est. Dès à présent, ses hommes d'affaires sont sur place pour rafler un maximum de contrats, et ses dirigeants se déclarent favorables à l'entrée des ex-démocraties populaires au sein de la CEE. Le soutien donné aux séparatismes slovène et croate a fait froncer les sourcils à Paris, où certains voient déjà se reconstituer, avec la perspective de l'entrée de l'Autriche dans la CEE, une Europe danubienne à forte résonance germanique. Il n'est pas jusqu'à l'attitude du gouvernement fédéral dans la négociation sur l'union monétaire qui ne préoccupe un Jacques Delors pourtant fort proche à bien des égards d'Helmut Kohl. Pourquoi, disent les experts allemands, attendre que les Douze se soient tous ralliés à la monnaie commune ? Mettons-la en circulation sans tarder entre ceux des États membres qui y sont disposés. Le président de la Commission redoute que les pays intéressés n'étant pas assez nombreux, ce premier niveau d'union monétaire ne ressemble fort à un bloc mark[12].

***

Exprimer ces craintes n'implique aucune espèce de procès d'intentions à l'égard de l'Allemagne en tant que telle. Ce n'est pas parce qu'elle est l'Allemagne qu'un système de garanties et de contrepoids est nécessaire ; c'est parce que l'Histoire a fait qu'elle est de beaucoup, l'URSS étant au tapis, la nation la plus riche, la plus nombreuse, la plus puissante du continent, et qu'elle est située en son centre. Sauf à penser que la patrie de Goethe, de Beethoven, de Thomas Mann et de Willy Brandt est porteuse jusqu'à la fin des temps de gènes qui la poussent à écraser les autres, elle a droit, comme les autres nations, à l'égalité de traitement. Mais c'est un fait que la puissance engendre facilement l'aspiration à la domination. Et c'en est un autre que cette sorte de vide spirituel qu'on ressent aujourd'hui en Allemagne a plus d'une fois dans le passé laissé soudain le champ libre à de grandes passions.

On n'a jamais vu cependant la méfiance ne pas engendrer la méfiance. Tout devrait donc être fait pour maintenir avec l'Allemagne unie ce miracle historique qu'aura été le mariage de raison conclu par Jean Monnet, Robert Schuman, Konrad Adenauer, et confirmé, entre autres, par de Gaulle, Helmut Schmidt, François Mitterrand et Helmut Kohl, entre deux pays qui se sont tant heurtés, même s'ils n'ont été que pendant moins d'un siècle des ennemis « héréditaires ». Et pour que l'intimité croissante des liens communautaires fasse de plus en plus apparaître comme anachroniques les rivalités proprement nationales.

Écoutons ce qu'en disaient, le 10 mars 1966, Adenauer et de Gaulle. Ce dernier venait d'expliquer à l'ex-chancelier pourquoi il ne pouvait pas « accepter, en France, une intégration sous commandement américain ». Adenauer répliqua : « J'ai à vous exprimer un désir. C'est que, sous la direction de la France, l'Europe se crée. C'est mon désir le plus cher. Alors seulement les relations avec les États-Unis seraient différentes. (...) Vous devez rester le chef de l'Europe et je ne dis pas cela par flatterie ; c'est ma conviction la plus profonde. »

Le Général prit alors la parole : « Je remercie le chancelier. Je suis très touché par ses paroles, mais je ne me fais pas d'illusions. La France existe, elle repousse. L'Allemagne aussi. Mais la France n'a plus les moyens d'exercer la conduite de l'Europe. Vous non plus. Mais ensemble, nous pouvons le faire. Nous devons marcher la main dans la main. (...) Il y a le fait que vous soyez coupés en deux par les Soviets. C'est un cas particulier, mais il faut qu'un jour cela finisse. L'Europe libre ne pourra s'organiser qu'après un accord profond entre nos deux pays. (...) Il faut toujours revenir à ce point de départ, ou alors se résigner à ce que l'Europe ne se fasse pas[13]. »

Les deux grands vieillards sont morts depuis longtemps, mais, en décembre 1989 encore, l'ex-chancelier Helmut Schmidt, qui ne s'est pas fait faute de souvent les critiquer, tenait dans le *Zeit* des propos voisins. « Aucun Anglais, écrivait-il, ne peut lier 77 millions d'Allemands, ni aucun président américain de Géorgie ou de Californie [allusion à Jimmy Carter et à Ronald Reagan, avec lesquels Schmidt avait eu des relations plutôt tendues]. Mais de Gaulle le pouvait. Tout comme Giscard d'Estaing, tout comme aujourd'hui Mitterrand, tout comme la France dans son ensemble. Nous, Allemands, avons besoin des Français, de leur compréhension, de leurs initiatives, de leur direction[14]. »

La différence entre les propos d'Adenauer et ceux de Schmidt est qu'ils ont été tenus dans un cas par un homme proche du pouvoir et dans l'autre par un opposant. En réalité, celui-ci reproche à son successeur, comme implicitement à son propre parti social-démocrate, et à la France de Mitterrand, de ne pas suivre cette ligne-là. Sans doute est-il trop tard pour le faire. Comment cependant ne pas éprouver, à la lecture de ces textes, quelque nostalgie ? Une occasion a peut-être été manquée d'asseoir de manière durable la prédominance de la France dans le système communautaire. Peut-être aurait-elle pu jouer le rôle de ce « fédérateur » sans lequel, de l'avis de De Gaulle, il n'est pas de fédération possible...

Le moment finit certes par arriver où les situations les plus acquises sont remises en question. Moyennant quoi, il y aura toujours des gens qui, comme certains animaux de la ferme d'Orwell[15], seront « plus égaux que les autres », et des traités qui, en consacrant juridiquement cette situation, l'aident à perdurer. A preuve que personne aujourd'hui ne conteste à la France et à la Grande-Bretagne le droit de posséder des armes nucléaires alors que, Allemagne en tête, tous les autres membres de la CEE ont adhéré au traité de non-dissémination qui les engage à y renoncer.

Les mêmes France et Grande-Bretagne détiennent toujours des sièges permanents, assortis du droit de veto, au Conseil de sécurité des Nations unies, et elles ont fait jusqu'à présent la sourde oreille aux tentatives de certains pour en créer de nouveaux : au profit soit de l'Allemagne, comme l'URSS a été la première, sauf erreur, à le proposer, soit du Japon ou de l'Inde. De même a tourné court la démarche de Hans-Dietrich Genscher pour obtenir que Paris et Londres expriment, au Conseil de sécurité, non pas seulement leurs avis personnels, mais ceux de la Communauté.

La question est sérieuse, encore que la transformation progressive en directoire de fait de la planète du G7, le groupe des nations les plus industrialisées, au sein duquel l'URSS — ou la Russie — finira bien par être admise, en relativise quelque peu la portée. D'autant plus que la guerre du Golfe a montré que l'Allemagne n'aspirait en rien, pour le moment, à un rôle mondial autonome. Comme l'écrit Jean Boissonnat : « Les Allemands d'aujourd'hui sont à la fois des provinciaux et des mondialistes. Leurs traditions régionalistes — l'État allemand n'est pas fédéral pour la frime — leur permettent mieux qu'à nous d'imaginer des combinaisons d'autorité européenne, de gouvernements nationaux et de pouvoirs régionaux[16]. »

La sagesse consiste de toute évidence à les encourager dans cette voie. Quand ce ne serait que parce qu'un éclatement, ou même simplement une mise en sommeil, de la construction communautaire, donnerait un terrible encouragement à cette balkanisation de l'Europe centrale et orientale dont il ne faudrait pas que la tragédie yougoslave fût le signe précurseur.

Que se passerait-il alors ? Les ruines dont est couverte l'Europe ne disent pas seulement la grandeur de son héritage. Elles devraient rappeler à des générations qui, pour n'avoir pas connu la guerre, ont tendance à la croire impossible, que si ce continent a cessé d'être le principal moteur de l'Histoire, c'est parce qu'il a été incapable, pendant des siècles, de surmonter ses suicidaires discordes.

Aucune disposition juridique, aucune incantation oratoire, aucune astuce stratégique ne peut malheureusement nous prémunir à coup sûr contre leur retour, à défaut de l'ambition commune qui en soulignerait le dérisoire anachronisme.

L'ambition commune ? Il est au moins un peuple pour l'éprouver, dont Édith Cresson n'est pas seule à avoir peur...

NOTES

1. Renan, *in La Réforme intellectuelle et morale*, *op. cit.*, p. 160.
2. Georges Valance, *France-Allemagne. Le retour de Bismarck*, Flammarion, 1990, p. 147.
3. François Seydoux, *Dans l'intimité franco-allemande*, Albatros, 1977, pp. 130-131.
4. Interview au *Nouvel Observateur*, 23 novembre 1989.
5. Arthur Koestler, *in The God that failed*, Londres, Hamilton, 1950, p. 63.
6. Titre d'un livre sur la jeunesse allemande publié chez Flammarion par Gerhard Kiersch, professeur à l'université libre de Berlin-Ouest.
7. Script diffusé par le service des relations publiques d'Antenne 2, 27 mars 1990.
8. *Newsweek*, 6 mai 1991.
9. Enno von Loewenstern. « Herr Poehl's German Lesson for the EC », *Wall Street Journal Europe*, 21 mars 1991.
10. *Newsweek*, 1er avril 1991.
11. *Time Magazine*, 18 mars 1991.
12. Interview au *Financial Times*, 1er avril 1991.
13. Charles de Gaulle, *Lettres, notes et carnets*, janvier 1964-juin 1966, Plon, 1987, pp. 268-269.
14. Cité par Georges Valance, *op. cit.*, p. 285.
15. George Orwell, *La République des animaux*, Gallimard, 1964, p. 147.
16. « Où va la nouvelle Allemagne ? », *L'Expansion*, 18 avril 1991.

CHAPITRE XVII

Le maillot jaune

Si Miguel Indurain reste prudent, c'est en pensant au malheur de Fignon en 1989. Mais le maillot jaune dispose d'une copieuse marge de manœuvre sur ses adversaires.

J.-C. Papillon, *Le Figaro*, 27-28 juillet 1991.

A première vue, l'histoire du Japon de ces soixante-dix dernières années est rigoureusement parallèle à celle de l'Allemagne. La faible parenté de leurs caractéristiques ethniques n'a pas empêché chacun des deux peuples de prétendre appartenir à une « race de seigneurs » devant qui tout devait s'incliner. L'espace vital à leur disposition étant trop limité pour subvenir à leurs besoins, ils ont fait main basse sur d'immenses contrées qu'ils ont exploitées sans le moindre scrupule.

Comme d'autres avant eux, ils ont eu la faiblesse de croire définitives les victoires, à vrai dire stupéfiantes, que leur audace, leur méthode et leur pugnacité leur avaient permis de remporter. Mais la marée petit à petit s'est inversée jusqu'à les acculer à la capitulation sans conditions, sur fond de villes rasées, d'occupation totale, de misère apocalyptique. Ils ont été ramenés, selon le titre du film de Rossellini sur l'Allemagne, à l'« année zéro ».

Leurs vainqueurs ne se contentent pas de pendre leurs chefs pour crimes de guerre et de leur interdire à tout jamais de se réarmer. Ils s'installent à demeure et imposent à la production toutes sortes de limitations et de contrôles. En un rien de temps pourtant, les vaincus à plate couture vont devenir à leur tour des vainqueurs : ceux d'une nouvelle guerre, économique et commerciale celle-là.

Avant même la crise du Golfe, Jeffrey Garten, directeur général d'une grande banque américaine d'investissements et membre des états-majors économiques de trois présidences successives, résumait la situation : « Dans un des plus grands renversements de rôle de l'Histoire, Tokyo et Bonn sont devenus des rivaux acharnés de Washington et aussi ses principaux banquiers[1]. » Que dirait-il maintenant que, pour la première fois de leur histoire, leur endettement record a obligé les États-Unis, pour pouvoir mener une guerre étrangère, à solliciter d'énormes crédits non seulement de leurs riches alliés du Golfe, mais du Japon et de l'Allemagne ?

Le journaliste américain Walter Lippmann avait écrit dès 1944 : « Que les vainqueurs ne renouvellent pas leur alliance, l'alliance des vaincus et de tel vainqueur suivra. Cette histoire n'aurait rien d'inédit[2]. » La guerre froide et la guerre de Corée aidant, les États-Unis ont dû très vite faire appel à l'industrie et aux soldats des ennemis d'hier pour tenir tête à celui du moment : une Armée rouge, fort peu démobilisée, que beaucoup s'attendaient à voir foncer sans crier gare en direction de l'Atlantique.

La tâche était difficile vis-à-vis des alliés européens, encore mal remis de l'occupation nazie, comme des Allemands, qui n'avaient aucune envie de voir leur pays redevenir un champ de bataille et se berçaient de slogans sociaux-démocrates ou pacifistes tels que « *ohne uns* » (sans nous) ou « *besser rot als tot* » (plutôt rouge que mort). Elle l'était plus encore vis-à-vis des Japonais, seuls au monde à savoir d'expérience ce que signifiait le feu nucléaire et désormais quasi unanimes à penser que la guerre n'était plus, au XXe siècle, un moyen de résoudre un conflit.

Le proconsul américain McArthur les avait de surcroît obligés à inscrire dans leur nouvelle Constitution, adoptée en 1946, un article prévoyant non seulement qu'ils renonçaient définitivement à la guerre et à la menace de la force, mais que « l'existence de forces terrestres, maritimes et aériennes ou de tout autre potentiel de guerre ne serait jamais autorisée[3] ». On imagine les astuces politiques et juridiques que les États-Unis durent déployer en toute mauvaise foi pour créer dans un temps record une « police nationale », puis « un corps de sécurité nationale » destinés à se substituer à leurs unités d'occupation expédiées dare-dare en Corée.

Aussi frappante soit-elle, l'analogie des cas japonais et allemand ne va donc pas jusqu'à la similitude. Pour s'en tenir aux problèmes de défense, l'Allemagne, même après la réunification, même après la signature des accords Start sur la limitation des armements stratégiques, est littéralement truffée d'engins nucléaires. Alors que la blessure d'Hiroshima est toujours si vivace que les Japonais ont obtenu des Américains que ceux-ci n'en installent jamais dans l'archipel.

Le budget militaire nippon a beau être devenu le troisième du monde, il ne représente toujours sur le papier que 1 % — en fait 1,6 % — du produit national, contre 3 à l'Allemagne (6,4 aux États-Unis, 4,6 à la Grande-Bretagne et 3,9 à la France). Cela signifie que chaque Japonais consacre par an 125 dollars à l'armée contre 343 pour chaque Allemand (1 061 pour l'Américain, 402 pour le Britannique, 395 pour le Français).

L'armée allemande est entièrement placée sous un commandement atlantique « intégré », autrement dit multinational, dont le chef est américain. Tokyo ne fait partie d'aucune autre alliance que celle, bilatérale, qu'il a conclue en 1954 avec Washington.

Ces différences fondamentales trouvent pour une bonne part leur explication dans les circonstances. Hiroshima, tout en mettant le Japon à genoux, a en effet déjoué les plans de l'URSS, qui comptait bien se faire attribuer sur son sol, comme en Allemagne et en Autriche, une zone d'où il aurait été difficile de la déloger. L'empire du Soleil-Levant a été occupé par les seuls Américains, et, à la différence du Reich hitlérien, occupé sans combat puisque la capitulation a été antérieure au débarquement dans l'archipel. Les GI ont pris leur temps — quinze jours. Les premiers sont arrivés par avion, armés jusqu'aux dents, pour être bientôt désarmés par le... sourire japonais. Le *Nippon Times*, qui n'avait cessé de tresser des couronnes au pouvoir militaire, n'hésita pas à titrer dans l'heure : « Une franche cordialité marque l'atterrissage américain[4]. » On est loin de la terrible bataille, maison par maison, pour Berlin...

Et puis l'empereur était toujours là, alors qu'en Allemagne Hitler était mort et son successeur désigné, l'amiral Raeder, en prison. Le pouvoir suprême, déclaré vacant, était exercé conjointement par les quatre commandants en chef alliés. Bien sûr, Hirohito avait couvert de son autorité les crimes de ses généraux. C'est lui qui avait déclaré la guerre aux États-Unis et à la Grande-Bretagne. Mais il avait osé dire à ses ministres, au lendemain du bombardement atomique de Nagasaki, qu'il ne laisserait pas son peuple souffrir davantage[5]. Il avait su déjouer à la dernière minute un complot des jusqu'au-boutistes. Il s'était exprimé à la radio : « Quoi qu'il puisse m'arriver à moi-même, je suis décidé à supporter l'insupportable (...). Je mets fin à cette guerre de ma propre autorité[6]. »

Ce faisant, le dieu inaccessible qui présidait aux destinées de l'empire avait pris ses responsabilités de chef d'État. Les Américains agirent sagement en le confirmant dans ses fonctions, tout en le persuadant de renoncer à son identité surnaturelle. Le 1er janvier 1946, Hirohito déclara en personne dans un message à ses sujets : « Les liens qui Nous unissent à Notre peuple (...) ne reposent pas sur la notion fausse que l'Empereur est divin et que les Japonais sont supérieurs aux autres races et destinés à dominer le monde[7]. »

C'était une formidable révolution concernant un homme supposé descendre d'Amiratsu, la déesse solaire dont l'âme repose, sous l'apparence d'un miroir, dans le Naiku, le sanctuaire « intérieur » de la forêt d'Ise, au bord de la baie du même nom, près de Nagoya. De même que le sanctuaire « extérieur », ce temple est reconstruit tous les vingt ans, sans la moindre modification par rapport au modèle initial, lequel remonte à plus de deux millénaires. Pas trace ici des lignes incurvées chères aux temples bouddhistes : leurs toits rectangulaires, à forte pente, reposent sur des charpentes en X, dont les extrémités prolongées et recouvertes d'or pointent vers le ciel avec la sauvage beauté d'une force primitive, plus océanienne qu'asiatique. C'est le paradis des cryptomères, conifères gigantesques et pluricentenaires, dont les fûts, droits comme les colonnes du Parthénon, servent à l'édification des deux sanctuaires.

Qu'il pleuve, qu'il vente ou qu'il neige — et Dieu sait s'il peut faire mauvais au Japon —, c'est par milliers que, mi-touristes mi-pèlerins, les Nippons affluent chaque dimanche en ces lieux protégés par leur caractère sacré des habituels saccages de l'environnement et où ils voient le berceau de leur nation. Ils se photographient, se filment, se vidéoscopent à qui mieux mieux, rient et sourient à chaque instant, tout au plaisir d'être ensemble. Naturellement, personne ne râle, personne ne se bouscule. Chacun fait de son mieux pour être aimable et semble s'en bien trouver. Aucun risque de se faire voler sac ou portefeuillle : on est au Japon, pas en Europe.

Il n'est pas nécessaire à un Français de venir jusque-là pour mesurer à quel point le tempérament nippon diffère du sien. « Il n'est pas de nation plus hétérogène que la nôtre[8] », disait Valéry. L'homogénéité est la substance du Japon, sa règle que seule une minorité met vraiment en cause. Toujours séparés les uns des autres, garçons et filles de terminale continuent de porter de sages uniformes lavés et repassés de frais. La plupart de leurs aînés prennent un soin extrême dans leur habillement à se distinguer le moins possible, sans pour autant se priver des signes extérieurs de l'aisance que confère la possession d'articles de grandes marques.

Cette homogénéité, le Japon la doit pour une large part à sa position insulaire. Elle ne l'a certes pas empêché de s'ouvrir largement aux idées, aux religions, à la culture de la Chine, à laquelle il a emprunté son écriture. Mais elle l'a protégé des invasions qui n'ont cessé de balayer l'Europe. Entre les deux tentatives de débarquement du khan mongol Kubilaï et l'arrivée en 1853 du commodore américain Perry, qui obtint sans trop de difficulté, avec l'appui de quatre navires de guerre, que l'empire s'ouvrît aux étrangers, il s'est écoulé six siècles. Il est vrai que, comme le note Karel van Wolferen, la nation en avait conçu un sentiment d'inviolabilité : ne se sentant pas menacée de l'extérieur, elle n'éprouvait guère la nécessité de se doter d'un État[9].

Longtemps, certes, le Japon fut ravagé par des guerres de clans entre les seigneurs terriens, les *daimyo*, où s'illustraient les samouraïs, sans peur et sans reproche, dont l'exemple rabâché à l'époque de l'expansionnisme par la propagande de Tokyo continue de tenir une place de choix dans l'imaginaire national. Les films de Kurosawa et de Misoguchi, entre autres, ont somptueusement évoqué cette époque à la fois barbare et raffinée, non sans faire apparaître de curieux parallèles avec nos guerres de Religions. Il n'est pas d'autre exemple de civilisation qui se soit développée ainsi à l'écart de l'Europe et qui ait répondu, presque parallèlement, au défi de la modernité.

Il faut prendre l'expression « à l'écart » dans son sens plein. A partir de 1600, en un temps où le reste du monde est saisi par la frénésie de la découverte, des conquêtes, des échanges de toutes sortes, l'empire se replie complètement sur lui-même. Pendant plus de deux siècles et demi, la dynastie des shogouns Tokugawa — sortes de maires du palais à la mérovingienne — assure au pays une extraordinaire stabilité, lui épargnant toute guerre intérieure ou extérieure alors que partout ailleurs on s'entretue à cœur joie.

Les Tokugawa ne cherchent pas à s'emparer du trône impérial. Ils s'accommodent de la survivance de fortes structures féodales, qui ne sont d'ailleurs pas sans évoquer les structures tout aussi féodales des énormes conglomérats industriels et bancaires d'aujourd'hui : ces fameux *Keiretsu* autour desquels s'est bâtie, depuis bientôt un siècle, la puissance nippone. Il est vrai que pour s'assurer de la sagesse des *daimyo*, des seigneurs, ils les obligent à passer la moitié de leur temps dans la capitale, et à y laisser leurs familles lorsqu'ils sont eux-mêmes sur leurs terres.

Si l'époque Edo — ainsi baptisée du nom que portait alors la future Tokyo — fut celle d'une résistance farouche à la contagion des idées européennes et notamment du christianisme, elle fut aussi en quelque sorte, nous dit Philippe Pons, « le siècle des Lumières du Japon, (...) une période d'intense bouillonnement culturel (...), caractérisée par l'apparition d'une culture urbaine, largement diffusée et vulgarisée » grâce au développement de l'imprimerie et à une alphabétisation progressive, et quasi générale à la fin du XVIIIe siècle, des masses populaires[10]. On a bien lu : « à la fin du XVIIIe siècle ». La grande majorité des Européens, en ce temps-là, ne savaient ni lire ni écrire.

A toutes fins utiles, poursuit Philippe Pons, les Tokugawa s'étaient ménagé, avec l'aide d'un groupe de Hollandais établis dans une île au large de Nagasaki, une fenêtre sur le monde extérieur par où filtrait l'essentiel des découvertes scientifiques les plus utiles. Le développement de cette culture *intra muros* a évidemment formidablement contribué à l'homogénéisation. Elle a aidé le pays à préserver son identité lorsque, en 1868, l'empereur Meiji a renversé le shogoun avec la ferme intention de copier, de l'Occident, tout ce qui était nécessaire pour ne pas passer sous sa coupe. Pour Philippe Pons, « les racines intellectuelles et culturelles du Japon moderne se trouvent à l'époque des Tokugawa ». Cette « période d'incubation de la modernité japonaise » voit déjà le développement d'une économie de marché[11]. « Le nouveau Japon, écrit de son côté Robert Guillain, est un acrobate qui n'a jamais travaillé sans filet : il a toujours eu le vieux Japon pour garantir sa sécurité en cas d'accident[12]. »

De ce vieux Japon, celui d'aujourd'hui garde, pour commencer, ciment de son identité, la langue que parlent tous ses habitants, et qui n'est celle d'aucun autre pays, ainsi que les idéogrammes chinois. Non seulement il s'est bien gardé de romaniser son écriture, comme l'ont fait les Vietnamiens ou les Turcs, mais le moins qu'on puisse dire est qu'il n'abuse pas dans les villes ou sur les routes des inscriptions en caractères latins. Les contacts entre Japonais et non-Japonais demeurent encore fort limités. Le nombre des visiteurs venus d'outre-mer ne dépasse pas les deux millions par an et l'on a beau croiser un peu partout dans le monde des touristes ou des hommes d'affaires aux yeux bridés, ils ne sont que six millions pendant la même période à sortir de chez eux. A quoi s'ajoutent que les mécanismes mentaux dont relèvent les parlers indo-européens d'une part, japonais de l'autre, sont si différents qu'il est peu de pays où le métier d'interprète soit si difficile.

Petit à petit cependant les choses — et les esprits — changent. Un colloque organisé par le grand quotidien *Asahi* à l'occasion du bicentenaire de 1789 a donné l'occasion à ses participants occidentaux d'entendre plusieurs Japonais déplorer que tant de leurs compatriotes se rendent, ou même résident, à l'étranger sans guère s'intéresser, et encore moins se mêler, aux populations au milieu desquelles ils vivent. « Avant de parler de symbiose, disaient d'autres, il faudrait que nous apprenions à vivre ensemble... »

***

Le Japon d'hier, amoureux de la nature et du *tatami*, il sourd de toutes parts, notamment à Tokyo. Dans cet inimaginable conglomérat de pierre, de béton, de verre, de bois, d'enseignes lumineuses, enjambé par des autoroutes qui se font la courte échelle, on découvre presque à chaque pas des arbres, des plantes, des recoins d'humanité souvent minuscules, miraculeusement sauvegardés. On se demande d'ailleurs à quel prix. Car le coût du moindre terrain dans la capitale se chiffre par dizaines de millions de nos francs (actuels). Personne ne peut plus acheter. A tel point qu'il y a presque toujours quelqu'un, à la fin d'une discussion, pour déclarer que les problèmes de la capitale ne pourront être réglés qu'après le gros tremblement de terre annoncé depuis des décennies.

A la vérité, chacun sait dès le berceau que la place est

comptée pour lui et que son salut passe par celui de la collectivité. C'est de cette manière que le Japon a surmonté la plus atroce défaite que peuple ait jamais subie et qu'il s'est hissé en quarante ans au rang de deuxième puissance économique du monde. Son PIB, qui représente 14 % du PIB mondial, est plus de deux fois supérieur à celui de l'Allemagne réunifiée. Son PNB par tête (23 700 dollars) dépasse maintenant, grâce à la forte tenue du yen, celui des États-Unis (21 100) et n'est dépassé que par celui de la Suisse (30 270). « Partout sur la planète, écrit Dominique Nora, les Japonais achètent les immeubles les plus prestigieux, les hôtels les plus réputés, les tableaux les plus cotés. Les deux hommes les plus riches du monde sont japonais. La première entreprise du monde est japonaise, les sept banques les plus puissantes aussi. La capitalisation* de la Bourse de Tokyo a dépassé celle de Wall Street. Le Japon est devenu le premier créancier du monde, le premier pourvoyeur d'aide aux pays en voie de développement, le banquier privilégié des États-Unis. (...) Le monde "libre" est drogué à la technologie japonaise[13]. »

Tout est à l'avenant. Les prévisions de l'OCDE retiennent pour 1991 et 1992 des taux d'inflation (2,3 et 1,9) et de chômage (2,2 et 2,3) dérisoires par rapport à ceux de l'Allemagne et des États-Unis, qui sont de l'ordre du double. La croissance du PNB est évaluée par la même source à 3,5 % en 1990 et 1991 pour le Japon, contre respectivement – 0,2 et 3,1 % pour les États-Unis, 2,8 et 2,2 % pour l'Allemagne. Après une décrue marquée, qui avait duré cinq ans, l'excédent de la balance des paiements courants est remonté en avril 1991 à 7,8 milliards de dollars, contre 1,96 pour le mois correspondant de 1990. Le financement de l'énorme déficit budgétaire américain est assuré à hauteur

* Valeur de l'ensemble des titres cotés.

d'un tiers par des acquéreurs japonais de bons du Trésor qui recyclent ainsi les coquettes rentrées de leurs exportations à des taux d'intérêt très supérieurs à ceux de leur pays.

Si l'Allemagne, dont les performances nous impressionnent tant, est loin d'égaler celles du Japon, c'est évidemment en partie parce que sa population (78 millions contre 122) est beaucoup moins nombreuse et qu'elle traîne désormais le boulet de l'ex-RDA. Mais il y a aussi :

a) que les Japonais travaillent beaucoup plus que n'importe qui. La journée de travail est plus longue, la semaine de travail aussi, et la pratique du « week-end de deux jours » ne s'étend qu'à pas comptés. Les congés payés sont courts et personne ne les prend en totalité. Enfin, la grande majorité des retraités continuent à travailler d'une manière ou d'une autre pour compléter des ressources notoirement insuffisantes ;

b) qu'ils détiennent également le record de l'épargne, « deux fois plus que les Américains, et une fois et demi de plus que les Européens », rappelle Christian Sautter[14] ;

c) qu'ils se saignent aux quatre veines pour l'éducation de leurs enfants, lesquels sont soumis, dès l'âge de six ans, à une compétition sans merci et à une discipline sans faille. On a pu parler du Japon comme de l'« empire du concours[15] » ;

d) accessoirement, qu'ils ont été plus d'une fois servis par les événements : pendant les deux guerres de Corée et d'Indochine, l'archipel est devenu la base arrière des armées américaines et ils en ont largement profité. La fermeture pendant huit ans (1967-1975) du canal de Suez leur a permis de lancer sur le marché les énormes supertankers nécessaires pour faire faire au pétrole du Proche-Orient et d'Indonésie le détour du Cap ;

e) que leur démocratie est la plus stable du monde puisque le même parti libéral-démocrate, autrement dit conservateur, y est au pouvoir depuis 1946. Comme la démocratie chrétienne italienne ou le PS français, il est certes fractionné en clans. Mais ils sont moins au service d'une politique ou d'une idéologie que d'ambitions personnelles. Or celles-ci doivent prendre soin de ne pas se déclarer trop nettement : personne, dans l'archipel, n'attend du Premier ministre le charisme que tout le monde exige de ses homologues européens ou du président des États-Unis. Dans cet univers où la règle consiste à se faire remarquer le moins possible, un Nakasone a pu mesurer combien il est mal vu d'afficher une personnalité un peu forte ;

f) que, derrière les changements qui peuvent intervenir à la tête du gouvernement, deux forces complémentaires veillent à assurer la continuité : le patronat — le Keidanren —, dont personne du côté du pouvoir politique ne conteste sérieusement les directives, et l'administration, qui applique avec autant de méthode que de scrupules les consignes reçues.

Pour Jacques Delors, la cause est entendue : les fonctionnaires japonais « poursuivent la guerre du Pacifique derrière leurs bureaux[16] ». Entre autres gracieusetés sur ce thème, Édith Cresson a pu dire qu'elle « avait lu le *Mein Kampf* de cette fin de siècle et qu'il est japonais[17] ». La métaphore militaire vient facilement à l'esprit, même si l'on peut penser que le vocabulaire sportif serait, sans être désobligeant, tout aussi approprié. Les *Keiretsu*, les immenses groupes aux activités extrêmement diversifiées qui contrôlent la plupart des grandes sociétés industrielles et bancaires de l'archipel, se livrent certes une concurrence au couteau. Mais ils savent surmonter leurs contradictions lorsqu'il s'agit d'opposer à l'étranger un front uni. Le fameux et même un peu mythique MITI (Ministry of International Trade and Industry, ou ministère du Commerce international et de l'Industrie) les y a aidés puissamment dans la mesure où il avait la haute main sur les brevets et où il s'opposait au conservatisme d'autres administrations. Bien que son poids ait aujourd'hui décru, il continuer de jouer pour l'ensemble des sociétés nippones un rôle centralisateur d'information sur le marché, sans équivalent à la surface du globe.

Les experts les plus avertis de la réalité japonaise sont les premiers à marcher sur la pointe des pieds quand il s'agit d'expliquer qui décide quoi dans ce système où hiérarchie et consensus font apparemment bon ménage ; où les grèves, exceptionnelles, se résument souvent au port d'un brassard ; où des murs de courtoisie ont vite fait de s'élever pour décourager les représentants des firmes étrangères d'essayer de vendre leurs produits dans l'archipel. On se gardera donc de s'avancer sur ce terrain, en se contentant de constater que le système paraît marcher sensiblement mieux qu'aucun autre, présent ou passé.

Il suffit de citer un chiffre pour s'en persuader : le taux d'investissement. De 31 % du PNB en 1980, il est passé pour le Japon, en 1990, à 33, tandis qu'il tombait aux États-Unis de 19 % à 17 %, ce qui signifie que Tokyo a investi 660 milliards de dollars, en 1990, dans la création de sociétés et les augmentations de capital — soit près de trois fois et demi le niveau d'investissement allemand — contre 510 milliards aux États-Unis. Inutile de préciser que la part des dépenses de recherche et de développement est particulièrement élevée.

Une étude parue dans l'*International Herald Tribune* conclut que si la tendance actuelle continue, le PNB japonais pourrait fort bien dépasser celui des États-Unis dans les premières années du XXIe siècle[18]. L'extrapolation a ses limites. Mais ce serait pour les Américains — et naturellement aussi pour les Européens — jouer les autruches que de ne pas prendre en compte une telle éventualité, d'autant plus qu'à mesurer sa puissance le Japon commence à se sentir de sérieuses velléités d'indépendance. Il n'est pour s'en convaincre que de constater l'impact outre-Atlantique du livre écrit par le président de Sony, Akio Morita, avec Shintaro Ishiara : *The Japon that can say no* (le Japon qui peut dire non)[19].

La thèse des auteurs était que les sociétés nippones pourraient vendre leurs puces à Moscou et rétablir ainsi l'équilibre stratégique mondial : après l'écroulement du système soviétique, elle n'a plus de sens. Où, de toute façon, les Soviétiques, à supposer qu'ils aient été eux-mêmes intéressés, se seraient-ils procuré de quoi payer ces matériels ? Tokyo a sûrement des moyens plus efficaces de faire sentir aux États-Unis le poids de sa puissance. De même a-t-on peine à prendre au sérieux un autre grand succès de librairie outre-Atlantique : le livre de George Friedman, selon lequel l'effacement de l'URSS entraînera nécessairement une guerre nippo-américaine[20], paru alors que les États-Unis s'apprêtent à commémorer, le 7 décembre 1991, le cinquantième anniversaire de l'attaque japonaise contre Pearl Harbor.

***

Redescendons sur terre : le moment est peut-être venu d'examiner dans quel état se trouve, après une course de quarante ans qui ne lui a jamais laissé le temps de souffler, l'actuel tenant du maillot jaune. Dans un numéro spécial consacré au Japon, le *Financial Times* écrit qu'« après avoir terminé les années quatre-vingt débordant de confiance, il a commencé la nouvelle décennie en subissant quelques chocs politiques, économiques et financiers douloureux[21] ».

Économiques ? On laissera au journal de la City la responsabilité de cette affirmation : beaucoup de pays, y compris le nôtre, se feraient une raison de subir de tels chocs, s'ils étaient, comme au Japon, la rançon limitée d'une insolente prospérité. Sur le plan politique et financier, en revanche, l'empire du Soleil-Levant se voit doublement mis à l'épreuve. Il se débat dans un scandale financier, précisément, dont l'ampleur a fait dire au ministre des Finances, Ryutaro Hashimoto, qu'il avait « l'impression d'être assis sur un lit de clous[22] ».

Ce qui s'est passé est fort simple : quatre grandes maisons de courtage, dont Nomura, la plus importante du pays, ont reconnu avoir consenti à leurs gros clients — mais pas aux petits — des compensations pour les pertes qu'ils avaient subies du fait de la baisse du Kabuto-cho, la Bourse de Tokyo. Commentaire du grand quotidien *Yomiuri* : « Le client avec un million de yens peut être plumé sans risque. Celui qui a dix millions peut perdre une fois, mais ceux qui ont cent millions jamais[23]. »

Le scandale est d'autant plus grand que figurent sur la liste des bénéficiaires non seulement des grandes firmes ayant pignon sur rue, comme Toyota ou Sony, mais des *yakuza*, autrement dit les sociétés d'investissement de ce qui tient lieu au Japon de mafia.

L'affaire, qui a entraîné plusieurs démissions en haut lieu, s'inscrit dans une série d'autres — Lockheed, Recruit, etc. — dans lesquelles se trouvaient impliqués nombre de chefs du parti libéral-démocrate au pouvoir, ce qui avait conduit à la démission du Premier ministre de l'époque. Elle affecte directement la confiance des épargnants si nécessaire à la poursuite de la dynamique nippone. Elle oblige le Premier ministre Kaifu, s'il veut se voir maintenu à son poste, à une réforme profonde du ministère des Finances, inefficace et corrompu. Elle émeut profondément l'opinion. Elle met en cause l'honorabilité du principal créancier de la planète. Elle touche aux fondements mêmes d'une société par trop inégale, où les femmes, notamment, se lassent de plus en plus du machisme, plus fort sans doute qu'au fin fond de l'Amérique latine, de leurs seigneurs et maîtres.

***

L'affaire Nomura a éclaté au moment où la crise du Golfe amenait les Japonais à se poser, plus que par le passé, la question, non pas seulement de leur place, mais de leur rôle dans le monde. L'Amérique a réagi très négativement, on l'a dit, au fait que, comme les Allemands, ils aient exprimé avec détermination leur intention de ne pas participer aux opérations contre l'Irak. Du coup, l'espoir de Tokyo d'obtenir un siège permanent au Conseil de sécurité se voit renvoyé aux calendes grecques.

L'envoi dans le Golfe, une fois la guerre terminée, de quelques dragueurs de mines nippons n'a que très modérément effacé cette mauvaise impression. Moyennant quoi les Japonais, faisant valoir qu'ils avaient tout de même contribué pour 13 milliards de dollars au financement de la guerre, ont fort mal pris l'attitude des États-Unis, lesquels les ont complètement ignorés, par exemple, dans la négociation sur l'avenir du Proche-Orient.

Or il n'est guère de peuples aussi peu sûrs d'eux que les Japonais. Dépourvus, à part le riz et la pêche, de ressources naturelles et notamment de carburant, toujours à la merci d'une interruption des livraisons de pétrole, vivant à l'étroit sur un territoire indéfendable contre une attaque nucléaire, ils souffrent du complexe « du lapin dans la jungle[24] ». « C'est notre caractère national, a pu dire l'ambassadeur du Japon aux États-Unis, nous avons eu le sentiment d'être laissés de côté depuis la restauration Meiji[25]. »

Ce sentiment est d'autant plus fort qu'il y a peu de sujets sur lesquels les Japonais, y compris leurs meilleurs penseurs, hésitent autant à s'avancer que celui de leur destin commun.

D'où sans doute l'actuel succès d'un étrange personnage qui, d'employé de comptoir dans une grande maison de commerce, est devenu le fondateur d'une nouvelle religion, la « science heureuse », empruntant à la plupart des religions existantes aussi bien qu'à Jules César et à Henry Ford. Il revendiquait, en juillet 1991, un million et demi de fidèles, soit deux fois plus que deux mois auparavant.

Le point de départ de sa prédication est une constatation : « Naviguer sans carte est décourageant ». Le maillot jaune ignore le but de la course. Ne sachant pas à quoi employer sa force, il ne s'occupe pour le moment que de la consolider. La deuxième puissance industrielle du monde, le banquier de la planète se satisfera-t-elle éternellement de compter politiquement pour du beurre, de n'être, pour reprendre la formule consacrée, qu'un « géant économique et un nain politique » ? Il est difficile de le croire.

Washington l'a encouragé un moment à s'intéresser à la sécurité du Sud-Est asiatique. Mission délicate. La visite de Gorbatchev à Tokyo, en avril 1991, n'a rien donné. Kaifu est allé à Pékin, ce qu'aucun dirigeant de son rang du « monde libre » n'avait fait depuis Tiananmen, mais John Major l'y a rapidement suivi. Deng Xiaoping en a profité pour annoncer que la Chine était disposée à se joindre au traité de non-prolifération nucléaire contre lequel elle avait tempêté lorsqu'il avait été conclu en 1968 par les États-Unis, l'URSS et la Grande-Bretagne : mais c'était surtout là, de la part des dirigeants chinois, un signe de plus en direction des Américains, dont l'aide technique et financière leur est si nécessaire.

Le Japon s'intéresse aussi beaucoup à la Corée du Nord, bien aise de trouver du secours alors que l'URSS et la Chine la laissent de plus en plus tomber. Il peut se donner les gants de l'encourager à s'insérer dans un processus de normalisation qui va déboucher sur l'entrée conjointe de deux républiques rivales aux Nations unies, tout en maintenant un utile contrepoids face à la redoutable concurrence d'une Corée du Sud en plein boom. Enfin, le ministre des Affaires étrangères Taro Nakayama a saisi l'occasion d'une rencontre avec les pays de l'ASEAN*, en juillet 1991, pour leur proposer l'institution de forums annuels communs sur les problèmes de sécurité dans la région Asie-Pacifique.

Le moins qu'on puisse dire est que cette suggestion n'a pas soulevé l'enthousiasme. Le Japon est trop gros, ses voisins ont trop de mauvais souvenirs pour ne pas commencer à s'inquiéter aussitôt qu'il fait mine de vouloir participer à l'organisation et à la défense de la région. En même temps ils ont besoin de ses capitaux et de ce qu'on appelle en franglais son *know-how*.

Ils ne sont pas les seuls. Non seulement l'Amérique se laisse aller par moments au *Japan bashing*, au matraquage du Japon, non seulement l'Allemagne en vient à voir en lui « plus une menace qu'une chance », comme l'écrit Jeffrey Garten[26], mais, pour la première fois en France, un changement de Premier ministre s'est déroulé sur une toile de fond nippone.

* Association des nations de l'Asie du Sud-Est, regroupant la Thaïlande, l'Indonésie, la Malaysia, les Philippines, Singapour et Brunei.

NOTES

1. Jeffrey E. Garten, « Japan and Germany, American concerns », *Foreign Affairs*, hiver 1989-1990.
2. *La politique étrangère des États-Unis*, *op. cit.*, p. 129.
3. Keesing's, *op. cit.*, 7862 A.
4. Robert Guillain, *La Guerre du Japon*, Stock, 1979, p. 361.
5. *Ibid.*, p. 340.
6. *Ibid.*, p. 346.
7. Karel van Wolferen, *L'Énigme de la puissance japonaise*, Robert Laffont, 1990, p. 288.
8. Paul Valéry, discours au Pen Club, *in Variété. Œuvres*, Bibliothèque de la Pléiade, 1965, t. I, p. 1360.
9. Karel van Wolferen, *op. cit.*, p. 49.
10. Philippe Pons, *D'Edo à Tokyo*, Gallimard, 1988, pp. 55-58.
11. *Ibid.*, pp. 16-19.
12. Robert Guillain, *Le Japon troisième Grand*, Seuil, 1969, p. 347.
13. Dominique Nora, *L'Étreinte du Samouraï*, Calmann-Lévy, 1991, p. 11.
14. Christian Sautter, *Les Dents du géant*, Olivier Orban, 1987, p. 10.
15. Jean-François Sabouret, *L'Empire du concours*, Autrement, 1985.
16. Cité par Dominique Nora, *op. cit.*, p. 12.
17. Cité par *Eurostratégie*, Bruxelles, juillet-août 1991.
18. Kenneth S. Courtis, « The Japan Paradox : A Dooming and Unfit System », *International Herald Tribune*, 9 août 1991. L'auteur, économiste à la Deutsche Bank de Tokyo, préside le comité de planification de l'école des études internationales de la capitale japonaise.
19. Une traduction pirate en anglais de cet ouvrage auquel se réfère Édith Cresson lorsqu'elle parle de *Mein Kampf* japonais circule aux États-Unis.
20. George Friedman, *The Coming War with Japan*, New York, St. Martin's Press, 1991.
21. « The nervous nineties », *Financial Times*, 15 juillet 1991.

22. *Le Figaro*, 6 août 1991.
23. Cité par Alain Vernay, *Le Figaro*, 6 août 1991.
24. Dominique Nora, *op. cit.*, p. 12.
25. Cité par Ayako Doi, rédacteur en chef du *Japan Digest*, *Wall Street Journal Europe*, 21 mars 1991.
26. Jeffrey E. Garten, *op. cit.*

CHAPITRE XVIII

L'Hexagone dans la sphère

Je ne conçois l'hexagone qu'inscrit dans la sphère.

Paul Morand, *Venises*[1].

On a eu trop d'occasions de déplorer le caractère fondamentalement hexagonal, sinon byzantin ou clochemerlesque, des joutes politiques françaises pour ne pas se féliciter, à première vue, de ce que la relève intervenue en mai 1991 à Matignon ait eu une dimension aussi manifestement internationale. Plus précisément japonaise. De même que son prédécesseur au moment de la constitution, trois ans plus tôt, de son propre gouvernement, Édith Cresson rêvait de créer un MITI français, autrement dit de regrouper, comme c'est le cas à Tokyo, les deux ministères les plus impliqués dans la compétition économique internationale : l'industrie et le commerce extérieur.

Rocard avait échoué, du fait du conservatisme instinctif des administrations françaises et de la nécessité de donner un portefeuille à un ministre d'ouverture, en l'espèce Jean-Marie Rausch. La belle Édith n'a réussi qu'à moitié, dans la mesure où les deux départements concernés se sont trouvés placés sous la tutelle des Finances, dont l'audace est rarement le fort.

Le MITI, on l'a noté plus haut, n'est plus ce qu'il était. Cette immense banque de données « n'est même plus tenue au courant des programmes de recherche et de développement des grandes firmes[2] », mais on continue facilement, à Paris, à en surestimer le rôle. Qu'il ait fasciné les deux Premiers ministres du deuxième septennat de François Mitterrand est révélateur du rôle, qui va chez certains jusqu'à l'obsession, joué par le Japon dans l'imaginaire de la classe dirigeante.

Chez Édith Cresson, c'est un leitmotiv : son prédécesseur et le ministre de l'Industrie d'alors, Roger Fauroux, voyaient, non sans raison, dans l'investissement japonais, un moyen de créer des emplois. En désaccord avec eux, elle a démissionné en décembre 1990 du poste de ministre des Affaires européennes qu'elle détenait alors. « Le gouvernement Rocard, dira-t-elle, faisait des courbettes devant les Japonais (...). Moi je sais qu'il faut leur dire clairement : Non, vous ne prendrez pas notre industrie automobile. (...) Pour se défendre de la stratégie du laser, il faut une stratégie de combat[3]. » A ses yeux, pas de doute : « Le Japon est un adversaire qui ne joue pas le jeu, et qui a la volonté absolue de conquérir le monde[4]. »

Elle est bien déterminée, quant à elle, à faire la guerre à ces « fourmis » coupables de surcroît, comme elle l'a déclaré à la chaîne de télévision américaine ABC, de passer deux heures chaque jour dans les moyens de transport et de se contenter de logements exigus. Passons sur les réactions que ces propos ont dû susciter chez des centaines de milliers de Parisiens et de banlieusards dont il n'est pas démontré qu'ils soient beaucoup mieux lotis... Constatons que la première Premier ministre de l'histoire de France a commencé par mettre ses actes en harmonie avec ses paroles en bloquant l'accord virtuellement conclu sur l'entrée — à hauteur de 4,7 % — du groupe japonais Nippon Electronic (NEC) dans le capital de Bull. « Bull n'a plus un produit sur le marché, assurait un de ses proches conseillers ; cela ne vaut pas un clou. (...) Si on fait entrer NEC dans le capital de Bull [6,8 milliards de francs de déficit en 1990], on compromet des alliances futures[5]. »

Il faut croire que l'examen attentif du dossier auquel elle a procédé a fait changer Édith Cresson d'avis puisque finalement, et après quelques changements mineurs, elle a donné son feu vert à l'accord. De même est-ce avec quelque surprise que l'on a appris en juillet, après tout ce qu'elle avait dit, la conclusion d'un compromis entre la commission de la CEE et Tokyo autorisant l'ouverture du marché européen, à partir de l'an 2000, aux voitures japonaises. Si les patrons de Fiat et de Renault ont jugé cette solution satisfaisante, au point pour le premier de parler de « dette de reconnaissance » à l'égard du chef du gouvernement[6], leur collègue de Peugeot-Citroën, Jacques Calvet, a sauté au plafond. Il venait tout juste de mettre une croix sur le marché américain et il n'était pas le seul à juger bien optimiste l'argument invoqué, pour justifier l'accord, selon lequel l'industrie automobile française se voit ainsi accorder un délai de dix ans pour rattraper les niveaux de productivité japonais. Et de rappeler cette évidence : « Le Japonais ne jouit pas, individuellement, du niveau de vie que le développement du Japon devrait lui offrir. » Le choix pour lui était donc simple : « Accepter une réduction fondamentale du niveau de vie européen et licencier des dizaines de milliers de travailleurs, ou mettre au point un accord avec les Japonais qui nous assure que leur système économique et social se rapprochera du nôtre[7]. »

Comme quoi il ne suffit pas de vouloir quelque chose

avec beaucoup de conviction et d'énergie pour l'obtenir. Édith Cresson, et les Français avec elle, n'a pas fini d'avaler des couleuvres. Ils ne sauraient lui en faire le reproche : leur cheftaine paie la rançon de pratiques fort anciennes et de plus récentes dont elle n'a pas nécessairement le monopole.

A l'instar de beaucoup de ses compatriotes, elle a tellement le colbertisme dans le sang qu'elle accuse le Japon lui-même de le pratiquer sans le dire[8]. Ce langage — dans la bouche de quelqu'un qui était supposé donner un coup de barre à gauche — a de quoi surprendre. Il rappelle plutôt celui du comte Henri de Saint-Simon, apôtre et prophète, au siècle dernier, de la société industrielle.

N'en sous-estimons pas l'efficacité. Ce n'est pas un mince succès, pour un pays dont la population ne représente plus qu'un centième de l'humanité, d'être aujourd'hui la quatrième puissance économique et commerciale du monde. D'avoir ajouté à son image traditionnelle d'exportateur de vins, de fromages, de robes et de parfums l'auréole de fabricant de centrales nucléaires et de TGV vendus jusqu'au Texas. D'avoir augmenté le pouvoir d'achat moyen de ses habitants, en dix ans, de 15 %. D'avoir un taux de croissance supérieur depuis trente ans à celui de l'Allemagne. Dernier record, dont on est peut-être moins fier : la France est le troisième exportateur d'armes du monde, après les États-Unis et l'URSS, ce qui veut dire, compte tenu du rapport des populations, qu'elle est le premier par tête d'habitant.

Il est vrai que c'est seulement à ce prix que notre pays peut espérer équiper son armée, pour l'essentiel, de matériel français. Il n'empêche que le marché des armements, comme le BTP — le secteur bâtiment-travaux publics —, n'est pas précisément celui des enfants de chœur et que les pots-de-vin que l'un et l'autre génèrent ont lourdement affecté l'image — et la crédibilité — de la « classe politique ». De toute manière, l'évanouissement de la menace soviétique, faisant suite à la mise hors d'état de nuire du régime de Bagdad, n'augure pas des commandes massives dans ce secteur.

Cette parenthèse refermée, on relèvera que la France compte, quoi qu'on dise, quantité d'entreprises très dynamiques et de gens qui, dans tous les domaines de la science et de la culture, se dévouent passionnément à leur tâche. Il faut sans cesse le rappeler à ceux qui parlent du « déclin » comme s'il était un fait avéré, alors qu'il n'est qu'un risque.

Un risque que la probabilité de voir le nombre de chômeurs atteindre bientôt trois millions devrait tout de même suffire à faire prendre très au sérieux, et qui justifie le discours combatif d'Édith Cresson sur la compétition internationale. Aussi bien François Mitterrand a-t-il dûment précisé, en présentant son nouveau Premier ministre à la télévision, que sa première tâche consisterait à mettre le pays en état d'affronter le mieux possible le grand marché de 1993. Ce qui signifie tout faire pour assurer la rentabilité des entreprises et les aider ainsi à conserver et à conquérir le plus possible de parts de marché.

Parmi ces entreprises, il y a les petites et les moyennes, auxquelles, le chef du gouvernement a raison d'y insister, l'administration et les banques ne prêtent pas en général assez d'attention. Elles ont beau constituer, à bien des égards, l'armature essentielle du paysage économique français, elles paient de ne pas se croire obligées de faire dans le spectaculaire, pour lequel, colbertiste ou pas, le dirigisme a toujours eu une faiblesse : voir les projets pharaonesques de Staline, les cathédrales industrielles du général de Gaulle, les barrages de Nasser ou des généraux brésiliens. « La France, écrivait Renan il y a plus d'un siècle, sait admirablement faire de la dentelle, elle ne sait pas faire de la toile de ménage. (...) Les besognes humbles (...) seront toujours chez nous pauvrement exécutées. La France excelle dans l'exquis : elle est médiocre dans le commun. Par quel caprice est-elle avec cela démocratique[9] ? »

Paul Kennedy, dans son gros livre sur la croissance et le déclin des grandes puissances, lui fait écho aujourd'hui : « La France est toujours aussi experte pour exporter des Mirage, du vin et des céréales, mais elle reste relativement faible en matière d'exportation de produits manufacturés ordinaires, [d'autant plus que] trop de ses clients ont été des pays instable du tiers monde qui ont passé des commandes fabuleuses (barrages ou Mirage) et puis ont eu des difficultés de paiement : inversement, la pénétration des importations de produits industriels, de voitures et d'appareils électriques en France montre qu'il existe de larges secteurs où l'économie n'est pas compétitive[10] ». On ne saurait mieux dire en si peu de mots.

Les difficultés de l'informatique, de l'électronique, l'insuffisance de la production nationale de papier, le poids excessif dans l'économie de l'industrie automobile, la dramatique insuffisance de la production de machines-outils, les trop fréquentes déficiences de l'après-vente, ces traits sont anciens, et l'on ne va pas y remédier dans l'heure. Le choc du grand marché risque donc d'être douloureux. Jusqu'à preuve du contraire, cependant, la CEE ne saurait être considérée comme une zone de libre-échange où s'affrontent les nations, mais comme un ensemble de structures basé sur la complémentarité des intérêts de ses membres et sur la vieille idée que l'union fait la force. Dans un tel ensemble, il n'y a pas davantage de sens pour une France de 56 millions d'habitants à se mesurer à une Allemagne de 78 qu'il n'y en aurait pour la Belgique ou pour le Portugal à vouloir se mesurer à la France en tant que telle. L'Europe ne mérite son nom que si les économies — et donc les grandes entreprises — de ceux qui en font partie perdent progressivement leurs couleurs nationales. C'est à cette seule condition que l'on a une chance d'éviter de voir les sociétés du Vieux Monde passer tôt ou tard sous la coupe de leurs rivales américaines ou japonaises, et d'empêcher les conflits du passé de resurgir des placards de l'Histoire.

On est encore loin de compte : la plupart des multinationales vivent plutôt à l'horizon de la planète qu'à celui de la Communauté ou du continent. Et c'est bien pourquoi la question posée aujourd'hui aux Douze et à ceux qui ambitionnent de les rejoindre demeure la même qu'au temps — 1815 — où le comte de Saint-Simon parlait de la « nécessité de rassembler les peuples de l'Europe en un seul corps politique, en conservant à chacun son indépendance nationale ». Où il préconisait à cette fin la création d'un « Parlement européen » supérieur aux gouvernements nationaux et la « superposition, au-dessus des patriotismes nationaux, d'un « patriotisme européen[11] ».

***

« Patriotisme européen » : ces deux mots, aux oreilles du Français d'aujourd'hui, ne font pas très bon ménage. Le patriotisme implique une adhésion du cœur, une relation, comme l'étymologie l'indique, d'enfant à père (ou à mère). L'adhésion à l'Europe relève du raisonnement. François Mitterrand a beau avoir conduit au Panthéon les restes de Jean Monnet, le fait est que le patriotisme, si l'on ose dire, national inspire à ce « quarante-huitard » de tout autres accents que l'encore bien abstraite construction communautaire. Dans ses *Réflexions sur la politique extérieure de la France*, publiées en 1986, il parle de « l'ambition que d'instinct, de passion, de raison, il nourrit pour la France[12] ». Cette ambition, il ne la conçoit que dans la continuité, allant jusqu'à évoquer « la trace continue du sillon creusé par le destin millénaire de la plus ancienne nation d'Europe[13] ». Et encore : « Je me réjouis de ce que sur notre planète rétrécie s'élargisse le champ du contrat. Mais il est des domaines non négligeables, un pré carré dont je revendique, lorsqu'il est empiété, qu'il soit reconnu et rendu à la France. Dans ce pré carré je distingue en premier notre langue, notre industrie et notre sécurité, qui sont autant de fronts où garder nos défenses sans les quitter des yeux. Que l'un cède et l'autre tombera. Cette image guerrière traduit très exactement ma pensée[14]. » Bien avant, il avait écrit, dans *Le Coup d'État permanent* : « L'Europe abstraite, forme géométrique dessinée sur un papier blanc, c'est la caricature qu'en donnent ses détracteurs. La véritable Europe a besoin des patries comme un corps vivant de chair et de sang[15]. »

Libre aux esprits forts de contester la sincérité de tels cris du cœur, voire, comme l'a fait François Léotard au lendemain du putsch manqué de Moscou, d'accuser le chef de l'État de « défendre dans le monde la place émérite de la France dans l'Internationale socialiste » avant ses intérêt propres[16]. *Newsweek* l'a certainement mieux compris lorsqu'il a écrit : « François Mitterrand est l'un des derniers d'une génération baignée dans la littérature de l'époque romantique, Français jusqu'au bout des doigts et en accord profond avec l'héritage culturel de la France. (...) C'est un provincial dans tous les sens du terme[17]. »

Comment un homme placé, et confirmé, par le suffrage universel à la tête de la France pourrait-il négliger l'image que l'Histoire retiendra de ce qu'il a fait d'elle et pour elle ? Qu'il parle et écrive si bien le français, et si peu les langues étrangères, n'est-il pas le signe qu'il ne pense qu'en français ? Lorsqu'on est porteur d'une culture avant tout littéraire et terrienne, lorsqu'on passe des heures chaque jour à lire, lorsque l'on est né à Jarnac, à deux pas du Barbezieux de Chardonne, lorsqu'on éprouve le besoin, pour prendre du recul, d'arpenter les rues de Paris, les chemins des Landes ou de méditer à Vézelay, on est par définition porteur, même si l'on n'aime pas le terme — prétendument « équivoque », « démagogique[18] » —, d'une très forte identité nationale.

Aux historiens d'essayer, comme le conseillait — sans le faire — Péguy, de « regarder la France comme si on n'en était pas[19] ». Un chef d'État est là pour la défendre, faire en sorte qu'elle continue d'exister et, pour ce faire, de tenir, eh oui ! son « rang ». Mot gaullien s'il en est, puisque le Général a donné ce titre à l'un des chapitres de ses *Mémoires de guerre* et qu'il y a écrit : « Vers la France libérée, tous les États portaient leurs regards. Cette nation, que depuis tant de siècles on voyait à la première place (...) dans quel état reparaissait-elle, quelle route allait-elle prendre, à quel rang la reverrait-on[20] ? » « Les nations se classent comme des animaux, disait de son côté Jules Michelet. La France, elle, est une personne[21]. »

Mitterrand a employé le terme de rang, une première fois, en mai 1989, dans un moment d'exceptionnelle euphorie. Brillamment réélu l'année précédente, il voyait sa cote, dans les sondages, grimper au zénith. Peut-être n'aimait-il pas trop son Premier ministre, mais c'est lui qui avait été le chercher, et le tenant du titre était bien en selle. L'économie était en expansion, le front social calmé. Personne n'imaginait que le mur de Berlin, quelques mois plus tard, serait à terre et l'Allemagne en passe d'être réunifiée. Rien n'annonçait la crise du Golfe. C'est pourtant ce moment-là que, bizarrement, le chef de l'État a choisi pour donner l'impression, au cours d'une conférence de presse, de vouloir prouver devant l'Histoire, lui qui avait tant résisté à l'homme du 18-Juin, qu'il avait poursuivi son œuvre et défendu son héritage.

Valéry Giscard d'Estaing voulait que la France figure « dans le groupe de tête des pays de dimension moyenne dans le monde[22] ». Son successeur préférait rappeler qu'elle était la troisième puissance militaire de la planète — ce qui n'est vrai que sur le plan nucléaire —, souligner sa place sur l'échelle des performances économiques et son rayonnement culturel, relever aussi les droits qui lui confère son statut de membre permanent du Conseil de sécurité des Nations unies, le rôle qu'elle joue au Proche-Orient, en Afrique, dans la négociation sur le Cambodge, son ambition de contribuer au désarmement, à l'avancée des droits de l'homme, au développement du tiers monde.

Partisan convaincu de la réduction des inégalités entre les hommes, le président n'allait pas ce jour-là jusqu'à prêcher pour la stricte égalité entre les nations d'Europe. Il allait reprendre ce thème dans l'allocution qu'il a prononcée le 3 mars 1991 à la télévision pour dresser le bilan de la guerre du Golfe[23]. Là encore, climat euphorique, sondages unanimistes. Pas un mot cette fois, curieusement, on l'a déjà noté, sur l'Europe, mais une proposition — qui tombera à l'eau — de réunir au « sommet » le Conseil de sécurité de l'ONU. Le sens de cette prestation était clair : si l'engagement de la France dans la crise répondait certes à sa volonté de faire respecter le droit — mais combien de fois n'avait-il pas été violé ailleurs sans qu'elle réagisse autrement qu'en paroles ? —, il signifiait également qu'elle entendait continuer de faire partie du club des Grands. Disons que François Mitterrand avait compris la nécessité, compte tenu de l'évolution du climat général, de se mettre à jour de ses cotisations.

Un tel comportement rejoignait assez celui des Britanniques, même s'il faut faire la part de leur attachement instinctif, par gros vent, aux cousins d'outre-Atlantique, mais le fait demeure qu'après la bordée de commentaires aigres-doux qu'avait valus à la France, dans la presse d'outre-Manche, un certain parti pris élyséen de cultiver sans grand succès la « différence », les rapports entre Paris et Londres se sont considérablement détendus.

Le temps est loin où Jules Michelet écrivait : « La guerre des guerres, le combat des combats, c'est celui de l'Angleterre et de la France ; le reste est épisode[24] », où de Gaulle disait aimablement à un ambassadeur de Sa Gracieuse Majesté : « Nous ne sommes pas, je le reconnais, en état de vous faire actuellement la guerre. Mais vous avez outragé la France et trahi l'Occident. Cela ne peut être oublié[25] » ; ou encore : « Nos deux pays ont toujours été en guerre, sauf lorsqu'ils se sont trouvés alliés contre un ennemi commun. » Les derniers en date des ennemis communs ayant tour à tour mordu la poussière, l'Histoire va-t-elle une fois de plus conforter ce sombre jugement ? On à peine à le croire maintenant que le souriant John Major a remplacé la fière Maggie. A voir la similitude des attitudes des deux nations au cours de la crise du Golfe, elles semblent avoir pris conscience de l'analogie, que l'Histoire explique, de leurs situations respectives.

A la différence de l'Allemagne et de l'Italie, dont l'unité date d'un siècle et demi, la leur remonte à la nuit des temps. Les Capétiens ont mis constamment leur point d'honneur non pas à gouverner le « Saint-Empire » qui prétendait ressusciter ceux de Rome et de Charlemagne, mais à s'en différencier. Quant à l'Angleterre, la mer la protège des invasions : la dernière en date, celle des Normands de Guillaume le Conquérant, remonte à l'an 1066. Une fois reconnu, avec la guerre de Cent Ans, l'échec de son rêve de s'approprier la couronne de France, elle limitera son ambition, sur le continent, à empêcher les autres, qu'ils soient français, allemands ou russes, de le dominer. Ce qu'elle entend dominer elle-même — *Britannia rules the Waves* —, ce sont les océans. Elle a vérifié une fois de plus, durant la

Deuxième Guerre mondiale, que sa survie était liée à ses importations de nourriture et donc à la liberté des mers.

Ce rôle, on l'a vu, ce sont les États-Unis qui l'assument désormais. Sans fanfaronnade, sans exclusive aucune, puisqu'ils ne demandent qu'à trouver des associés, des partenaires, des gendarmes auxiliaires, puisque aucun de leurs présidents n'a autant consulté ses alliés que George Bush. Est-ce à dire que la France, ou la Grande-Bretagne, ou l'Allemagne pèsent beaucoup dans la définition de sa politique ? Pour Régis Debray, la réponse ne fait pas de doute : « Nous sommes rentrés à l'intérieur de Disneyland et notre armée est passée sous commandement américain. On commence par l'acculturation, on finit par l'inféodation[26]. »

François Mitterrand a certainement trouvé particulièrement injuste, en un temps où tout le monde vantait sa perspicacité, ce propos de son ancien collaborateur, passé avec armes et bagages dans le camp des nostalgiques du gaullisme. Mais le fait est que si sa diplomatie a marqué, en collaboration avec Londres, quelques points dans l'affaire kurde, la France n'a pas été appelée à participer en tant que telle à la négociation annoncée sur le Proche-Orient. La Grande-Bretagne non plus d'ailleurs : or Dieu sait si l'une comme l'autre ont toujours considéré qu'elles avaient des intérêts particuliers dans cette partie du monde.

Le contraste est surprenant entre la fréquence des interventions publiques du président de la République tout au long de la crise du Golfe et la réserve qu'il adopte maintenant. Son prédécesseur n'a pas attendu la fin des vacances pour le lui reprocher en termes vifs : « A côté de cette Amérique triomphante et de cette Union soviétique dont le délabrement économique va continuer, quelle peut être, quelle doit être la place de la France ? Et, dans le nouvel ordre international en gestation, quel rôle peut espérer jouer notre pays ? Il aimerait qu'on le lui dise[27] ! »

VGE ne va pas jusqu'à « le dire » lui-même. De toute façon, avec la persistance de la récession et le faible impact, pour parler poliment, de l'appel à Édith Cresson, l'opposition se sent déjà le vent en poupe. Elle va recevoir un formidable coup de fouet avec le putsch manqué de Moscou et la maladresse des réactions élyséennes à l'événement.

Ce n'est pas qu'elle ait toujours, concernant l'URSS, témoigné elle-même d'une lucidité ou d'une fermeté à toute épreuve. Michel Debré, alors ministre des Affaires étrangères, a beau contester qu'il ait parlé « d'incident de parcours » à propos de l'invasion de la Tchécoslovaquie, le fait est que de Gaulle se contenta alors d'incriminer la politique de blocs et Yalta, et, pour le reste, adopta un profil particulièrement bas. Lors de celle de l'Afghanistan, on parlait dans l'entourage de Giscard du *limes* soviétique, à l'intérieur duquel l'opération se serait déroulée, et son grand ami, Michel Poniatowski, n'hésitait pas à écrire qu'elle était « plus "russe" que "sovétique", ce qui est pris pour de l'agressivité n'étant, semble-t-il en partie, dans l'esprit des dirigeants russes, que protection et défense élargie[28] ».

La vérité, c'est qu'une bonne partie de la classe politique, droite et gauche confondues, a toujours considéré que l'URSS fournissait un utile contrepoids à l'influence américaine, voire un moyen d'empêcher une Allemagne trop puissante de dominer l'Europe. François Mitterrand lui-même avait déclaré en 1979 : « Sans taire ce que l'unification peut représenter politiquement, historiquement et moralement pour les Allemands, si je m'en tiens aux données rigoureuses que sont l'équilibre européen, la sécurité de la France et le maintien de la paix, je ne la crois ni souhaitable ni possible[29]. » Et l'on a vu qu'à la fin de 1989 encore il a jugé nécessaire, pour essayer de la retarder ou d'en diminuer les effets, de s'appuyer, bien vainement, sur Gorbatchev.

Le maintien du couple franco-allemand paraît heureusement trop indispensable aux deux conjoints pour que Helmut Kohl lui ait beaucoup tenu rancune de cette infidélité. Plus grave est l'erreur, relevée par Jacques Amalric, qui a consisté, « laissant trop de temps au temps », à ne pas croire, « sinon sur une très longue période et sous la forme d'une très longue évolution », à l'effondrement du communisme, et à en déduire que le Kremlin « aurait les moyens d'endiguer la débâcle[30] ».

D'où le traitement indigne réservé lors de sa visite en France, au printemps 1991, à Boris Eltsine, coupable de s'opposer à un Gorbatchev auquel on faisait pleine confiance. D'où les réactions au putsch de Moscou, qui donnent à penser, la première que l'on tient son succès pour pratiquement assuré, la seconde, quarante-huit heures plus tard, qu'une parenthèse vient de se refermer et que demain tout va reprendre comme hier[31]. « Le chef de l'État avait rendez-vous avec la Grande Histoire, commentera plus tard Serge July, et ce prince de la lenteur est arrivé en retard[32]. » Oui certes, mais alors comment se fait-il que le même François Mitterrand ait, dès décembre 1989, formulé la prédiction la plus juste en ce qui concerne l'URSS en déclarant : « A mon avis, la révolution qui a commencé à Moscou grâce à M. Gorbatchev va faire le tour de l'Europe de l'Est et va retourner à Moscou[33] », ajoutant quelques jours plus tard que : « la volonté des peuples, par les temps qui courent, détermine beaucoup plus que celle des gouvernements les grands mouvements de l'Histoire[34] » ?

Une telle éventualité aurait dû enthousiasmer le défenseur des droits de l'homme qu'il s'est toujours voulu. Mais sans doute a-t-il conçu quelque effroi à l'idée d'une balkanisation générale de l'est du continent. Il n'a d'ailleurs pas été le seul. George Bush a beau avoir dans l'ensemble mieux géré le dossier soviétique que l'hôte de l'Élysée — il a reçu Eltsine après son élection à la présidence de la Russie, et, après une première réaction ultraprudente, a vite condamné les putschistes —, il ne se fait pas moins adresser de vives critiques à ce propos par le *Wall Street Journal*. A en croire ce dernier, « son comportement revient à se sentir à l'aise avec le communisme en un moment où des millions de gens qui connaissent très bien la question ne sont pas de cet avis[35] ». Une déclaration du président lituanien Landsbergis étaye ce réquisitoire : « Les Occidentaux n'ont pas levé le plus petit doigt pour nous[36]. » Et l'on peut se demander ce que le général de Gaulle aurait fait en la circonstance, lui qui, pour défendre l'indépendance de la France, a toujours eu tendance à se porter du côté de celle des superpuissances qui lui paraissait en position de faiblesse.

A quoi s'ajoutait, dans le cas de François Mitterrand, une considération, qui saute aux yeux, ayant trait à la politique intérieure française. Détestant d'un même cœur les communistes et, jusque dans leur avatar centriste, les gens de droite, il n'a cessé, comme son ami Gorbatchev, de s'appuyer sur les uns pour résister aux autres, étant trop heureux de disposer, pour diviser les rangs conservateurs, de l'épouvantail Le Pen. Ce n'est plus possible : le vieux partenaire sans lequel l'union de la gauche n'aurait jamais vu le jour et sans lequel, lui, Mitterrand, n'aurait jamais été président de la République, ce partenaire-là est disqualifié par l'écroulement, sur les bords de la Moskowa, de trois quarts de siècle de communisme.

L'électorat du PCF va se diviser, selon toute probabilité, entre ceux qui, faute de mieux, resteront fidèles au parti en lequel ils avaient mis tant d'espoir ; ceux qui, n'attendant plus rien de la classe politique actuelle, iront chez les Verts ou au FN ; ceux qui, désabusés, choisiront la pêche à la ligne. Il est douteux que s'opère un transfert massif vers les candidats d'un parti socialiste dont l'image a souffert d'un long passage au pouvoir, d'une économie malade, de trop de scandales et d'« affaires », pour ne pas parler de suicidaires querelles de « courants » dont les ambitions personnelles sont trop manifestement le moteur.

Les chancelleries étrangères savent tout cela. Le crédit longtemps considérable — qu'on se rappelle le succès du « sommet de l'Arche » au milieu des fêtes du Bicentenaire de la Révolution — dont disposait auprès d'elles le président de la République peut difficilement ne pas s'en trouver affaibli. Pour l'homme de l'Élysée, dont Édith Cresson a noté « cette capacité à sentir et à souffrir qui donne au destin d'un seul la dimension tragique capable de faire écho à l'ensemble des destins individuels[37] », l'épreuve est rude. D'autant plus qu'on devine aisément, derrière le masque de l'équanimité et de la maîtrise de soi, les cicatrices des blessures que la politique lui a souvent infligées depuis l'affaire dite des fuites où il fut, en 1954, injustement impliqué.

Certes, nul n'a montré une capacité à rebondir égale à la sienne. Mais l'âge est là, qui fait de lui le doyen, à part quelques rhinocéros d'Asie, de la scène internationale. Et il n'est pas homme à ignorer que dans un pays versatile comme la France, ceux qui s'en sont remis à la sagesse du père sont souvent les premiers à décider qu'il a fait son temps.

Qui, surtout s'il a joué un grand rôle, n'est pas menacé, au soir de sa vie, par l'amertume ? Celui qu'a assumé François Mitterrand est sans doute fort différent de ce dont il avait rêvé : il n'a pas changé *de* société, comme il se vantait de pouvoir le faire. Il n'a même guère changé *la* société[38]. Mais il a réconcilié, et lui seul pouvait le faire, la moitié de la France qui les contestait avec les institutions de la Ve République. Il a été, à bien des égards, le roi que les Français, comme la plupart des peuples, désirent à condition qu'il ne soit pas héréditaire. Il a fait accepter par l'ensemble de la nation la nécessité de garder cette force nucléaire que de Gaulle n'avait imposée qu'à grand-peine. Il a confirmé, au moment de la tempête monétaire de 1983, le choix européen de la France. Il a pesé d'un grand poids dans cette bataille des euromissiles qui, si elle avait été perdue, aurait fait basculer le continent dans le camp soviétique.

Il a enterré la querelle scolaire. Il a mis fin à la vieille querelle sur les nationalisations, en faisant la preuve, finalement, de son très relatif intérêt. Puisque, loin d'être spoliés, les porteurs d'actions des sociétés passées dans le secteur public ont été, grâce au Conseil constitutionnel, largement indemnisés, au point que tel ou tel d'entre eux a bâti, à partir des sommes ainsi perçues, une belle fortune. Puisque le personnel desdites sociétés, qui attendait monts et merveilles de leur nationalisation, a constaté que son sort n'était guère changé, et du coup s'est gardé de hurler lorsque le gouvernement Chirac a reprivatisé un certain nombre d'entre elles. Leur valeur s'étant beaucoup accrue pendant la période où elles étaient sous le contrôle de l'État, ce que les libéraux ne mentionnent pas souvent, celui-ci a largement renfloué ses caisses à cette occasion. Enfin, de la Pyramide à l'Arche, il a doté Paris d'une incomparable voie triomphale et s'est comporté, en toutes circonstances, comme le protecteur, sans doute parfois trop prodigue de la culture française.

Il a échoué, en revanche, à réduire le chômage. Mais celui-ci n'est guère moindre dans certains pays gouvernés à droite, pour ne pas parler de ceux qui viennent d'échapper à la domination communiste. Que des erreurs aient été commises, dans le cas particulier de la France, sans doute. Mais le temps n'est plus où elle pouvait complètement contrôler son destin. N'est-il pas significatif que l'arrêt des privatisations, en 1987, ait été dû non pas à l'opposition du Parlement ou des syndicats, mais simplement au krach de la Bourse de New York ?

L'autre phénomène qui est au centre, aujourd'hui, du malaise français, c'est bien entendu celui de l'immigration. S'il y a eu des erreurs là aussi, la principale n'est pas récente. L'industrie nationale aurait été bien inspirée, pendant le boom qu'elle a connu pendant trente ans d'investir dans les pays d'outre-mer et d'y créer ainsi des emplois, plutôt que d'importer massivement une main-d'œuvre aux coutumes très différentes des nôtres et qui ne pouvait manquer, une fois venue l'inévitable récession, de poser problème.

Le résultat en tout cas est là. De tous les pays de la Communauté européenne, la France est celui qui abrite le plus grand nombre d'étrangers qui n'en sont pas ressortissants : soit 6,5 % de la population totale, contre 5,3 % en RFA à la veille de la réunification et 4 % en Grande-Bretagne. L'immense majorité des Français pensent que c'est assez, une importante minorité que c'est trop, et l'accord s'est donc fait sur la nécessité de lutter par tous les moyens contre l'immigration clandestine. Mais ne nous faisons pas d'illusions : il faudrait un nouveau rideau de fer, surveillé en permanence par une véritable armée, pour fermer hermétiquement les frontières de l'Hexagone à tous ceux, innombrables, qui rêvent de s'y établir.

La réponse au problème posé ne peut pas, sauf à transformer la République en État policier, résulter seulement de mesures défensives. Ce qu'il faut, c'est décourager au départ, autant que faire se peut, par une aide efficace au développement du Maghreb et de l'Afrique francophone, les flux migratoires en provenance de ces contrées. C'est encourager l'intégration d'un maximum d'immigrants et plus encore d'enfants d'immigrants dans une communauté nationale qui n'a cessé, en mille ans d'histoire, de s'enrichir d'alluvions étrangères. Les ex-tenants de l'Algérie française devraient être, sauf à se contredire, les derniers à s'y opposer.

De toute façon le déclin de la natalité appellera tôt ou tard un recours à une nouvelle immigration. Et l'augmentation de la population mondiale, au rythme de trois individus par seconde, jettera de plus en plus de sans-emploi sur les routes de l'exil. Ce n'est pas vrai que de la France, et l'Europe doit fournir le cadre naturel des solutions que l'on finira bien par adopter.

Qui dit chômage massif, dans un pays où l'on compte beaucoup d'immigrés, dit par définition insécurité et tentations racistes. Il est conforme à la tradition que la démagogie s'empare d'un tel sujet et qu'il devienne un enjeu électoral majeur. Les Français doivent tout de même savoir qu'au delà de ce problème de « société » il leur faut d'abord répondre à la question fondamentale du poids qu'ils veulent et peuvent avoir dans les affaires de l'Europe et du monde.

Un nouvel ordre international s'édifie sous leurs yeux, aux couleurs des États-Unis et du libéralisme économique. Il est facile de dénoncer la confusion du « consensus » et de la « soft idéologie ». Il devrait pourtant tomber sous le sens que la meilleure chance pour la nation française de ne pas devenir ce que Jean-François Deniau a justement appelé un « Porto Rico[39] », autrement dit un territoire administré par les États-Unis mais non admis à voter leurs lois, est de s'unir autour d'une ambition commune.

« Que devient la nation française, qui se fondait sur une haute idée de sa grandeur et de sa singularité, écrit Dominique Schnapper, si elle n'entretient ni ambition ni débat politiques ? N'est-elle pas devenue exceptionnelle en ce qu'elle continue à manifester plus que les autres pays européens un fort attachement sentimental et historique à l'idée de nation, alors que la réalité nationale est, plus qu'ailleurs, menacée par la modernité[40] ? »

NOTES

1. Paul Morand, *Venises*, Gallimard, 1971, p. 101.
2. Paul Fabra, « Destructrice obsession japonaise », Le Monde, 21 mai 1991.
3. *Le Quotidien de Paris*, 16 mai 1991.
4. *Libération*, 16 mai 1991.
5. Cité par Dominique Nora, « *Nec fluctuat, Bull mergitur* », *Le Nouvel Observateur*, 30 mai-5 juin 1991.
6. *Le Monde*, 28-29 juillet 1991.
7. Jacques Calvet, « Périsse un rêve ! », *Le Monde*, 12 juillet 1991.
8. *Le Quotidien de Paris*, 24 mai 1991.
9. *La Réforme intellectuelle et morale*, *op. cit.*, p. 7.
10. Paul Kennedy, *op. cit.*, p. 538.
11. L'essentiel du plan de Saint-Simon est reproduit *in* D. de Rougemont, *op. cit.*, p. 201.
12. François Mitterrand, *Réflexions sur la politique extérieure de la France*, Fayard, 1986, p. 8.
13. *Ibid.*, p. 7.
14. *Ibid.*, p. 14.
15. François Mitterrand, *Le Coup d'État permanent*, Plon, 1964.
16. *Le Monde*, 3 septembre 1991.
17. *Newsweek*, 13 mai 1991.
18. Interview au *Monde*, 3 septembre 1991.
19. *Les Cahiers de la Quinzaine*, cité *in* Fernand Braudel, *L'Identité de la France*, Arthaud-Flammarion, 1986, t. I, p. 9.
20. Charles de Gaulle, *Mémoires de guerre*, *op. cit.*, t. I, *Le Salut*, p. 1.
21. Jules Michelet, *Tableau de la France*, Hermès, Pierre Waleffe, 1966, p. 149.
22. Conférence de presse du 22 avril 1976, *Le Monde*, 24 avril 1976.
23. *Le Monde*, 5 mars 1991.
24. Jules Michelet, *op. cit.*, p. 133.

25. Charles de Gaulle, *Mémoires de guerre, op. cit.*, t. III, p. 194.
26. *Le Nouvel Observateur,* 14 février 1991.
27. Les Carnets du Monde, Giscard, « les USA maîtres du monde », *Paris Match*, août 1991.
28. *Bulletin de l'Institut de prospective politique,* 7 janvier 1980.
29. Interview au *Monde*, 1er juin 1979.
30. Jacques Amalric, « M. Mitterrand, le temps et l'histoire », *Le Monde*, 27 août 1991.
31. *Ibid.*
32. Serge July, « Le Contrecoup français », *Libération*, 2 septembre 1991.
33. Interview télévisée du 10 décembre 1989, *Le Monde*, 12 décembre 1989.
34. Discours au Conseil de l'Europe, *Le Monde*, décembre 1989.
35. « Darkness at Kennebunkport, *Wall Street Journal Europe*, 2 septembre 1991.
36. Interview au *Figaro*, 2 septembre 1991.
37. Édith Cresson, *Au soleil*, J.-L. Lattès, 1976, p. 125.
38. Conversation avec Jacques Chaban-Delmas, en juin 1981, rapportée *in* Pierre Favier et Michel Martin-Roland, *La Décennie Mitterrand*, I, *op. cit.*, p. 66.
39. Jean-François Deniau, *L'Europe interdite,* Seuil, 1977, p. 203.
40. Dominique Schnapper, *La France et l'intégration*, Gallimard, 1991, p. 363.

CONCLUSION

La fin de la guerre froide ne signifie pas, pour le « village planétaire », la fin des contradictions. Tiraillée hier entre les ambitions parfaitement incompatibles des deux superpuissances, l'humanité se retrouve prise, maintenant qu'elles sont réconciliées, entre deux vents non moins contraires : l'un pousse à son unité, l'autre à son atomisation.

L'*unité* : on a vu, au cours de ces années qui ont bouleversé l'univers, le mur de Berlin et le rideau de fer s'écrouler, l'Allemagne se réunifier, les deux moitiés de l'Europe se retrouver, le Zorro américain écraser, aux applaudissements de la terre entière, le *villain* de Bagdad, les dirigeants de ce qui reste d'URSS abjurer le communisme et demander, outre un sérieux coup de pouce financier, l'intégration de leur pays dans la communauté mondiale, ceux des États-Unis enfin déclarer, sans susciter beaucoup de protestations, que le moment était venu de mettre sur pied un nouvel ordre international. On ne compte pas, dans le tiers monde, les conflits qui ont soit trouvé une solution, soit, à tout le moins, débouché sur un cessez-le-feu. Presque partout les idées de liberté, de démocratie, de droits de l'homme, d'économie de marché ont fait des pas de géant.

L'*atomisation* : ce néologisme s'applique à deux risques. Celui de la destruction par l'arme nucléaire, après ce qui vient de se passer, ne paraît pas d'actualité. On ne saurait en dire autant de l'excessive fragmentation des sociétés humaines qui se dessine. Rares sont les pays dont l'insularité a protégé, comme c'est le cas du Japon ou de l'Islande, l'homogénéité. Presque partout existent des minorités, anciennes ou récentes, dont les rapports avec le gros de la population sont prompts à s'altérer lorsque la situation économique se détériore et qu'il n'y a plus d'hégémonie pour faire tenir tout le monde tranquille. D'où l'éclatement de l'URSS et de la Yougoslavie, les troubles raciaux dans les pays d'immigration et les conflits ethniques, religieux, tribaux qui ensanglantent encore trop de régions du tiers monde, sans compter le terrorisme basque, irlandais ou corse.

Les Nations unies ayant donné le mauvais exemple en recevant dans leur sein, avec un droit de vote égal, en Assemblée générale, à celui des mastodontes, une ex-perlette de la couronne britannique comme Saint Kitts et Nevis, qui n'a pas 50 000 habitants, on est en droit de se demander jusqu'où ira cette balkanisation, dont la guerre civile larvée entre la Serbie et la Croatie met en évidence les dangers. Même s'il est difficile de ne pas se réjouir de voir les nations est-européennes et les républiques baltes échapper à la chape de plomb du stalinisme pour retrouver la liberté et l'identité qui leur avaient été volées à main armée.

Unité contre atomisation : ce couple de forces, dont on a déjà fait état à propos de la construction de l'Europe, caractérise l'histoire humaine depuis la nuit des temps. Mais, depuis l'époque où les cités grecques avaient leurs amphictyonies, leurs assemblées destinées à surmonter leur différends, la tendance à l'unité a, malgré des retours en arrière, constamment prévalu. C'est bien pourquoi les empires n'ont cessé de succéder aux empires. On citera certes comme un extraordinaire exemple en sens contraire la paix de Westphalie, qui, en l'an de grâce 1648, consacra l'existence de pas moins de 343 États allemands indépendants et souverains : mais ce n'était là qu'une application extrême du « diviser pour régner ». Comme l'a montré Jacques Bainville, cette anarchie-là était placée en réalité sous le protectorat de la France[1].

Dès le lendemain de la Deuxième Guerre mondiale, en tout cas, les plus grands esprits ont constaté que l'État-nation n'était plus adapté aux réalités d'une époque qui a réduit les distances à rien et inventé, pour soulager la peine des hommes, des machines dont le coût exige de vastes marchés. L'incapacité de trop de pays du tiers monde à s'unir ne compte pas pour peu dans la persistance de leur sous-développement. Des questions comme la protection de l'environnement, la lutte contre les épidémies, l'approvisionnement en énergie, l'utilisation de l'espace, l'aide aux pays les plus pauvres, le cours des matières premières, la réduction et le contrôle des armements, le combat contre le cartel de la drogue et les mafias de toutes sortes appellent à l'évidence des solutions à l'échelle planétaire. Cette fin de siècle a pour loi l'interdépendance, et le repli sur son quant-à-soi ne mène à rien. Malheur à ceux qui n'ont pas assez de voix et de poids pour se faire entendre !

L'ont apparemment compris les dirigeants de la majorité des républiques ex-soviétiques qui se sont accordés pour maintenir provisoirement entre elles un minimum de structures communes. S'ils l'ont fait, c'est bien sûr d'abord parce que l'arme nucléaire et le siège permanent au Conseil de sécurité ne sont pas précisément divisibles. Et parce que l'excessive centralisation de l'économie, notamment en matière de transports et d'énergie, rendrait un divorce entre la Russie et l'Ukraine, par exemple, parfaitement suicidaire. Personne n'est en mesure d'augurer ce que donnera, à l'épreuve du temps, ce compromis réalisé à la hâte. Il devrait tout de même être permis d'y saluer la preuve d'une sagesse dont l'histoire des libérations est rarement prodigue.

***

Les nations de l'Europe de l'Ouest feraient bien d'en prendre de la graine si elles ne veulent pas donner raison au jugement célèbre de Valéry selon lequel elles n'aspirent qu'à « être gouvernées par une commission américaine[2] ».

Certains, il est vrai, se feraient assez aisément une raison. Étant déjà passé du français au franglais, pourquoi ne passeraient-ils pas à l'anglais tout court ? La langue du melting-pot, du « creuset » américain, n'est-elle pas de toute façon en voie de devenir l'esperanto du XXIe siècle ?

On mesure, en entendant ce genre de raisonnement, les effets du recul, dans la formation des Français, de ce qu'on appelait naguère les « humanités ». Même lorsqu'ils arrivent à s'exprimer sans trop de peine dans la langue de Shakespeare et de Madonna, ceux qui ont bu de ce lait éprouveraient pour la plupart le sentiment d'une véritable amputation à l'idée que leur langue maternelle soit confinée à la visite nostalgique d'un musée littéraire. C'est pour eux un sujet de fierté et d'espoir que de voir qu'au Québec, en Afrique, au Proche-Orient, dans le monde ibérique, il n'y a jamais eu autant de francophones, même si, en pourcentage, leur nombre, notamment en Espagne et en Italie, a diminué de manière préoccupante. De toute façon il n'y a pas que le français. L'arabe, le russe, le chinois, le japonais, l'espagnol, l'allemand, le portugais ne vont pas disparaître comme par enchantement. A l'intérieur même des États-Unis, les « hispaniques » imposent de plus en plus la pratique de leur parler. Francis Fukuyama redoute que le monde d'après l'Histoire, dont il persiste à annoncer l'avènement, ne soit voué à l'ennui. La monotonie culturelle serait un excellent moyen de l'assurer.

Ce n'est qu'une raison parmi d'autres de penser que l'unité mondiale, dont la nécessité saute aux yeux, n'est vivable que dans la diversité. Rien n'assure d'ailleurs que les États-Unis, aujourd'hui leaders pratiquement incontestés de la planète, ne seront pas tentés un jour de se replier sur eux-mêmes, comme ils l'ont fait au lendemain de la Première Guerre mondiale. Patrick Buchanan a exposé, en septembre 1991, dans deux articles du *Washington Post*, toutes les raisons qui pourraient les y pousser : « Qu'obtenons-nous en échange des 15 milliards de dollars que nous dépensons pour l'aide à l'étranger ? Pourquoi, quarante-six ans après la Deuxième Guerre mondiale, défendons-nous l'Allemagne et le Japon alors qu'ils nous volent nos marchés ? Pourquoi devons-nous pacifier le Golfe alors que des femmes qui promènent leur chien dans Central Park sont battues à mort par des clochards ? (...) Si l'Amérique ne veut pas terminer ses jours dans le même hospice que la Grande-Bretagne, elle ferait bien de cesser tout son géo-bavardage sur l'"unipolarité" et "notre responsabilité de diriger". (...) Que rapporte à une nation de gagner la terre entière si elle perd son âme[3] ? »

Le contraste est grand en effet entre l'efficacité de la présidence Bush à l'extérieur et ses médiocres résultats à l'intérieur. Or, aux États-Unis comme ailleurs, c'est en fonction de leurs intérêts immédiats, « domestiques », que se prononcent la plupart des électeurs. Rien n'annonce, au moment où ces lignes sont écrites, que les Américains se préparent à tourner ainsi le dos a ce qui a été la ligne directrice de la plupart de leurs présidents depuis la Deuxième Guerre mondiale. Mais on ne peut pas ne pas être frappé par l'absence totale de triomphalisme manifestée depuis des mois par George Bush, et ce ne serait pas la première fois qu'on verrait un grand peuple succomber, une fois passée l'exaltation de la victoire, aux sirènes de la mélancolie et du repli sur soi.

Si l'on ajoute que rien ne garantit la coïncidence ou la complémentarité des intérêts économiques des deux rives de l'Atlantique, et que le désordre de l'Est a toutes chances, s'il s'étend, de contaminer l'Ouest, ne serait-ce que par l'arrivée massive d'immigrants chassés par la misère ou les pogromes, tout milite pour la mise sur pied de ces structures européennes que le discours officiel ne cesse de réclamer.

Quelles structures ? Il y en a déjà beaucoup :

— *Le Conseil de l'Europe*, avec la juridiction des droits de l'homme qui lui est attachée. Devraient y être admis sans délai tous les pays du continent qui respectent effectivement, dans leur législation comme dans la pratique, les droits de l'homme. C'est un moyen de les encourager à persévérer : il n'est que de voir le mal que s'est donné la Grèce des colonels pour le faire revenir sur la décision d'exclusion prise à son encontre. Pourquoi le Conseil n'inscrirait-il pas dès à présent à son ordre du jour, compte tenu de l'importance de la question, l'étude d'une déclaration des droits des minorités et la création d'une cour chargée de la faire respecter[4] ? Étant bien entendu que c'est à un autre organisme — CSCE, UEO, OTAN ? — qu'il faudrait demander de fournir le bras séculier.

— *La Communauté* : comme on pouvait s'y attendre, en doublant, de six à douze, le nombre de ses membres, elle a perdu en cohésion ce qu'elle a gagné en étendue. Et le risque la menace en permanence de n'être pour l'essentiel qu'une vaste zone de libre-échange. C'est ce qui devrait l'inciter à ne pas se précipiter pour ouvrir ses portes à de nouveaux candidats, quels que soient leurs titres.

D'autant plus que les multiples textes qui l'engagent sur la route de l'union politique, et à plus forte raison de la défense commune, n'ont guère réussi jusqu'à présent à la faire agir d'un même cœur dans les grandes circonstances : inscrite aux abonnés absents pendant la guerre du Golfe, elle a réagi en ordre dispersé à la tragédie yougoslave et au putsch manqué de Moscou. Si elles partaient d'un bon sentiment, ses nombreuses tentatives pour raccommoder Serbes et Croates ont fait long feu.

Même sur le plan économique, il y a encore entre les Douze infiniment trop de doubles emplois, de concurrences et de méfiances anachroniques, préjudiciables à tous. Il suffit, parmi beaucoup d'exemples, de songer à la manière dont fonctionne, ou ne fonctionne pas, le contrôle de l'espace aérien. Il faut absolument passer en revue, point par point, les domaines dans lesquels le maintien des souverainetés nationales est ruineux et anachronique, si l'on veut vraiment faire progresser l'union de l'Europe.

Et l'on ne parle ni de la politique agricole commune, que la majorité des États membres jetteraient allègrement par-dessus bord, ni du social, où il existe un abîme entre l'approche française et celle de la plupart des autres, ni du monétaire, où l'on ne procède qu'à pas très lents, ni encore moins du fiscal, notamment en ce qui concerne la taxation du capital et de ses revenus. C'est que les intérêts, au sens précis du terme, se heurtent là directement.

L'échéance de 1993, heureusement, va mettre les Douze au pied du mur. Dès à présent, il se passe entre eux quelque chose qui rappelle un peu la manière dont la IVe République s'est comportée vis-à-vis de l'arme nucléaire. C'est-à-dire que sans jamais se déclarer franchement pour, elle a écarté toutes les décisions qui auraient rendu sa réalisation impossible. De même aucun des Douze n'a-t-il, depuis maintenant des années, posé un veto qui aurait fermé la route du grand marché.

Entendons-nous bien : la seule raison de fermer provisoirement les portes de la CEE, c'est de lui permettre de réaliser un maximum de cohésion dans tous les domaines. Il va de soi que si cet objectif ne répondait pas à l'ambition commune de tous ses membres, rien ne justifierait plus qu'on en interdise l'entrée aux pays de l'Est qui, conscients à la fois des limites de leurs possibilités et de l'ampleur de leurs besoins, aspirent à retrouver des structures d'encadrement.

Il paraît évident que la CSCE (Conférence sur la sécurité et la coopération en Europe) n'est pas en mesure pour le moment de fournir ces structures. Le projet de confédération que François Mitterrand voudrait voir adopter a tourné court, les ex-démocraties populaires étant peu soucieuses de se retrouver dans un ensemble dont l'URSS ferait partie et pas les États-Unis. La CSCE a joué un rôle non négligeable dans le rapprochement des deux Europes, mais ni sur le plan économique, ni sur le plan politique, ni sur le plan militaire elle n'a de vrai pouvoir de décision. Aussi la CEE, dont la Yougoslavie ne fait pas partie, a-t-elle joué un bien plus grand rôle qu'elle dans le conflit serbo-croate.

Reste encore l'UEO, l'Union de l'Europe occidentale, qui regroupe huit des membres de la CEE sur le terrain de la défense, sans qu'en dehors des spécialistes qui que ce soit ait jamais pu constater son efficacité. Et enfin l'OTAN, organisation européenne au même titre que la CSCE, puisque les États-Unis et le Canada font également partie de celle-ci et que tous ses autres membres sont européens : elle se survit à elle-même, mais pour combien de temps ? Appartenant au monde de la guerre froide, elle est en bonne logique appelée à disparaître avec lui.

De toute manière, dans un monde dont la direction est assurée grosso modo par les États-Unis, avec pour partenaires le Conseil de sécurité et le G7, il est difficile de concevoir un système européen qui ne s'intègre pas de quelque manière dans le système mondial. Aussi bien l'organisation des Nations unies a-t-elle été conçue dès l'origine comme prenant appui sur des relais régionaux.

Il existe déjà une Organisation des États américains et une Organisation de l'unité africaine. Ne pourrait-on imaginer de créer, à partir de la commission économique des Nations unies pour l'Europe et de la CSCE, une Organisation de l'unité européenne, regroupant l'ensemble des pays situés entre l'Atlantique et l'Oural et se dotant d'un mécanisme de prévention des conflits inspiré de celui du Conseil de sécurité ? Étant entendu qu'existerait au sein de cet ensemble une communauté à vocation fédérale destinée à s'ouvrir, au fur et à mesure qu'elle mériterait vraiment son nom, à ceux qui seraient disposés à consentir le même effort d'intégration. On peut même imaginer que les détenteurs d'armes nucléaires, conservant par-devers eux le stock minimal nécessaire à une dissuasion efficace, garantiraient la sécurité de l'ensemble, tout en mettant une partie de leurs forces conventionnelles à la disposition d'une sorte de gendarmerie continentale.

La grande victoire de la Communauté européenne, on l'a dit et redit, c'est d'avoir substitué, dans les relations entre ses membres, le règne de la loi à celui de la force. A lui seul, ce résultat la qualifie pour constituer un soubassement essentiel d'un ordre international dont les Nations unies doivent fournir bien entendu l'armature principale et qui ne saurait avoir de valeur, ni même de sens, que s'il est animé d'une ambition identique. Ce qui ne veut pas dire qu'il puisse s'en contenter : à problèmes planétaires, solutions planétaires. Planétaires, mais non uniformisantes : un ordre international qui ne saurait pas veiller à la préservation de l'identité, de la dignité, d'un minimum de bien-être chez ceux qu'il rassemble, volerait tôt ou tard en éclats, comme vient de le faire l'empire, réputé indissoluble, qui s'était si longtemps conservé dans le froid. Car chaque peuple a reçu en héritage un passé qui l'a trop marqué pour qu'on puisse soudain prétendre en faire abstraction.

C'est ce qui rend si naïfs ou si prétentieux ces prophètes de la fin de l'Histoire qui font leur apparition à intervalles réguliers. Les peuples sombrent dans la routine et la médiocrité lorsqu'ils cessent de rêver d'un avenir meilleur et d'agir en conséquence. Mais ils ne connaissent pas cet avenir. Ni pour le monde, ni pour l'Europe, ni pour la France, le fin mot de l'Histoire ne saurait être le mot fin.

NOTES

1. Jacques Bainville, *Histoire de France*, Plon, 1925, p. 155.
2. Paul Valéry, *Regards sur le monde actuel, op. cit.*, p. 34.
3. « America First : let the World get by without Uncle Sam », reproduit dans *International Herald Tribune*, 10 septembre 1991.
4. Voir à ce propos François Heisbourg, « Europe Needs Rules and the Teeth to Enforce Them », *International Herald Tribune*, 10 septembre 1991.

Index des noms de personnes

N

O

P

T

U

V

W

X

Y

Cet ouvrage a été composé par C.M.L., Montrouge
et achevé d'imprimer en septembre 1991
sur presse CAMERON,
dans les ateliers de la S.E.P.C.
à Saint-Amand-Montrond (Cher)
pour le compte de la librairie Arthème Fayard
75, rue des Saints-Pères – 75006 Paris

35-57-8545-01

Dépôt légal : septembre 1991.
N° d'édition : 5010. N° d'impression : 2123.

Imprimé en France

ISBN 2-213-02774-9

35-8545-2